**EL BUEN
NOMBRE**

EMECÉ LINGUA FRANCA

JHUMPA LAHIRI
EL BUEN NOMBRE

Traducción de Juanjo Estrella

EMECÉ EDITORES

Título original: *Namesake*

© Jhumpa Lahiri, 2003
© por la traducción, Juanjo Estrella, 2004

Revisión de la traducción: Marco Ramírez
Depósito Legal: B. 5.308-2004
ISBN-10: 84-95908-77-8
ISBN-13: 978-84-95908-77-3

© Editorial Planeta, S. A., 2004
  Diagonal, 662-664, 08034 Barcelona (España)

Para Alberto y Octavio,
a los que llamo por otros nombres

El lector debe comprender que no podría haber sucedido de otro modo, y que ponerle otro nombre habría estado fuera de lugar.

NIKOLÁI GÓGOL, *El capote*

1

Una tarde bochornosa de agosto, dos semanas antes de salir de cuentas, Ashima Ganguli está en la cocina de su piso de Central Square y mezcla en un cuenco Rice Krispies, cacahuetes Planters y cebolla roja picada. Añade sal, zumo de limón y rodajas finas de pimiento verde picante. Ojalá tuviera aceite de mostaza. Lleva todo el embarazo consumiendo esta mezcla, vaga aproximación al tentempié que se vendía en las aceras de Calcuta y en las estaciones de tren de toda la India en rebosantes cucuruchos de papel periódico. Incluso ahora, cuando ya casi no le queda sitio en la barriga, éste es el único antojo al que cede. Se echa un poco en la palma de la mano y lo prueba; sí, esta vez también falta algo. Mira sin ver la rejilla que hay sobre la encimera, de la que cuelgan sus utensilios de cocina, cubiertos todos por una fina película de grasa. Se seca el sudor de la cara con una punta del sari. Está descalza sobre el suelo de linóleo gris jaspeado y los pies hinchados le duelen. La pelvis también, por el peso del bebé. Abre un armario cuyas baldas están forradas con papel adhesivo a cuadros amarillos y blancos. Lleva tiempo pensando en cambiarlo. Saca otra cebolla roja y arruga la nariz mientras le quita la capa exterior crujiente y morada. Un calor desconocido le inunda el abdomen, y a continuación nota un tirón tan fuerte que se dobla y ahoga un grito. Suelta la cebolla, que cae al suelo con un ruido sordo.

La sensación cesa y da paso a un molesto espasmo, más prolongado esta vez. En el baño descubre que tiene las bragas manchadas de una sangre densa y oscura. Llama a gritos a su marido, Ashoke, aspirante a doctor en Ingeniería Electrónica por el Instituto de Tecnología de Massachusetts, el MIT. Ashoke está estudiando en el dor-

mitorio, con los codos hincados en una mesilla plegable y sentado
al borde de la cama, que consiste en dos colchones individuales juntos cubiertos por un *batik* rojo y morado. Llama a su marido, sí, pero
no por su nombre. Cuando piensa en él, a Ashima nunca le viene a
la mente su nombre, aunque sabe perfectamente cómo se llama. Ha
adoptado su apellido, pero se niega a decir en voz alta esa palabra;
no estaría bien. Eso no lo hace una esposa bengalí. Como los besos
o las caricias de las películas indias, el nombre del marido es algo
tan íntimo que no se pronuncia, que se oculta sabiamente. Así, en
vez de gritar su nombre, formula una pregunta que se ha convertido en su sustituto y que, más o menos, podría traducirse como:
«¿Me estás escuchando?».

De madrugada, llaman a un taxi que recorre las calles desiertas de
Cambridge y sigue por Massachusetts Avenue y Harvard Yard hasta el hospital Mount Auburn. Ashima formaliza el ingreso, responde a preguntas sobre la duración y la frecuencia de las contracciones, mientras Ashoke rellena los impresos. Está sentada en una
silla de ruedas y la llevan por unos pasillos muy iluminados hasta
un ascensor que es más espacioso que su cocina. En la planta de
maternidad le asignan una cama junto a la ventana en una habitación que queda al fondo del pasillo. Le piden que se quite el sari de
seda de Murshidabad y se ponga un camisón de flores. Le da un poco
de vergüenza, porque descubre que sólo le llega a las rodillas. Una
enfermera se ofrece a doblarle el sari, pero los más de cinco metros
de tela escurridiza la exasperan y acaba metiéndolo de cualquier
manera en la maleta azul pizarra. El tocólogo, el doctor Ashley, delgado y apuesto a la manera de un lord Mountbatten, con el pelo
entrecano de las sienes peinado hacia atrás, llega para ver si todo va
bien. La cabeza del niño está donde tiene que estar, ha empezado a
descender. Le dice que el parto aún está en su fase inicial, que sólo
ha dilatado tres centímetros. «¿Qué es dilatar?», le pregunta, y el
doctor Ashley junta dos dedos y a continuación los separa, expli-
cándole esa cosa inconcebible que su cuerpo debe hacer para que el
niño pueda pasar. Es un proceso que lleva cierto tiempo, le explica
el doctor Ashley. Como se trata de su primer embarazo, el parto
puede prolongarse hasta veinticuatro horas; a veces incluso más.

Busca el rostro de Ashoke con la mirada, pero él se ha quedado detrás de la cortina que el doctor ha corrido.

—Vuelvo en seguida —le dice su esposo en bengalí.

—No se preocupe, señor Ganguli —interviene una enfermera—. Todavía le queda mucho. A partir de ahora nos hacemos cargo nosotros.

Ahora está sola, separada por cortinas de las otras tres mujeres con las que comparte habitación. Por los retazos de conversaciones que oye, sabe que una se llama Beverly y otra Lois. La tercera, Carol, está a su izquierda. «Joder, esto es horrible», oye que dice una. «Te quiero, cariño», replica la voz de un hombre. Palabras que ella nunca ha oído ni espera oír de labios de su esposo; ellos no son así. Es la primera vez en su vida que duerme sola, rodeada de desconocidas. Hasta ahora siempre ha pasado las noches en la habitación de sus padres o con Ashoke al lado. Ojalá abrieran las cortinas para poder charlar con las mujeres estadounidenses. Tal vez alguna de ellas haya dado a luz antes y le cuente qué le va a pasar. Pero ya se ha percatado de que ellas, a pesar de sus demostraciones públicas de afecto, de sus minifaldas y sus biquinis, de que van por la calle cogidas de la mano de los hombres, de que los abrazan en el parque del Cambridge Common, prefieren su intimidad. Apoya una mano en el tambor terso y enorme en que se ha convertido su vientre, y se pregunta en qué sitio estarán en ese preciso momento los pies y las manos del niño, que ha dejado de mostrarse intranquilo. En los últimos días, descontando algún cosquilleo ocasional, no ha notado ni patadas ni puñetazos ni presión contra las costillas. Se pregunta si será la única persona india del hospital, pero una ligera sacudida del niño le recuerda que, técnicamente, no está sola. A Ashima le parece raro que su hijo esté a punto de nacer en un lugar al que la mayoría de la gente acude para sufrir o para morir. No hay nada que la consuele, ni en las baldosas color hueso, ni en los plafones del techo del mismo tono, ni en las sábanas blancas bien metidas debajo del colchón. En la India, piensa, las mujeres vuelven a casa de sus padres para dar a luz, se alejan de sus esposos, de su familia política y de las tareas domésticas; cuando llegan los hijos, regresan por un tiempo breve a su infancia.

Siente otra contracción, más violenta que la anterior. Grita y aprieta la cabeza contra la almohada. Los dedos se aferran a los barrotes fríos de la cama. Nadie la oye, ninguna enfermera acude al momento. Le han enseñado a medir la duración de las contracciones, así que consulta el reloj, un regalo de despedida que le hicieron sus padres, que se lo pusieron en la muñeca la última vez que los vio, entre los llantos y la confusión del aeropuerto. Hasta que no estuvo en el avión, volando por primera vez en su vida a bordo de un BOAC VC10, cuyo ensordecedor ascenso acababan de presenciar veintiséis miembros de su familia desde la terraza del aeropuerto Dum Dum, hasta que no estuvo sobrevolando zonas de India en las que jamás había estado, y luego lugares aún más lejanos, más allá del país, no se dio cuenta de que llevaba puesto aquel reloj, camuflado entre la profusión de pulseras que le adornaban los dos brazos: hierro, oro, coral, concha. Ahora, además, lleva una de plástico con una etiqueta que la identifica como paciente del hospital. El reloj lo usa en la parte interior de la muñeca. En el reverso, junto a las palabras *sumergible, antimagnético* e *irrompible* están grabadas sus iniciales de casada, A. G.

Los segundos estadounidenses le retumban en el pulso. Durante medio minuto, una oleada de dolor le invade el vientre y se expande hacia la espalda y las piernas. Luego, una vez más, llega el alivio. La hora que es en la India la calcula con las manos. Con la punta del pulgar se toca las yemas de los dedos morenos. Se detiene cuando va por el tercero. En Calcuta son nueve horas y media más, ya es de noche, las ocho y media. En la cocina del piso de sus padres, en Amherst Street, en este mismo momento, un criado está sirviendo el té que toman después de la cena en vasos humeantes, poniendo en una bandeja las galletas maría. Su madre, que muy pronto va a ser abuela, está de pie frente al espejo del tocador, desenredándose con los dedos el pelo, que le llega a la cintura, todavía más negro que gris. Su padre está inclinado sobre la mesa algo ladeada y manchada de tinta que hay junto a la ventana, dibujando, fumando, escuchando La Voz de América. Su hermano menor, Rana, estudia en la cama para el examen de física. Visualiza claramente el suelo de cemento gris pulido de la salita, nota lo frío que está al contacto de los pies descalzos, incluso en los días más cálidos. Una enorme foto en blanco y negro de su difunto abuelo paterno observa desde un rincón, sobre la pared rosada. Enfrente hay una alcoba, separada por unas vidrieras de cristales biselados, llena de libros, de papeles y de las latas de acuarelas de su padre. Por un momento, el peso del niño se desvanece y deja paso a la escena que tiene lugar ante sus ojos, que a su vez cambia para convertirse en la franja azul del río Charles, en las copas verdes de los árboles, en los coches que suben y bajan por Memorial Drive.

En Cambridge son las once de la mañana, ya es hora de comer según el horario presuroso del hospital. Le traen una bandeja con zumo de manzana tibio, gelatina, helado y pollo asado frío. Patty, la enfermera simpática que lleva un anillo de compromiso con diamante y a la que se le ve un mechón de pelo rojo por debajo de la cofia, le dice a Ashima que se tome sólo el zumo de manzana y la gelatina. Mejor, porque no habría probado el pollo por mucho que se lo hubieran permitido. Los estadounidenses se comen el pollo con piel, aunque hace poco ha encontrado a un amable carnicero de Prospect Street que se la arranca si se lo pide. Patty le ahueca las almohadas, le arregla la cama. El doctor Ashley asoma la cabeza en la habitación de vez en cuando.

—No hay de qué preocuparse —dice con voz cantarina mientras le ausculta la barriga y le da una palmadita en la mano, admirando sus pulseras—. Todo va bien. Señora Ganguli, esperamos un parto perfectamente normal.

Pero a ella nada le parece normal. Desde que llegó a Cambridge, hace dieciocho meses, nada se lo ha parecido. No es tanto por el dolor, porque sabe que a eso sobrevivirá sea como sea. Es por las consecuencias: ser madre en una tierra extraña. Porque una cosa ha sido estar embarazada, sufrir las náuseas matutinas en la cama, las noches de insomnio, la pesadez de la espalda, las incontables visitas al cuarto de baño. Entre todas esas experiencias, a pesar del malestar creciente, no ha dejado de sorprenderle la capacidad de su cuerpo para crear vida, igual que hicieron los cuerpos de su madre, de su abuela, de todas sus antepasadas. Que todo eso pasara tan lejos de casa, sin que la observaran ni la aconsejaran sus seres queridos, lo hizo todo aún más milagroso. Pero la aterroriza tener que criar a un hijo en un país en el que no tiene ningún pariente, un país del que sabe tan poco, donde la vida parece tan provisional, tan precaria.

—¿Qué tal si damos un paseo? A lo mejor te va bien —le pregunta Patty cuando vuelve para llevarse la bandeja.

Ashima levanta la mirada de un ejemplar viejo de la revista *Desh* que se trajo para leer en el vuelo a Boston y que aún no se decide a tirar a la basura. Las páginas impresas con caracteres bengalíes, ligeramente ásperas al tacto, le son siempre de gran alivio. Ha leído al menos una docena de veces todos los relatos, los poemas, los artículos. En la página once hay un dibujo a plumilla que hizo su padre, ilustrador de la revista; una panorámica del norte de Calcuta tomada desde el terrado de su piso una mañana nublada de enero. Ella lo vio hacerlo, lo observó mientras se inclinaba sobre el caballete, con el cigarrillo colgándole entre los labios, y los hombros cubiertos con un chal negro de cachemir.

—Sí, de acuerdo —responde.

Patty le ayuda a levantarse de la cama, le pone las zapatillas y una bata.

—Piensa que en uno o dos días tendrás la mitad del tamaño que tienes ahora —la consuela Patty al ver que hace esfuerzos por mantenerse en pie.

La sujeta del brazo y salen de la habitación camino del pasillo. Tras unos pasos, Ashima se detiene. Una nueva punzada de dolor le recorre todo el cuerpo y empiezan a temblarle las piernas. Niega con la cabeza y los ojos se le llenan de lágrimas.

—No puedo.

—Sí puedes. Apriétame la mano. Apriétamela tanto como quieras.

Tras un minuto, siguen avanzando en dirección a la sala de enfermería.

—¿Qué prefieres? ¿Niño o niña?

—Con tal de que tenga diez *dedo* en la mano y diez *dedo* en el pie —responde Ashima.

Esas señales concretas de vida, esos detalles anatómicos, son lo que más le cuesta visualizar cuando intenta imaginarse al niño en sus brazos.

Patty esboza una sonrisa demasiado evidente y, de pronto, Ashima es consciente de su error, sabe que debería haber dicho «dedos» en lugar de usar el singular. Esa falta le duele casi tanto como su última contracción. El inglés era su fuerte. En Calcuta, antes de casarse, se preparaba para entrar en la universidad. Daba clases particulares a niños del barrio en sus porches, en sus camas, y les ayudaba a memorizar obras de Tennyson y de Wordsworth, a pronunciar palabras como *sign* y *cough*, a diferenciar entre las tragedias aristotélica y shakespeariana. Pero en bengalí, la palabra *dedo* es tanto singular como plural.

Un día, después de una de sus clases particulares, su madre la estaba esperando en la puerta de casa y le dijo que fuera directamente a su habitación a cambiarse de ropa, porque un hombre había ido a verla. Era el tercero en tres meses. El primero había sido un viudo con cuatro hijos. El segundo, un ilustrador de periódicos que conocía a su padre. Lo había atropellado un autobús en Esplanade y había perdido el brazo izquierdo. Para gran alivio suyo, ambos la rechazaron. Ella tenía diecinueve años, era estudiante y no tenía ninguna prisa por casarse. Así que, aunque obedeció a su madre, lo hizo sin esperar nada. Se arregló las trenzas, se quitó el bermellón con el que se pintaba la raya de los ojos y se echó polvos Cuticura en la cara. El sari liso, de color verde loro, que desdobló y se puso sobre la combinación, se lo había dejado su madre encima de la cama. Antes de entrar en la salita, Ashima se detuvo en el pasillo. Oyó que su madre decía: «Le encanta cocinar, y teje muy bien. En una semana me hizo este suéter que llevo puesto».

Ashima sonrió. Le divertía la propaganda que le hacía la madre. Había tardado casi un año en terminar aquel suéter, y eso porque su madre le había echado una mano con las mangas. Bajó la vista y se fijó en la zona en que normalmente los invitados se descalzaban, y se dio cuenta de que junto a dos pares de chancletas había unos zapatos de hombre que no se parecían a ninguno de los que había visto nunca por la calle, en los tranvías ni en los autobuses de Calcuta, ni siquiera en los escaparates de Bata. Eran marrones, con los tacones negros y los cordones y las costuras de color hueso. En los lados había una serie de agujeros del tamaño de lentejas, y las puntas estaban decoradas con un dibujo que parecía grabado con agujas en la piel. Al prestar más atención, vio el nombre del fabricante escrito en los laterales interiores, con unas letras doradas que no habían perdido su brillo. Algo e hijos, más las iniciales USA. Mientras su madre seguía describiendo sus virtudes, Ashima, incapaz de resistir un impulso repentino e imperioso, se puso aquellos zapatos. Los restos de sudor de su propietario se mezclaron con los suyos y su corazón empezó a latir con fuerza; aquello era lo más parecido al tacto de un hombre que había experimentado nunca. La piel estaba arrugada, era fuerte y aún estaba tibia. Se fijó en que, en el zapato izquierdo, el cordón estaba mal puesto, y aquel descubrimiento la tranquilizó.

Se los quitó y entró en la salita. El hombre estaba sentado en una silla de ratán y sus padres, al borde de la cama en la que dormía su hermano. Era algo rechoncho, de aspecto intelectual, pero aún joven, con unas gafas negras de pasta gruesa y una nariz aguileña y prominente. El bigote, bien cortado, unido a una perilla, le daba un aire elegante, vagamente aristocrático. Llevaba calcetines y pantalones marrones y una camisa a rayas verdes y blancas, y tenía la mirada tímida clavada en las rodillas.

Y así siguió al entrar ella. Aunque Ashima notó que la miraba mientras cruzaba la sala, cuando se volvió para verlo, él volvía a estar cabizbajo. Carraspeó como para decir algo, pero no lo hizo. Fue el padre quien empezó a contar que su hijo había estudiado en Saint Xavier y luego en el B. E. College, y que había obtenido las mejores calificaciones en ambas instituciones. Ashima se sentó y se alisó los pliegues del sari. Notaba que su madre la miraba con orgullo. Medía un metro sesenta y cinco, bastante para una bengalí, y pesaba cuarenta y cinco kilos. Era de piel clara, y en más de una ocasión la habían comparado con la actriz Madhabi Mukherjee. Llevaba las uñas admirablemente largas, y tenía los dedos finos, de pianista, como los de su padre. Le preguntaron sobre sus estudios y le hicieron recitar algunos pasajes de Los narcisos. La familia de aquel hombre vivía en Alipore. El padre era empleado del departamento de aduanas en una empresa naviera.

—Mi hijo lleva dos años viviendo en el extranjero —prosiguió el padre—; prepara el doctorado en Boston, una investigación en el campo de la fibra óptica.

Ashima no había oído hablar nunca ni de Boston ni de la fibra óptica. Le preguntaron si estaba dispuesta a viajar en avión y si sería capaz de vivir sola en una ciudad famosa por sus crudos inviernos.

—¿Es que él no vivirá allí? —preguntó, señalando al hombre cuyos zapatos se había puesto brevemente, pero que aún no le había dicho ni una palabra.

Su nombre no lo supo hasta después de la boda. Al cabo de una semana se imprimieron las invitaciones, y al cabo de dos, innumerables tías y primas la adornaron y la vistieron. Ésos fueron sus últimos momentos como Ashima Bhaduri, antes de pasar a ser Ganguli. Le oscurecieron los labios, le pintaron las cejas y las mejillas con pasta de sándalo, le adornaron el pelo con flores que sujetaban con cientos de horquillas, y que tardaría una hora en quitarse cuando se terminara la boda. Le pusieron una redecilla roja en el pelo. Había mucha humedad, y a pesar de todas aquellas horquillas, no había manera de que el pelo —entre todas las primas, era la que lo tenía más rizado— le quedara liso. Llevaba todas las gargantillas, los collares y las pulseras que acabarían pasándose casi el resto de su vida en la caja fuerte de un banco de Nueva Inglaterra. A la hora estipulada, la sentaron en un *piri* que su padre había decorado, la elevaron un metro y medio sobre el suelo y la llevaron a encontrarse con el novio. Se había ocultado el rostro tras una hoja de betel de forma de corazón, y mantuvo la cabeza gacha hasta después de rodearlo siete veces.

En Cambridge, a casi trece mil kilómetros, es donde ha llegado a conocerle. Por las noches cocina para él y espera complacerlo con platos hechos a base de un azúcar, una harina, un arroz y una sal que no están racionados y que vienen totalmente limpios, tal como le escribió a su madre en la primera carta que le envió. A estas alturas ya ha aprendido que a su esposo le gustan los platos salados que prepara, que lo que prefiere del curry de cordero son las patatas, y que para terminar las comidas se sirve una pequeña ración de arroz con pasta de lentejas. Por la noche se tiende junto a ella, y Ashima le explica cómo le ha ido el día: sus paseos por Massachusetts Avenue, las tiendas que visita, los hare krishna que la asaltan con sus panfletos, los helados de pistacho que compra en Harvard Square. A pesar de la escasa asignación que recibe como licenciado, aparta siempre un poco de dinero para enviárselo a su padre y contribuir así a la construcción de un anexo en la casa familiar. Es muy maniático con la ropa. La primera discusión que tuvieron fue por un suéter que ella metió en la lavadora y encogió. En cuanto llega a casa de la universidad, lo primero que hace es quitarse la camisa y los pantalones y colgarlos, para ponerse un pijama de punto y un suéter si hace frío. Los domingos se pasa una hora ocupado con sus latas de betún y sus tres pares de zapatos, dos negros y uno marrón. Ésos son los que llevaba el día en que fue a conocerla. Cuando lo ve sentado en el suelo, con las piernas cruzadas, y rodeado de papeles de periódico, cepillándolos con fuerza, siempre se acuerda de lo que hizo en el pasillo de casa de sus padres. Es algo que sigue sorprendiéndola y que, a pesar de todo lo que le dice por las noches sobre la vida que ahora comparten, prefiere reservarse para sí misma.

En otra planta del hospital, en una sala de espera, Ashoke hojea un número atrasado del *Boston Globe* que alguien se ha dejado en una silla vecina. Lee un reportaje sobre los disturbios que hubo durante la Convención Demócrata de Chicago, y un artículo sobre el doctor Benjamin Spock, el pediatra al que han condenado a dos años de cárcel por hacer apología de la deserción. El Favre Leuba que lleva en la muñeca va seis minutos adelantado respecto al reloj de pared gris que tiene delante. Son las cuatro y media de la mañana. Hace una hora, Ashoke estaba profundamente dormido, con el otro lado de la cama, el de Ashima, lleno de exámenes que se había quedado corrigiendo hasta tarde, cuando sonó el teléfono. Ashima ya había dilatado todo lo que tenía que dilatar y la llevaban a la sala de partos, le dijo la persona que llamó. Al llegar al hospital, le han dicho que su esposa está pujando, y que la cosa puede ser cuestión de minutos. Cuestión de minutos. Pero si parecía ayer mismo cuando, aquella mañana de invierno pintada de gris, con las ventanas de la casa cada vez más llenas de granizo, ella escupió el té y lo acusó de echarle sal en vez de azúcar. Para asegurarse de que no tenía razón, probó un poco del líquido dulce, pero ella insistió en que lo encontraba amargo y lo tiró por el fregadero. Aquello fue lo primero que le hizo sospechar, y luego llegó la confirmación del médico. A partir de entonces, cada mañana, él se despertaba con el sonido de las arcadas que le llegaba desde el baño, donde Ashima se cepillaba los dientes. Antes de ir a la universidad, le preparaba un té y se lo dejaba junto a la cama, donde ella seguía tumbada en silencio, apática. Muchas veces, por la tarde, cuando volvía a casa, se la encontraba en el mismo sitio, con el té intacto.

Ahora es él quien necesita desesperadamente tomarse uno, porque antes de salir de casa no ha tenido tiempo de preparárselo. Pero la máquina que hay en el pasillo sólo expende café, que en el mejor de los casos saldrá tibio y que se sirve en vasos de papel. Se quita las gafas de pasta gruesa, graduadas por un oculista de Calcuta, y se limpia los vidrios con un pañuelo de algodón que siempre lleva en el bolsillo. Tiene su inicial, A, bordada por su madre con hilo azul celeste. El pelo, negro, que normalmente lleva muy bien peinado hacia atrás, le cae un poco sobre la frente. Se levanta y empieza a caminar de un lado a otro, como hacen los demás padres. Hasta este momento, la puerta de la sala de espera se ha abierto dos veces, y una enfermera ha anunciado en un caso que era niño y en el otro que era niña. Manos que se estrechan y palmadas en la espalda, y después se llevan al recién estrenado progenitor. Los hombres esperan con puros, con flores, con libretas de direcciones, con botellas de champán. Fuman cigarrillos y tiran la ceniza al suelo. Ashoke se muestra indiferente a esas concesiones. Él no bebe ni fuma. Y Ashima es la que se encarga de anotar las direcciones en un cuaderno pequeño que lleva en el monedero. En cuanto a las flores, nunca se le ha pasado por la cabeza comprárselas a su esposa.

Vuelve a hojear el *Globe* sin dejar de caminar. Una ligerísima cojera le hace arrastrar el pie derecho, casi imperceptiblemente, a cada paso. Desde que era niño tiene la costumbre, y la capacidad, de leer mientras camina, sosteniendo el libro con una sola mano. Lo hacía en el trayecto a la escuela, y en casa de sus padres, mientras pasaba de habitación en habitación, mientras subía y bajaba la escalera roja de barro cocido que unía los tres pisos. Nada lo distraía. Nada lo molestaba. Nada le hacía tropezar. Cuando era adolescente, se había leído todas las obras de Dickens, así como las de varios autores contemporáneos, como Graham Greene y Somerset Maugham; libros que compraba en su tenderete favorito de College Street con el dinero de la puja. Pero, por encima de todo, le encantaban los autores rusos. Su abuelo paterno, que había sido profesor de literatura europea en la Universidad de Calcuta, se los leía en voz alta en traducciones inglesas cuando era niño. Todos los días, a la hora de la

merienda, mientras sus hermanos salían a jugar a *kabadi* o al críc-
quet, él se iba a la habitación de su abuelo, que durante una hora le
leía tumbado en la cama, boca arriba, con las piernas cruzadas y el
libro apoyado en el pecho. Ashoke se acurrucaba a su lado. No oía
a sus hermanos, que se reían a carcajadas en el terrado, no veía la
minúscula habitación, polvorienta y destartalada, desde la que su
abuelo seguía con la lectura. «Lee a los rusos, y cuando los acabes a
todos, reléelos —le decía—; ellos nunca te fallarán.» Cuando Ashoke tuvo suficiente dominio del inglés, empezó a leer aquellos libros
por su cuenta. Caminando por algunas de las calles más ruidosas,
por Chowringhee o Gariahat Road, leyó *Los hermanos Karamazov,
Ana Karenina* y *Padres e hijos*. En una ocasión, uno de sus primos
menores intentó imitarlo, pero se cayó por la escalera de barro cocido y se rompió un brazo. La madre de Ashoke tenía la seguridad de
que algún día lo atropellaría un autobús o un tranvía mientras leía
con avidez *Guerra y paz*; de que acudiría leyendo a su encuentro con
la muerte.

Y un día, en la madrugada del 20 de octubre de 1961, estuvo a
punto de pasar. Ashoke tenía veintidós años, estudiaba en el B.E.
College. Iba montado en el Howrah-Ranchi Express porque tenía
vacaciones y quería visitar a sus abuelos, que se habían trasladado
de Calcuta a Jamshedpur desde que el viejo se había jubilado de la
universidad. Ashoke nunca había pasado las vacaciones separado
de su familia, pero su abuelo se había quedado ciego hacía poco tiempo, y había pedido expresamente que su nieto fuera a verle, para que
le leyera *The Statestman* por la mañana, y a Dostoievski y a Tolstói
por la tarde. Ashoke aceptó con gusto la invitación. Llevaba dos
maletas; una para la ropa y los regalos, y la otra, vacía. Porque sería
durante aquella visita, le había dicho su abuelo, cuando los libros
que guardaba en la vitrina de puertas de cristal, los libros que había
ido acumulando a lo largo de toda su vida y había custodiado bajo
llave, le serían entregados a Ashoke. Los volúmenes que le prome-
tió cuando era niño y que, desde que tenía uso de razón, deseaba
más que cualquier otra cosa en el mundo. Ya le había regalado algunos en los años pasados, en sus cumpleaños y otras fechas señaladas. Pero ahora que había llegado el momento de heredar el resto,
porque su abuelo ya no podía leer más, Ashoke se sentía triste, y

mientras colocaba la maleta vacía debajo del asiento, su falta de peso le desconcertaba, y le dolían las circunstancias que hacían que, a su regreso, hubiera de ir llena.

Para el trayecto llevaba un solo volumen. Se trataba de una edición en tapa dura de relatos de Nikolái Gógol, que su abuelo le había regalado cuando se había graduado de secundaria. En la primera página, la del título, bajo la firma de su abuelo, Ashoke había estampado la suya. A causa de la pasión tan desmedida que sentía por ese libro, el lomo se le había abierto hacía poco, y amenazaba con partir el volumen en dos bloques. Su cuento favorito era el último, *El capote*, que era el que había empezado a releer en cuanto el tren había salido de la estación de Howrah aquella noche, emitiendo un ensordecedor y prolongado chirrido, que lo alejaba de sus padres y sus seis hermanos y hermanas menores, que fueron a despedirlo y permanecieron hasta el último momento junto a su ventana, agitando las manos en aquel andén largo y oscuro. Había perdido la cuenta de las veces que había leído *El capote*; algunas frases y expresiones se las sabía de memoria. Pero una y otra vez quedaba cautivado por la absurda, trágica y a pesar de todo reveladora historia de Akaki Akákievich, el empobrecido protagonista, que se pasa la vida copiando sumisamente documentos escritos por otros y suscitando el desprecio de todo el mundo. Su corazón estaba con Akaki, el pobre escribiente, que era lo que el padre de Ashoke había sido al principio de su carrera. Cada vez que leía el pasaje de su bautizo y los ridículos nombres que su madre había rechazado, se reía en voz alta. Se estremecía con la descripción del enorme dedo del pie del sastre Petróvich, «con su uña deformada tan gruesa y tan dura como el caparazón de una tortuga». Se le hacía la boca agua con la descripción de la ternera fría y los hojaldres de crema y el champán que Akaki consumía la noche en que le robaban su querido capote, a pesar de no haber probado nunca esos manjares. Sentía siempre una gran consternación cuando lo asaltaban en «una plaza que a él se le antojaba un terrible desierto», dejándolo aterido de frío, vulnerable. Unas páginas después, cuando llegaba a la muerte de Akaki, siempre se le saltaban las lágrimas. En cierto modo, cada vez que leía aquel cuento lo entendía menos, y las escenas que imaginaba con tanto detalle y lo absorbían tanto, se le hacían más esquivas y profundas. Y así como el espíritu de Akaki se aparecía en las páginas finales del relato, así también se le aparecía a él en un lugar muy recóndito de su alma, y arrojaba luz sobre todo lo irracional, sobre todo lo inevitable que hay en el mundo.

En el exterior, el paisaje se oscurecía por momentos, y las luces dispersas de Howrah daban paso a las tinieblas. Iba en un coche-cama de segunda clase, detrás del vagón que tenía aire acondicionado. Dada la época del año, el tren estaba especialmente lleno, y el escándalo era considerable, con todas aquellas familias que se marchaban de vacaciones. Los niños pequeños llevaban puestas sus mejores galas; y las niñas, lazos de colores en el pelo. Aunque había cenado antes de salir de casa, llevaba a sus pies la fiambrera de cuatro pisos que su madre le había preparado, por si de noche le asaltaba el hambre. En su compartimiento había otras tres personas. Una pareja de cuarentones de Bihari que, a juzgar por los retazos de conversación que había oído, acababan de casar a su hija mayor, y un comerciante bengalí simpático y barrigón que vestía traje y corbata, y que se llamaba Gosh. Éste le contó que había regresado hacía poco tiempo a la India tras pasar dos años trabajando en Inglaterra, pero que había tenido que volver porque su mujer era tremendamente desgraciada en el extranjero. Gosh hablaba con gran respeto de Inglaterra. Las calles impolutas, despejadas, los coches negros, brillantes, las filas de casas blancas y radiantes, dijo, eran como un sueño. Los trenes salían y llegaban puntualmente, añadió Gosh. Nadie escupía en las aceras. Su hijo había nacido en un hospital británico.

—¿Has visto algo de mundo? —le preguntó a Ashoke mientras se quitaba los zapatos y se sentaba en la cama con las piernas cruzadas. Sacó un paquete de cigarrillos Dunhill del bolsillo de la chaqueta y ofreció a todos los que iban con él en el compartimiento antes de encenderse uno.

—Una vez estuve en Delhi. Y últimamente, voy una vez al año a Jamshedpur.

Gosh sacó un brazo por la ventanilla, y sacudió la punta encendida del cigarrillo en la oscuridad de la noche.

—No digo este mundo —insistió, mirando con desencanto al interior del compartimiento. Alzó la cabeza por encima de la ventanilla—. Inglaterra, Estados Unidos —dijo, como si las aldeas sin nombre por las que pasaban se hubieran transformado de pronto en aquellos países—. ¿Te has planteado alguna vez la posibilidad de conocerlos?

—Mis profesores lo comentan de vez en cuando. Pero yo tengo familia —respondió Ashoke.

Gosh frunció el entrecejo.

—¿Ya estás casado?

—No. Tengo padre, madre y seis hermanos. Yo soy el mayor.

—Y dentro de pocos años estarás casado y vivirás en casa de tus padres —conjeturó Gosh.

—Supongo.

El hombre negó con la cabeza.

—Todavía eres joven. Y libre —añadió, separando los brazos para dar más fuerza a sus palabras—. Hazte un favor a ti mismo. Antes de que sea demasiado tarde, y sin pensártelo mucho, mete una almohada y una manta en la maleta y vete a ver mundo, tanto mundo como puedas. No lo lamentarás. Antes de que te des cuenta, será demasiado tarde.

—Mi abuelo siempre dice que para eso son los libros —comentó Ashoke, aprovechando la ocasión para abrir el volumen que tenía entre las manos—. Para viajar sin moverse ni un centímetro.

—A cada cosa lo suyo —opinó Gosh. Volvió la cabeza cortésmente hacia un lado, y dejó caer la colilla de la punta de los dedos. Se agachó para abrir una bolsa que tenía a los pies y sacó su agenda, abriéndola por el veinte de octubre. La página estaba en blanco y, sobre ella, con una pluma estilográfica cuyo capuchón desenroscó parsimoniosamente, escribió su nombre y dirección. Arrancó la página y se la dio a Ashoke—. Si alguna vez cambias de parecer y necesitas algún contacto, házmelo saber. Vivo en Tollygunge, justo detrás de las cocheras del tranvía.

—Gracias —respondió Ashoke, doblando el papel y metiéndolo entre las páginas del libro.

—¿Te apetece echar una partida de cartas? —le preguntó Gosh. Sacó una baraja gastada del bolsillo del traje, con imágenes del Big Ben en el reverso. Pero Ashoke se negó educadamente, porque no sabía jugar a nada, y además prefería leer. Uno a uno, los pasajeros fueron cepillándose los dientes en el descansillo, poniéndose los pijamas, corriendo las cortinas de sus compartimientos, y se fueron acostando. Gosh se ofreció a dormir en la cama de arriba, y subió descalzo la escalerilla después de doblar con mucho cuidado el traje. Así, Ashoke se quedó con toda la ventana para él solo. La pareja de Bihari se comió unos dulces y bebió un poco de agua de una misma taza, sin tocar el borde con los labios. Ellos también se acostaron en sus respectivas literas, apagaron las luces y se volvieron de cara a la pared.

Sólo Ashoke siguió leyendo, sentado en su cama, con la ropa puesta, iluminado por una pequeña bombilla. De vez en cuando alzaba la vista y, por la ventana abierta, veía la noche negra de Bengala, las vagas sombras de las palmeras y de las casas más modestas. Sin hacer ruido, iba pasando las páginas amarillentas del libro, algunas de ellas comidas por las polillas. La locomotora de vapor resoplaba con fuerza, infundiendo confianza, y en el pecho le retumbaba el duro roce de las ruedas contra las vías. De la chimenea salían chispas que pasaban junto a su ventana. Una fina capa de hollín pegajoso le iba cubriendo un lado de la cara, un párpado, un brazo, un lado del cuello; su abuela le haría frotarse bien con una pastilla de jabón Margo en cuanto llegara. Metido de lleno en la callada agonía de Akaki Akákievich, perdido en las anchas avenidas de San Petersburgo, cubiertas de un manto blanco, ignorante de que algún día él también habría de transitar por calles nevadas, Ashoke seguía leyendo a las dos y media de la madrugada —era uno de los pocos pasajeros que estaban despiertos a esas horas—, cuando la locomotora y siete vagones descarrilaron. El ruido fue como la explosión de una bomba. Los primeros cuatro volcaron en una hondonada, junto a los raíles. El quinto se empotró contra el sexto, ambos de primera clase y con aire acondicionado, y sus ocupantes murieron mientras dormían. El séptimo, que era el de Ashoke, también volcó y con la fuerza del impacto, salió despedido hasta el campo vecino. El accidente tuvo lugar a 209 kilómetros de Calcuta, entre las estaciones de Ghatshila y Dhalbumbarh. El teléfono portátil del supervisor no funcionaba; tuvo que ir corriendo los cinco kilómetros que le separaban de Ghatshila para transmitir la primera petición de auxilio. Y pasó más de una hora antes de la llegada de una brigada que, con linternas, palas y hachas empezó a rescatar cuerpos de los vagones.

Ashoke recuerda todavía los gritos, la gente que preguntaba si había alguien con vida entre el amasijo de hierros. Recuerda que intentaba responder pero que no podía, porque de su boca no salía más que un débil murmullo. Recuerda a la gente medio muerta que tenía alrededor, que gemía y daba golpes en las paredes del tren, que susurraba desesperadamente palabras de auxilio, palabras que sólo oían los que, como ellos, habían quedado atrapados y malheridos. Tenía la pechera y la manga derecha de la camisa empapadas en sangre, y medio cuerpo fuera de la ventanilla. Recuerda que no veía nada; durante las primeras horas pensó que tal vez, como su abuelo, a quien iba a visitar, se había quedado ciego. Recuerda el olor acre de las llamas, el zumbido de las moscas, el llanto de los niños, el sabor del polvo y la sangre en la lengua. Estaban en medio de la nada, en un campo. A su alrededor, campesinos, inspectores de policía, algunos médicos. Recuerda haber pensado que se estaba muriendo, que tal vez estuviera ya muerto. Se había quedado sin sensibilidad en la parte inferior del cuerpo, y por eso no era consciente de que los miembros desgarrados de Gosh le rodeaban las piernas. Finalmente, intuyó el azul frío y hostil de la madrugada, la luna y algunas estrellas que aún brillaban en el cielo. El libro, que se le había caído de las manos, se había partido en dos y las páginas de ambas mitades se agitaban cerca de las vías. El destello de una linterna las iluminó un instante, y distrajeron por un momento a uno de los rastreadores. «Aquí no hay nada —oyó que alguien decía—. Sigamos.»

Pero el haz de luz se quedó en el mismo sitio un poco más, y a Ashoke le dio tiempo de levantar la mano, gesto que, en aquellos momentos, le pareció que había de consumir la poca vida que le quedaba. Aún sujetaba con fuerza una página de *El capote* y, al levantar el brazo, se le escapó y salió volando. «¡Un momento! —oyó que alguien gritaba—. El que está al lado del libro. He visto que se movía.»

Lo sacaron de entre los hierros, lo tendieron en una camilla y lo montaron en otro tren para trasladarlo al hospital de Tatanagar. Se había roto la pelvis, el fémur derecho y tres costillas. Todo aquel año lo pasó tumbado boca arriba, con la orden de moverse lo menos posible para que se le soldaran bien los huesos. Existía el riesgo de que la pierna derecha le quedara paralizada para siempre. Lo transfirieron al hospital Universitario de Calcuta, donde le implantaron dos tornillos en las caderas. En diciembre pudo volver a casa de sus padres, en Alipore. Atravesó tumbado el patio, y tumbado, como si fuera un cadáver, sus cuatro hermanos lo subieron a hombros por la escalera de barro cocido. Tres veces al día tenían que darle la comida en la boca. Orinaba y defecaba en un orinal. Los médicos y las visitas entraban y salían de su habitación. Incluso su abuelo ciego de Jamshedpur fue a verlo. Sus padres le habían guardado recortes de periódicos que daban cuenta del suceso. Vio una foto del estado en que quedó el tren, otra de los guardias de seguridad sentados sobre las pertenencias que nadie había reclamado. Supo que se habían encontrado eclisas y tuercas a varios metros de la vía, lo que había dado pie a sospechas sobre un posible sabotaje que nunca llegó a confirmarse, y se enteró de que algunos cuerpos habían quedado hasta tal punto mutilados que eran irreconocibles. «Veraneantes encuentran la muerte», era el titular del *Times of India*.

Al principio se pasaba gran parte del día mirando el techo, las tres grandes aspas color hueso del ventilador que había en el centro y sus amenazantes filos. Cuando estaba en marcha, oía el movimiento de las páginas de un calendario que tenía detrás. Si giraba la cabeza hacia la derecha, veía la ventana, la botella polvorienta de Dettol sobre el alféizar y, si las persianas estaban abiertas, la pared de cemento que rodeaba la casa y las lagartijas marrones que pululaban por ella. Escuchaba la incesante profusión de ruidos que le llegaban de fuera, los pasos, los timbres de las bicicletas, el persistente graznido de los grajos, las bocinas de los *rickshaws* que retumbaban en el callejón, tan estrecho que los taxis no pasaban por él. Oía cómo bombeaban agua del pozo de la esquina y la echaban en cubos. Cada tarde, al anochecer, le llegaba el sonido de una caracola que anunciaba la hora de la oración. Olía, pero no veía, el líquido espeso, verde y brillante que recorría la alcantarilla al aire libre. La vida en la casa seguía su curso. Su padre iba y volvía del trabajo, sus hermanos y hermanas, del colegio. Su madre trabajaba en la cocina y, de tanto en tanto, entraba a echarle un vistazo con el delantal manchado de cúrcuma. Dos veces al día, la criada escurría unos trapos en cubos de agua y fregaba el suelo.

Se pasaba el día amodorrado por culpa de los analgésicos. De noche soñaba que seguía atrapado en el tren, o aún peor, que el accidente nunca había sucedido, que caminaba por una calle, que se bañaba, que se sentaba en el suelo con las piernas cruzadas y que comía por sus propios medios. Y entonces se despertaba empapado en sudor y con lágrimas en los ojos, convencido de que ya no volvería a hacer nunca más todas esas cosas. Al final, en un intento de evitar las pesadillas, empezó a leer hasta muy tarde, por las noches, que era cuando su cuerpo inmóvil más se inquietaba, cuando su mente parecía más ágil y más clara. Con todo, se negaba a leer a los autores rusos que su abuelo le había llevado. En realidad, había dejado de leer novelas de todo tipo. Aquellos libros, ambientados en países que no conocía, no hacían más que recordarle su confinamiento. Lo que hacía era leer obras de ingeniería, intentando en lo posible no perder el ritmo del curso, resolvía ecuaciones a la luz de una linterna. En aquellas horas de silencio, pensaba a menudo en Gosh. «Mete una almohada y una manta en la maleta», le oía decir. Recordaba la dirección que le había escrito en una página de su agenda, un lugar que quedaba detrás de las cocheras del tranvía de Tollygunge. Se habría convertido en el hogar de una viuda, de un huérfano. Cada día, para animarlo, su familia le hablaba del futuro que tenía por delante, del día en que volvería a valerse por sí mismo, a moverse libremente por su habitación. Era por todo eso por lo que sus padres rezaban diariamente. Era por eso por lo que su madre se abstenía de comer carne los miércoles. Pero, a medida que iban pasando los meses, Ashoke imaginaba otro futuro bien distinto. No sólo se veía caminando, sino marchándose lo más lejos posible de la casa en la que había nacido y en la que había estado a punto de morir. Al año siguiente, con la ayuda de un bastón, volvió a la universidad y se licenció, y sin que lo supieran sus padres solicitó una beca para ampliar sus estudios de ingeniería en el extranjero. Sólo cuando se la concedieron, sólo cuando se hizo con un pasaporte nuevo, expuso sus planes a su familia. «Pero si ya hemos estado a punto de perderte una vez», protestó su padre, desconcertado. Sus hermanos suplicaron y lloraron. Su madre se quedó muda y se pasó tres días sin probar bocado. Pero, a pesar de todo, él se fue.

Siete años más tarde sigue habiendo ciertas imágenes que lo asaltan cuando menos se lo imagina. Lo esperan en una esquina cuando entra a toda prisa en el departamento de Ingeniería del MIT a revisar el buzón del campus. Se agazapan detrás de su hombro cuando se inclina sobre un plato de arroz a la hora de la cena, o cuando se acurruca en los brazos de Ashima, por la noche. En todos los momentos importantes de su vida: durante su boda, cuando desde atrás sujetaba a la novia de la cintura y los dos tiraban arroz inflado a una hoguera, o durante sus primeras horas en Estados Unidos, cuando contemplaba aquella pequeña ciudad gris cubierta de nieve, ha intentado sin éxito ahuyentar esas imágenes de su mente; los vagones volcados, destrozados, desventrados, su cuerpo atrapado en uno de ellos, el horrible sonido que había oído sin comprender, sus huesos molidos como si fueran harina. No es el recuerdo del dolor lo que le persigue; de eso no conserva memoria; es el recuerdo de la espera, antes de que lo rescataran, el temor persistente que le subía por la garganta, el miedo de que no lo rescataran nunca. E incluso ahora sigue siendo claustrofóbico y aguanta la respiración en los ascensores, se siente enjaulado en un coche que no lleve todas las ventanillas abiertas. En los aviones pide siempre sentarse junto a la salida de emergencia. A veces, los llantos de los niños despiertan en él un miedo muy profundo y, de vez en cuando, todavía se aprieta las costillas para constatar que están bien soldadas.

Ahora, en el hospital, se las vuelve a apretar y niega con la cabeza, aliviado, poco convencido. Aunque es Ashima la que lleva el niño en el vientre, él también siente un peso, el peso de la vida, de la suya y de la que está a punto de salir de ella. A él lo criaron sin agua corriente, y a los veintidós años casi se muere. Vuelve a notar el sabor del polvo en la boca, ve el amasijo de hierros del tren, las enormes ruedas patas arriba. En teoría no debería haber sucedido todo aquello. Pero no, él sobrevivió. Nació dos veces en la India y luego, una tercera, en Estados Unidos. Tres vidas a los treinta años. Por eso da las gracias a sus padres, y a los padres de sus padres, y a los padres de éstos. A Dios no le da las gracias. Venera abiertamente a Marx y rechaza discretamente la religión. Pero hay otra alma muerta a quien debe estar agradecido: al libro no puede darle las gracias; el libro murió aquel día, como él, casi, se partió en trozos, durante las primeras horas de aquella madrugada de octubre, en un campo situado a doscientos nueve kilómetros de Calcuta. Así, cuando Patty entra en la sala de espera, en vez de dar gracias a Dios se las da a Gógol, el escritor ruso que le salvó la vida.

2

El niño nace a las cinco y cinco de la madrugada. Mide cincuenta y un centímetros y pesa tres kilos y cuatrocientos gramos. La visión inicial que tiene Ashima, antes de que le corten el cordón umbilical y se lo lleven, es la de una criatura cubierta de una espesa pasta blanca y con manchas de sangre, de su sangre, en los hombros, los pies y la cabeza. Le han clavado una aguja en la parte inferior de la espalda y ha dejado de tener sensibilidad de la cintura a las rodillas, aunque en las últimas fases del parto se le ha despertado un intenso dolor de cabeza. Cuando todo termina, se pone a temblar violentamente, como aquejada de una fiebre muy alta. Pasa así media hora, algo aturdida, con una manta encima, vacía por dentro, aún deformada por fuera. No puede hablar, no deja que las enfermeras la ayuden a cambiarse el camisón empapado en sangre por otro limpio. Por más agua que bebe, tiene la boca muy seca. Le dicen que se siente en el retrete, que se eche agua tibia entre las piernas. Al final, la limpian con una esponja, le cambian la ropa y la llevan en camilla hasta otra habitación. La luz es tenue y reparadora, y sólo hay otra cama junto a la suya, vacía de momento. Cuando entra Ashoke, Patty le está tomando la tensión arterial. Ashima está reclinada sobre un montón de almohadas y sostiene al niño en brazos, envuelto como un paquete blanco y alargado. Junto a la cama hay una cunita con una etiqueta en la que se lee: «Ganguli, varón».

—Aquí lo tienes —dice con voz tranquila mientras mira a Ashoke y sonríe débilmente.

Está pálida y le falta color en los labios, tiene ojeras y parece como si llevara varios días sin peinarse. Está medio afónica, como si hubiera pillado un resfriado. Ashoke acerca una silla a la cama y Patty se ofrece a pasar el niño de los brazos de la madre a los del padre. En el tránsito, el niño rompe el silencio de la habitación con un breve grito. Sus padres reaccionan con simultánea alarma, pero Patty se echa a reír.

—¿Ves? —le dice a Ashima—. Ya está empezando a reconocerte.

Él hace lo que la enfermera le ordena. Extiende los brazos y le pone una mano bajo el cuello y otra bajo las nalgas.

—Vamos —insiste Patty—. Le gusta que lo abracen con fuerza. No es tan delicado como crees.

Ashoke levanta el paquetito en sus brazos, se lo acerca más al pecho.

—¿Así?

—Así —responde Patty—. Os voy a dejar a los tres solos un rato.

Al principio, Ashoke está más perplejo que conmovido, perplejo por lo puntiaguda que es la cabeza, por lo hinchados que tiene los párpados, por las manchitas blancas de las mejillas, por lo carnoso del labio superior, que cuelga ostensiblemente sobre el otro. Es de piel mucho más blanca que la de cualquiera de los dos, traslúcida casi, y a través de ella se le ven las venas verdosas de las sienes. Tiene una mata de pelo negro y ondulado. Intenta contarle las pestañas. Le toca con cuidado los pies y las manos a través de la tela.

—No le falta nada —dice Ashima sin dejar de observar a su esposo—. Ya lo he comprobado yo.

—¿Cómo tiene los ojos? ¿Por qué no los abre? ¿Los ha abierto ya?

Ashima asiente con la cabeza.

—¿Y ve bien? ¿Nos ve a nosotros?

—Creo que sí, aunque no del todo. Y me parece que no ve en color. Aún no.

Se quedan así, sentados en silencio, inmóviles como piedras.

—¿Cómo te encuentras tú? ¿Ha ido todo bien? —pregunta Ashoke.

Pero ella no responde y, cuando levanta la vista y la mira, se da cuenta de que se ha quedado dormida.

Vuelve a mirar al niño, que ha abierto los ojos, negros como el pelo, y lo observa fijamente, sin pestañear. La cara se le ha transformado al momento; Ashoke no ha visto nunca nada tan perfecto. Se imagina a sí mismo como una presencia oscura, granulada, borrosa. Como un padre para su hijo. Vuelve a pensar en la noche en que estuvo a punto de morir, pues el recuerdo de esas horas que lo han marcado para siempre entra y sale sin permiso de su mente. Que lo rescataran de aquel vagón descarrilado fue el primero de los milagros de su vida. Pero ahí, ahora, entre sus brazos, tan ligero que apenas pesa nada, pero tan importante que todo lo cambia, está el segundo.

Además de su padre, el recién nacido recibe la visita de tres personas, las tres bengalíes: Maya y Dilip Nandi, un matrimonio joven que vive en Cambridge y al que Ashima y Ashoke conocieron hace unos meses en el centro comercial Purity Supreme, y el doctor Gupta, un profesor de matemáticas de Dehradun, soltero, de unos cincuenta años, que se ha hecho amigo de Ashoke de tanto verlo por los pasillos del MIT. Cuando alimentan a los niños, los hombres, incluido Ashoke, salen al pasillo. Maya y Dilip le regalan al niño un sonajero y un álbum para que sus padres dejen constancia en él de todos los aspectos de su infancia. Tiene incluso un círculo para que peguen un mechón de su primer corte de pelo. El doctor Gupta le regala una bonita edición ilustrada de las rimas de Mamá Gansa.

—Qué afortunado es este niño —comenta Ashoke—. Sólo tiene unas horas de vida y ya es dueño de libros.

Qué distinto de su propia infancia, piensa.

Ashima también ve las diferencias, aunque por otras razones. Pues, por mucho que agradezca la compañía de los Nandi y del doctor Gupta, esas personas no son más que sucedáneos de las que en realidad deberían estar con ellos en esos momentos. Sin sus abuelos, sin sus padres, sin sus tíos y tías al lado, el nacimiento, como casi todo lo que le sucede en América, tiene algo de fortuito, de una verdad a medias. Así, mientras acaricia, besa y estudia a su hijo, no puede evitar sentir lástima por él. No conoce a ningún otro ser que haya venido al mundo tan solo, tan falto de familia.

Como ni a los abuelos maternos ni a los paternos les funciona el teléfono, la única manera de comunicarse con ellos es mediante sendos telegramas a Calcuta, que Ashoke ha puesto ya: «Bendiciones. Niño y madre bien». En cuanto al nombre, han decidido que sea la abuela de Ashima, que tiene más de ochenta años y ha escogido el nombre de sus otros seis biznietos, la que se lo ponga. Cuando se enteró del embarazo de Ashima, se alegró mucho ante la idea de buscar un nombre para el primer *sahib* de la familia. Así que tanto ella como su marido han decidido no ponerle ninguno al niño hasta que llegue la carta, ignorando los impresos del hospital para la solicitud del certificado de nacimiento. La abuela de Ashima ha ido personalmente a la oficina de correos, apoyándose en su bastón, para enviarla. Es la primera vez que sale en diez años. En el sobre va un nombre de niña y otro de niño. Y no se los ha revelado a nadie.

Aunque la envió hace un mes, en julio, todavía no ha llegado. Ashima y Ashoke no están especialmente preocupados. Los dos saben que, en el fondo, a un recién nacido no le hace falta tener nombre. Le hace falta que lo alimenten, que lo bendigan, que le regalen algo de oro y de plata, que le den palmaditas en la espalda después de las tomas, que lo sostengan con cuidado por el cuello. Los nombres pueden esperar. En la India, los padres se dan su tiempo. No es raro que tarden años en dar con el nombre adecuado, con el mejor. Tanto él como ella pueden citar ejemplos de primos a los que no se puso un nombre oficial hasta que empezaron a ir al colegio, a los seis o siete años. Los Nandi y el doctor Gupta lo entienden perfectamente. Están de acuerdo, por supuesto, en que deben esperar a que llegue la carta de la abuela.

Además, siempre está el apodo cariñoso, práctica bengalí que garantiza que toda persona tenga dos nombres. En bengalí, apodo es *daknam*, que significa, literalmente, el nombre con el que los familiares y amigos llaman a alguien, en casa y en momentos privados, íntimos. Los apodos cariñosos son vestigios de la infancia que perdura, recordatorios de que la vida no es siempre tan seria, tan formal, tan complicada, como lo son también de que las personas no son lo mismo para todos. Todo el mundo tiene un apodo. El de Ashima es «Monu», el de Ashoke es «Mithu», y aunque sean adultos son ésos los nombres por los que sus respectivas familias los llaman, los nombres con los que los adoran, los riñen, los echan de menos, los aman.

A todo apodo le corresponde un nombre oficial, un *bhalonam*, que identifica a la persona en el mundo exterior. Así, los nombres oficiales figuran en los sobres, en los certificados de estudios, en los listines telefónicos y en otros documentos públicos. (Por eso, en las cartas que le manda su madre, pone «Ashima» fuera y «Monu» dentro.) Los nombres oficiales tienden a revestirse de dignidad. Ashima significa «la ilimitada, la que carece de confines». Ashoke, que es el nombre de un emperador, significa «el que trasciende la pena». Los apodos cariñosos no aspiran a tanto, y nunca se registran oficialmente; se pronuncian y se recuerdan, eso es todo. A diferencia de los nombres oficiales, normalmente carecen de significado, o son deliberadamente tontos, irónicos, incluso onomatopéyicos. Es habitual que, durante la infancia, a un niño lo llamen por infinidad de apodos, hasta que uno de ellos cuaja y se impone sobre los demás.

En determinado momento, cuando abre los ojos y mira a su circulo de admiradores, al niño se le marcan mucho las arrugas de la cara y el señor Nandi se inclina hacia él y lo llama «Buro», que en bengalí significa «viejo».

—¿Cómo se llama? ¿Buro? —pregunta Patty con voz cantarina al entrar con otra bandeja de pollo asado para Ashima. Ashoke levanta la tapa y da buena cuenta de él; las enfermeras de maternidad han empezado a llamar a Ashima «la chica del helado y la gelatina».

—No, no, no se llama así, eso no es un nombre. Aún no lo hemos decidido. Es mi abuela quien lo va a escoger.

Patty asiente.

—¿Y va a venir pronto?

Ashima se echa a reír, su primera carcajada sincera desde que ha dado a luz. Pensar en su abuela, una mujer nacida en el siglo pasado, encorvada y vestida de luto blanco cuya piel aceitunada se resiste a las arrugas, montándose en un avión para llegar hasta Cambridge le resulta imposible, absurdo, por más que la idea le guste, la entusiasme.

—No, pero esperamos carta suya.

Esa noche, Ashoke va a casa y revisa el buzón. Pasan tres días más. A Ashima, las enfermeras le enseñan a cambiar pañales, a desinfectar el cordón umbilical. Le dan baños de agua con sal para deshinchar las magulladuras y los puntos. Le facilitan una lista de pediatras y le dan un montón de folletos sobre lactancia materna, vínculo afectivo y vacunación. Le regalan muestras de champú infantil, bastoncillos y cremas. Al cuarto día reciben una noticia buena y otra mala. La buena es que a Ashima y al niño les van a dar el alta a la mañana siguiente. La mala es que el señor Wilcox, encargado de tramitar los certificados médicos del hospital, les informa de que deben ponerle un nombre a su hijo. Al parecer, en Estados Unidos no está permitido que un niño abandone el hospital si no tiene el certificado de nacimiento, que a su vez no puede obtenerse si no se rellena la casilla del nombre.

—Pero, señor —protesta Ashima—, no podemos de ninguna manera ponerle el nombre nosotros.

El señor Wilcox, un hombre delgado, calvo, serio, mira a los dos miembros de la pareja, a los que se ve claramente turbados, y al niño sin nombre.

—Entiendo —dice—. ¿Y cuál es el motivo?

—Estamos esperando una carta —responde Ashoke, que pasa a explicarle la situación con pelos y señales.

—Entiendo —repite el señor Wilcox—. Lo siento, porque me temo que la única posibilidad entonces será que en la casilla del nombre figure «Ganguli, varón». Por supuesto, se les pedirá que vengan a modificar los datos cuando se decida el nombre definitivo del recién nacido.

Ashima mira a su marido, indecisa.

—¿Es eso lo que debemos hacer?

—Yo personalmente no se lo recomiendo —interviene el señor Wilcox—. Tendrán que presentarse ante un juez, pagar una tasa. El papeleo será interminable.

—Vaya —dice Ashoke.

El señor Wilcox asiente, y se hace el silencio.

—¿No tienen ningún nombre de reserva? —les pregunta.

Ashima arruga la frente.

—¿Qué quiere decir?

—Bueno, algún nombre escogido por ustedes, por si el de su abuela no les gustara.

Ashima y Ashoke niegan con la cabeza. Ni se les ha ocurrido dudar de la elección de su abuela, poner en tela de juicio los deseos de una persona mayor.

—Siempre pueden ponerle el nombre del padre, o el de algún familiar —propone el señor Wilcox, que les explica que él, en realidad, es el tercer miembro de su familia que lleva el nombre de

Howard—. Es una tradición bonita. Los reyes de Francia y de Inglaterra la respetaban.

Pero eso es imposible, piensan ellos. Ponerle a los hijos el nombre de los padres, o a las hijas el nombre de las madres, no es una tradición bengalí. Ese gesto de respeto en América y Europa, ese símbolo de herencia y linaje, se vería como algo ridículo en la India. Para las familias bengalíes, los nombres son sagrados, inviolables. No pueden heredarse ni compartirse.

—Entonces ¿por qué no le ponen el nombre de otra persona? ¿Alguien a quien admiren? —implora el señor Wilcox con las cejas arqueadas, antes de suspirar—. Piénsenlo. Volveré dentro de unas horas —les dice, y sale de la habitación.

La puerta se cierra y sólo entonces, con un casi imperceptible escalofrío, como si lo hubiera sabido desde el principio, a Ashoke se le ocurre el apodo perfecto para el niño. Recuerda la página arrugada que sostenía con fuerza en la mano cuando estaba en el tren, el impacto súbito del haz de la linterna en los ojos. Pero por primera vez no piensa en esas cosas con miedo, sino con gratitud.

—Hola, Gógol —susurra, inclinándose sobre el rostro altanero de su hijo, sobre su cuerpo envuelto en la sábana—. Gógol —repite, satisfecho.

El niño gira la cabeza con un gesto como de terrible consternación y bosteza.

A Ashima le parece bien el apodo, consciente de que no sólo se refiere a la vida de su hijo, sino a la de su esposo. Conoce la historia del accidente, historia que en un principio escuchó con la actitud amable y comprensiva de la recién casada pero que ahora, muy especialmente, le hiela la sangre. Algunas noches se ha despertado con los gritos ahogados de su esposo. Otras veces ha constatado que, cuando viajan en metro, el chirrido de las ruedas lo pone de pronto pensativo, ausente. Ella no ha leído nada de Gógol, pero está más que dispuesta a colocarlo en un estante de su mente, junto a Tennyson y a Wordsworth. Además, es sólo un apodo, no hay que tomárselo tan en serio, son sólo unas letras que poner en el certificado, para que les dejen salir del hospital. Cuando el señor Wilcox regresa con su máquina de escribir, Ashoke le deletrea el nombre. Así, Gógol Ganguli queda registrado en los archivos del hospital.

—Adiós, Gógol —se despide Patty, dándole un tierno beso en el hombro—. Buena suerte —le dice a Ashima, que vuelve a llevar puesto el sari de seda arrugado. El doctor Gupta les toma, esa tarde asfixiante de finales de verano, su primera fotografía juntos, que queda un poco velada. Gógol, una masa informe de ropa, dormita en los cansados brazos de su madre, que está de pie en la escalera de acceso al hospital, mirando a la cámara con los ojos un poco entornados porque tiene el sol de cara. Su esposo, al lado, los mira. Tiene la maleta de Ashima en la mano y sonríe con la cabeza baja. «Gógol hace su aparición en el mundo», escribirá su padre más tarde en el reverso, con caracteres bengalíes.

El primer hogar del niño es un apartamento totalmente equipado a diez minutos a pie de Harvard, y a veinte del MIT. Está en la primera planta de una casa de tres, revestida de tablones de madera de color salmón y rodeada de pilones bajos unidos por cadenas. El gris del tejado, gris de cenizas de tabaco, hace juego con el del asfalto de la acera y de la calle. Uno de los dos lados está siempre lleno de coches estacionados junto a unos parquímetros. En la esquina hay una pequeña librería de viejo, a la que se accede bajando tres escalones, y frente a ella una tienda destartalada que vende periódicos, tabaco y huevos, y en la que, ante el desagrado de Ashima, consienten que un gato negro y peludo se siente a sus anchas en cualquier estantería. Además de esos dos pequeños comercios, hay otras casas de madera, de la misma forma y del mismo tamaño, y en idéntico estado de incipiente decrepitud, pintadas de verde menta, de lila, de azul celeste. Ashoke se trajo a Ashima a esta casa hace dieciocho meses, una noche de febrero, tras su aterrizaje en el aeropuerto de Logan. A oscuras, a través de la ventanilla del taxi, sin el menor atisbo de sueño por culpa del *jet lag*, apenas distinguía nada que no fueran los montones de nieve que brillaban como ladrillos rotos, azulados, sobre el suelo. No fue hasta la mañana siguiente cuando, asomándose brevemente a la puerta con los calcetines de Ashoke y las zapatillas de suela fina, y sintiendo el frío glacial de Nueva Inglaterra que se le clavaba en las orejas y la barbilla, tuvo su primer contacto real con Estados Unidos: los árboles sin hojas y cubiertos de hielo. Los montículos de nieve estaban salpicados de orina y excrementos de perro. Y en la calle no había ni un alma.

El piso consta de tres habitaciones contiguas, sin pasillo. Delante hay un salón, con una ventana de tres cuerpos que da a la calle. Luego viene el dormitorio, que hace las veces de lugar de paso hacia la cocina, que está en la parte trasera. No es en absoluto lo que esperaba encontrarse cuando llegó. Nada que ver con las casas de *Lo que el viento se llevó* o de *La tentación vive arriba*, películas que había visto con su hermano y sus primos en los cines Lighthouse y Metro. Es frío en invierno y extremadamente caluroso en verano.

Las ventanas de vidrio grueso están cubiertas por pesadas cortinas de color marrón oscuro. Incluso hay cucarachas, que salen de noche de las juntas de las baldosas del baño. Pero ella no se ha quejado de nada. Se ha guardado la decepción para sí, porque no quiere que Ashoke se ofenda ni que sus padres se preocupen. En las cartas que envía a casa se limita a contar que los cuatro quemadores de la cocina tienen un gas potente noche y día, que el agua se puede beber directamente del grifo sin que te pase nada y que, cuando quieres, sale caliente, tan caliente que quema.

Las dos plantas superiores de la casa están ocupadas por los caseros, los Montgomery, un profesor de sociología de Harvard y su esposa. Los Montgomery tienen dos hijas, Amber y Clover, de siete y nueve años, que llevan el pelo largo hasta la cintura, siempre suelto, y que en los días de sol se pasan horas jugando en el patio trasero con un columpio hecho con una cuerda y una rueda. El profesor, que les pidió que lo llamaran Alan, y no profesor Montgomery, la primera vez que se dirigieron a él, tiene una barba pelirroja, de pelo duro, que le hace parecer mucho mayor de lo que en realidad es. Lo ven cuando va a Harvard Yard, con sus pantalones vaqueros gastados, su chaqueta a rayas y sus chancletas de goma. «Los conductores de *rickshaws* de Calcuta se visten mejor que los profesores de aquí», piensa con frecuencia Ashoke, que sigue asistiendo con traje y corbata a las reuniones con su director de tesis. Los Montgomery son propietarios de una camioneta Volkswagen de color verde claro llena de pegatinas: HAZ EL AMOR Y NO LA GUERRA, ABAJO EL SUJETADOR. Tienen una lavadora en el sótano que Ashoke y Ashima tienen derecho a usar, y un televisor en el salón que sus vecinos de abajo oyen perfectamente desde su casa. Fue así, a través del techo del salón, como se enteraron una noche de abril del asesinato de Martin Luther King, y poco después de la del senador Robert Kennedy.

A veces, Ashima y la esposa de Alan, Judy, pasan juntas algún rato en el jardín, tendiendo la ropa. Judy lleva siempre vaqueros, que en verano corta para convertir en *shorts*, y un collar hecho con pequeñas caracolas de mar.

Siempre lleva el pelo rubio, idéntico al de sus hijas, atado con un pañuelo. Algunos días a la semana trabaja con un colectivo sanitario femenino que hay en Somerville. Cuando se enteró de que Ashima estaba embarazada, se alegró de que tuviera la intención de darle el pecho a su hijo, pero no le gustó su decisión de dar a luz en una institución hospitalaria: sus dos hijas habían nacido en casa, con la ayuda de las comadronas de su colectivo. Algunas noches, los Montgomery salen, y dejan a las niñas solas en casa. Excepto en una ocasión en que Clover tenía la gripe y le preguntaron a Ashima si podía ir a echarles un vistazo. Ésta recuerda el apartamento con horror: separado del suyo sólo por el techo y, sin embargo, tan distinto: montañas de cosas por todas partes, pilas de libros y de papeles, torres de platos sucios en el fregadero de la cocina, ceniceros del tamaño de bandejas rebosantes de colillas. Las niñas estaban durmiendo juntas en una cama llena de ropa. Se sentó un momento en el borde de la de Alan y Judy y soltó un grito al constatar que se estaba cayendo torpemente hacia atrás. Desconcertada, descubrió que el colchón estaba relleno de agua. En lugar de cereales y bolsitas de té, sobre la nevera había botellas de whisky y de vino, en su mayoría casi vacías. Ashima se mareó sólo con verlas.

Del hospital salen en el coche del doctor Gupta, que se ha ofrecido amablemente a llevarlos, y tras llegar se sientan en el salón caldeado, delante de su único ventilador. De repente, ya son una familia. En vez de sofá tienen seis sillas, todas ellas de tres patas, con respaldos ovalados de madera y cojines triangulares negros. Ashima se sorprende al constatar que echa de menos el trasiego y el ritmo del hospital, y a Patty, y los helados y la gelatina que le llevaban a intervalos regulares. Mientras recorre lentamente las habitaciones, le molesta ver que hay platos sin fregar en la cocina, que la cama no está hecha. Hasta ahora ha aceptado no tener a nadie que le barriera el suelo, le fregara los platos, le lavara la ropa, le hiciera la compra, le preparara la comida los días en que estaba cansada o nostálgica o de mal humor. Ha aceptado que la falta de esas comodidades responde al estilo de vida estadounidense. Pero ahora, con el niño llorando en sus brazos, los pechos llenos de leche, el cuerpo empapado en sudor y las ingles tan doloridas que apenas puede sentarse, de pronto todo se le hace insoportable.

—No voy a ser capaz —le dice a Ashoke cuando éste le trae un té, lo único que se le ocurre hacer para ayudarla, lo último que a ella le apetece en estos momentos.

—En cuestión de días le cogerás el tranquillo a la cosa —le responde él, intentando darle ánimos, sin saber muy bien qué hacer. Deja la taza sobre el alféizar cuarteado de la ventana, junto a ella—. Me parece que se está quedando dormido otra vez —añade mirando a Gógol, que mueve los carrillos rítmicamente, aferrado al pecho de su esposa.

—No voy a poder —insiste Ashima, sin mirar ni al niño ni a su esposo. Retira un poco la cortina y vuelve a dejarla caer—. Aquí no. Así no.

—¿Qué quieres decir, Ashima?

—Quiero decir que te des prisa y te saques el título. —Y entonces, impulsivamente, admitiéndolo por primera vez, lo suelta—. Quiero decir que no quiero criar a Gógol sola en este país. No está bien. Quiero volver.

Ashoke la mira, el rostro más delgado, la expresión más afilada que la que tenía cuando se casaron, consciente de que la vida en Cambridge, su papel de esposa, le ha pasado factura. En más de una ocasión ha vuelto de la universidad y se la ha encontrado abstraída, en la cama, leyendo las cartas de sus padres. Y de madrugada, cuando le parece que está llorando, la rodea con un brazo, pero no se le ocurre qué decirle, le parece que él es el culpable de su estado, por haberse casado con ella, por haberla traído a Estados Unidos. Se acuerda de pronto de Gosh, su compañero de tren, que había vuelto de Inglaterra para complacer a su esposa. «Es de lo que más me arrepiento. De haber vuelto», le confesó a Ashoke pocas horas antes de morir.

Alguien llama con suavidad a la puerta y los interrumpe. Son Alan, Judy, Clover y Amber, que vienen a ver al bebé. Judy lleva un plato cubierto con una servilleta, dice que les ha hecho una quiche de brécol. Alan deja en el suelo una bolsa de basura llena de ropa usada de bebé y descorcha una botella de champán frío. La espuma se derrama y lo sirve en tazas. Brindan por Gógol. Ashima y Ashoke no beben, hacen como que dan sorbos. Las dos niñas montan guardia junto a Gógol y se muestran encantadas cuando les coge un dedo con mucha fuerza. Judy levanta al bebé.

—Hola, guapo —dice entre carantoñas—. Oh, Alan. ¿Por qué no tenemos otro?

Alan se ofrece a subirles la cuna de las niñas, que guardan en el sótano, y con ayuda de Ashoke la montan en el espacio que queda libre junto a su cama. Ashoke se acerca al colmado de la esquina, y compra un paquete de pañales desechables que pasa a ocupar el espacio del tocador que hasta ese momento estaba reservado al retrato de la familia de Ashima.

—La quiche tenéis que ponerla veinte minutos en el horno a potencia media —dice Judy.

—Si necesitáis algo, nos pegáis un grito —añade Alan antes de desaparecer.

Tres días después, Ashoke vuelve al MIT, Alan a Harvard, Amber y Clover al colegio. Judy está trabajando con su grupo, como de costumbre, y Ashima se queda sola, en la casa silenciosa, por primera vez, con Gógol. El insomnio que tiene es peor que el peor de los *jet lags*, y se sienta en el salón, frente a la ventana de tres cuerpos, en una de las sillas triangulares, y se pasa todo el día llorando. Llora mientras le da el pecho, llora mientras le da palmaditas en la espalda para que se quede dormido, llora entre una toma y la siguiente. Llora cuando viene el cartero, porque no llega ninguna carta de Calcuta. Llora cuando llama a Ashoke a su departamento y no le contesta nadie. Un día se pone a llorar porque entra en la cocina y se da cuenta de que se ha terminado el arroz. Sube al piso de los Montgomery y llama a la puerta.

—Sí, claro, coge el que quieras —le dice Judy. Pero el arroz que tienen ellos es integral. Por educación, se lleva una tacita, pero al llegar a casa la tira a la basura. Llama a Ashoke al departamento para pedirle que compre un paquete antes de volver a casa. En esa ocasión, como tampoco le contesta nadie, se levanta, se lava la cara y se peina. Viste a Gógol y lo pone en el cochecito azul marino con ruedas blancas, herencia de Alan y Judy. Por primera vez, lo saca a pasear por las tranquilas calles de Cambridge, y se acerca hasta Purity Supreme para comprar un paquete de arroz largo. Tarda mucho más de lo habitual en la operación porque ahora, por las calles, en los pasillos del supermercado, la paran repetidamente mujeres a las que no conoce de nada, todas americanas, que de pronto se fijan en ella, le sonríen, le felicitan por lo que ha hecho. Miran en el interior del cochecito con una mezcla de curiosidad y admiración.

—¿Cuánto tiempo tiene? —preguntan—. ¿Es niño o niña? ¿Cómo se llama?

Paulatinamente, empieza a sentirse orgullosa de salir adelante sin ayuda, de ir estableciendo una rutina propia. Al igual que Ashoke, que entre las clases que da y las tareas de investigación tiene trabajo los siete días de la semana, ahora ella también tiene algo que la ocupa plenamente, que exige su dedicación absoluta, la entrega de todas sus fuerzas. Antes del nacimiento de Gógol, sus días no seguían un modelo previsible. Se pasaba horas en casa dormitando, de mal humor, releyendo en la cama las cinco novelas en bengalí que tenía. Pero ahora, sin darse cuenta se le hace de noche, y las horas que no pasaban nunca le pasan rapidísimo. Esas mismas horas las dedica a Gógol, lo pasea en brazos de habitación en habitación. Se levanta a las seis, saca al niño de la cuna y le da la primera toma. Se quedan media hora los tres juntos en la cama, Ashoke y Ashima no se cansan de admirar a esa personita que han fabricado. Entre las once y la una, mientras el niño duerme, adelanta trabajo y prepara la cena, costumbre que va a mantener por muchos años. Por las tardes lo saca de paseo, recorre las calles, compra esto o aquello, se sienta un rato en Harvard Yard, a veces queda con Ashoke en un banco del campus del MIT y le lleva *samosas* caseras y un termo con té caliente. En ocasiones, al mirar la carita de su hijo ve retazos de su familia: los ojos brillantes de su madre, los labios finos de su padre, la sonrisa torcida de su hermano. Descubre una mercería y compra lana y empieza a tejer ropa para el próximo invierno. A Gógol le hace jerséis, mantas, patucos y gorras. Cada varios días baña a su hijo en el fregadero de la cocina. Cada semana le corta las uñas de las manos y de los pies con mucho cuidado. Cuando lo lleva en su cochecito al pediatra para que le pongan las vacunas, sale de la consulta y se tapa los oídos con las manos. Un día, Ashoke llega a casa con una cámara Instamatic para hacerle fotos a Gógol, y mientras el niño duerme, ella se dedica a pegar las copias cuadradas, de ribete blanco, en un álbum que tiene las páginas protegidas con láminas de plástico transparente y bajo las que escribe los pies de foto. Para que se quede dormido, le canta las canciones bengalíes que su madre le cantaba a ella. Se embriaga con la fragancia dulce y lechosa de su piel, con el perfume mantecoso de su aliento. Un día lo levanta mucho sobre su cabeza, le sonríe con la boca muy abierta y en ese momento, un chorro de leche mal digerida de la última toma se le escapa y le cae en la boca. Durante el resto de su vida recordará la impresión que le causó notar ese líquido agrio y tibio, de un sabor que le impide probar bocado el resto del día.

Reciben correspondencia de sus padres, de los padres de Ashoke, de sus tíos y tías, de sus primos y de sus amigos, de todo el mundo menos de la abuela de Ashima. Las cartas están llenas de bendiciones y buenos deseos, escritas en unos caracteres con los que han convivido la mayor parte de la vida, en los carteles, en los periódicos, en los toldos de los comercios, pero que ahora sólo leen en esas preciosas misivas de papel azul celeste. A veces les llegan dos cartas en una misma semana. En una ocasión llegan tres. Como siempre, Ashima está atenta, entre las doce y las dos de la tarde, a los pasos del cartero en la escalera del porche, a los que sigue el débil chasquido de la ranura que hay en la puerta. Los márgenes de las cartas que les envían desde casa, que siempre empiezan con un párrafo escrito por su madre con su letra apresurada, y siguen con la caligrafía florida y elegante de su padre, están con frecuencia decorados con dibujos de animales hechos por él. Ésas las cuelga en la pared, sobre la cuna de Gógol. «Nos morimos de ganas de verle —le escribe su madre—. Éstos son los meses cruciales. A cada hora hay algún cambio. Tenlo presente.» Ashima les responde con descripciones

detalladas de su hijo, y les cuenta las circunstaı
sonrisa, el primer día en que se da la vuelta, su
de alegría. Les dice que están ahorrando para ir a
diciembre, cuando Gógol haya cumplido un año. (N
sobre la preocupación que tiene el pediatra con relac
medades tropicales. Para que pueda viajar a la Indi
ponerle un montón de vacunas, según le ha advertid

En noviembre, Gógol tiene una otitis leve. Cuando Ashima y
Ashoke ven el apodo de su hijo escrito en la receta del antibiótico,
cuando lo ven encabezando la cartilla de vacunación, no les parece
bien; los apodos cariñosos no deben ser del dominio público. Pero
sigue sin llegar la carta de la abuela. Empiezan a pensar que tal vez
se haya perdido. Ashima decide escribirle y exponerle la situación,
pedirle que les envíe una segunda carta con los nombres. Al día
siguiente, llega un sobre a Cambridge. Aunque lleva el remitente de
su padre, no contiene dibujos en los márgenes, no hay ni elefantes,
ni loros ni tigres para Gógol. Lleva fecha de hace tres semanas, y por
ella se enteran de que la abuela ha tenido una embolia que le ha dejado paralizado el lado derecho del cuerpo, y que está bastante deso-
rientada. Ya no mastica, apenas traga, recuerda y reconoce pocas
cosas de sus ochenta años largos. «Sigue con nosotros, pero la verdad es que ya la hemos perdido —le escribe su padre—. Prepárate
para lo peor, Ashima. Tal vez no vuelvas a verla más.»

Se trata de la primera mala noticia que les llega de casa. Ashoke
apenas conoce a la abuela de su esposa, sólo conserva el vago recuerdo de haberse postrado a sus pies durante la boda, pero en los días
que siguen Ashima se muestra desconsolada. Se sienta en casa con
Gógol mientras las hojas cambian de color y caen de los árboles,
mientras los días se acortan cada vez más, y piensa en la última vez
que vio a su abuela, a su *dida*, pocos días antes de viajar a Boston.
Ashima fue a visitarla; para celebrar la ocasión, su abuela entró en
la cocina por primera vez tras diez años sin pisarla, y le preparó un
guiso muy suave de cabrito con patatas. Le dio caramelos, metién-
doselos ella misma en la boca. A diferencia de sus padres y de otros
parientes, su abuela no le advirtió que no comiera carne de ternera
cuando viviera en Estados Unidos, que no se pusiera faldas, que
no se cortara el pelo, que no olvidara a su familia en el momento

mo de aterrizar en Boston. No se mostró temerosa ante esas posibles muestras de traición; era la única persona que predijo, acertadamente, que Ashima no cambiaría nunca. Antes de irse, la nieta se puso en pie, bajó la cabeza frente al gran retrato de su abuelo, y le pidió que bendijera su viaje. Y acto seguido se arrodilló para tocar con la frente el polvo de los pies de su *dida*.

—*Dida*, ya voy —le dijo.

Era la fórmula que los bengalíes usaban para decirse adiós.

—Que lo pases bien —le deseó ella con voz grave, mientras la ayudaba a incorporarse. Con manos temblorosas, le secó las lágrimas que le corrían por las mejillas—. Haz lo que yo no haré nunca. Todo será para bien. No lo olvides. Y ahora vete.

A medida que el niño va creciendo, también crece su círculo de amistades bengalíes. A través de los Nandi, que son los que esperan un hijo esta vez, conocen a los Mitra y a los Banerjee. En más de una ocasión, mientras pasea a Gógol en su cochecito, se le acerca algún bengalí joven, soltero, que tímidamente le pregunta de dónde es. Al igual que Ashoke, esos solteros viajan a Calcuta uno por uno, y todos regresan a Estados Unidos con esposa. Por lo que parece, cada fin de semana hay una nueva casa de bengalíes que visitar, una nueva pareja o familia a quien conocer. Todos son de Calcuta, y por el mero hecho de serlo se convierten en amigos. Casi todos viven cerca, en Cambridge, y se puede ir a pie a sus casas. Los maridos son profesores, investigadores, ingenieros, doctores. Las mujeres, entre la añoranza y el desconcierto, recurren a Ashima en busca de recetas, de consejos, y ella les pasa el dato de la carpa que venden en Chinatown, les explica que se puede hacer *dalwa* con esa especie de maicena de trigo que llama *cream of wheat*. Las familias se visitan unas a otras los domingos por la tarde. Toman té con azúcar y leche evaporada y comen gambas fritas en sartenes hondas. Se sientan en el suelo, en círculo, y cantan canciones de Nazrul y de Tagore, compartiendo un cancionero grueso con cubiertas de tela mientras Dilip Nandi toca el armonio. Discuten apasionadamente sobre si son mejores las películas de Ritwick Ghatak o las de Satyajit Ray, sobre si es preferible el CPIM o el Partido del Congreso, sobre si es más bonito el norte o el sur de Calcuta. Y se pasan horas hablando de la polí-

tica de Estados Unidos, país en el que ninguno de los presentes puede votar.

En febrero, cuando Gógol tiene seis meses, Ashima y Ashoke
ya conocen a un número suficiente de personas como para plantearse organizar una celebración. La ocasión es el *annaprasan* de Gógol,
su ceremonia del arroz. Los niños bengalíes no se bautizan, no existe una imposición ritualizada del nombre ante los ojos de Dios. Lo
que se hace, la primera ceremonia formal en la vida de una persona, gira en torno al consumo del alimento sólido. Le piden a Dilip
Nandi que asuma el papel de hermano de Ashima, que sostenga al
niño en brazos y le dé por primera vez el arroz, la materia de vida
según los bengalíes. Gógol va vestido como un niño-novio, con
un *pajama* punjabí de color amarillo pálido, regalo de su abuela de
Calcuta. La fragancia de unas semillas de comino, que han recibido en el mismo paquete en el que venía el *pajama,* aún perfuma la
tela. En la cabeza le ponen un tocado que Ashima ha hecho con
cartón forrado de papel de aluminio y que le sujetan con un hilo.
Alrededor del cuello lleva una cadena de oro de catorce quilates. No
sin resistencia por su parte, han conseguido pintarle seis diminu-
tas lunas en la frente con pasta de sándalo. Y le han oscurecido el
perfil de los ojos con bermellón. Se mueve, inquieto, en el regazo
de su tío putativo, que está sentado en el suelo, sobre una colcha,
rodeado por los demás invitados. La comida está dispuesta en diez
cuencos. Ashima lamenta que la fuente en la que ha puesto el arroz
sea de melamina, y no de plata o bronce, o al menos de acero inoxidable. En el último recipiente ha servido el *payesh*, un arroz con
leche caliente que Ashima le preparará todos los cumpleaños de su
infancia, e incluso de su edad adulta, y que le ofrecerá junto con una
porción de tarta.

Su padre y sus amigos le hacen fotos, y él pone ceño y se vuelve buscando la cara de su madre entre la multitud. Ella está ocupada organizando el bufé. Lleva un sari plateado, regalo de boda que
estrena ese mismo día; las mangas de la blusa le llegan hasta el codo.
Ashoke va vestido con una camisa transparente del Punjab y pantalones de pernera ancha. Como toda la comida que ha preparado es
tan consistente, Ashima tiene que coger los platos de papel de tres
en tres para servir el *biryani*, la carpa en salsa de yogur, el *dal* y los

seis platos distintos de verduras que se ha pasado toda la semana cocinando. Los invitados comerán de pie, o sentados en el suelo con las piernas cruzadas. Han invitado a Alan y a Judy, los dueños de la casa, que han aparecido vestidos como siempre, con sus vaqueros y sus suéteres gruesos, porque hace frío, y calzados con unas sandalias que se ponen encima de los calcetines de lana. Judy le echa un vistazo al bufé y prueba algo que resultan ser gambas.

—Y yo que creía que los indios eran vegetarianos —le susurra a Alan.

Empieza la ceremonia de la comida de Gógol. No son más que pizcas, que gestos. En realidad nadie espera que el niño coma más que un grano de arroz, más que un poquito de *dal*. La idea es que acceda a una vida de alimentos sólidos, que con esa celebración se inauguren los cientos de miles de comidas que han de venir y que pasarán más o menos inadvertidas. Algunas mujeres lanzan unos gritítos cuando se inicia la ceremonia. Una caracola pasa de mano en mano y todos la soplan, pero nadie consigue arrancarle un sonido. Sobre la cabeza de Gógol sostienen unas hojas de hierba y una vela fina, de llama fuerte. El niño está como en trance, no se agita ni se vuelve. Abre la boca, obediente, en cada plato. Come tres cucharadas de *payesh*. Cada vez que separa los labios para recibir la cuchara, a Ashima se le llenan los ojos de lágrimas. Ojalá su hermano fuera el que estuviera ahí, ojalá fueran sus padres quienes lo bendijeran posando las manos sobre su cabeza. Y entonces llega la escena final, el momento que todos estaban esperando. Para predecir el rumbo que tomará su vida, a Gógol le ponen delante una bandeja con un puñado de tierra que han cogido en el jardín, un bolígrafo y un billete de dólar, para ver si será terrateniente, intelectual o empresario. La mayoría de los niños echa la mano a una de las tres cosas, a veces a las tres a la vez, pero Gógol no toca ninguna de ellas. No demuestra el menor interés en la bandeja y se da la vuelta, enterrando por un momento la cara en el hombro de su tío honorario.

—¡Ponedle el dólar en la mano! —grita alguien—. ¡Un niño estadounidense tiene que ser rico!

—¡No! —protesta el padre—. ¡El bolígrafo! ¡Gógol, coge el bolígrafo!

El niño vuelve a mirar la bandeja y vacila. Un círculo de cabezas oscuras se forma a su alrededor. El tejido del *pajama* punjabí está empezando a irritarle la piel.

—Vamos, Gógol, escoge algo —dice Dilip Nandi, que le acerca más el plato.

El niño arruga la frente y empieza a temblarle el labio inferior. Y sólo entonces, obligado a los seis meses a decidir su destino, empieza a llorar.

Otro agosto. Gógol cumple un año. Gatea, anda un poco, repite palabras en dos idiomas. Llama «Ma» a su madre y «Baba» a su padre. Si alguien dice «Gógol», se vuelve y sonríe. Duerme toda la noche y todas las tardes entre las doce y las tres. Ya le han salido siete dientes. Siempre intenta meterse en la boca trocitos de papel, hilos y cualquier cosa que se encuentre por el suelo. Ashoke y Ashima planean ya su primer viaje a Calcuta, que será en diciembre, durante las vacaciones de invierno. El inminente desplazamiento los obliga a pensar en un nombre oficial para Gógol, porque deben rellenar la solicitud de pasaporte. Recurren a sus amigos bengalíes en busca de ideas. Dedican largas noches a considerar este o aquel nombre. Pero ninguno los convence. Para entonces ya han renunciado a la carta de la abuela. Han renunciado a que recuerde el nombre que había escogido porque, según les han dicho, ni siquiera se acuerda de su propia nieta. De todos modos, tienen tiempo. Faltan cuatro meses para el viaje a Calcuta. Ashima lamenta no poder ir antes, a tiempo para la *puja* de Durga, pero todavía faltan varios años para que Ashoke pueda tomarse un año sabático, y de momento tendrán que conformarse con las tres semanas de diciembre. «Es como si vosotros volvierais a casa varios meses después de la Navidad», le explica a Judy mientras tienden la ropa. Judy le contesta que Alan y ella son budistas.

Ashima teje sin descanso suéteres finos para su padre, para su suegro, para su hermano y sus tres tíos favoritos. Los hace todos iguales, verdes y de cuello en pico, cinco puntos del derecho y dos del revés, con agujas del nueve. El único diferente es el de su padre, de punto de arroz, abierto y con botones; él prefiere las chaquetas, y no se olvida de hacerle unos bolsillos para que pueda guardar la bara-

ja de cartas que siempre lleva encima y con la que se pone a hacer
solitarios en cualquier momento. Además del suéter, le compra tres
pinceles de pelo de marta en la cooperativa de Harvard, de los tama-
ños que le ha pedido por carta. Aunque son bastante caros, los objetos más caros que ha comprado desde que está en Estados Unidos,
Ashoke no le hace ningún comentario cuando ve la factura. Un
día, Ashima va de compras al centro de Boston, y se pasa horas en
la planta sótano de Jordan Marsh, con Góogol en el cochecito, gas-
tándose hasta el último centavo. Compra cucharillas de té sueltas,
fundas de almohada de percal, velas de colores, jabones. En otra
tienda encuentra un reloj Timex para su suegro, bolígrafos Bic para
sus primos, hilo de bordar y dedales para su madre y sus tías. En el
tren, de vuelta a casa, se siente emocionada, agotada, nerviosa, impaciente ante el viaje. El vagón va lleno, y al principio tiene que ir de
pie, luchando por mantener todas las bolsas en su sitio, sujetar el
cochecito y agarrarse de la barra. Finalmente, una jovencita le cede
su sitio. Ashima le da las gracias y se hunde aliviada en el asiento.
Protege las bolsas con sus piernas. Está tentada de dormir un rato,
como Góogol. Apoya la cabeza en la ventanilla, cierra los ojos y piensa en su país. Se imagina los barrotes negros de las ventanas que hay
en casa de sus padres, a Góogol, con su ropa y sus pañales americanos jugando bajo el ventilador del techo, sobre la cama con dosel
de sus padres. Se imagina a su padre, a quien, según le han escrito,
se le ha roto un diente al caerse por la escalera. Intenta imaginar lo
que sentirá cuando vea que su abuela no la reconoce.

Cuando abre los ojos, el tren está parado y con las puertas abiertas. Ya han llegado a su estación. Se levanta dando un salto. El corazón le late con fuerza.

—Perdón, disculpe —dice, empujando el cochecito y abrién-
dose paso entre la pared de cuerpos.

—Señora, se deja las cosas —le advierte alguien cuando ya está
a punto de bajar al andén. Las puertas del vagón se cierran cuando
ya es demasiado tarde. El tren se aleja lentamente. Se queda ahí de
pie hasta que desaparece en el túnel, hasta que ella y Góogol son los
únicos que quedan en la estación. Empuja el cochecito por Massachusetts Avenue, llorando desconsolada, consciente de que no puede permitirse el lujo de comprarlo todo de nuevo. Pasa el resto de

la tarde furiosa consigo misma, humillada ante la idea de llegar a Calcuta con las manos vacías, descontando los suéteres y los pinceles. Pero cuando Ashoke llega a casa, llama a la sección de objetos perdidos de Transportes Metropolitanos; al día siguiente recupera las bolsas, de las que no falta ni una cucharilla. En cierto modo, ese pequeño milagro hace que Ashima se sienta unida a Cambridge de un modo que hasta ese momento no creía posible, beneficiaria de sus derechos además de sometida a sus deberes. Tiene una anécdota que contar durante las cenas. Sus amigos la escuchan, asombrados ante su buena estrella.

—Eso sólo pasa en este país —dice Maya Nandi.

Una noche, poco después de ese incidente, están profundamente dormidos y suena el teléfono. El timbrazo les despierta al momento, y el corazón empieza a latirles con fuerza al unísono, como si estuvieran soñando lo mismo. Incluso antes de que Ashoke descuelgue, Ashima sabe que es una llamada de la India. Hace unos meses, su familia les pidió por carta el número de teléfono de Cambridge, y en su respuesta ella se lo dio a regañadientes, consciente de que serviría sólo para que le llegaran las malas noticias. Cuando Ashoke se incorpora en la cama, descuelga y contesta con voz soñolienta, Ashima se prepara para lo peor. Baja la barandilla de la cuna para consolar a Gógol, que con la llamada se ha desvelado y ha empezado a moverse. Mentalmente, hace un repaso de los hechos. Su abuela tiene más de ochenta años, está postrada en la cama, senil, incapaz de comer por sí misma ni de hablar. Los últimos meses de su vida, según la última carta de sus padres, han sido dolorosos para ella y para los que la conocen. Su enfermedad no tiene cura. Se imagina a su madre diciendo todas esas cosas en voz baja, hablando por el teléfono de los vecinos, de pie en su salita. Se prepara para recibir la noticia, para aceptar el hecho de que Gógol no conocerá nunca a su bisabuela, la responsable de su nombre perdido.

Hace mucho frío. Saca al niño de la cuna y se mete con él en la cama, tapándose con la manta. Lo abraza fuerte para que le dé fuerzas, se lo arrima al pecho. Piensa en el cárdigan color crema que ha comprado pensando en su abuela, y que está metido en una bolsa, en el armario. Oye hablar a Ashoke con voz serena pero en un tono tan alto que le parece que va a despertar a los Montgomery.

—Sí, de acuerdo. Entiendo. No te preocupes. Lo haré. —Se queda un rato en silencio, escuchando—. Quieren hablar contigo —le dice, y le pone la mano en el hombro.

A oscuras, le pasa el teléfono y, tras unos instantes de duda, se levanta de la cama.

Ashima coge el receptor para oír la noticia de boca de su madre, para consolarla. No se imagina quién la consolará a ella el día que su madre muera, se pregunta si esa noticia también le llegará por esa vía, en plena noche, arrancándola del sueño. A pesar del miedo, también siente cierta emoción. Desde hace tres años no oye la voz de su madre, desde que salió del aeropuerto de Dum Dum nadie la llama Monu. Pero quien está al otro lado de la línea no es su madre, sino su hermano Rana. Su voz llega muy débil, metida en un cable, apenas reconocible a través de los agujeritos del auricular. La primera pregunta que le hace es qué hora es en Calcuta. Tiene que repetírsela tres veces a voz en grito para que la oiga. Rana le contesta que es la hora de comer.

—¿Todavía tenéis la intención de venir en diciembre?

Nota un peso en el pecho, se emociona al oír que su hermano, después de tanto tiempo, la llama *didi*, «hermana mayor», término que es el único en el mundo con derecho a usar. Simultáneamente oye que el grifo se abre en su cocina de Cambridge; su marido abre un armario y saca un vaso.

—Pues claro que vamos —dice, inquieta al oír que su propia voz se repite débilmente, en un eco menos convincente—. ¿Cómo está *Dida*? ¿Le ha pasado algo?

—Sigue viva —dice su hermano—. Pero está igual.

Ashima se apoya en la almohada, aliviada. Todavía podrá ver a su abuela, aunque sea por última vez. Besa en la frente a Gógol, le aprieta la mejilla contra la suya

—Menos mal. Pásame a mamá. Déjame hablar con ella.

—Ha salido —replica Rana tras una pausa llena de ruidos.

—¿Y Baba?

Otra extensión de silencio antes de la respuesta.

—No está.

—Ah. —La diferencia horaria, claro. Supone que su padre estará en ese momento en la oficina del *Desh*, que su madre habrá ido al mercado con una bolsa de arpillera en la mano a comprar verduras y pescado.

—¿Cómo está el pequeño Gógol? —le pregunta su hermano—. ¿Habla sólo en inglés?

Ashima se ríe.

—No habla mucho en ningún idioma, de momento. —Empieza a contarle que le está enseñando a decir «Dida», «Dadu» y «Mamu», a reconocer en foto a sus abuelos y a su tío. Pero los ruidos de la línea la interrumpen a mitad de frase.

—Rana, Rana, ¿me oyes?

—No te oigo, *Didi* —responde él con una voz cada vez más distante—. No te oigo. Hablamos más tarde.

—Sí, más tarde. Nos vemos pronto. Muy pronto. Escríbeme.

Cuelga, emocionada por haber oído la voz de su hermano. Pero un instante después está confusa y algo irritada. ¿Para qué se ha tomado la molestia de llamar? ¿Para hacerle sólo aquellas preguntas tan obvias? ¿Por qué ha llamado cuando sus padres no estaban en casa?

Ashoke vuelve de la cocina con un vaso de agua. Lo deja en la mesilla y enciende la lámpara.

—Estoy desvelado —dice, aunque aún tiene voz soñolienta.

—Yo también.

—¿Y Gógol?

—Se ha vuelto a quedar dormido. —Se levanta y lo deja de nuevo en la cuna, lo arropa con la manta y vuelve a la cama, tiritando de frío—. No lo entiendo. ¿Por qué se ha tomado la molestia de llamar precisamente ahora? Con lo caro que es. No le veo el sentido. —Se vuelve y mira a Ashoke—. ¿A ti qué te ha dicho, exactamente?

Ashoke niega con la cabeza y la baja un poco.

—Te ha dicho algo que no me quieres contar. ¿Qué es? Dime.

Su marido sigue negando con la cabeza a un lado y a otro, y entonces se acerca a ella y le aprieta la mano con tanta fuerza que hasta le hace un poco de daño. Se pone encima de ella y aparta la cara hacia un lado, con el cuerpo tembloroso. Se queda así tanto rato que ella cree que está a punto de apagar la luz y empezar a acariciarla. Pero no. Lo que hace es decirle lo que Rana le ha contado hace un momento, lo que Rana no ha tenido el valor para confesarle a su hermana por teléfono: que su padre murió ayer por la noche, de un infarto, mientras hacía solitarios en la cama.

Salen para la India seis días después, seis semanas antes de lo previsto. Alan y Judy, que se despiertan al día siguiente con el llanto de Ashima y se enteran de lo sucedido por Ashoke, dejan junto a la puerta un jarrón con flores. En esos seis días no hay tiempo para pensar en un nombre para Gógol. Le hacen un pasaporte urgente con las palabras «Gógol Ganguli» escritas sobre el tampón de los Estados Unidos de América. Ashoke firma en representación de su hijo. El día antes de partir, ella monta al niño en el cochecito, mete en una bolsa de plástico el suéter y los pinceles que le compró a su padre y se va hasta Harvard Square a coger el metro.

—Disculpe —le pide a un hombre—. Tengo que coger el metro.
—El hombre le ayuda a bajar el cochecito hasta el andén. Se dirige a Central Square. Esta vez está totalmente despierta. En el vagón sólo viajan otras seis personas, que ocultan su rostro tras el *Globe* o leen libros de bolsillo o la miran sin verla. Cuando está a punto de llegar, se levanta, se prepara para bajar. No se vuelve a ver la bolsa, que ha dejado a propósito debajo del asiento. «Eh, la señora india se ha dejado una bolsa», oye que dice alguien cuando se están cerrando las puertas, y cuando el metro arranca le llega el sonido de alguien que golpea el vidrio, pero ella sigue caminando, empujando el cochecito por el andén.

La tarde siguiente embarcan en un vuelo de la Pan Am con destino a Londres, donde tras una espera de cinco horas, tomarán un segundo avión hasta Calcuta, vía Teherán y Bombay. En la pista, a punto de despegar, con el cinturón de seguridad abrochado, Ashima se mira el reloj y calcula qué hora será en la India ayudándose con los dedos. Pero en esta ocasión no se le aparece ninguna imagen de su familia. Se niega a imaginar lo que pronto ha de ver con sus propios ojos: la raíz del pelo de su madre sin la marca de bermellón de las casadas, el pelo grueso y abundante de su hermano afeitado en señal de duelo. Las ruedas empiezan a girar y las enormes alas metálicas tiemblan ligeramente. Mira a su marido, que revisa de nuevo que los pasaportes y los permisos de residencia estén en su sitio, y que se cambia la hora del reloj para ir ya con la de la India, haciendo girar las manecillas plateadas.

—No quiero ir —dice Ashima mirando por la ventanilla ovalada—. No quiero verlos. No puedo.

Ashoke le agarra la mano mientras el avión va ganando velocidad. Y en ese momento Boston queda atrás y remontan sin esfuerzo el Atlántico oscuro. Las ruedas se retraen y el fuselaje cruje cuando atraviesan la primera capa de nubes. Aunque a Gógol le han puesto algodones en los oídos, el niño se queja durante el ascenso en brazos de su triste madre; es la primera vez en su vida que vuela, que atraviesa más de medio mundo.

3

1971

Los Ganguli se han trasladado a una ciudad universitaria de las afueras de Boston. No tienen noticia de ningún otro bengalí que viva cerca. La población tiene un centro histórico y un pequeño barrio de arquitectura colonial que los turistas visitan los fines de semana de verano. Hay una iglesia congregacionista, blanca y con campanario, unos juzgados de piedra con su cárcel adyacente, una biblioteca pública con cúpula, y un pozo de madera en el que se dice que bebió Paul Revere. En invierno, junto a las ventanas de las casas se ven velas encendidas cuando anochece. A Ashoke lo han contratado como profesor adjunto de Ingeniería Electrónica en la universidad. Por dar cinco materias le pagan dieciséis mil dólares al año. Le han proporcionado un despacho propio con su nombre grabado en la puerta, sobre un rectángulo de plástico negro. Comparte con los demás miembros de su departamento los servicios de una secretaria de edad avanzada, la señora Jones, que muchas veces deja un pastel de plátano junto a la cafetera, en la sala de profesores. Sospecha que la señora Jones, cuyo esposo dio clases en el departamento de Inglés hasta su muerte, tiene la misma edad que su madre, pero lleva una vida que a ésta le parecería humillante: come sola, conduce ella misma al trabajo, llueva o nieve, y no ve a sus hijos ni a sus nietos más que tres o cuatro veces al año.

Para Ashoke, el contrato que ha conseguido colma todas sus expectativas. Siempre ha preferido la enseñanza universitaria a un trabajo de empresa. Qué emocionante, piensa, plantarse frente a un grupo de alumnos estadounidenses y dar una clase. Qué gran logro supone para él ver su nombre impreso bajo el epígrafe «Profesorado» en el directorio de la facultad. Qué alegría siente cada vez que la señora Jones le dice «profesor Ganguli, su esposa al teléfono». Desde su despacho, que está en la cuarta planta, tiene una vista panorámica de todo el recinto, flanqueado por edificios de ladrillo cubiertos de hiedra, y en días soleados baja a comer a un banco y se distrae con las melodías de las campanas que emite el reloj del campus. Los viernes, después de la última clase, se pasa por la biblioteca para leer los periódicos internacionales, que meten en unos palos largos de madera. Se informa de los bombardeos estadounidenses sobre las rutas de suministros del Vietcong, en Camboya, se entera de los asesinatos de rebeldes del movimiento naxalita en las calles de Calcuta, de la guerra entre la India y Pakistán. A veces sube hasta la planta superior de la biblioteca, soleada y poco concurrida, y con los estantes llenos de obras literarias. Recorre los pasillos, y con frecuencia siente la llamada de sus queridos rusos; cuando pasa por esa sección, siempre le conforta leer el nombre de su hijo en letras doradas sobre los lomos de unos libros rojos, verdes y azules, de tapas duras.

Para Ashima, el traslado a las afueras ha sido más drástico, más perturbador que el cambio de Calcuta a Cambridge. Ella habría preferido que su esposo hubiera aceptado el puesto que le ofrecían en la Northeastern University; así habrían podido quedarse en la ciudad. Le asombra que en esa pequeña población no haya propiamente aceras, ni farolas, ni transporte público, ni tiendas en muchos kilómetros a la redonda. No le interesa en absoluto aprender a conducir el nuevo Toyota Corola que ahora les resulta imprescindible para todo. Aunque ya no está embarazada, a veces sigue mezclando en un cuenco Rice Krispies, cacahuetes y cebolla. Porque está empezando a darse cuenta de que ser extranjera es una especie de embarazo permanente: una espera constante, una carga perpetua, una continua sensación de no estar del todo bien. Es una responsabilidad que no cesa, un paréntesis en lo que en otro tiempo fue una vida ordinaria, que se cierra al descubrir que esa existencia anterior se ha esfumado, ha sido reemplazada por algo más complejo y que supone una exigencia mayor. Como un embarazo, Ashima cree que ser extranjera es algo que despierta la misma curiosidad de los desconocidos, la misma combinación de lástima y respeto.

Las incursiones que hace fuera de casa cuando su marido está en el trabajo no exceden los límites de la universidad en la que viven y

los del centro histórico, que queda en uno de sus extremos. Pasea
con Gógol, le deja correr por el patio, y en los días de lluvia se sienta con él a ver la tele en la sala de estudiantes. Una vez a la semana,
prepara treinta *samosas* y las vende a la cafetería internacional, a
veinticinco centavos cada una. Las ponen junto a las tartas *linzer* de
la señora Etzold y los *baclavas* de la señora Cassolis. Los viernes lleva a su hijo a la biblioteca para que oiga los cuentos infantiles que
ese día explican a los niños. Y cuando cumple los cuatro años, lo
apunta a la guardería de la universidad tres mañanas a la semana.
Durante esas horas en las que su hijo aprende el abecedario en inglés
y pinta con los dedos, Ashima se siente triste, pues ya ha perdido
la costumbre de estar sola. Echa de menos la manía de Gógol de
cogerle siempre una punta del sari cuando caminan juntos. Echa
de menos el tono agudo de su voz de niño que le dice que tiene hambre, que está cansado, que quiere ir al baño. Para no estar sola en casa,
se va a la sala de lectura de la biblioteca y, sentada en un sillón de
piel cuarteada, le escribe cartas a su madre, lee revistas o algún libro
en bengalí que se trae de casa. La sala es alegre, luminosa, enmo-
quetada de rojo y con gente que lee los periódicos en torno a una
mesa redonda de madera adornada con centros de flores. Cuando
añora a su hijo más de la cuenta, se acerca a la sala infantil. Allí, clavada en un tablón de anuncios, sigue la foto que le tomaron durante una de las sesiones de lectura de cuentos. Está de perfil, sentado
con las piernas cruzadas sobre un cojín, y escucha embelesado a la
bibliotecaria, la señora Aiken, que lee en voz alta *El gato en el sombrero.*
   Después de dos años viviendo en un apartamento muy caluroso pagado por la universidad, Ashima y Ashoke se están planteando
la posibilidad de comprarse una casa. A última hora de la tarde, después de cenar, se montan en el coche y recorren la zona en busca
de residencias en venta; Gógol va en el asiento trasero. No les interesa que esté en el centro histórico, que es donde vive el jefe del
departamento de Ashoke, en una mansión del siglo XVIII a la que los
invitan a merendar una vez al año, el día de San Esteban. Prefieren
las calles más normales, con piscinas de plástico y bates de béisbol
en los jardines. Todas las casas son de estadounidenses: no se quitan los zapatos antes de entrar en ellas, tienen en la cocina las cajas

para los excrementos de los gatos, hay siempre perros que ladran cuando Ashima y Ashoke llaman al timbre. Aprenden los nombres de las distintas variantes arquitectónicas: estilo cabo Cod, estilo campestre, estilo rancho, estilo regimiento. Al final se deciden por una de tipo colonial, de dos plantas y con fachada de madera, situada en una zona residencial de construcción reciente, una casa que no ha ocupado nadie antes que ellos, y que está rodeada de mil metros cuadrados de terreno. Ésa es la pequeña porción de Estados Unidos de la que se atribuyen la propiedad. Gógol acompaña a sus padres a los bancos, se sienta y espera mientras ellos firman papeles y más papeles. Les conceden la hipoteca y preparan el traslado para la primavera. Ashoke y Ashima se sorprenden, cuando hacen la mudanza, al constatar la gran cantidad de cosas que han ido acumulando en ese tiempo. Cuando llegaron a Estados Unidos, lo hicieron con sólo una maleta cada uno. Ahora ya tienen tantos números atrasados del *Globe* que pueden envolver con sus hojas todos los platos y los vasos. Eso sin contar todos los ejemplares de la revista *Time* de los últimos dos años.

Terminan de pintar las paredes de la casa nueva, asfaltan el camino de entrada, protegen contra la humedad los listones de la fachada y el terrado y luego los pintan. Ashoke toma fotos de todas las habitaciones, y en todas aparece Gógol. Son para enviar a sus parientes de la India. En unas está abriendo la nevera, en otras hace como que habla por teléfono. Es un niño fuerte, mofletudo, pero tiene ya unos rasgos melancólicos. Cuando le hacen fotos, tienen que pedirle que sonría. La casa está a quince minutos del supermercado más próximo, y a cuarenta del centro comercial. La dirección es Pemberton Road, 67. Sus vecinos son los Johnson, los Merton, los Aspris y los Hill. Tiene cuatro habitaciones no muy grandes, un baño y un aseo, paredes de poco más de dos metros de altura y un garaje para un coche. En el salón hay una chimenea de ladrillo y una ventana apaisada que da al jardín. En la cocina, los electrodomésticos están forrados de amarillo, a juego con los muebles, hay una bandeja giratoria, y un suelo de linóleo que imita baldosas. En una pared del salón cuelgan una acuarela del padre de Ashima que representa una caravana de camellos en el Rajastán, y que han hecho enmarcar. Gógol tiene una habitación para él solo, con una cama con cajo-

nes empotrados debajo y una estantería metálica con sus juguetes de piezas articulables y sus dioramas. La mayoría de los juguetes
son de segunda mano, al igual que la mayoría de los muebles, las
cortinas, la tostadora y la batería de cocina. En un principio, Ashima
se muestra reacia a meter esos objetos en su casa, le da vergüenza
comprar cosas que originalmente han pertenecido a unos desconocidos, estadounidenses, para más señas. Pero Ashoke le hace saber
que incluso su jefe de departamento compra mucho en los merca-
dillos que se organizan en los jardines de las casas, que a pesar de
vivir en una mansión, a un estadounidense no se le caen los anillos
por llevar unos pantalones usados que le hayan costado cincuenta
centavos.

Cuando se trasladan, el terreno aún no está ajardinado. No hay
ni un árbol, ningún seto junto a la puerta de entrada, y lo único
que se ve es cemento. Así, durante los primeros cuatro meses, Gógol
juega en un patio irregular y sucio lleno de piedras y de palos, se
mancha las zapatillas deportivas y deja sus huellas por todas partes.
Ése es uno de sus primeros recuerdos. Siempre recordará esa primavera fría y nublada en la que hacía agujeros en la tierra, recogía
piedras, encontraba salamandras negras y amarillas debajo de las
láminas de pizarra. Siempre recordará los sonidos de los otros niños
del barrio, que se reían y montaban en triciclo por la calle. Y recordará también el día radiante y caluroso de verano en que llegó un
camión y volcó un montón de tierra en el patio, y el momento, semanas después, en que se subió al terrado con sus padres y vio desde
ahí unas briznas de hierba que crecían en aquella superficie negra y
pelada.

Al principio, por las tardes, su familia sale de paseo en coche, a
explorar los alrededores. Las avenidas descuidadas, los callejones
sombríos, las granjas en las que venden calabazas en otoño y en julio
frutos del bosque en unas cajitas verdes. El asiento trasero está
cubierto de plástico y los ceniceros todavía siguen precintados. Conducen hasta que se hace de noche, sin rumbo fijo, dejando atrás
estanques recónditos y cementerios, callejones sin salida. A veces
se alejan más de la ciudad y llegan hasta alguna de las playas de la
costa norte. Pero ni se bañan ni toman el sol, aunque sea verano. Van
vestidos con su ropa de siempre. Generalmente, cuando llegan, la

cabina del cobrador está vacía, y la gente ya se ha ido. Quedan sólo cuatro coches en el aparcamiento, y las pocas personas que siguen en la playa pasean a sus perros, contemplan la puesta del sol o buscan objetos metálicos con unos detectores especiales. A medida que se acercan, los tres buscan con la mirada, expectantes, la franja azul de mar que está a punto de hacerse visible. En la playa, Gógol recoge piedras, excava túneles en la arena. Su padre y él van descalzos y se doblan los pantalones hasta las pantorrillas. Su padre hace volar una cometa. Se eleva tanto que Gógol tiene que levantar mucho la cabeza para verla, poco más que una manchita ondeante en el cielo.

El viento les silba en las orejas y sienten el frío en la cara. Unas gaviotas blancas planean con las alas extendidas, vuelan tan bajo que casi se podrían tocar. Gógol mete los pies en el agua y deja sus huellas débiles, intermitentes, en la orilla. Aunque lleva las perneras arremangadas, se las moja igualmente. Su madre grita y se ríe, levantándose un poco el sari por encima de los tobillos, con las zapatillas en una mano, y mete los pies en el agua helada. Alcanza a Gógol, le coge de la mano. «No te metas tanto», le dice. Las olas se retiran un instante, toman impulso, y la arena blanda y oscura parece abrirse al momento bajo sus pies, haciéndoles perder el equilibrio. «Me caigo, me está arrastrando», dice ella siempre.

El agosto en que Gógol cumple cinco años, Ashima se da cuenta de que vuelve a estar embarazada. Por la mañana se obliga a comer una tostada, pero sólo porque Ashoke se la prepara especialmente y no se mueve de su lado hasta que se la come, sentada en la cama. La cabeza le da vueltas sin parar. Se pasa los días tumbada, con un cubo rosa al lado y las persianas cerradas. La boca y los dientes le saben a metal. Ve los programas de concursos y las telenovelas más populares en un televisor que Ashoke ha sacado del salón y ha instalado frente a su lado de la cama. Cuando a mediodía se arrastra hasta la cocina para prepararle el sándwich de mantequilla de cacahuete y mermelada a Gógol, el olor de la nevera le repugna, convencida como está de que alguien se ha llevado sus verduras de los cajones y las ha sustituido por basura, y de que la carne se está pudriendo en los estantes. A veces, Gógol se pone a leer algún cuento a su lado, en el dormitorio de sus padres, o a pintar con sus colores. «Pronto vas a ser el hermano mayor —le dice un día—. Alguien te llamará *Dada*. ¿A que es emocionante?» A veces, si se siente con fuerzas, le pide a su hijo que le acerque el álbum, y se ponen a mirar juntos las fotos de los abuelos de Gógol, de su tío, de sus tías, de sus primos, de los que, a pesar de su única visita a Calcuta, no guarda ningún recuerdo. Su madre le enseña a memorizar un poema infantil de cuatro versos de Tagore, y los nombres de las deidades que durante la *puja* adornan a la diosa Durga, la de las diez manos: Sarasvati con su cisne y Kartikkeya con su pavo real a la izquierda; Laksmi con su búho y Ganesa con su ratón a la derecha. Todas las tardes, Ashima duerme un rato, pero antes pone el segundo canal y le dice a Gógol que mire *«Barrio Sésamo»* y *«La Compañía Eléctrica»*, para que practique el inglés que aprende en la guardería.

Por la noche, Gógol y su padre cenan juntos, solos, un curry de pollo que les dura toda la semana y que su padre prepara los domingos en unas cacerolas de hierro muy gastadas. Mientras recalientan la comida, Ashoke le pide a su hijo que cierre la puerta del dormitorio porque su madre no soporta el olor. A Gógol le resulta raro verlo cocinar a él, ocupar el lugar de su madre en los fogones. Cuando se sientan a la mesa, echa de menos la conversación de sus padres y las noticias de la tele que llegan desde el salón. Ashoke come con la cabeza inclinada sobre el plato, hojeando el último número de la revista *Time*, y sólo de vez en cuando la levanta para asegurarse de que su hijo también come. Aunque se acuerda de mezclarle el curry con el arroz antes, no se molesta en darle a la comida forma de bolitas, como sí hace su madre, que las pone alrededor del plato como si fueran las horas de un reloj. A Gógol ya le han enseñado a comer solo, con los dedos, y ha aprendido a hacerlo sin que se le manche la palma de la mano. Ya sabe sacarle el tuétano a los huesos del cordero, y le han dicho que es muy peligroso tragarse las espinas del pescado. Pero si su madre no está en la mesa, a él no le apetece comer, y cada noche espera que salga de su habitación y se siente entre él y su padre, que llene el espacio con el olor de su sari y su chaqueta. Le aburre comer lo mismo todos los días, y una noche, discretamente, aparta a un lado la comida que no quiere. Con el dedo índice, empieza a dibujar en el plato, sobre el resto de la salsa. Se pone a jugar al tres en raya.

—Termínatelo todo —le dice su padre, que abandona un momento la lectura de la revista—. Y no juegues así con la comida.

—Es que estoy lleno, Baba.

—Todavía te quedan cosas en el plato.

—Baba, no puedo más.

El plato de su padre está limpio, los huesos de pollo repelados y mordidos, el cañón de canela y la hoja de laurel tan brillantes como si aún no se hubieran cocinado. Ashoke niega con la cabeza y reprende a su hijo con la mirada. Le duele ver que todos los días hay gente que tira a la basura bocadillos a medio comer, manzanas rechazadas tras uno o dos mordiscos.

—Termínatelo todo, Gógol. A tu edad yo comía hasta hojalata.

Como su madre tiende a vomitar en cuanto se monta en un coche, no puede acompañar a Gógol en su primer día de colegio, ese septiembre de 1973. Empieza el curso de preescolar en la escuela estatal. En realidad, el curso ha comenzado hace una semana, pero él ha estado en cama, como su madre, apático, sin apetito. Decía que le dolía la barriga, y hasta ha llegado a vomitar en una ocasión en el cubo rosa de su madre. No quiere ir al colegio. No quiere llevar la ropa nueva que su madre le ha comprado en Sears y que está preparada en un colgador del armario, ni llevar la tartera de Charlie Brown, ni montarse en el autobús escolar amarillo que tiene la parada al final de Pemberton Road. El colegio, a diferencia de la guardería, está a más de diez kilómetros de casa, lejos de la universidad. Le han llevado varias veces a ver el edificio, una estructura baja de ladrillo con una cubierta totalmente plana y una bandera que ondea en lo alto de un mástil blanco, en medio del césped.

Gógol tiene un motivo para no querer empezar el parvulario. Sus padres le han dicho que, en el colegio, en vez de llamarle Gógol, le llamarán de otra manera; finalmente, se han decidido a ponerle un nombre de verdad, Nikhil, que está sabiamente relacionado con su apodo. No se trata sólo de una palabra perfectamente respetable según la tradición bengalí, que significa «el que está entero, el que todo lo abarca», sino que se parece lo bastante a Nikolái, nombre de pila ruso de Gógol. A Ashoke se le ocurrió hace poco, un día que estaba en la biblioteca repasando los lomos de sus libros, y se fue corriendo a casa a pedirle la opinión a su mujer. A su favor tenía que era relativamente fácil de pronunciar, aunque existía el riesgo de que los estadounidenses, obsesionados como estaban con las abreviaturas, acabaran llamándolo Nick. Ella le dijo que le gustaba bastante aunque más tarde, cuando se quedó sola, lloró pensando en su abuela, que había muerto hacía un año, y en la carta que seguiría vagando toda la eternidad por algún lugar indeterminado entre la India y América, con el nombre que había escogido para Gógol. Ashima sigue soñando a veces con esa misiva, y en sus sueños, después de tantos años, le llega a su buzón de Pemberton Road, aunque cuando abre el sobre descubre que está vacío.

Pero Gógol no quiere tener un nombre nuevo. No comprende que tenga que responder a otro que no sea el suyo.

—¿Por qué he de tener otro nombre? —le pregunta a sus padres con lágrimas en los ojos. Peor sería si ellos también lo llamaran Nikhil. Pero le han dicho que ese nuevo nombre lo usarán sólo sus maestros y sus compañeros de clase. Le da miedo ser Nikhil, alguien a quien no conoce. Sus padres le dicen que ellos también tienen dos nombres, igual que todos sus amigos bengalíes que viven en Estados Unidos y que sus parientes de Calcuta. Es algo que tiene que ver con hacerse mayor, le dicen, y con el hecho de ser bengalí. Se lo escriben en un papel, le piden que lo copie diez veces.

—Y no te preocupes —añade su padre—. Para mí y para tu madre, tú siempre serás Gógol.

En la escuela, a padre e hijo los recibe la secretaria, la señora McNab, que le pide a Ashoke que rellene un impreso para el registro. Él le da una copia del certificado de nacimiento del niño y otra de la cartilla de vacunaciones, que la señora McNab mete en una carpeta junto con el impreso.

—Es por aquí —dice la secretaria, que los acompaña a la oficina de la directora. En la placa de la puerta se lee CANDICE LAPIDUS. La señora Lapidus le asegura a Ashoke que no es problema que el niño haya faltado a clase la primera semana, que apenas están empezando. Es una mujer alta y delgada con el pelo rubio muy corto. Lleva sombra de ojos azul y un traje de chaqueta amarillo limón. Estrecha la mano de Ashoke y le dice que en el colegio hay otros dos alumnos indios, Jayadev Modi, de tercero, y Rekha Saxena, de quinto. ¿Conoce a sus familias? Ashoke responde que no. Mira el impreso y sonríe con ternura a Gógol, que se aferra con fuerza a la mano de su padre. Lleva unos pantalones azul celeste, un jersey de cuello alto a rayas y unas zapatillas deportivas rojas y blancas, de lona.

—Bien venido a la escuela primaria, Nikhil. Yo soy la directora, la señora Lapidus.

Gógol baja la mirada y la concentra en la punta de los pies. La directora ha pronunciado su nombre de una manera distinta a la de sus padres, poniendo el acento en la segunda sílaba.

La señora Lapidus se agacha para estar a su altura, y le pone una mano en el hombro.

—¿Puedes decirme cuántos años tienes, Nikhil?

Tras unos momentos, repite la pregunta, pero Gógol no dice nada.

—Señor Ganguli, ¿entiende Nikhil el inglés?

—Por supuesto —responde Ashoke—. Mi hijo es perfectamente bilingüe.

Para demostrar que su hijo domina la lengua, hace algo que no ha hecho nunca: se dirige a él en un inglés muy claro, muy pausado.

—Vamos, Gógol —le dice dándole unas palmaditas en la cabeza—. Dile a la señora Lapidus cuántos años tienes.

—¿Cómo ha dicho? —pregunta la directora.

—¿Disculpe?

—¿Cómo ha llamado al niño? Algo con ge.

—Ah, bueno, así es como lo llamamos en casa. Pero su nombre de verdad tiene que ser... es... —asiente con la cabeza— Nikhil.

La señora Lapidus arquea las cejas.

—Lo siento, pero me parece que no entiendo bien. ¿Su nombre de verdad?

—Sí.

La directora vuelve a fijarse en el impreso. Con los otros alumnos indios no le ha pasado lo mismo. Abre la carpeta y examina la cartilla de vacunación y el certificado de nacimiento.

—Parece que hay cierta confusión, señor Ganguli —dice—. Según estos documentos, su nombre legal es Gógol.

—Así es. Pero, por favor, déjeme explicarle que...

—Que quiere que lo llamemos Nikhil.

—Correcto.

La señora Lapidus asiente con un movimiento de cabeza.

—¿Y cuál es el motivo?

—Es nuestro deseo.

—Creo que no acabo de entenderle, señor Ganguli. ¿Quiere decir que Nikhil es algo así como un segundo nombre? ¿Un apodo? Aquí hay muchos niños que tienen nombres cariñosos, abreviados. En este mismo impreso hay un espacio reservado para...

—No, no, no es un segundo nombre —insiste Ashoke; que está empezando a perder la paciencia—. Él no tiene segundo nombre. Ni apodo. Su nombre oficial, su nombre para la escuela, es Nikhil.

La directora aprieta los labios y sonríe.

—Pero está claro que el niño no responde.

—Por favor, señora Lapidus. Es muy normal que, en un primer momento, los niños se confundan. Dele un poco de tiempo, se lo pido. Ya verá cómo se acostumbra.

Se agacha y, esta vez en bengalí, en voz baja y con mucha calma, le pide a Gógol que por favor responda a la señora Lapidus cuando ésta le haga alguna pregunta.

—No tengas miedo, Gógol —le dice, levantándole la barbilla con un dedo—. Ahora ya eres mayor. Nada de lloros.

Aunque la directora no entiende ni una palabra, escucha con interés y vuelve a oír ese nombre. Gógol. A lápiz, sin apretar, lo escribe en el impreso.

Ashoke le entrega la fiambrera con la comida y un chubasquero por si llueve. Le da las gracias a la directora.

—Sé bueno, Nikhil —le dice en inglés.

Tras unos segundos de duda, se va.

Cuando se quedan solos, la señora Lapidus vuelve a intentarlo.

—¿Estás contento de empezar a ir al colegio, Gógol?

—Mis padres quieren que tenga otro nombre en el colegio.

—¿Y tú, Gógol? ¿Quieres que te llamen por ese otro nombre?

Tras una pausa, niega con la cabeza.

—¿Eso es que no?

Asiente.

—Sí.

—Pues decidido. Escribe tu nombre en este papel.

Gógol coge el lápiz, lo sujeta con fuerza y va formando las letras de la única palabra que de momento sabe de memoria, aunque por culpa de los nervios la ele le sale al revés.

—Qué letra tan bonita tienes —le dice la señora Lapidus, que rompe el impreso de registro y le pide a la secretaria que rellene otro a máquina.

Coge a Gógol de la mano y pasan por un vestíbulo enmoquetado con paredes de cemento pintadas de colores. Abre una puerta y le presenta a su maestra, la señorita Watkins, una mujer que lleva el pelo recogido en dos trenzas y va con bata y zuecos. Dentro de clase existe todo un universo de apodos: Andrew es Andy, Alexandra es Sandy, William es Billy, Elizabeth es Lizzy. El tipo de educación que ahí se imparte no tiene nada que ver con la que los padres de Gógol conocieron en su infancia de plumas estilográficas, zapatos negros bien lustrados, cuadernos y nombres oficiales, y en la que debían llamar «señor profesor» o «señora profesora» a sus maestros desde que eran muy pequeños. Aquí, el único ritual consiste en prometer fidelidad a la bandera de Estados Unidos todas las mañanas, nada más llegar. Durante el resto del día, se sientan en una única mesa redonda, beben zumos y comen galletas, duermen siestas en el suelo, con la cabeza apoyada en unos pequeños cojines de color naranja. Al terminar su primer día de clase, lo envían a casa con una nota para sus padres de parte de la directora, una nota que doblan y grapan a una cuerda que le pasan alrededor del cuello. En ella, la señora Lapidus explica que, como su hijo así lo prefiere, en el colegio lo llamarán Gógol. «¿Y qué pasa con las preferencias de los padres?», se preguntan Ashima y Ashoke negando con la cabeza en un gesto de desaprobación. Pero como ninguno de los dos se sentiría a gusto forzando su decisión, se ven obligados a claudicar.

De ese modo, Gógol inicia su formación académica. En la parte superior de todas las hojas, que son de un amarillo muy pálido, escribe su apelativo cariñoso una y otra vez, así como el abecedario en letras mayúsculas y minúsculas. Aprende a sumar y a restar, a escribir sus primeras palabras. Deja su huella en las tapas de los libros de texto con los que aprende a leer, escribiendo su nombre con un lápiz del dos, bajo la lista de todos los que lo han precedido. En la clase de plástica, la que más le gusta de toda la semana, graba su nombre con la ayuda de unos clips de hierro en la base de tazas y de cuencos. Pega macarrones y otras pastas sobre cartulinas y estampa su firma con gruesos brochazos en el margen inferior de las pinturas. Día tras día le ofrece sus creaciones a Ashima, que las cuelga orgullosa en la puerta de la nevera. «Gógol G» es el distintivo que remata siempre el ángulo derecho de todas sus obras, como si le hiciera falta distinguirse de algún otro Gógol de su escuela.

Su hermana nace en el mes de mayo. En esta ocasión el parto es muy rápido. Están pensando en ir al mercadillo de cosas usadas que se ha organizado ese sábado en el barrio, y en el tocadiscos suenan canciones bengalíes. Gógol está desayunando gofres congelados. Ojalá sus padres quitaran la música, porque no oye los dibujos animados. En ese momento, su madre rompe aguas. Su padre apaga el equipo de sonido y llama a Dilip y a Maya, que ahora viven en una zona residencial que está a unos veinte minutos de allí y tienen un niño pequeño. A continuación avisa a la vecina de al lado, la señora Merton, que se ha ofrecido a cuidar de Gógol hasta que lleguen los Nandi. Aunque sus padres lo han preparado para ese momento, cuando la vecina aparece con sus agujas de hacer calceta, se siente abandonado y se le quitan las ganas de seguir mirando los dibujos animados. Se acerca a la puerta y ve que su padre ayuda a su madre a meterse en el coche. Le dicen adiós con la mano mientras se alejan. Para pasar el rato, hace un dibujo de su familia, con sus padres, su nuevo hermanito y él, de pie, en fila, delante de la casa. No se olvida de ponerle el punto a la frente de su madre, de pintar a su padre con gafas, de incluir la farola junto al camino de la entrada.

—Qué bonito, te está quedando igualito —le dice la señora Merton mirándolo por encima del hombro.

Esa tarde, Maya Nandi, a quien él llama Maya Mashi, como si en realidad fuera la hermana de su madre, su tía carnal, está calentando la cena que ha traído preparada de su casa cuando su padre telefonea y les dice que el bebé ya ha nacido. Al día siguiente, Gógol ve a su madre sentada en una cama de hospital, con una pulsera de plástico en la muñeca y la barriga ya no tan dura ni tan redonda. A través de un grueso cristal, ve a su hermana, que está dormida, en

una cuna transparente, la única del nido que tiene una gran mata
de pelo negro. Le presentan a las enfermeras. Se come las galletas y
el flan de la bandeja de su madre. Con cierta vergüenza, le regala el
dibujo que le ha traído. Bajo las figuras ha escrito su nombre, Baba
y Ma. El único espacio que queda libre es el de la recién nacida.

—No sé cómo se llama —dice Gógol. Y entonces sus padres se
lo dicen.

Esta vez Ashima y Ashoke están preparados. Tienen los nombres bien pensados, uno de niño y otro de niña. Después de lo que
les pasó con Gógol, han aprendido bien la lección. Han aprendido
que, en Estados Unidos, los colegios pasan por alto las decisiones
de los padres y matriculan a los niños con sus apodos cariñosos. Han
llegado a la conclusión de que la única manera de evitar confusiones es prescindir del apodo, que es lo que ya han hecho muchos de
sus amigos bengalíes. Así, para su hija, su apodo y su nombre serán
el mismo: Sonali, «la que es de oro».

Dos días después, cuando vuelve del colegio, Gógol se encuentra a su madre en casa, con el albornoz puesto, y ve a su hermana
despierta por primera vez. Lleva un pijama rosa que le cubre las
manos y los pies, y un gorrito que remata su cara de luna llena. Su
padre también está en casa. Sientan a Gógol en el sofá y le ponen a
la niña en el regazo, y le dicen que la sostenga contra el pecho, con
una mano sujetándole el cuello, y entonces su padre les hace unas
fotos con su nueva cámara, una Nikon de 35 milímetros. El obtu-
rador se mueve ligeramente, varias veces; la sala está bañada con la
luz cálida de la tarde.

—Hola, Sonali —dice Gógol, que está sentado muy recto. Baja
la vista y le mira la cara, y acto seguido vuelve a concentrarse en la
cámara. Aunque Sonali es el nombre que figura en su certificado
de nacimiento, el nombre oficial que la acompañará toda la vida,
en casa empiezan a llamarla Sonu, más tarde Sona, y al final Sonia.
Suena más internacional, es el vínculo ruso que la une a su hermano; puede ser europeo, sudamericano. Acabará siendo el nombre de
la esposa italiana del primer ministro indio. Al principio, Gógol está
decepcionado, porque no puede jugar con ella; lo único que hace
es dormir, ensuciar pañales y llorar. Pero con el tiempo empieza a
reaccionar a sus atenciones, a reírse cuando le hace cosquillas en la

barriga, o cuando la sube a un columpio ruidoso y la empuja, o cuando le grita «Peekaboo». Ayuda a su madre a bañarla, le pasa la toalla y el champú. La entretiene mientras van en el coche los sábados por la tarde, camino de la casa de algún amigo de sus padres que ha organizado una cena. Para entonces, todos los bengalíes de Cambridge ya se han trasladado a lugares como Dedham, Framingham, Lexington o Winchester, a casas con patio trasero y jardín. Conocen a tantos que es raro el sábado que tienen libre, y durante el resto de su vida, los recuerdos de infancia de Gógol serán los de una sola escena repetida: unas treinta personas dentro de una casa de tres habitaciones, en alguna zona residencial; unos niños viendo la tele o jugando a algún juego de mesa en el sótano; unos padres comiendo y charlando en bengalí, lengua que sus hijos no hablan entre ellos. Recordará el curry no muy fuerte servido en platos de papel, la pizza o la comida china que a veces los mayores piden especialmente para ellos. A la ceremonia del arroz de Sonia han invitado a tanta gente que Ashoke alquila un edificio en el campus, donde montan veinte mesas plegables e instalan una cocina industrial. A diferencia de su obediente hermano mayor, Sonia rechaza toda la comida que le ponen delante. Juega con la tierra que han recogido en el jardín de casa y está a punto de meterse el billete de dólar en la boca.

—Ésta —comenta uno de los invitados—. Ésta sí es una americana auténtica.

A medida que su vida en Nueva Inglaterra se va poblando de amigos bengalíes, los que tenían relación con ellos en su vida anterior, los que los conocen no por sus nombres sino por sus apodos, Monu y Mithu, van disminuyendo. Llegan más muertes, más llamadas telefónicas los sobresaltan en plena noche, más cartas que les informan de que esta tía o aquel tío ya no están entre ellos. Esas misivas nunca se pierden en el correo, como las otras. De alguna manera, las malas noticias siempre se abren paso, por deficiente que sea el sonido de la línea telefónica, por mucha estática que haya. Llevan diez años en el extranjero y los dos se han quedado ya huérfanos. Los padres de Ashoke han muerto de cáncer, la madre de Ashima de una enfermedad renal. Esas desapariciones despiertan a Gógol y a Sonia de madrugada; oyen los gritos de sus padres al otro lado del tabique. Irrumpen en su dormitorio sin entender nada, avergonzados al ver que están llorando, y se sienten tan sólo un poco tristes. En ciertos aspectos, la vida de Ashoke y Ashima se parece a las de esos ancianos que ya han perdido a todos los que amaron y conocieron en un tiempo pasado, que sólo sobreviven y hallan consuelo en el recuerdo. Incluso los parientes vivos parecen hasta cierto punto muertos, siempre invisibles, esquivos al tacto. De tarde en tarde, sus voces al teléfono informan de nacimientos, de bodas, y a ellos un escalofrío les recorre la espalda. ¿Cómo es posible que sigan viviendo, que sigan hablando? Y cuando los visitan en Calcuta cada varios años, la sensación es todavía más extraña; seis u ocho semanas pasan volando. Al regresar a Pemberton Road, en su pequeña casa que de pronto parece tan grande, no hay nada que les devuelva su recuerdo. A pesar de los cientos de parientes que tienen, se sienten como si fueran los únicos Ganguli del mundo. La gente con la que crecieron nunca verá esa vida suya, de eso están seguros. No respirarán nunca el aire húmedo de las mañanas de Nueva Inglaterra, no verán nunca el humo elevarse desde las chimeneas del vecindario, no tiritarán nunca de frío dentro del coche mientras esperan a que el parabrisas se descongele, a que el motor se caliente.

Y, sin embargo, para el observador circunstancial, los Ganguli, más allá del nombre de su buzón, de los números del *India Abroad* y del *Sanghad Bichitra* que llegan hasta él, no parecen diferenciarse en nada de sus vecinos. En su garaje, como en el de cualquier otra familia, guardan palas, tijeras de podar y un trineo. Se han comprado una barbacoa para el verano, para hacer *tandooris* en el porche. Cada paso que dan, cada artículo que adquieren, por pequeño que sea, implica discusión, consulta con sus amigos bengalíes. ¿Hay diferencia entre un rastrillo de plástico y otro de metal? ¿Qué es preferible: un árbol de Navidad artificial o uno vivo? Aprenden a asar pavos el Día de Acción de Gracias, aunque ellos los frotan con ajo, comino y cayena; a poner una corona en la puerta en diciembre, a rodear el cuello de los muñecos de nieve con bufandas de lana, a pintar huevos cocidos de rosa y violeta por Pascua y a esconderlos por toda la casa. Por el bien de Gógol y de Sonia cada vez celebran

más el nacimiento de Cristo, un acontecimiento que los niños esperan con mucha mayor ilusión que el culto a Durga y a Sarasvati.
Durante las *pujas*, agrupados para su comodidad en dos sábados del
año, a Gógol y a Sonia los arrastran hasta algún instituto de secundaria o hasta la sede de los Caballeros de Colón, tomados de punta
a punta por bengalíes, y allí les piden que arrojen pétalos de calén-
dula a la efigie de una diosa hecha de cartón y que coman una sosa
comida vegetariana. Nada que ver con la Navidad, cuando cuelgan
los calcetines de la chimenea y le dejan un vaso de leche con galletas a Santa Claus y reciben montones de regalos y no van al colegio
porque tienen vacaciones.

Hay otras cosas ante las que Ashoke y Ashima han tenido que
rendirse. Aunque ella lleva sólo saris y sandalias de Bata, él, que
siempre se ha vestido con trajes y camisas hechas a medida, acaba
acostumbrándose a comprarse la ropa ya confeccionada. Abandona la estilográfica en favor de los bolígrafos, las hojillas Wilkinson
y la brocha de afeitar por las maquinillas Bic desechables, que vienen en paquetes de seis. Aunque la plaza de profesor ya es suya, deja
de ir con traje y corbata a la universidad. Y como en la sala de profesores hay reloj, así como en el coche y en la pared de su despacho, decide prescindir de su Favre Leuba, que acaba en las profun-
didades del cajón de los calcetines. En el supermercado, dejan que
Gógol llene el carrito de productos que sólo consumen él y Sonia,
pero no sus padres: lonchas de queso en envoltorios individuales,
mayonesa, atún, salchichas. Para las comidas del colegio de Gógol,
van al colmado y compran embutidos con los que, por la mañana, su
madre le prepara bocadillos de mortadela o rosbif. A petición suya,
Ashima accede a preparar una cena americana una vez por semana
si se porta bien, pollo empanado o una hamburguesa completa hecha
con carne picada de cordero.

Con todo, hacen lo que pueden. No dejan de acercarse a Cambridge para que los niños vean la *Trilogía Apu*, de Satyajit Ray, en
el cine Orson Welles, ni al Memorial Hall si programan danza Katha-
kali o algún recital de sitar. Cuando Gógol va a tercero, lo apuntan
a las clases de lengua y cultura bengalíes que da en su casa un amigo
suyo cada dos sábados. Porque, si cierran los ojos, constatan con
asombro el marcado acento estadounidense de sus hijos, que se

comunican a la perfección en un idioma que a ellos todavía los confunde, que hablan con un acento del que ellos se han acostumbrado a desconfiar. En clase de bengalí, a Gógol le enseñan a leer y a escribir con los caracteres ancestrales de su alfabeto, que empieza en la parte posterior de la garganta con una hache aspirada y prosigue sin pausa por todo el arco del paladar, culminando con unas vocales inasibles que se le escapan de los labios. Le enseñan a escribir letras que cuelgan de barras, y al final es capaz de formar con ellas su nombre. Leen textos en inglés sobre el Renacimiento bengalí y sobre las proezas revolucionarias de Subhas Chandra Bose. Los niños y niñas de la clase estudian sin interés; preferirían asistir a algún curso de ballet o de *softball*. A Gógol no le gusta nada, porque cada dos sábados tiene que faltar al curso de dibujo al que se ha apuntado a sugerencia de su maestra de plástica. El curso de dibujo se imparte en la planta superior de la biblioteca pública; si hace buen tiempo, a veces los llevan a pasear por el centro histórico con sus cuadernos de apuntes y sus lápices, y les piden que dibujen las fachadas de algunos edificios. En la clase de bengalí les hacen leer en unas cartillas cosidas a mano que su profesor se ha traído de Calcuta. Gógol se fija en que las páginas en que están impresas son como el papel higiénico que usan en su colegio.

De niño, no le molesta llamarse Gógol. Para celebrar sus cumpleaños, su madre encarga pasteles con su nombre escrito en letras azules de azúcar sobre la superficie blanca. Todo parece de lo más normal. No le molesta no encontrarlo nunca en los nomeolvides, en las insignias de metal ni en los imanes de nevera. Le han dicho que su nombre es el de un autor ruso famoso nacido el siglo anterior. Que el nombre de ese escritor, y por tanto el suyo, es mundialmente conocido y que perdurará eternamente. Un día, Ashoke lo lleva a la biblioteca de la universidad y le muestra, en una estantería que queda muy alta, una hilera de libros con su nombre impreso en todos los lomos. Cuando su padre abre uno de ellos al azar, se da cuenta de que la letra es mucho más pequeña que la de los cuentos de la colección de los Hardy Boys, que últimamente ha empezado a disfrutar.

—Dentro de unos años —le dice—, ya podrás leerlos.

Aunque los maestros sustitutos siempre hacen una pausa y ponen cara de extrañeza cuando llegan a su nombre en la lista, obligándole a gritar «¡soy yo!» antes de poder siquiera pronunciarlo, sus profesores se lo saben de carrerilla y nunca vacilan. Tras un par de años, sus compañeros ya no le toman el pelo llamándolo cosas como «Glu-glu» o «Gol-gol». En los programas de mano de las obras de teatro que representan por Navidad, sus padres ya se han acostumbrado a ver su nombre en el reparto. «Gógol es un niño que destaca, es curioso y coopera con el resto de compañeros», escriben sus profesores año tras año en los boletines de notas. «¡Corre, Gógol!», le gritan sus compañeros en los días dorados del otoño, cuando sale disparado para llegar a alguna base o cuando hace algún *sprint* final.

En cuanto a su apellido, Ganguli, a sus diez años ya ha ido tres veces a Calcuta, dos en verano y una durante la *puja* de Durga, y de la visita más reciente recuerda todavía las letras grabadas en la fachada blanca de la casa de sus abuelos paternos. Y recuerda también su asombro al descubrir seis páginas a tres columnas llenas de Gangulis en el listín telefónico de la ciudad. Había querido arrancar aquellas páginas y llevárselas de recuerdo, pero cuando se lo comentó a uno de sus primos, éste se echó a reír. Durante los desplazamientos en taxi, cuando iban a visitar a sus muchos parientes, su padre le señalaba el apellido, que aparecía en cualquier parte, en los toldos de pastelerías, papelerías y ópticas. Y le contaba a Gógol que «Ganguli» era un legado británico, la manera inglesa de pronunciar su apellido verdadero, que era Gangopadhyay.

De vuelta en Pemberton Road, ayuda a su padre a pegar en un lado de su buzón las letras doradas que han comprado en una ferretería y con las que forman su apellido. Una mañana, después de Halloween, Gógol descubre, camino del colegio, que alguien ha arrancado las tres últimas hasta dejar sólo GANG y que, con lápiz ha añadido las letras R-E-N-A. Al verlo, se le ponen las orejas rojas, y vuelve a casa asqueado, seguro de que su padre se va a sentir profundamente insultado. Aunque también es su apellido, algo le dice a Gógol que esa profanación va dirigida más a sus padres que a Sonia y a él. Desde hace tiempo es consciente de que, en las tiendas, las cajeras se ríen de su acento, de que los vendedores prefieren dirigirse a Gógol cuando les hablan, como si sus padres fueran tontos o sordos. Pero a su padre esas situaciones no parecen afectarlo, como no le afecta el incidente del buzón.

—Es sólo cosa de niños, se divierten así, eso es todo —le dice a Gógol agitando la mano, como para alejar el asunto de su vista, y esa misma tarde vuelven a la ferretería a comprar las letras que faltan.

Y entonces, un día, la peculiaridad de su nombre se le hace muy evidente. Tiene once años, estudia sexto de primaria y va de excursión con el colegio a algún lugar de interés histórico. En el autobús escolar van dos clases, con dos maestras y dos acompañantes. Dejan atrás la ciudad y toman la autopista. Es uno de esos días fríos y espectaculares del mes de noviembre, de cielo azul, sin nubes; los árboles se desprenden de sus hojas amarillas, brillantes. Los niños gritan, cantan, beben latas de refrescos envueltas en papel de aluminio. La primera parada es para visitar una hilandería en Rhode Island. Luego se acercan hasta una casita de madera sin pintar que tiene unas ventanas minúsculas, plantada en medio de un gran terreno. En el interior, una vez los ojos se les adaptan a la penumbra, aparece un escritorio con un tintero, una chimenea manchada de hollín, una bañera y una cama corta y estrecha. Les dicen que es la casa de un poeta. Todos los muebles están en el centro de la habitación, acordonados, con carteles por todas partes que prohíben tocar nada. El techo es tan bajo que los profesores tienen que agachar la cabeza al pasar de una habitación a otra. Entran en la cocina, con sus fogones de hierro y su fregadero de piedra, y salen por un camino a inspeccionar la letrina. Los alumnos gritan de asco al ver la palangana debajo de la silla con agujero. En la tienda de recuerdos, Gógol compra una postal de la casa y un bolígrafo disimulado en una pluma de ave.

La última parada de su excursión, a poca distancia de la casa del poeta, es el cementerio en el que el escritor está enterrado. Dedican unos minutos a pasear entre las tumbas, entre las lápidas. Algunas son muy gruesas, otras más delgadas, y las hay que están inclinadas hacia atrás, como empujadas por el viento. Son cuadradas por la base y semicirculares en la parte superior, negras y grises, pocas veces pulidas, con líquenes y musgo incrustado. En muchas de ellas, las inscripciones están medio borradas. Tras un rato de búsqueda, encuentran la que tiene grabado el nombre del poeta.

—Poneos en fila —dicen las maestras—. Tenemos que empezar a trabajar.

A los alumnos les dan unas hojas grandes y unas ceras de colores a las que les han quitado el papel protector. A Gógol le recorre un escalofrío, no puede evitarlo. No ha estado nunca en un cementerio, sólo los ha visto desde el coche. En las afueras de su ciudad hay uno muy grande. En una ocasión había congestión y no avanzaban. Presenciaron de lejos un entierro y, desde entonces, cada vez que pasan por delante, su madre siempre les pide que se tapen los ojos.

Para sorpresa de Gógol, las maestras no les piden que dibujen las lápidas, sino que calquen sus superficies. Una de ellas se agacha, sujetando la hoja con una mano, y les enseña cómo se hace. Los niños empiezan a distribuirse entre las tumbas, pisan las hojas muertas en busca de sus propios apellidos, y algunos culminan la misión con éxito. «¡Smith!», exclama uno. «¡Collins!» «¡Wood!» Gógol ya es lo bastante mayor como para saber que ahí no hay ningún Ganguli. Y lo bastante mayor también como para saber que a él no lo enterrarán, sino que lo incinerarán, que su cuerpo no ocupará una porción de tierra, que en ese país, cuando muera, no habrá ninguna lápida con su nombre. En Calcuta, desde el terrado que hay en casa de sus abuelos, ha visto que la gente lleva a hombros, por las calles, los cuerpos sin vida cubiertos de flores, envueltos en sábanas.

Se acerca hasta una lápida fina, ennegrecida, con una forma que le resulta bonita, redondeada y rematada en una cruz. Se arrodilla en la hierba y pone el papel encima. Empieza a frotar suavemente con la cera. El sol ya se está poniendo y tiene los dedos agarrotados por el frío. Las maestras y las acompañantes están sentadas en el suelo, con las piernas estiradas, apoyadas en las lápidas, impregnando el aire con el aroma de sus cigarrillos mentolados. En un primer momento, en el papel no aparece nada, sólo una textura granulada de color azul oscuro. Pero entonces, de pronto, la cera se topa con cierta resistencia y como por arte de magia, una a una, aparecen las letras grabadas en la hoja: ABIJAH CRAVEN, 1701-1745. Gógol no ha conocido nunca a nadie que se llame Abijah, y en ese momento se da cuenta de que tampoco ha conocido a nadie que se llame Gógol. No sabe cómo se pronuncia Abijah, ni si es nombre de hombre o de mujer. Se acerca hasta otra lápida, que mide menos de dos palmos, calca la superficie en otra hoja. En ella pone Anguish Mather, niño. Se estremece al imaginar unos huesos como los suyos bajo tierra. Algunos de sus compañeros, que ya están aburridos con el trabajo, empiezan a perseguirse por entre las lápidas, se empujan, se gastan bromas, hacen globos con el chicle. Pero Gógol va de tumba en tumba con el papel y la cera en la mano, haciendo aflorar nombre tras nombre. Peregrine Wotton, d.1699. Ezekiel y Uriah Lockwood, hermanos, R. I. P. Le gustan esos nombres, le gustan porque son raros y rimbombantes.

—Estos nombres hoy en día ya casi no se oyen —dice una de las acompañantes cuando pasa por su lado y ve los que ha calcado—. Como el tuyo, más o menos.

Hasta ese momento no se le ha ocurrido que los nombres pasan con el tiempo, que mueren igual que las personas. De vuelta al colegio, en el autobús, los demás niños arrugan las hojas con los nombres calcados, hacen bolas con ellos y se los lanzan unos a otros, hasta que acaban olvidadas debajo de los asientos verdes. Pero Gógol va callado, y lleva las suyas cuidadosamente enrolladas sobre las piernas, como si fueran pergaminos.

En casa, su madre se muestra horrorizada. Pero ¿qué salidas culturales son ésas? A ella ya le parece mal que maquillen a los cadáveres y que los entierren en ataúdes forrados de seda. Esas cosas sólo pasan en Estados Unidos (frase a la que últimamente recurre con mucha frecuencia), sólo en Estados Unidos llevan a los niños a los cementerios en el nombre del arte. ¿Y qué es lo que falta?, se pregunta. ¿Una visita al depósito de cadáveres? En Calcuta, los *ghats* donde se queman los cuerpos son los lugares de acceso más restringido, le dice a Gógol, y aunque se esfuerza por evitarlo, aunque estaba aquí, y no allí las dos veces que sucedió, ve los cuerpos de sus padres engullidos por las llamas.

—La muerte no es un pasatiempo —dice levantando la voz—. No es un sitio para ir a pintar.

Se niega a colgar las inscripciones calcadas en la cocina, junto a sus demás creaciones, sus dibujos al carbón y sus collages hechos con recortes de revistas, su boceto de un templo griego copiado de una enciclopedia, su pintura al pastel de la fachada de la biblioteca

pública, con la que obtuvo el primer premio en un concurso organizado por sus patrocinadores. Hasta ese momento, nunca había
rechazado ninguna de las muestras artísticas de su hijo. La culpa que
siente al ver su cara de decepción intenta compensarla recurriendo
al sentido común. ¿Cómo va a preparar la cena a su familia con los
nombres de esos muertos colgando en las paredes?

Pero Gógol se siente unido a ellos. Por razones que no logra expli-
carse ni entender, esos antiguos espíritus puritanos, esos primerí-
simos inmigrantes a Estados Unidos, esos portadores de nombres
obsoletos, impensables en la actualidad, le han hablado, le han dicho
tanto que a pesar del desagrado de su madre se niega a deshacerse
de las hojas. Las enrolla, las sube a su cuarto y las esconde detrás de
la cómoda, donde sabe que su madre no se molestará en buscar y
donde permanecerán, ignoradas pero protegidas, acumulando polvo durante bastantes años.

4

Gógol cumple catorce años. Como sucede con la mayoría de los acontecimientos de su vida, esa fecha es otra excusa para que sus padres organicen una fiesta e inviten a sus amigos bengalíes. Con sus compañeros de colegio ya lo celebró ayer. Estuvieron en casa, comiéndose unas pizzas que su padre compró al salir del trabajo, vieron un partido de baloncesto por la tele y jugaron al ping-pong en el porche. Por primera vez en su vida ha dicho no a la tarta de cumpleaños, a la barra de helado de tres gustos, a los perritos calientes, a las serpentinas y los globos colgados de las paredes. La otra celebración, la bengalí, tiene lugar ese sábado. Como de costumbre, su madre se pasa varios días cocinando, llenando la nevera de bandejas cubiertas con papel de aluminio. No se olvida de prepararle sus platos favoritos: curry de cordero con muchas patatas, *luchis*, un *dal* espeso de *channa* con unas pasas marrones, hinchadas, *chutney* de piña, *sandeshes* hechas con queso *ricotta* teñido de azafrán. A ella, todo eso le pone menos nerviosa que tener que dar de comer a unos cuantos niños estadounidenses, muchos de los cuales aseguran ser alérgicos a la leche, y entre los que no hay ninguno que se coma la costra del pan.

A la fiesta asisten casi cuarenta invitados llegados de tres estados. Las mujeres llevan unos saris mucho más llamativos que los pantalones y los polos de sus maridos. Un grupo de hombres se sienta formando un círculo en el suelo y al momento empieza una partida de póquer. Ahí están sus *mashis* y sus *meshos*, sus tías y tíos honorarios. Todos se traen a sus hijos; los amigos de sus padres no son partidarios de niñeras ni de canguros. Como siempre, Gógol es el mayor de todos ellos. Ya está demasiado crecido para ponerse a jugar al escondite con Sonia, de ocho años, y con sus amigas con coletas y dientes a medio salir, pero todavía no es lo bastante mayor para sentarse en el salón con su padre y los demás hombres a hablar de Reagan y su política, ni con su madre y las mujeres en la mesa del comedor, a chismorrear. La única persona que tiene más o menos su misma edad es una niña que se llama Moushumi, cuya familia se ha trasladado hace poco a Massachusetts desde Inglaterra y que unos meses atrás, al cumplir los trece, celebró su cumpleaños de manera parecida. Pero Gógol y Moushumi no tienen nada que decirse. Ella está sentada en el suelo, con las piernas cruzadas, con sus gafas de pasta marrón y una diadema de lunares que le sujeta la espesa media melena. En el regazo sostiene un bolso verde con asas de madera y remates rosa, del que a veces saca una barra de crema de cacao con sabor a 7-Up y se la pasa por los labios. Está leyendo *Orgullo y prejuicio* en un ejemplar de bolsillo bastante usado, mientras los demás niños, incluido Gógol, miran «Vacaciones en el mar» y «La Isla de la fantasía» en la tele, amontonados encima de la cama de sus padres, o sentados a su alrededor. De vez en cuando, algún niño le pide a Moushumi que diga algo, cualquier cosa, con su acento inglés. Sonia le pregunta si se ha encontrado alguna vez a la princesa Diana por la calle. «Detesto la televisión americana», dice al fin Moushumi, para regocijo de todos, y a continuación sale al pasillo para seguir leyendo.

Cuando los invitados se van es cuando se abren los regalos. A Gógol le han traído varios diccionarios, varias calculadoras, varios estuches Cross de pluma y lápiz, varios suéteres feos. Sus padres le regalan una cámara Instamatic, un cuaderno de bocetos nuevo, lápices de colores y un bolígrafo que ha pedido, además de veinte dólares para que se los gaste en lo que quiera. Sonia le ha hecho una tarjeta con sus ceras en una hoja que ha arrancado de uno de sus cuadernos de dibujo. Ha escrito «¡Feliz cumpleaños, Gol-Gol», que es como casi siempre le llama, prescindiendo del «Dada». Su madre aparta las cosas que no le gustan, que son la mayoría, y las guarda para llevárselas a los primos la próxima vez que vayan a la India. Por la noche, solo en su habitación, escucha la cara tres del *Álbum blanco* en el viejo tocadiscos RCA de sus padres. Es un regalo que le hizo uno de sus amigos en la fiesta estadounidense. Aunque cuando Gógol nació los Beatles ya estaban a punto de separarse, es un devoto de John, Paul, George y Ringo. En los últimos años ha conseguido casi todos sus discos, y lo único que tiene clavado al tablón de corcho que hay detrás de su puerta es la necrológica de John Lennon, ya amarillenta y medio rota, que recortó del *Boston Globe*. Está sentado en la cama, con las piernas cruzadas, siguiendo las letras en el cancionero, cuando llaman a la puerta.

—Entra —grita Gógol, que imagina que será Sonia en pijama, a punto de pedirle que le deje su octaedro mágico o su cubo de Rubik. Por eso le sorprende ver a su padre, en calcetines, con la barriga un poco salida por debajo de la camiseta beige y el bigote entrecano. Y le sorprende aún más ver que sostiene un regalo entre las manos. Su padre nunca le ha regalado nada, descontando las cosas que su madre le compra, pero este año, le dice mientras se acerca, tiene algo especial para él. Está mal envuelto en un papel de rayas rojas, verdes y doradas que sobró de las Navidades pasadas. Está claro que se trata de un libro, de un libro grueso de tapas duras, y también está claro que lo ha envuelto él mismo. Gógol lo desenvuelve con mucho cuidado, pero a pesar de ello la cinta adhesiva deja una marca. *Relatos de Nikolái Gógol*, reza la sobrecubierta. El precio está arrancado de la primera página.

—Lo encargué en la librería. Especialmente para ti —le dice su padre levantando la voz, para hacerse oír por encima de la música—. Cada vez es más difícil encontrar ediciones de tapa dura. Ésta es inglesa, y tiene la letra muy pequeña. Ha tardado cuatro meses en llegar. Espero que te guste.

Gógol se incorpora para bajar un poco la música. Él habría preferido que le regalara la *Guía del autoestopista galáctico,* o incluso otro ejemplar de *El Hobbit*, porque el que tenía se lo dejó en Calcuta, en Alipore, en la azotea de casa de su padre, y se lo llevaron los cuervos. A pesar de que su padre se lo sugería de vez en cuando, nunca le daba por leer a Gógol, ni de hecho a ningún otro escritor ruso. Nunca le han contado la razón verdadera por la que le pusieron su nombre, no sabe nada del accidente que casi le cuesta la vida a su padre. Cree que su cojera es consecuencia de una herida que se hizo jugando al fútbol cuando era adolescente. Sólo le han contado la verdad a medias: su padre es un gran admirador del escritor.

—Gracias, Baba —dice Gógol, impaciente por volver a la letra de la canción.

Últimamente está perezoso, se dirige a sus padres en inglés, aunque éstos siguen hablándole en bengalí. Y de vez en cuando va por casa con los zapatos puestos. A la hora de cenar, a veces usa tenedor.

Su padre sigue en la habitación, mirándolo con expectación, con las manos entrelazadas en la espalda, así que Gógol empieza a hojear el libro. En la primera página, más delgada que las demás, hay un dibujo a lápiz del autor, retratado con chaqueta de terciopelo, holgada camisa blanca y corbatín. Tiene cara de zorro, con ojos pequeños y oscuros, bigote fino y cuidado y nariz muy larga y afilada. El pelo le cae en diagonal sobre la frente, y lo lleva engominado en las sienes. Sus labios delgados esbozan una sonrisa vagamente desdeñosa, turbadora. A Gógol Ganguli le alivia constatar que no se parecen en nada. Sí, él también tiene la nariz larga, aunque no tanto, y tiene el pelo oscuro, pero no tan negro, y es pálido, pero no tanto. Los cortes de pelo son radicalmente distintos: él lleva un flequillo a lo beatle que le tapa las cejas. Gógol Ganguli lleva una sudadera de Harvard y unos Levi's grises de pana. Sólo ha llevado corbata una vez en su vida, para asistir al *Bar Mitzvah* de un amigo. No, concluye convencido, no se parecen en nada.

Es más o menos por esa misma época cuando empieza a odiar las preguntas sobre su nombre, no soporta tener que dar siempre explicaciones. Le molesta tener que decirle a la gente que no significa nada «en indio». Odia tener que llevar una etiqueta con su nombre el día que en su colegio se celebra el Día de Naciones Unidas, e incluso tener que firmar con su nombre en los dibujos de clase de plástica. No le gusta nada que su nombre sea al mismo tiempo absurdo y extraño, que no tenga nada que ver con lo que él es, que no sea ni indio ni estadounidense, que sea, precisamente, un nombre ruso. Le molesta tener que convivir con él, con un apodo cariñoso que se ha convertido en su nombre oficial porque lo ha estado usando día tras día, segundo tras segundo. No le gusta verlo impreso en la faja marrón que cubre la *National Geographic*, revista a la que sus padres lo suscribieron el año anterior, por su cumpleaños, y no soporta verlo en el cuadro de honor del periódico local. A veces, su nombre, entidad amorfa y sin peso, logra sin embargo afectarle físicamente, como si fuera la etiqueta de una camisa, que le pica pero que está obligado a llevar siempre. A veces desearía poderlo disimular, acortárselo de alguna manera, como hace el otro niño indio de la escuela, Jayadev, que ha conseguido que lo llamen Jay. Pero Gógol ya es un nombre corto, y fácil de recordar, y se resiste a las mutaciones. Otros chicos de su edad ya han empezado a salir con chicas, las invitan a ir al cine o a la pizzería, pero él no se imagina diciendo: «Hola, soy Gógol» en una situación potencialmente romántica. No se lo imagina en absoluto.

Por lo poco que sabe de los escritores rusos, le horroriza que sus padres escogieran el nombre más raro. Con Liev o con Antón se habría conformado mejor. Habría preferido con diferencia llamarse Alexander, que podía abreviarse «Alex». Pero Gógol le suena fatal, carece por completo de dignidad, no es serio. Y lo que más le horroriza es lo intrascendente que es todo. Gógol será el autor favorito de su padre, no el suyo, ha estado a punto de decir en más de una ocasión. Pero por otra parte, él tiene la culpa. Al menos en el colegio podrían haberlo llamado Nikhil. Aquel primer día de parvulario, que ya no recuerda, podría haberlo cambiado todo. Podría haber sido Gógol sólo el cinco por ciento de su tiempo. Como sus padres cuando iban a Calcuta, podría haber tenido una identidad alternativa, una «cara B» de sí mismo. «Nosotros lo intentamos —explican sus padres a los familiares y amigos que les preguntan por qué su hijo no tiene nombre oficial—, pero él sólo respondía a Gógol. Y en el colegio insistían. Vivimos en un país —añadían— en el que el presidente se llama Jimmy. La verdad es que no pudimos hacer nada.»

—Gracias, de verdad —le dice Gógol a su padre. Cierra el libro y se vuelve para dejarlo en un estante. Su padre aprovecha para sentarse en el borde de la cama. Le pone un instante la mano en el hombro. El chico ha crecido mucho en los últimos meses, y ya está casi tan alto como él. La redondez infantil de su cara ha desaparecido. Ha empezado a cambiarle la voz, que ahora le sale un poco ronca. A Ashoke se le ocurre que a lo mejor los dos ya calzan el mismo número de zapatos. A la luz de la lámpara que hay sobre la mesilla de noche, constata que a su hijo han empezado a salirle unos pelillos dispersos sobre el labio superior y que ya se le marca mucho la nuez. Tiene las manos pálidas, como las de Ashima, largas y finas.

Se pregunta si se parece mucho a él cuando tenía su edad. Pero no hay ninguna foto que dé fe de su infancia, no existe ningún documento gráfico de su persona anterior a su llegada a Estados Unidos. Se fija en que en la mesilla hay un frasco de desodorante y un tubo de Clearasil. Levanta el libro que está en la cama y le pasa una mano protectora por encima.

—Me he tomado la libertad de leerlo yo antes. Hacía mucho tiempo que no leía estos cuentos. Espero que no te importe.

—No pasa nada.

—Con Gógol siento más afinidad —prosigue Ashoke— que con cualquier otro escritor. ¿Sabes por qué?

—Porque te gustan sus historias.

—Además de por eso. Se pasó la mayor parte de su vida adulta fuera de su tierra natal. Como yo.

Gógol asiente con un gesto de cabeza.

—Ah.

—Y hay otro motivo.

Se acaba el disco y se hace el silencio. Pero Gógol le da la vuelta y sube el volumen. «Revolution 1.»

—¿Cuál es? —pregunta Gógol, que está empezando a impacientarse un poco.

Ashoke mira a su alrededor. Se fija en la esquela de John Lennon clavada en el corcho y en un casete de música clásica india que le compró hace meses, a la salida de un concierto en Kresge, y que todavía está envuelto en el celofán. Ve el montón de tarjetas de felicitación esparcidas sobre la moqueta y se acuerda de aquel caluroso día de agosto de hace catorce años, en Cambridge, cuando cogió a su hijo en brazos por primera vez. Desde aquel día, el día en que se convirtió en padre, el recuerdo de su accidente se ha difuminado, ha disminuido con los años. Aunque no va a olvidar nunca aquella noche, es algo que ya no acecha su mente con tanta insistencia, que ya no le persigue de la misma manera. Ya no se asoma a su vida ni la ensombrece sin previo aviso, como antes. Ahora es algo que ha quedado fijado a un tiempo distante, a un lugar que está muy lejos de Pemberton Road. Y hoy, el día del cumpleaños de su hijo, es una jornada para honrar la vida, y no para recordar la muerte. Por eso decide, de momento, no contarle a su hijo el origen de su nombre.

—No hay ningún otro motivo. Buenas noches —le dice a Gógol mientras se levanta de la cama. Cuando llega a la puerta se detiene y se vuelve—. ¿Sabes qué dijo Dostoievski una vez?

Gógol niega con la cabeza.

—Que todos salimos del capote de Gógol.

—¿Y eso qué significa?

—Algún día lo entenderás. Que acabes de pasar un día muy feliz.

Cuando su padre se va, Gógol se levanta y cierra la puerta. Tiene la molesta costumbre de dejarla siempre ajustada. Le pasa el pestillo para mayor seguridad e intercala el libro entre dos volúmenes de los Hardy Boys, de Franklin W. Dixon, en un estante alto. Vuelve a concentrarse en las letras de las canciones, pero en ese momento se le ocurre una cosa. Ese escritor del que sacaron su nombre, Gógol... no es ni siquiera su nombre de pila. Él se llamaba Nikolái. Así que no es sólo que tenga un apodo por nombre, es que además tiene un apellido por nombre de pila. Y piensa que no hay nadie más en el mundo, ni en Rusia ni en la India ni en Estados Unidos ni en ninguna otra parte, que se llame igual que él. Ni que comparta con él el origen de su nombre.

El año siguiente a Ashoke le conceden un año sabático y a Gógol y a Sonia les comunican que van a ir todos a pasar ocho meses a Calcuta. En un primer momento, cuando sus padres se lo comunican una noche después de cenar, Gógol cree que están de broma. Pero aseguran que ya han reservado los billetes de avión y que todo está arreglado. «Tomáoslo como unas largas vacaciones», les dicen Ashoke y Ashima a sus cabizbajos hijos. Pero Gógol sabe que ocho meses no son unas vacaciones. Teme pasar tanto tiempo fuera de su habitación, sin sus discos ni su equipo de música, sin sus amigos. Para él, pasar ocho meses en Calcuta es prácticamente lo mismo que trasladarse a vivir allí, posibilidad que, hasta el momento, no se le ha pasado nunca por la cabeza. Además, ya está en cuarto de secundaria.

—¿Y qué pasa con el colegio? —señala.

Sus padres le recuerdan que, en otras ocasiones, a sus profesores nunca les ha importado que faltara al colegio de vez en cuando. Le han puesto cuadernos de matemáticas y lengua a los que él nunca ha hecho ni caso y, de vuelta, uno o dos meses después, han alabado siempre su capacidad para ponerse al día. Pero esta vez, cuando Gógol informa a su tutor de que va a faltar todo el segundo semestre del curso, éste muestra su preocupación y convoca a sus padres a una reunión para hablar sobre las posibles soluciones. Pregunta si sería posible matricular a Gógol en una escuela internacional. Pero la más cercana está en Delhi, a más de mil kilómetros de Calcuta. Entonces el tutor sugiere que tal vez Gógol podría reunirse con ellos más adelante, cuando terminara el curso, y quedarse hasta junio al cuidado de algún familiar.

—No tenemos familia aquí —informa Ashima—. Por eso precisamente vamos a Calcuta.

Así, transcurridos apenas cuatro meses desde el inicio del curso, y tras una cena temprana a base de arroz, patatas hervidas y huevos que su madre insiste en que se coman, a pesar de que van a darles de cenar otra vez en el avión, Gógol se va, con sus libros de Geometría e Historia de Estados Unidos en la maleta, que va cerrada con cadenas y candados, como todas las demás, y que lleva una etiqueta con la dirección de su padre en Alipore. A Gógol, esas etiquetas le resultan desconcertantes, porque al verlas tiene la sensación de que su familia no vive realmente en Pemberton Road. Inician el viaje el día de Navidad. En vez de quedarse en casa abriendo regalos, se van con su abultadísimo equipaje al aeropuerto de Logan. Sonia está algo aturdida y se encuentra mal porque le ha hecho efecto la vacuna contra la fiebre tifoidea. Esa mañana, al entrar en el salón, todavía esperaba encontrarse con el árbol iluminado. Pero lo único que ha visto ha sido un gran desorden: las etiquetas con los precios de todos los regalos que han envuelto para sus parientes, las perchas de plástico, las tiras de cartón de los cuellos de las camisas. Al salir tiritan de frío, porque no llevan ni abrigos ni guantes. Allí no les harán falta, y cuando vuelvan será agosto. Le han alquilado la casa a unos estudiantes estadounidenses con los que su padre ha entrado en contacto a través de la universidad, Barbara y Steve, que no están casados aunque son pareja. Gógol se pone en la cola de facturación con su padre, que lleva traje y corbata, pues sigue creyendo que son el atuendo correcto para viajar en avión.

—Somos una familia de cuatro —dice cuando les llega el turno, entregando los dos pasaportes de Estados Unidos y los dos de la India—. Dos comidas hindúes, por favor.

Ya en el avión, Gógol va sentado varias filas por detrás de sus padres y de Sonia. A ellos no les ha hecho ninguna gracia, pero él, en el fondo, se alegra de ir solo. Cuando la azafata se acerca con el carro de las bebidas, se arriesga y le pide un Bloody Mary. Es la primera vez en su vida que experimenta la punzada metálica del alcohol. Primero van hasta Londres y de ahí a Calcuta, vía Dubai. Cuando están sobrevolando los Alpes, su padre se levanta y hace fotos de los picos nevados desde la ventanilla. En viajes anteriores, a Gógol le impresionaba pasar por encima de tantos países. No se cansaba nunca de seguir con el dedo los itinerarios en el mapa que había en el respaldo del asiento delantero, debajo de la bandeja, y se sentía algo aventurero. Pero en esta ocasión le molesta tener que ir siempre a Calcuta. Descontando las visitas a sus parientes, ahí no hay nada que hacer. Ya ha estado más de diez veces en el planetario, en los Zoo Gardens y en el Victoria Memorial. A Disneylandia y al Gran Cañón no han ido nunca. Sólo en una ocasión, como en Londres el segundo vuelo iba con retraso, se aventuraron fuera del aeropuerto de Heathrow y dieron una vuelta por la ciudad con un autobús turístico de dos pisos.

En el tramo final del viaje, en el avión quedan muy pocas personas que no sean indias. La cabina se llena de conversaciones en bengalí; su madre ya le ha dado sus señas a la familia que viaja al otro lado del pasillo. Antes de aterrizar, entra en el lavabo y sale con un sari limpio; milagrosamente, ha conseguido cambiarse de ropa en ese minúsculo espacio. Sirven una última comida: tortilla a las finas hierbas rematada con una rodaja de tomate asado. Gógol saborea cada bocado, consciente de que en los próximos ocho meses no va a probar nada que se le parezca. Por la ventanilla ve cocoteros y plátanos, y un cielo húmedo y gris. Aterrizan. El avión es rociado con desinfectante y por fin pisan el asfalto del aeropuerto de Dum Dum y respiran el aire agrio y repulsivo de las primeras horas del día. Se detienen para saludar a la fila de familiares que agitan las manos de forma frenética desde el mirador. Los primos pequeños van a hombros de los tíos. Como de costumbre, los Ganguli sienten un gran alivio al constatar que el equipaje no se ha perdido y ha llegado sano y salvo, y más alivio aún cuando pasan por la aduana sin mayores complicaciones. Y entonces las puertas de cristal traslúcido se abren y ya no hay más escalas, están oficialmente ahí, envueltos en besos y abrazos y sonrisas y mejillas pellizcadas. Hay nombres interminables que Gógol y Sonia deben memorizar, no tía esto o tío aquello, sino términos mucho más concretos: *mashi* y *pishi*, *mama* y *maima*, *kaku* y *jethu*, según si lo son por parte de madre o de padre, si son carnales o políticos. Ashima, que ahora es Monu, llora de alegría, y Ashoke, que ahora es Mithu, besa a sus hermanos en las mejillas, sujetándoles la cabeza entre las manos. Gógol y Sonia conocen a esas personas, pero no se sienten unidos a ellas de la misma manera que sus padres. En cuestión de minutos y ante sus propios ojos, Ashoke y Ashima se convierten en personas más relajadas y abiertas, hablan con un tono de voz más alto, sonríen más abiertamente, dan muestras de una confianza que Gógol y Sonia no ven nunca en ellos en Pemberton Road.

—Tengo miedo, Gol-Gol —le dice Sonia a su hermano en inglés, mientras le aprieta la mano y se niega a soltársela.

Los acompañan hasta unos taxis que los están esperando, enfilan VIP Road, dejan atrás inmensos vertederos de basuras y llegan al corazón de Calcuta norte. Gógol ya conoce el decorado, pero no puede dejar de observar a esos hombres bajos y de piel oscura que tiran de los *rickshaws* ni los edificios destartalados a ambos lados de las calles, con sus elaboradas rejas de hierro y sus hoces y sus martillos pintados en las fachadas. Mira a los pasajeros que abarrotan los tranvías y los autobuses y que parecen a punto de caerse a la calle, y a las familias que hierven el arroz y se lavan el pelo en las aceras. Cuando Gógol y Sonia se bajan del taxi al llegar a casa de su madre, en Amherst Street, donde ahora vive la familia de su tío, los vecinos están en las ventanas y en los terrados. Se quedan ahí un momento, con sus caras zapatillas deportivas de colores brillantes, sus cortes de pelo americanos, sus mochilas sujetas de un solo hombro. Una vez dentro, les ofrecen té Horlick y unas *rossogollas* esponjosas y almibaradas que, a pesar de no tener hambre, prueban por educación. Les hacen poner los pies sobre unas hojas de papel y con un rotulador les marcan el perfil de la planta: van a enviar a un criado a Bata a que les compre unas zapatillas de goma para andar por casa.

Abren las maletas y sacan todos los regalos, que sus parientes reciben con muestras de alegría y se prueban para ver si han acertado con la talla.

En los días que siguen, tienen que acostumbrarse otra vez a dormir metidos en las mosquiteras, a ducharse echándose el agua con unos cazos. Por la mañana, Gógol ve a sus primos ponerse el uniforme escolar, azul y blanco, y pasarse la cinta de las cantimploras alrededor del pecho. Su tía, Uma Maima, se pasa la mañana en la cocina, martirizando a los criados que friegan los platos con ceniza, acuclillados junto al desagüe, o muelen montañas de especias en unas piedras que parecen lápidas. En la casa de los Ganguli, en Alipore, ve la habitación en la que habrían vivido si sus padres se hubieran quedado en la India, la cama de ébano con dosel en la que habrían dormido todos juntos, el armario en el que habrían guardado toda su ropa.

En vez de alquilar un apartamento para ellos solos, se quedan esos ocho meses con distintos parientes, pasando de casa en casa. Viven un tiempo en Ballygunge, otro en Tollygunge, otro en Salt Lake, otro en Budge Budge, y atraviesan la ciudad en taxi, pasando por calles interminables llenas de baches. Cambian de cama cada pocas semanas, tienen que aprender las costumbres de las casas nuevas. En función de donde se encuentren, comen en suelos de barro cocido, de cemento o de terrazo, o en mesas de un mármol tan frío que no se puede apoyar los codos. Sus primos, tíos y tías les preguntan cosas sobre su vida en Estados Unidos, lo que desayunan, sus amigos del colegio. Les enseñan las fotos de su casa en Pemberton Road. «Moqueta en el baño —dicen—. Imagínate.» Su padre está ocupado en sus trabajos de investigación, y da conferencias en la Universidad de Jadavpur. Su madre va de compras a New Market y al cine y a visitar a sus amigas del colegio. En esos ocho meses no pisa una cocina. Se mueve como pez en el agua por una ciudad en la que Gógol, a pesar de las veces que ya la ha visitado, sigue desorientándose. Al cabo de tres meses, Sonia ya se ha leído más de diez veces toda su colección de libros de Laura Ingalls Wilder. De tarde en tarde, él abre alguno de sus libros de texto, hinchados por el calor. Aunque se ha traído las zapatillas deportivas con la esperanza de seguir haciendo ejercicio, pronto se da cuenta de que es imposible correr por esas calles tan congestionadas, tan abarrotadas de gente. Un día llega a intentarlo, y Uma Maima, que lo ve desde el terrado, envía a un criado a que lo siga por si se pierde.

Es más fácil entregarse al enclaustramiento. En Amherst Street, Gógol se sienta a la mesa de dibujo de su abuelo y rebusca en una caja de hojalata que está llena de plumillas secas. Y hace bocetos de lo que ve a través de las ventanas enrejadas; el perfil irregular de la ciudad, los patios, la plaza empedrada en la que las criadas llenan enormes teteras de cobre en la bomba de agua, la gente con prisa que transporta paquetes camino de casa y pasa por debajo de los toldos sucios de los *rickshaws*. Un día, en el terrado, desde donde se divisa a lo lejos el puente de Howrah, se fuma un *bidi* enrollado en unas hojas de color verde oliva, en compañía de uno de los criados. De todas las personas que los rodean en todo momento, Sonia es su única aliada, la única que habla, se sienta y ve las cosas como él. Mientras los demás están dormidos, Sonia y él se pelean por el walkman, por la colección de casetes gastados que Gógol grabó antes de salir de casa. De vez en cuando, en privado, admiten que se mueren de ganas de comerse una hamburguesa o una pizza de pepperoni, o de beberse un vaso de leche.

En verano, reciben con sorpresa la noticia de que su padre ha organizado un viaje, primero a Delhi, a ver a un tío suyo, y luego a Agra, a visitar el Taj Mahal. Va a ser la primera vez que Gógol y Sonia salgan de Calcuta, la primera vez que van a montarse en un tren indio. Dejan atrás la estación de Howrah, inmensa, altísima y llena de ecos, donde unos porteadores descalzos y con camisas rojas de algodón llevan las maletas Samsonite de los Ganguli sobre sus cabezas, y donde familias enteras duermen en el suelo, en fila, cubiertas con sábanas. Gógol es consciente de que corren cierto peligro. Sus primos le han hablado de los asaltantes que pueblan Bihar, y su padre lleva una especie de faja bajo la camisa, con bolsillos, para guardar el dinero. Su madre y Sonia, por su parte, se han quitado todas las joyas de oro. En el andén, van de vagón en vagón buscando su nombre en las listas de pasajeros que hay pegadas junto a las puertas. Se instalan en sus literas azules. Las dos de arriba van plegadas y se bajarán sólo cuando sea hora de acostarse. De día se sujetan con unas correas. Un revisor les entrega la ropa de cama: unas tupidas sábanas de algodón y unas mantas finas. Es de mañana, y en el vagón con aire acondicionado contemplan el paisaje a través de los cristales de colores, que hacen que todo tenga un tono triste y gris a pesar de que el día es radiante.

Después de tantos meses, ya han perdido la costumbre de estar los cuatro solos. Durante los cuatro días que pasan en Agra, tan nueva para Ashoke y Ashima como lo es para sus hijos, son unos turistas más. Se alojan en un hotel con piscina, beben agua embotellada, comen en restaurantes, usan cubiertos y pagan con tarjeta de crédito. Ashima y Ashoke no hablan bien el hindi, y cuando los niños se les acercan para venderles postales o recuerdos de mármol, Gógol y Sonia les piden por favor que les hablen en inglés, porque no los entienden. Gógol se da cuenta de que, en ciertos restaurantes, excluyendo al personal, ellos son los únicos indios. Se pasan dos días admirando el mausoleo que resplandece con tonalidades grises, amarillas, rosadas, anaranjadas, dependiendo de la luz. Se extasían con su perfecta simetría y se hacen fotos junto a los minaretes, desde donde los turistas, antes, se precipitaban al vacío y morían.

—Quiero que nos hagamos una foto aquí, los dos solos —le dice Ashima a Ashoke mientras caminan por la inmensa plataforma, y así es como, bajo el sol cegador de Agra, delante del río Yamuna, ahora seco, Ashoke le enseña a su hijo a usar la cámara Nikon, a enfocar y a pasar la foto. En una visita guiada les informan de que, una vez terminado el Taj Mahal, a todos los que participaron en la construcción, veintidós mil hombres en total, les cortaron los dedos pulgares para que no pudieran construir nunca otro igual. Esa noche, en el hotel, Sonia se despierta gritando que le falta un dedo. «Pero si eso es sólo una leyenda», le dicen sus padres. Pero esa imagen también ha afectado a Gógol. De todos los edificios que ha visto en su vida, el Taj Mahal es el que más le ha impresionado. En su segundo día de visita, intenta dibujar la cúpula y una parte de la fachada, pero no logra captar la gracia del monumento, y tira a la basura el boceto. Lo que sí hace es zambullirse en la lectura de la guía, donde estudia la arquitectura del período mogol y aprende la lista de los emperadores: Babur, Hurnayun, Akbar, Jahangir, Shah Jahan y Aurangzeb.

Cuando visitan el fuerte de Agra, miran por la ventana de la estancia en la que el Shah Jahan fue encarcelado por su propio hijo. En Sikandra, la tumba de Akbar, contemplan los frescos dorados de la entrada, descascarillados, profanados, quemados. Las piedras preciosas incrustadas que los adornaban desaparecieron hace tiempo a punta de cuchillo. Las paredes están llenas de inscripciones grabadas en la piedra. En Fathepur Sikri, la ciudad fantasma de Akbar, recorren los patios y los claustros, mientras sobre sus cabezas vuelan los loros y los grajos, y en la tumba de Salim Chisti, Ashima ata unos hilos rojos en una celosía de mármol labrado, para atraer la buena fortuna.

Pero en el viaje de regreso a Calcuta no tienen precisamente muy buena suerte. En la estación de Benarés, Sonia le pide a su padre que le compre una rodaja de fruta de Jack, se la come y empiezan a picarle los labios, que se le hinchan hasta triplicar su tamaño. En plena noche, mientras atraviesan el estado de Bihar, a un hombre de negocios lo apuñalan mientras duerme en otro compartimiento y le roban trescientas mil rupias. El tren queda detenido durante cinco horas mientras la policía local realiza sus investigaciones. Los Ganguli se enteran del motivo del retraso al día siguiente, mientras les sirven el desayuno. Todos los pasajeros están horrorizados y muy alterados, no se habla de otra cosa.

—Despiértate —le dice Gógol a su hermana, que duerme en la litera de abajo—. Han matado a un hombre dentro del tren.

El más horrorizado de todos es Ashoke, que mentalmente recuerda aquel otro vagón, aquella otra noche, aquel otro campo en el que se detuvo. En esta ocasión no ha oído nada. Ha dormido de un tirón.

De vuelta en Calcuta, tanto Gógol como Sonia se sienten muy enfermos. Es el aire, el arroz, el viento, dicen sus familiares sin darle importancia. No están hechos para sobrevivir en un país pobre, comentan. Primero tienen estreñimiento, y luego lo contrario. Por la tarde, en casa, aparecen los médicos con sus estetoscopios y sus maletines de piel negra. Les recetan unas inyecciones de Entroquinol, y agua de Ajowan, que les quema en la garganta. Y poco después de recuperarse, ya llega el momento de volver a casa. Para el día que creían que no iba a llegar nunca faltan apenas dos semanas. Compran unos portalápices de Cachemira que Ashoke quiere llevar de regalo a sus compañeros de la universidad. Gógol escoge unos tebeos indios para regalárselos a sus amigos estadounidenses. La noche anterior a su partida, ve a sus padres llorar como niños frente a los retratos de sus abuelos. Y de nuevo la caravana de taxis los conduce por última vez a través de la ciudad. El vuelo sale muy temprano, así que cuando dejan la casa todavía es de noche, y las calles están tan vacías que resultan irreconocibles. Lo único que se mueve es un tranvía provisto de un único faro redondo, pequeño. Ya en el aeropuerto, el grupo de gente que los vino a recibir, que los ha alojado en su casa, les ha dado de comer y los ha mimado durante todos esos meses, ese grupo de gente con el que comparten los apellidos, aunque no la vida, vuelve a congregarse en el mirador para despedirse de ellos. Gógol sabe que sus familiares no se moverán hasta que el avión haya despegado y sus luces se hayan perdido en el cielo. Sabe que su madre mirará por la ventanilla sin decir nada durante el viaje de regreso a Boston. Pero a él la tristeza le dura muy poco, sustituida al momento por una sensación de alivio. Es alivio lo que siente al levantar la tapa de la bandeja con el desayuno, al sacar los cubiertos de su envoltorio, al pedirle a la azafata un zumo de naranja. Es alivio lo que siente al ponerse los auriculares para seguir la película *Reencuentro* en la pantalla y oír los éxitos musicales hasta que llegan a Boston.

En menos de veinticuatro horas, él y su familia están de vuelta en Pemberton Road. Es final de agosto y al césped le hace falta un buen repaso. Los inquilinos que han tenido en casa les han dejado un poco de pan y algo de leche en la nevera, y en la escalera hay cuatro bolsas de plástico con la correspondencia que han recibido en su ausencia. Al principio, los Ganguli duermen de día y se pasan casi toda la noche en vela, y se atiborran de pan tostado a las tres de la madrugada y van deshaciendo el equipaje maleta por maleta. Aunque están en su casa, tanto espacio, tanto silencio a su alrededor, los desconcierta. Todavía les parece que están de paso, aún desconectados de sus vidas, ligados a un horario alterno, a una intimidad que sólo comparten ellos cuatro. Pero al final de la semana, cuando las amigas de su madre ya han venido a admirar sus nuevos saris y sus joyas de oro, cuando ya han dejado las ocho maletas en el terrado para que se aireen y posteriormente las han guardado, cuando el *chanachur* ya se ha vertido en las fiambreras y han desayunado los mangos que metieron en el equipaje, a pesar de la prohibición, acompañados de cereales y té, es como si no se hubieran ido nunca.

—Qué morenos habéis vuelto —se lamentan los amigos de sus padres, refiriéndose a Gógol y a Sonia.

Lo cierto es que, en ese sentido, no han tenido que esforzarse nada. Regresan a sus tres dormitorios, a sus tres camas separadas, a sus gruesos colchones, a sus sábanas con puntos de ajuste. Van al supermercado y llenan la nevera y los armarios con la marcas de siempre: Skippy, Hood, Bumble Bee, Land O'Lakes. Su madre vuelve a poner los pies en la cocina y les prepara las comidas. Su padre vuelve a conducir y a segar el césped, y regresa a la universidad. Gógol y Sonia duermen las horas que quieren, miran la tele, se preparan bocadillos de mantequilla de cacahuete y mermelada a cualquier hora del día. Vuelven a pelearse cuando les apetece, a meterse el uno con la otra, a levantarse la voz, a gritarse, a hacerse callar. Vuelven a ducharse con agua caliente, a hablar en inglés entre ellos, a ir en bicicleta por el barrio. Llaman a sus amigos estadounidenses, que se alegran de verlos pero no les hacen preguntas sobre el lugar del que acaban de regresar. Y así, esos ocho meses quedan atrás, no tardan en difuminarse, en olvidarse, como esa prenda de ropa que nos ponemos para una celebración especial o que pertenece ya a otra temporada y que con el tiempo acaba resultando engorrosa, prescindible.

En septiembre, Gógol regresa al instituto para empezar su penúltimo curso. Biología, Historia de Estados Unidos, Trigonometría Avanzada, Lengua Española, Lengua y Literatura Inglesas. En clase de literatura inglesa lee *Ethan Frome, El Gran Gatsby, La buena tierra, La cinta roja del valor*. Tiene que salir a la tarima a recitar el «Mañana, mañana, mañana», de *Macbeth*, los únicos versos que llegará a saberse de memoria en toda su vida. Su profesor, el señor Lawson, es un hombre delgado, fibroso, bien plantado y de voz sorprendentemente grave, pelo rojizo y ojos verdes pequeños pero penetrantes, y lleva gafas de carey. Es objeto de cábalas en el colegio, y hasta de cierto escándalo, y estuvo casado con la señorita

Sagan, profesora de francés. Lleva pantalones color caqui y suéteres de lana de Shetland en colores vivos, verde botella, amarillo, rojo, y bebe café sin parar, siempre en la misma taza azul desportillada. No es capaz de resistir una clase de cincuenta y cinco minutos sin excusarse y meterse en la sala de profesores a fumar un cigarrillo. A pesar de su baja estatura, hace gala de una fuerte y cautivadora presencia cuando está en el aula. La fama de su mala letra le precede. Devuelve los trabajos de los alumnos manchados siempre con cercos de café o de whisky. Y todos los años, califica los primeros comentarios de texto, que siempre son sobre *El Tigre*, de Blake, con «Muy deficientes» o «Insuficientes.» Varias chicas de la clase están convencidas de que el señor Lawson es irresistible, y se enamoran de él sin remedio.

El señor Lawson fue el primero de los profesores de Gógol en mostrar su conocimiento y su interés por el escritor ruso del mismo nombre. El primer día de clase pasó lista, y al llegar a Gógol la cara se le iluminó con una mezcla de admiración e incredulidad. A diferencia de otros profesores, no le preguntó si se trataba de su nombre de verdad, ni si era un apellido o una forma abreviada de algo. No le dijo, como hacían otros, mecánicamente: «Pero ¿ése no era escritor?». Lo que hizo, simplemente, fue decir su nombre en voz alta, sin detenerse al llegar al apellido, sin vacilar, sin contener la risa, exactamente igual que había hecho con Brian, con Erica, con Tom. Sólo más tarde añadió:

—Bueno, vamos a tener que leer *El capote*. O si no, *La nariz*.

Una mañana de enero, una semana después de las vacaciones de Navidad, Gógol está sentado en su pupitre, junto a la ventana, viendo caer una nieve fina como el azúcar.

—Este trimestre vamos a dedicarlo al relato breve —anuncia el señor Lawson.

Y Gógol sabe al instante lo que va a pasar. Con creciente temor y cierta sensación de náusea, mira al profesor, que está distribuyendo unos ejemplares que se apilan en su mesa. A cada uno de los alumnos de la primera fila le da seis copias desvencijadas de la antología *Clásicos del relato breve* para que las vayan repartiendo. La de Gógol está muy rota, con el lomo muy gastado y la cubierta manchada de una especie de moho blanquecino. Busca en el índice y descubre a Gógol, que va detrás de Faulkner y antes de Hemingway. Ver el nombre impreso en letras mayúsculas en esa página medio rota le turba profundamente. Como si aquel nombre fuera una foto en la que hubiera salido especialmente poco favorecido y le obligara a defenderse: «Eh, que yo no soy así». Gógol siente deseos de salir corriendo, de levantar la mano y pedir permiso para ir al baño, pero por otra parte quiere llamar la atención lo menos posible. Por eso se queda sentado y evita cruzar la mirada con ningún compañero. Se pone a hojear el libro. Lectores anteriores del ejemplar que tiene entre las manos han marcado con asteriscos algunos autores, pero no hay ninguna marca junto a Nikolái Gógol. De cada uno de los escritores se incluye un solo relato. El de Gógol se llama *El capote*. Sin embargo, en el transcurso de la clase, el señor Lawson no menciona a Gógol. Para alivio de su tocayo, lo que hace es pedirles que lean en voz alta, por turnos, *El collar*, de Guy de Maupassant. Empieza a pensar que tal vez tenga suerte y el profesor pase de largo el cuento de Gógol. Quizás se ha olvidado de él. Pero cuando suena el timbre y los alumnos se levantan a un tiempo de sus pupitres, el señor Lawson levanta una mano.

—Leed el cuento de Gógol para la clase de mañana —dice en voz alta al grupo, que ya empieza a salir de clase.

Al día siguiente, el señor Lawson escribe en la pizarra, con letras mayúsculas: «Nikolái Vasílievich Gógol». Enmarca el nombre en un recuadro y debajo, entre paréntesis, anota las fechas de su nacimiento y de su muerte. Gógol abre la carpeta y, a regañadientes, copia la información. Se dice que, en realidad, no es nada tan excepcional. En clase hay un William, y podría haber algún Ernest. La mano izquierda del señor Lawson mueve velozmente la tiza sobre la pizarra, pero el bolígrafo de Gógol empieza a quedarse atrás. Las hojas sueltas de su carpeta quedan en blanco, mientras las de sus compañeros se van llenando de datos que seguramente no tardarán en desconcertarle: nacido en 1809 en la provincia de Poltava, en el seno de una familia cosaca ucraniana de buena posición social. El padre era un pequeño terrateniente y escribía obras de teatro. Murió cuando Gógol tenía dieciséis años. Estudió en el Liceo de Nezhin, y se trasladó a San Petersburgo en 1828 donde, en 1829, pasó a ser funcionario del Estado en el Departamento de Obras Públicas, dependiente del Ministerio del Interior. Entre 1830 y 1831, trabajó transferido en el Ministerio de la Corte, más concretamente en el Departamento de Residencias Reales. Posteriormente se hizo maestro y dio clases de historia en el Instituto para Señoritas, primero, y, después, en la Universidad de San Petersburgo. A los veintidós años inició una estrecha amistad con Alexandr Pushkin. En 1830 publicó su primer relato breve. En 1836, en San Petersburgo, se estrenó una comedia suya, *El inspector del gobierno*. Horrorizado ante la disparidad de las críticas, abandonó Rusia. Pasó los doce años siguientes en el extranjero, entre París, Roma y otros destinos, escribiendo el primer volumen de *Almas muertas*, la que para muchos está considerada su mejor novela.

El señor Lawson está sentado en el borde de su mesa, cruza las piernas, pasa varias páginas de un cuaderno amarillo plagado de anotaciones. Junto al cuaderno tiene una biografía del autor, un grueso volumen que lleva por título *Alma dividida*, con muchas páginas señaladas con trozos de papel.

—No era un tipo corriente, Nikolái Gógol —dice—. Hoy se le considera uno de los escritores rusos más brillantes. Pero en vida fue incomprendido por todos, incluso por él mismo. Podría decirse que ejemplifica la expresión «genio excéntrico». La vida de Gógol, en resumen, fue un constante declive hacia la locura. El escritor Iván Turguéniev lo describió como una criatura inteligente, rara y enfermiza. Se decía de él que era hipocondríaco y muy paranoico, y que se trataba de un hombre muy frustrado. Además, según las crónicas, se entregaba a la melancolía y caía en episodios de profunda depresión. Le costaba hacer amigos. No se casó nunca, ni tuvo hijos. Se cree que murió virgen.

A Gógol empieza a subirle un calor por las mejillas que le llega hasta las orejas. Cada vez que oye pronunciar su nombre, esboza una mueca apenas perceptible. Sus padres nunca le han contado nada de todo eso. Mira a sus compañeros de clase, pero no parecen inmutarse; siguen tomando apuntes aplicadamente, mientras el señor Lawson habla, medio vuelto junto a la pizarra, que se va llenando más y más de palabras escritas con su letra desmañada. De pronto Gógol siente que está enfadado con su profesor. No sabe por qué, pero le parece que le ha traicionado.

—La carrera literaria de Gógol abarca un período inicial de unos once años, tras los que sufrió un bloqueo creativo que lo paralizó. Los últimos años de su vida estuvieron marcados por el deterioro físico y el tormento emocional —prosigue el señor Lawson—. Desesperado por recobrar la salud y la inspiración creativa, Gógol buscó refugio en varios balnearios y sanatorios. En 1848 realizó una peregrinación a Palestina. Finalmente, regresó a Rusia. En 1852, en Moscú, desilusionado y convencido de su fracaso como escritor, renunció a toda su actividad literaria y quemó el manuscrito del segundo volumen de *Almas muertas*. Acto seguido pronunció una sentencia de muerte contra sí mismo y, negándose a comer, procedió a su lento suicidio.

—Qué horror —comenta alguien desde las últimas filas—. ¿Cómo se puede hacer una cosa así?

Varios compañeros se vuelven a mirar a Emily Gardener, la autora del comentario, de la que se rumorea que padece anorexia.

El señor Lawson, con el dedo levantado, prosigue con la exposición.

—En sus intentos por reanimarlo, el día anterior a su muerte, los médicos lo sumergieron en un baño de caldo y le echaron agua helada en la cabeza, y después le aplicaron siete sanguijuelas en la nariz. Le habían atado las manos para que no pudiera arrancárselas.

Todos los alumnos de clase, menos uno, empiezan a gritar al unísono, y el señor Lawson tiene que levantar mucho la voz para hacerse oír. Gógol sigue con la vista clavada en su escritorio, y no dice nada. Está convencido de que el colegio entero está atendiendo a las explicaciones de su profesor, que todo eso lo están oyendo todos por megafonía. Baja mucho la cabeza y, discretamente, se tapa los oídos. Pero no logra acallar la voz del señor Lawson.

—Al día siguiente, por la tarde, ya estaba apenas consciente, y tan consumido que la columna vertebral se le marcaba a través del estómago.

Gógol cierra los ojos. «Por favor, pare», desea poder decirle a su profesor. «Por favor, pare», dicen sus labios. Y entonces, de pronto, se hace el silencio. Gógol alza la vista y ve que el señor Lawson deja la tiza en la repisa de la pizarra.

—Ahora vuelvo —dice antes de desaparecer para ir a fumarse su cigarrillo.

Los alumnos, habituados a esa práctica, se ponen a hablar entre ellos. Se quejan de que el cuento es demasiado largo. Se quejan de que les cuesta seguirlo. Comentan que los nombres rusos son muy difíciles, y algunos alumnos confiesan que, sencillamente, se los saltan. Gógol no dice nada. Él no ha leído el relato. No ha tocado nunca el libro que su padre le regaló cuando cumplió los catorce años. Y ayer, al salir de clase, escondió lo más que pudo la antología en su taquilla porque se negaba a llevársela a casa. Cree que leer la historia sería rendirle un homenaje a su homónimo, aceptarlo en cierto modo. Con todo, al oír quejarse a sus compañeros, no puede evitar sentirse perversamente responsable, como si fuera su propia obra la que estuviera siendo atacada.

El señor Lawson vuelve a clase y se apoya una vez más en el borde de su mesa. Gógol confía en que dé por terminada la exposición biográfica. ¿Qué más puede quedar por decir? Pero el señor Lawson levanta el ejemplar de *Alma dividida*.

—Aquí tenemos un relato de sus instantes finales —dice, buscando en las páginas finales.

—«Tenía los pies helados. Tarasenkov le metió una bolsa de agua caliente en la cama, pero no sirvió de nada. Tiritaba de frío. Su rostro demacrado estaba cubierto de un sudor gélido. Bajo los ojos se le marcaban unas ojeras azules. A medianoche, el doctor Klimentov relevó al doctor Tarasenkov. Para aliviar al moribundo, le administró una dosis de calomel y le rodeó el cuerpo de barras de pan caliente. Gógol empezó a gritar de nuevo. Su mente vagó en silencio toda la noche. "Vamos —murmuraba—. ¡Levántate, llénalo, llena el molinillo!" Luego se debilitó aún más. Sus rasgos eran sombríos y huecos, su respiración se hacía cada vez más imperceptible. Parecía ir sosegándose; al menos ya no sufría. A las ocho de la mañana del 21 de febrero de 1852, entregó su último suspiro. No tenía ni cuarenta años.»

Gógol no sale con nadie del instituto. Se ha enamorado secretamente algunas veces, de esta o aquella chica, amigas suyas, pero no se lo dice a nadie. No asiste a bailes ni a fiestas. Con su grupo de amigos, Colin, Jason y Marc, prefieren escuchar discos de Dylan, de Clapton, de The Who, y leer a Nietzsche en su tiempo libre. A sus padres no

les parece raro que su hijo no tenga novia, que no alquile un esmo-
quin para el baile de fin de curso. Ellos no han tenido nunca novios
ni novias, y por tanto no ven motivo para alentar a su hijo en esa
dirección, y mucho menos a su edad. Lo que sí hacen es aconsejarle
que se apunte al grupo de matemáticas e insistirle en que saque las
mejores notas. Su padre le presiona para que estudie Ingeniería, tal
vez en el MIT. Como sus calificaciones son buenas y muestra una
aparente indiferencia por salir con chicas, sus padres no sospechan
que Gógol también es, a su manera, un adolescente estadounidense. Ni se les pasa por la cabeza que pueda fumar marihuana, cosa que
hace de vez en cuando, cuando se reúne con sus amigos a escuchar
música. No se les ocurre que, cuando se queda a pasar la noche en
casa de algún amigo, se va con él en coche hasta otra ciudad cercana
a ver *The Rocky Horror Picture Show*, o se acercan a Boston a oír tocar
a algún grupo musical de los que actúan en Kenmore Square.

Un sábado, poco antes de sus exámenes de ingreso en la universidad, sus padres se van con Sonia a pasar el fin de semana a Connecticut y, por primera vez en su vida, Gógol se queda solo en casa
una noche entera. A Ashoke y Ashima no se les pasa por la cabeza
que su hijo, en vez de quedarse a estudiar en su habitación, va a ir a
una fiesta con Colin, Jason y Marc. Los ha invitado el hermano mayor
de Colin, que estudia primero en la universidad en la que da clases
el padre de Gógol. Se viste como de costumbre, con sus Levi's, sus
zapatillas náuticas y una camisa de franela a cuadros. Es la primera
vez que va a los dormitorios, aunque ha estado muchas veces en el
campus, cuando ha ido a visitar a su padre al departamento de Ingeniería, o a clases de natación en la piscina, o a correr en el estadio.
Se aproximan con nerviosismo, con cierta sensación de vértigo, de
miedo a que les descubran. «Si alguien nos pregunta, mi hermano
dice que digamos que somos alumnos de primero en Amherst»,
les ha advertido Colin en el coche.

La fiesta ocupa toda la planta. Las puertas de todos los dormitorios están abiertas. Entran en la primera en la que logran meterse. Está abarrotada, oscura, y hace mucho calor. Nadie se fija en Gógol
ni en sus amigos, que la cruzan de punta a punta y llegan hasta donde está el barril de cerveza. Se quedan ahí un rato, con los vasos de
plástico en la mano, gritando para hacerse oír, porque la música está

altísima. Pero entonces Colin ve a su hermano en el vestíbulo, y Jason tiene que ir al baño, y Marc quiere otra cerveza. Gógol también sale de la habitación. Todo el mundo parece conocer a todo el mundo, la gente está enzarzada en conversaciones en las que parece imposible meterse. De cada dormitorio sale una música distinta, que se mezcla con las demás, desagradablemente, en la cabeza de Gógol. Le da la sensación de que lleva ropa demasiado formal porque ve que todos van con vaqueros rotos y camisetas, y que lleva el pelo demasiado limpio y bien peinado. Aunque, de todos modos, a nadie parece preocuparle, nadie parece fijarse. Se acerca al final del pasillo y sube un tramo de escaleras. Arriba hay otra planta igualmente abarrotada y ruidosa. En una esquina ve que una pareja se está besando. En vez de abrirse paso entre la gente, decide subir a la planta de arriba. Ahora sí, el pasillo está vacío. El suelo está cubierto de una moqueta azul y las puertas son de madera de pino. La única presencia en ese espacio es el sonido amortiguado de la música y las voces que llegan desde abajo. Está a punto de darse la vuelta y bajar cuando una de las puertas se abre y por ella sale una chica guapa, delgada, con un austero vestido de lunares abotonado hasta arriba. Lleva una media melena castaña, con el flequillo muy corto que no le tapa las cejas. Tiene la cara en forma de corazón, y los labios pintados de rojo intenso.

—Lo siento —dice Gógol—. Supongo que no debería estar aquí.

—Bueno, en teoría es la planta de las chicas —responde ella—. Pero la verdad es que los chicos no han hecho nunca demasiado caso. —Estudia a Gógol de arriba abajo, como ninguna otra chica lo ha mirado jamás—. Tú no eres de aquí, ¿verdad?

—No —responde. El corazón empieza a latirle con fuerza, pero entonces recuerda su falsa identidad de esa noche—. Voy a Amherst. Estoy en primero.

—Qué bien —dice la chica, que se adelanta un poco más—. Me llamo Kim.

—Encantado. —Le da la mano, y Kim se la estrecha un poco más de lo necesario. Se queda un momento mirándolo, expectante, y entonces sonríe, mostrando dos dientes ligeramente solapados.

—Vamos —dice Kim—. Te acompaño y te enseño dónde están las cosas.

Bajan juntos y entran a una habitación. Se sirven unas cervezas. Cada vez que ella se detiene a saludar a algún amigo, él se queda a su lado, incómodo, sin saber qué hacer. Se abren paso hasta una sala comunitaria con una tele y una máquina de Coca-Cola, un sofá destartalado y varias sillas. Se sientan en el sofá, dejando una distancia prudencial entre los dos. Kim ve que hay un paquete de cigarrillos en la mesa de centro, coge uno y lo enciende.

—¿Y bien? —le dice mirándolo con cierto aire acusatorio.

—¿Qué?

—¿Es que no piensas presentarte?

—Ah, sí, claro.

Pero no quiere decirle a Kim cómo se llama. No le apetece tener que soportar su reacción, ver que sus bonitos ojos azules se abren como platos. Podría usar otro nombre, sólo por esta vez, sólo por esta noche. No sería tan grave. Total, ya le ha dicho una mentira, le ha dicho que estudia en Amherst. Podría decirle que se llama Colin, Jason, Marc, lo que fuera, y así podrían seguir hablando de cualquier cosa. Había millones de nombres entre los que escoger. Pero entonces cae en la cuenta de que no le hace falta mentir. Técnicamente no, al menos. Se acuerda del otro nombre que una vez escogieron para él, el que debería haber llevado.

—Me llamo Nikhil —dice por primera vez en su vida. Lo pronuncia tentativamente, y su propia voz le suena rara al decirlo. La afirmación, sin él quererlo, se transforma en pregunta. Mira a Kim con las cejas arqueadas, esperando que ella le corrija, se muestre incrédula, se ría de él en su cara. Aguanta la respiración. Siente un cosquilleo en el rostro, aunque no sabe si es de triunfo o de terror.

Pero Kim recibe la información sin inmutarse.

—Nikhil —repite, y una voluta de humo sale de su boca y se eleva hasta el techo. Vuelve a mirarlo y le sonríe—. Nikhil. No lo había oído nunca. Es un nombre muy bonito.

Pasan juntos un rato más, charlando. A Gógol le sorprende lo fácil que le resulta. Su mente divaga. Sólo escucha a medias a Kim, que le habla de sus clases, de su ciudad natal de Connecticut. Al momento se siente culpable y emocionado, protegido por un escudo invisible. Como sabe que no va a volver a verla nunca más, se muestra atrevido, la besa tiernamente en los labios mientras ella le habla, le aprieta un poco la pierna con la suya, en el sofá, le acaricia el pelo un instante. Es la primera vez que besa a alguien, la primera vez que siente tan cerca el rostro de una chica, su aliento.

—No puede ser. ¡La has besado! —le dicen sus amigos en el coche, camino de casa.

Él niega con la cabeza como mareado, tan incrédulo como ellos, con una sensación interior de inmensa alegría.

«No era yo», está a punto de decir.

Pero no les cuenta que no ha sido Gógol quien ha besado a Kim. No les dice que Gógol no ha tenido nada que ver en todo eso.

5

Mucha gente se cambiaba el nombre: actores, escritores, revolucionarios, travestis. En clase de historia, Gógol ha estudiado que los inmigrantes europeos se cambiaban el nombre al llegar a la isla de Ellis, que los esclavos libertos se rebautizaban. Aunque él no lo sabe, incluso Nikolái Gógol se cambió de nombre a los veintidós años, cuando empezó a publicar en la *La Gaceta Literaria*, simplificando su apellido de Gógol-Yanovsky a Gógol. (También había publicado algo con el apellido Yánov, y en una ocasión firmó una obra con «OOOO», por las cuatro oes de su nombre completo.)

Un día de verano de 1986, en las frenéticas semanas anteriores al inicio de su primer curso en la Universidad de Yale, que va a suponerle la primera separación prolongada de su familia, Gógol Ganguli también lo hace. Va en el tren de cercanías hasta Boston, coge la línea verde en North Station y se baja en Lechmere. La zona le suena un poco. Ha ido varias veces con su familia, a comprar televisores, aspiradoras, y ha estado en el Museo de la Ciencia con el colegio. Pero es la primera vez que está solo en el barrio y, a pesar de las indicaciones que lleva escritas en un papel, se pierde unos momentos camino del Tribunal de Testamentarías y Familia. Va con una camisa azul y una chaqueta de pana beige que le han comprado para las entrevistas de la facultad y que le abriga demasiado en días bochornosos como ése. También lleva puesta la única corbata que tiene, marrón con rayas amarillas en diagonal. Ya mide casi un metro ochenta, es delgado y a su pelo moreno, abundante, empieza a hacerle falta un corte. Tiene la cara alargada, la expresión inteligente, se le ha puesto atractiva de pronto, los huesos más marcados, la piel dorada, pálida, recién afeitada y limpia. De Ashima ha heredado los ojos, grandes, penetrantes, de cejas anchas y elegantes, y de Ashoke una nariz de punta ligeramente abultada.

El tribunal es un edificio antiguo, imponente, con columnas y fachada de ladrillo, pero se entra por un lateral, bajando un tramo de escaleras. Una vez dentro, Gógol se vacía los bolsillos y pasa por el detector de metales, como si estuviera en un aeropuerto a punto de emprender viaje. Siente con alivio el frío del aire acondicionado, y se fija en los hermosos artesonados de escayola que decoran los techos, en las voces que resuenan agradablemente en las paredes revestidas de mármol. No imaginaba un decorado tan suntuoso. Aun así, sabe que la gente acude a ese lugar para tramitar divorcios, para impugnar testamentos. El funcionario del mostrador de información le dice que espere en la planta de arriba, en una sala llena de mesas redondas en las que la gente come. Gógol aguarda con impaciencia, moviendo una pierna arriba y abajo sin parar. Se le ha olvidado traerse un libro, así que coge una sección del *Globe* que alguien se ha dejado y lee por encima un artículo de la sección de arte sobre las pinturas de Helga, de Andrew Wyeth. Luego se pone a practicar su nueva firma en los márgenes del periódico. Hace varias pruebas en distintos estilos. No tiene la mano acostumbrada a la ene, a los puntos de las íes. Cuántas veces habrá escrito su antiguo nombre, se pregunta, cuántos exámenes suyos habrá encabezado con él, cuántos trabajos de clase, cuántos tests, cuántas tarjetas de felicitación dedicadas a sus amigos. ¿Cuántas veces escribe su nombre una persona a lo largo de su vida? ¿Un millón? ¿Dos millones?

La idea de cambiarse el nombre se le ocurrió por primera vez hace unos meses. Estaba sentado en la sala de espera del dentista, hojeando el *Reader's Digest.* De pronto se encontró por casualidad un artículo que le llamó la atención. Se titulaba «Segundos bautismos», y se iniciaba con el siguiente encabezado: «¿Es usted capaz de identificar a los siguientes personajes célebres?» A continuación aparecía una lista de nombres y, en la parte inferior de la página, cabeza abajo, las celebridades a las que aquellos nombres correspondían. El único que él acertó fue el de Robert Zimmerman, que era el verdadero nombre de Bob Dylan. No tenía ni idea de que a Molière lo bautizaron como Jean-Baptiste Poquelin, ni que León Trotski se llamaba en realidad Lev Davídovich Bronstein. Tampoco sabía que Gerald Ford se llamaba Leslie Lynch King, Jr., ni que el nombre de Engelbert Humperdinck era Arnold George Dorsey. El artículo informaba de que todos ellos se habían cambiado el nombre, y añadía que ése era un derecho que tenía todo ciudadano de Estados Unidos. Leyó que, cada año, cientos de miles de estadounidenses se cambiaban el nombre. Según aquel artículo, lo único que había que hacer era una solicitud legal. Y de pronto imaginó que a aquella lista se añadía «Gógol» y que en letras muy pequeñas, boca arriba, podía leerse «Nikhil».

Aquella noche, mientras cenaba con sus padres, sacó el tema. Una cosa era que Gógol fuera el nombre escrito a mano en el título de bachiller, o impreso en el anuario del instituto. Incluso admitía que figurara en la solicitud de ingreso en una universidad de la Ivy League, además de en las de Stanford y Berkeley. Pero tener que verlo impreso, cuatro años después, en la licenciatura de letras no le parecía bien. O escrito en la parte superior de un currículum, o grabado en una tarjeta de visita. Lo que él quería era que en todos esos sitios figurara el nombre que sus padres habían escogido, el nombre de verdad por el que habían optado cuando tenía cinco años.

—Lo hecho, hecho está —le dijo su padre—. Si no, va a ser muy complicado. El caso es que Gógol se ha convertido en tu nombre a todos los efectos.

—Ahora ya es demasiado difícil —opinó su madre—. Ya eres muy mayor.

—No lo soy —insistió—. Es que no lo entiendo. ¿Por qué tuvisteis que ponerme un apodo? ¿Qué sentido tiene?

—Nosotros lo hacemos así, Gógol —sostuvo su madre—. Es una costumbre bengalí.

—Pero si ni siquiera es un nombre bengalí.

Les dijo a sus padres que, en clase del señor Lawson, había aprendido que Gógol había sido tremendamente desgraciado y un desequilibrado mental, y que se había dejado morir de hambre.

—¿Sabíais vosotros todas esas cosas cuando me pusisteis ese apodo?

—Te has olvidado de mencionar que también era un genio —dijo su padre.

—No lo entiendo. ¿Cómo fuisteis capaces de ponerme el nombre de una persona tan rara? Nadie me toma en serio.

—¿Quién? ¿Quién no te toma en serio? —le preguntó Ashoke apuntándole con el dedo.

—La gente —respondió, mintiendo a sus padres. Porque Ashoke tenía razón: la única persona que no se tomaba en serio a Gógol, la única que lo atormentaba, la única que pensaba siempre en su nombre y se avergonzaba de él constantemente, la única que lo cuestionaba y deseaba que fuera otro, era él mismo, el propio Gógol.

Pero siguió insistiendo, les dijo que deberían preferir que su nombre oficial fuera bengalí y no ruso.

—No lo sé, Gógol. De verdad, no sé qué decirte —manifestó su madre en tono vacilante y negando con la cabeza. Se levantó y empezó a recoger la mesa.

Sonia se escabulló como pudo y se fue a su habitación. Gógol se quedó a solas con su padre. Ahí sentados, oían a Ashima, que fregaba los platos. El agua se colaba por el fregadero.

—Pues entonces cámbiatelo —le dijo Ashoke al cabo de un rato, en voz baja y serena.

—¿En serio?

—En Estados Unidos todo es posible. Haz lo que quieras.

Así que fue al gobierno de Massachusetts a buscar el impreso de solicitud de cambio de nombre, al que debía adjuntar una copia compulsada de su certificado de nacimiento y la conformidad del Tribunal de Testamentarías y Familia de Middlesex. Se lo dio a su padre, que lo firmó sin apenas leerlo, con la misma resignación con que firmaba los cheques o los recibos de las tarjetas de crédito, con las cejas algo arqueadas por encima de las gafas, calculando mentalmente el gasto. Rellenó el resto del impreso en su habitación, cuando sus padres y su hermana ya se habían acostado. Se trataba de una simple hoja de color crema, pero tardó en rellenarlo más que los de ingreso en la universidad. En la primera línea escribió el nombre que quería cambiar, así como su lugar y fecha de nacimiento. A continuación puso el nombre nuevo, el que deseaba adoptar, y entonces estampó su vieja firma en la solicitud. Sólo se detuvo en un epígrafe: le pedían que, en tres líneas, explicara las razones que le llevaban a solicitar el cambio de nombre. Se quedó en blanco durante casi una hora, sin saber qué poner. Y al final no escribió nada.

Lo llaman a la hora concertada. Entra en una sala y se sienta en un banco de madera vacío que hay al fondo. La jueza, una mujer negra, corpulenta, cuarentona, que lleva unas gafas semicirculares, está delante, en el estrado. La secretaria, una mujer delgada de pelo cortado a lo paje, le pide la solicitud y la revisa antes de entregársela a la jueza. En la sala no hay ningún adorno, exceptuando las banderas americana y del estado de Massachusetts, así como un retrato al óleo de un juez.

—Gógol Ganguli —dice la secretaria, que le indica que se acerque al estrado.

Y él, aunque está impaciente por cumplir con todos los trámites, siente una punzada de tristeza al darse cuenta de que ésa va a ser la última vez que oiga su nombre en un ámbito oficial. A pesar de la aprobación de sus padres, tiene la sensación de estar pasándoles por encima, de estar corrigiendo un error que cometieron.

—¿Por qué motivo desea cambiarse el nombre, señor Ganguli? —le pregunta la jueza.

La pregunta le pilla con la guardia baja y se queda unos segundos sin saber qué decir.

—Por motivos personales —aventura al fin.

La jueza se adelanta un poco más para mirarlo, apoyando la barbilla en la mano.

—¿Le importaría concretar un poco más?

En un primer momento no contesta, porque no se le ocurre nada. No sabe si explicarle la historia entera, con todos sus detalles, hablarle de la carta de su abuela que nunca llegó hasta Cambridge, de la diferencia entre nombres formales y apodos, de lo que había sucedido el primer día que fue al parvulario. Pero no. Lo que hace es contarle a la gente del tribunal lo que nunca se ha atrevido a admitir ante sus padres.

—Odio mi nombre. Siempre lo he odiado.

—Muy bien —dice la jueza, que firma y le pone un sello a la solicitud antes de devolvérsela a la secretaria.

Le explican que debe informar del cambio a todas las demás instancias oficiales, que es responsabilidad suya notificar el nuevo nom-

bre a la Jefatura de Tráfico, a los bancos, a las escuelas. Solicita tres
copias certificadas del decreto de cambio de nombre, dos para él y
una para que sus padres la guarden en la caja fuerte. Nadie lo acompaña durante ese rito de paso legal, y al salir de la sala no hay nadie
esperándolo para conmemorar el momento con flores, globos o
fotos. De hecho, el trámite es de lo más anodino, y cuando consulta la hora se da cuenta de que no ha estado más de diez minutos en
el tribunal. Vuelve a internarse en la calurosa tarde de verano, sudo-
roso, medio convencido aún de que todo es un sueño. Coge el metro,
cruza el río y ya está de nuevo en el centro de Boston. Se ha quitado la chaqueta y la lleva sobre el hombro, sujeta de un dedo. Deja
atrás el Common, cruza el Public Garden, atraviesa los puentes y los
senderos que bordean el estanque. El cielo está cubierto de grandes nubarrones, y sólo se ven algunos retazos azules, como lagos en
un mapa. Hay una amenaza de lluvia en el aire.

Se pregunta si así es como se sentirá un gordo que consiga perder peso, un preso que recobre la libertad. «Soy Nikhil», querría
decirle a la gente que pasea a sus perros, a la que lleva a sus niños
en cochecitos, a la que da de comer a los patos. Cuando enfila Newbury Street empiezan a caer las primeras gotas. Se mete en Newbury Comics, se compra *London Calling* y *Talking Heads: 77* con el dinero que le regalaron por su cumpleaños, y un póster del Che para
colgarlo en su dormitorio. Rellena un impreso para solicitar una tarjeta de estudiante de American Express, y se alegra al pensar que
en su primera tarjeta de crédito no va a figurar el nombre de Gógol.
«Me llamo Nikhil», está tentado de decirle a la atractiva cajera, que
lleva una argolla en la nariz y el pelo negro teñido y es pálida como
la cera. La chica le da el cambio y empieza a atender al cliente que
viene detrás de él, pero no importa, porque él ya está pensando en
la cantidad de mujeres a las que, el resto de su vida, va a poder comunicar ese dato incuestionable y falto de interés. Sin embargo, en el
transcurso de las tres semanas siguientes, a pesar de que en su nuevo permiso de conducir pone «Nikhil», a pesar de haber cortado el
viejo con las tijeras de su madre, a pesar de haber arrancado las primeras páginas de sus libros preferidos, en los que había escrito su
anterior nombre, hay un pequeño problema: todas las personas de
su entorno siguen llamándolo Gógol. Es consciente de que sus padres

y los amigos de sus padres, así como los hijos de éstos, que todos sus propios amigos del instituto nunca lo llamarán de otro modo. Seguirá siendo Gógol durante las vacaciones, y los veranos. Gógol vendrá a hacerle una visita cada vez que cumpla años. Todos los que acuden a su fiesta de despedida, antes de su ingreso en la universidad, le escriben «Buena suerte, Gógol» en las tarjetas que le regalan.

Hasta su primer día en New Haven, cuando su padre, su llorosa madre y Sonia van ya camino de Boston , no empieza a presentarse como Nikhil. Los primeros en llamarlo así son sus compañeros de habitación, Brandon y Jonathan, a los que, ese mismo verano, por carta, les han notificado que se llamaba Gógol. Brandon, alto y rubio, también es de Massachusetts, de una ciudad cercana a la de Gógol, y ha ido al instituto en Andover. Jonathan, que es de origen coreano y toca el violonchelo, viene de Los Ángeles.

—¿Y te llamas Gógol de nombre o de apellido? —le pregunta Brandon.

Hasta hace poco esa pregunta siempre le había inquietado. Pero hoy puede dar una respuesta nueva.

—Pues en realidad no es ninguna de las dos cosas. Es mi segundo nombre —dice, a modo de explicación, sentado con sus nuevos compañeros en la sala adjunta al dormitorio—. Me llamo Nikhil, que no sé por qué no lo ponen en ninguna parte.

Jonathan asiente con la cabeza y sigue intentando montar su equipo de música. Brandon se da también por enterado.

—Eh, Nikhil —añade tras una pausa durante la que se han dedicado a organizar a su gusto los muebles de la sala—. ¿Nos liamos un canuto?

Y como de repente todo es tan nuevo, que lo llamen por otro nombre no le parece tan raro. Vive en otro estado, tiene otro número de teléfono. Va a un comedor universitario de autoservicio, comparte el baño con un montón de gente, se ducha cada mañana en una cabina que está junto a muchas otras, duerme en una cama nueva que, por cierto, su madre insistió en hacerle antes de irse.

Se pasa los primeros días, que les dejan libres para que se familiaricen con las instalaciones, recorriendo el campus de una punta a otra por los senderos de piedra, pasando una y otra vez frente a la

torre del reloj y a los edificios con almenas y torreones. Al principio no está lo bastante relajado para echarse en el césped como los
demás alumnos, entre estatuas mohosas de hombres sentados, ata-
viados con túnicas, a consultar los programas de las asignaturas, ni
para jugar con el *Frisbee* y entrar así en contacto con sus compañeros. Hace una lista de todos los lugares a los que debe acudir, y rodea
con un círculo los edificios en el mapa del campus. Cuando se queda solo en su dormitorio, redacta una carta con su máquina de escribir Smith Corona en la que comunica a la oficina de matriculación
su cambio de nombre y en la que adjunta muestras de sus firmas
anterior y actual. Presenta esos documentos en secretaría, junto a
una copia de la aprobación del cambio. Le cuenta la situación al tutor
de primero, así como a la persona encargada de rectificar los car-
nets de estudiante y de la biblioteca. Hace todos esos trámites discretamente, sin explicarles a Jonathan y a Brandon por qué está tan
ocupado. Pero por fin lo arregla todo y, después de tantos trámites,
ya no le queda nada más por hacer. Cuando llegan los alumnos de
los cursos superiores y se inician las clases, todo está dispuesto para
que la universidad entera lo llame Nikhil: alumnos, profesores,
adjuntos, las chicas en las fiestas. Nikhil se matricula en sus primeras cuatro asignaturas: Introducción a la Historia del Arte, Historia Medieval, un semestre de Español y Astronomía, obligatoria
en su itinerario de Ciencias. En el último momento se apunta también a un curso de dibujo que se imparte a última hora de la tarde.
A sus padres no les comenta nada de esa decisión, porque seguro
que les parecería poco serio, a pesar de que su abuelo era artista. Ya
no les ha gustado mucho que no haya escogido una carrera de las
consideradas importantes. Como el resto de sus amigos bengalíes,
sus padres esperan que sea ingeniero, médico, abogado, o como
mínimo economista. Ésas son las áreas profesionales que los han
traído a Estados Unidos, y su padre no deja de recordarle que son
esos trabajos los que les han aportado seguridad y con los que se han
ganado el respeto de los demás.

Pero ahora que se llama Nikhil le resulta más fácil hacer caso
omiso de sus padres, olvidarse de sus miedos y sus súplicas. Con
renovada sensación de alivio, encabeza los trabajos de primero con
su nuevo nombre. Lee los mensajes que sus compañeros le escriben

en cualquier parte cuando alguien le llama por teléfono. Abre una cuenta corriente, escribe «Nikhil» en los libros de texto que se compra. «Me llamo Nikhil», dice en su clase de español. Y es Nikhil quien se deja perilla durante ese primer semestre, quien empieza a fumar Camel Lights en las fiestas, mientras redacta los trabajos de clase y antes de los exámenes; es Nikhil quien descubre a Brian Eno y a Elvis Costello y a Charlie Parker; es Nikhil quien se va con Jonathan a Manhattan a pasar un fin de semana, y quien se falsifica el carnet de identidad para que le sirvan alcohol en los bares de New Haven; es Nikhil quien pierde la virginidad en una fiesta en Ezra Stiles, con una chica que lleva falda escocesa de lana y botas militares y medias color mostaza. Cuando se despierta, a las tres de la mañana, con resaca, ella ya no está en la habitación, y él es incapaz de recordar cómo se llamaba.

Sólo hay una problema: no se identifica con su nuevo nombre. Todavía no. En parte, lo que pasa es que la gente que ahora lo conoce como Nikhil no tiene ni idea de que antes se llamaba Gógol. Sólo lo conocen en el presente, y no saben nada de su pasado. Pero después de dieciocho años siendo Gógol, dos meses escasos de Nikhil son muy poco, casi nada. A veces le parece que es como si estuviera participando en una obra de teatro, representando el papel de unos gemelos, indistinguibles al ojo inexperto y, sin embargo, radicalmente distintos. En ocasiones todavía siente su antiguo nombre, dolorosamente, sin previo aviso, del mismo modo en que, en las últimas semanas, ha sentido un insoportable pinchazo en uno de sus dientes después de que le hicieran un empaste, un dolor tan intenso que por un momento parecía que fuera a separársele de las encías cuando se tomaba un café, o un vaso de agua helada; una vez también le pasó mientras iba en un ascensor. Le da miedo que lo descubran, que toda esa pantomima acabe descubriéndose de alguna manera, y en sus pesadillas salen a la luz todos sus secretos, y su nombre original aparece impreso en la portada del *Yale Daily News*. Un día, en la librería de la facultad, firma por error un recibo de la tarjeta de crédito con su antiguo nombre. Y a veces le llaman Nikhil y no se da cuenta de que quieren hablar con él.

Más desconcertante aún es cuando los que normalmente le llaman Gógol se refieren a él por su nuevo nombre. Sus padres, por ejemplo, llaman los sábados por la mañana. Si Brandon o Jonathan descuelgan el teléfono, preguntan si Nikhil está por ahí. Aunque ha sido él, precisamente, quien les ha pedido que lo hagan así, el caso es que en esos momentos le da la sensación de que no pertenece a la familia, de que no es su hijo. «Por favor, venid a visitarnos algún fin de semana con Nikhil», les dice Ashima a sus compañeros de habitación en octubre, durante un fin de semana de puertas abiertas. (Han hecho desaparecer a toda prisa las botellas y los ceniceros y el chocolate de Brandon.) Esa sustitución nominal le suena mal; es correcta pero parece desafinada, exactamente igual que cuando sus padres le hablan en inglés en vez de en bengalí. Más raro todavía le resulta cuando su padre lo llama Nikhil delante de sus compañeros: «Nikhil, enséñanos los edificios en los que dais clases», sugiere su padre. Esa misma noche, en un restaurante de Chapel Street al que han ido a cenar con Jonathan, a su madre se le escapa: «Gógol, ¿ya has decidido qué especialidad vas a seguir?». Y aunque Jonathan no lo oye, porque en ese momento está atendiendo a su padre, que le está contando algo, se siente impotente y enfadado, pero incapaz de culpar a su madre, atrapada en el lío que él mismo ha creado.

Durante ese primer semestre, vuelve a casa cada quince días, después de la última clase de los viernes. Lo hace a regañadientes pero sin protestar. Va en tren hasta Boston y ahí coge otro de cercanías. Lleva la bolsa de lona llena de libros de texto y ropa sucia. En algún punto impreciso del trayecto, que dura dos horas y media, Nikhil se evapora y Gógol vuelve a reclamarlo. Su padre lo va a buscar a la estación; siempre lo llama antes para saber si el tren sale puntual. Atraviesan juntos la ciudad, las avenidas flanqueadas de árboles, y su padre le pregunta cómo le van los estudios. Entre el viernes por la noche y el domingo por la tarde, gracias a su madre, la ropa sucia se transforma en ropa limpia, pero los libros de texto se quedan donde están. A pesar de sus buenas intenciones, a Gógol le cuesta hacer en casa de sus padres cualquier cosa que no sea comer o dormir. El escritorio de su habitación le parece pequeño. El teléfono le distrae, sus padres le distraen, Sonia le distrae cuando habla por teléfono o va de un lado a otro. Echa de menos la Biblioteca Sterling, donde va cada noche a estudiar después de la cena, y el grupo de estudio nocturno del que ahora forma parte. Echa de menos no estar en sus habitaciones de Farnam, fumándose uno de los cigarrillos de Brandon, escuchando música con Jonathan, aprendiendo a distinguir a los compositores clásicos.

En casa, mira la MTV con Sonia, que mientras tanto se corta los tejanos, les abre huecos en el trasero y les pone cremalleras en los tobillos que se acaba de estrechar. Un fin de semana descubre que la lavadora está ocupada, porque su hermana se está tiñendo de negro casi toda la ropa. Ya está en el instituto, y tiene de profesor de inglés al señor Lawson, y va a los bailes a los que Gógol no fue nunca, y asiste a fiestas con chicos y chicas. Ya le han quitado los hierros de la boca, y ahora exhibe una sonrisa confiada, americana. Una amiga suya le ha cortado la melena, que le llegaba a los hombros, a trasquilones asimétricos. Ashima teme que su hija cumpla su amenaza y se tiña un mechón de rubio, y que vaya al centro comercial a hacerse más agujeros en las orejas. Madre e hija se pelean mucho por esas cosas; Ashima acaba llorando, y Sonia dando portazos. Algunos fines de semana a sus padres los invitan a alguna fiesta, e insisten en que Gógol y Sonia los acompañen. Los anfitriones le llevan hasta alguna habitación de la casa y se la ofrecen para que pueda estudiar, si quiere, mientras la fiesta se desarrolla con gran estrépito en la planta baja. Pero él siempre acaba viendo la tele con Sonia y los demás niños, como ha hecho siempre.

—Ya tengo dieciocho años —les dice a sus padres un día en el coche, camino de casa, después de una de esas fiestas, pero eso a ellos no les importa. Otro fin de semana, Gógol comete el error de referirse a New Haven como «su casa». «Lo siento, me lo he dejado en casa», le dice a su padre, que le ha preguntado si se ha acordado de traerles la pegatina de Yale que quieren poner en la ventanilla trasera del coche. A Ashima le ofende profundamente ese comentario, y vuelve a él una y otra vez durante todo el día. «Sólo llevas tres meses allí y ya ves», le dice, tras confesar que a ella, que lleva más de veinte años en Estados Unidos, todavía le cuesta referirse a Pemberton Road como a su casa.

Pero ahora es en su habitación de Yale donde Gógol se siente más cómodo. Le gusta su antigüedad, su elegancia. Le gusta que muchos otros alumnos la hayan ocupado antes que él. Le gusta la solidez de sus paredes encaladas, de sus suelos de madera oscura, por más gastados y manchados que estén. Le gusta la buhardilla que ve en cuanto se levanta, cuando abre los ojos, y contempla Battell Chapel. Se ha enamorado de la arquitectura gótica del campus, y no deja de maravillarle la belleza física que le rodea, que lo ancla al entorno de un modo que nunca sintió durante su infancia en Pemberton Road. En clase de dibujo le piden que presente media docena de bocetos cada semana, y él usa como temas los diversos detalles de los edificios: contrafuertes, bóvedas ojivales traspasadas por ricas nervaduras, gruesos arcos de medio punto, columnas bajas de piedra rosada. Durante el segundo semestre, se matricula a un curso de Introducción a la Arquitectura. Se documenta sobre la construcción de las pirámides, los templos griegos, las catedrales medievales, estudia los planos de las iglesias y los palacios que aparecen en su libro de texto. Aprende la infinidad de términos, el vocabulario que se emplea para catalogar los detalles de los edificios antiguos, los anota en fichas individuales y dibuja bocetos en el reverso: arquitrabe, cornisamento, tímpano, clave. Juntas, las palabras forman un lenguaje que desea llegar a conocer. Ordena esas fichas en una caja de zapatos, las revisa antes del examen, memoriza muchos más términos de los que le hacen falta, e incluso después de terminado el curso conserva la caja y va añadiendo a ella nuevos términos en sus ratos libres.

En otoño de su segundo año, se monta en un tren abarrotado que sale de Union Station. Es el miércoles anterior al día de Acción de Gracias. Se abre paso por los vagones, con la bolsa de lona llena de los libros que tiene que leer para la asignatura de arquitectura renacentista; debe entregar un trabajo dentro de cinco días. Los pasajeros ya han empezado a ocupar parte de las plataformas que hay entre vagones, sentados en silencio sobre su equipaje. «Aquí sólo se puede ir de pie», advierte el revisor cuando pasa. «Que me devuelvan el dinero», protesta alguien. Gógol sigue pasando de un vagón a otro, en busca de alguna plataforma que no esté demasiado llena y donde pueda sentarse. En el último vagón encuentra un sitio libre. Junto a la ventana hay una chica que lee *The New Yorker*.

En el asiento contiguo tiene puesto el abrigo, de ante marrón oscuro, que ha sido lo que ha hecho pasar de largo al pasajero que iba delante de Gógol. Pero a él algo le dice que ese abrigo es de ella, así que se detiene y se lo pregunta.

—Perdona, ¿es tuyo?

Se incorpora un poco y, con un movimiento rápido se coloca el abrigo entre las nalgas y las piernas. Es una cara que le suena del campus, de haberse cruzado con ella en los pasillos, entre clase y clase. Se acuerda de que en primero llevaba el pelo por encima de los hombros, teñido de rojo intenso. Ahora lo lleva más largo y de un color que parece ser el suyo, castaño claro y con reflejos rubios. Lo lleva peinado con la raya casi al medio, y algo desigual en las puntas. El tono de las cejas es más oscuro, y le da a sus rasgos, por lo demás amables, una expresión seria. Va vestida con unos vaqueros desgastados, con unas botas marrones de piel, con cordones amarillos y suelas gruesas de goma, y con un suéter de punto trenzado, de un gris jaspeado idéntico al de sus ojos, que le queda demasiado grande. Las mangas le tapan media mano. En el bolsillo delantero de los vaqueros se le marca, ostensiblemente, una billetera de hombre.

—Hola, soy Ruth —le dice.

Al parecer, también a ella le suena vagamente.

—Yo soy Nikhil. —Se sienta, demasiado agotado para poner la bolsa en la rejilla que hay sobre los asientos. La mete lo mejor que puede debajo del suyo, y dobla con dificultad sus largas piernas. Se da cuenta de que está sudando. Se baja la cremallera de su parka azul. Se da un masaje en las manos, marcadas con las asas de la bolsa.

—Lo siento —dice Ruth, mirándolo—. Supongo que estaba intentando retrasar al máximo lo inevitable.

Sin levantarse, Gógol se quita las mangas de la parka.

—¿Qué quieres decir?

—Que hacía ver que a mi lado había alguien. Al poner el abrigo, digo.

—Pues la verdad es que es buena idea. A veces yo hago como que estoy dormido, por el mismo motivo —admite—. Nadie quiere sentarse a mi lado si voy dormido.

Ruth se ríe un poco, y se pasa un mechón de pelo por detrás de la oreja. Tiene una belleza natural, discreta. No va maquillada, sólo lleva un poco de brillo en los labios. Dos pequeños lunares marrones en el pómulo derecho son lo único que rompe el tono melocotón, pálido, de su rostro. Tiene las manos finas, de uñas descuidadas y cutículas mordidas. Se adelanta un poco para guardar la revista y coger un libro del bolso que tiene en el suelo, y por un momento Gógol le ve parte del antebrazo.

—¿Vas a Boston? —le pregunta.

—A Maine. Ahí vive mi padre. En South Station cojo un autobús. Son otras cuatro horas de viaje desde ahí. ¿Dónde te alojas tú?

—En J. E.

Según le cuenta, ella está en Silliman, y va a especializarse en Filología Inglesa. Comparan las asignaturas que han cursado hasta el momento, y se dan cuenta de que, la primavera pasada, los dos estuvieron matriculados en Psicología 1. El libro que lee ella es una copia en rústica de *Timón de Atenas*, y aunque tiene un dedo puesto entre dos páginas, a modo de marca, no llega a leer ni una sola palabra en todo el trayecto. Él, por su parte, no se molesta en abrir el libro sobre perspectiva que ha sacado de su bolsa. Ruth le cuenta que se crió en Vermont, en una comuna, que es hija de unos *hippies*, que no fue al colegio hasta séptimo de primaria. Sus padres están divorciados. Su padre vive con su madrastra y se dedican a la cría de llamas en una granja. Su madre es antropóloga y ahora está haciendo un trabajo de campo sobre las comadronas de Tailandia.

Gógol no se imagina cómo debe de ser tener unos padres así, haber crecido en un entorno como ése. Cuando le describe cómo ha sido su infancia, su educación, le parece anodina en comparación. Pero Ruth muestra interés, y le pregunta cosas sobre sus visitas a Calcuta. Le dice que sus padres estuvieron una vez en la India, en un *ashram* o algo así, antes de que ella naciera. Le pregunta cómo son las calles, las casas, y Gógol, en la primera página de su libro sobre perspectiva, que está en blanco, le dibuja un plano de la casa de sus abuelos maternos, y conduce a Ruth a través de balcones y suelos de terrazo, le habla de las paredes pintadas de azulete, de la estrecha cocina de piedra, de la sala con sus muebles de ratán que parecían propios de un porche. Dibuja con pulso firme, gracias al curso de bocetos en que se ha matriculado este semestre. Le indica la habitación en la que Sonia y él duermen cuando van, y le describe la vista del estrecho callejón plagado de tiendas cubiertas con techos de hojalata. Cuando termina, Ruth le coge el libro y mira un rato el dibujo, pasando el dedo por las habitaciones.

—Me encantaría ir —le dice, y de pronto Gógol se imagina su cara y sus brazos morenos, con una mochila a la espalda, caminando por Chowringhee como los otros turistas occidentales, comprando en New Market, alojándose en el Grand.

Siguen hablando, y de pronto una mujer les llama la atención. Lleva un rato queriendo echar una cabezadita, dice. Pero eso no hace más que animarlos a seguir charlando, en voz más baja, acercando más las cabezas. Gógol no sabe en qué estado se encuentran, por cuántas estaciones han pasado ya. El tren traquetea sobre un puente. La puesta de sol es hermosa, y tiñe de rosa encendido las fachadas de las casas de madera que puntúan la orilla. En cuestión de minutos esos tonos se desvanecen y dan paso a la palidez que precede el ocaso. Cuando se hace de noche, Gógol se fija en que su imagen se refleja en el cristal, como si estuvieran fuera del tren. Tienen la boca seca de tanto hablar, y en un momento dado se ofrece a ir a la cafetería. Ella le pide que le traiga una bolsa de patatas fritas y un té con leche. A Gógol le gusta que no haga el gesto de sacarse la billetera del bolsillo, que le permita invitarla. Regresa a su asiento con un café para él, y con las patatas y el té, además de con un vaso en el que el camarero ha puesto la leche, en vez de darle la tarrina de crema de rigor. Y siguen conversando. Ruth se come sus patatas y con la mano se quita la sal que se le queda pegada a los labios. Le ofrece varias veces a Gógol, se las va dando de una en una. Él le cuenta que en el tren de Delhi a Agra, en el viaje que hizo con su familia, les daban de comer, le habla de los *rotis* y del *dal* ligeramente amargo que encargaban en una estación y que les servían recién hecho al llegar a la siguiente, de los especiados guisos de verduras que les servían con pan y mantequilla para desayunar. Le habla del té, de cómo se lo servían por las ventanas unos hombres que, desde los andenes, lo llevaban en unas descomunales teteras de aluminio, con la leche y el azúcar ya incorporados; le cuenta que se bebía en unas tazas de barro que, después de usarse, se arrojaban a las vías. A Ruth le encantan todos esos detalles, y Gógol se da cuenta de que nunca ha hablado de sus experiencias en la India con ninguno de sus amigos estadounidenses.

Se despiden bruscamente, una vez Gógol ha reunido el valor suficiente para pedirle su número de teléfono, que ha escrito en el mismo libro en el que ha dibujado el plano de la casa de sus abuelos. Le encantaría hacerle compañía en South Station, mientras espera su autobús para Maine, pero dentro de diez minutos sale el tren de cercanías que ha de llevarlo a casa. Los días de fiesta se le hacen interminables. Sólo piensa en volver a New Haven y en llamar a Ruth. Se pregunta cuántas veces se habrán cruzado, cuántas veces habrán comido juntos sin saberlo en los comedores universitarios. Piensa en la asignatura de Psicología 1. Ojalá su memoria le trajera alguna imagen de ella tomando apuntes en el otro extremo del auditorio de la Facultad de Derecho, con la cabeza inclinada sobre el pupitre. Pero la mayor parte de las veces piensa en el tren, se muere por volver a sentarse a su lado, se imagina sus caras rojas por el calor del vagón, sus cuerpos vueltos en la misma dirección, el pelo de ella brillante con las luces que la iluminan desde arriba. En el viaje de vuelta la busca, inspecciona todos los compartimientos, pero no la encuentra por ninguna parte y acaba sentándose junto a una monja de edad avanzada que lleva un hábito marrón, luce un gran bigote blanco y se pasa el viaje roncando.

A la semana siguiente, de nuevo en Yale, quedan en la cafetería de la librería Atticus. Ruth llega unos minutos tarde, con los mismos vaqueros, las mismas botas y el mismo abrigo de ante marrón oscuro del primer día. Vuelve a pedir té. Al principio, Gógol nota una incomodidad que no notó en el tren. En la cafetería hay mucho ruido y mucho trasiego de gente, y la mesa es demasiado ancha. Ella está más callada que la otra vez, baja la vista y juega con los sobrecitos de azúcar. A veces desvía la mirada hacia los libros que se alinean en las estanterías. Pero no tardan en volver al tono distendido de su primer encuentro, y se ponen a intercambiar anécdotas de sus respectivas vacaciones. Él le cuenta que se pasó un día entero en la cocina, con Sonia, rellenando el pavo y preparando la masa de las tartas, tareas que a su madre no le entusiasmaban mucho.

—Te busqué en el tren cuando volvía —le confiesa, y le cuenta la historia de la monja y sus ronquidos.

Después se acercan hasta el Centro de Arte Británico, donde se presenta una exposición sobre obras renacentistas sobre papel, exposición que los dos tenían intención de ver. Al salir, Gógol la acompaña hasta Silliman, y quedan en verse unos días después. Se despiden, y Ruth se queda un rato junto a la verja, con la mirada clavada en los libros que sostiene contra el pecho, y él se pregunta si debería besarla, que es lo que desea desde hace horas, o si, para ella, son simplemente amigos. Ruth empieza a retroceder sin darse la vuelta, sonriendo, en dirección a la puerta. Da bastantes pasos antes de decirle adiós con la mano y dirigirse a la entrada.

Gógol empieza a ir a buscarla al salir de clase. Ha memorizado sus horarios, la busca por los edificios y la espera bajo los soportales. Ella siempre parece alegrarse de verle, y deja a sus amigas para ir a saludarlo.

—Pues claro que le gustas —le dice Jonathan, tras atender pacientemente la detallada exposición que le hace su amigo de un reciente encuentro en el comedor.

Días después, acompaña a Ruth hasta su habitación, porque se ha olvidado un libro que le hace falta para una clase, y le cubre la mano con la suya cuando ella la acerca al tirador de la puerta. Sus compañeras de habitación han salido. La espera en el sofá de la salita mientras ella busca el libro. Es mediodía, está nublado, llueve débilmente.

—Ya lo he encontrado —dice finalmente, y aunque los dos tienen clase, se quedan en la habitación, sentados en el sofá, besándose hasta que se hace tan tarde que ya no merece la pena ir.

Al terminar las clases van juntos a estudiar a la biblioteca, pero se sientan en extremos opuestos de las mesas para no pasarse el rato cuchicheando. Ella lo lleva a su comedor, y él al suyo. Le enseña el jardín de esculturas. Piensa en ella constantemente, mientras se inclina sobre la mesa de dibujo, en clase de bocetos, bajo las potentes luces blancas del estudio, y en el aula en penumbra en la que se imparte la asignatura de arquitectura renacentista, entre diapositivas de villas de Palladio que se proyectan en la pantalla. Las semanas pasan de prisa y se les echa encima el final del semestre, y los exámenes y los trabajos y los cientos de páginas pendientes de leer los acosan. Pero no es la cantidad de trabajo pendiente lo que le preocupa; es la separación forzosa de las vacaciones de invierno. Un sábado por la tarde, en la biblioteca, justo antes de los exámenes, Ruth le comenta que sus compañeras de habitación van a estar fuera todo el día. Cruzan juntos el Cross Campus, llegan a Silliman y él se sienta a su lado en la cama deshecha. La habitación huele a ella, un aroma seco, floral, que no es tan fuerte como el perfume. Sobre su escritorio, en la pared, hay clavadas postales de escritores, de Oscar Wilde, de Virginia Woolf. Todavía tienen los labios y la cara insensibles por el frío, y en un primer momento se dejan los abrigos puestos. Se tienden juntos sobre las sábanas arrugadas, y ella le guía la mano por debajo del suéter. La otra vez que ha estado con una chica, la única vez, no había sido así. De aquel episodio no recuerda nada, sólo el alivio de saber que ya no era virgen.

Pero en esta ocasión se da cuenta de todo, del espacio cálido del abdomen de Ruth, del pelo liso que se esparce en mechones sobre la almohada, de sus rasgos, que cambian un poco cuando está así tumbada.

—Eres maravilloso, Nikhil —le susurra mientras él le acaricia los pechos redondos, separados, con un pezón ligeramente más grande que el otro.

Gógol se los besa, le besa los lunares que le puntúan el vientre, y ella se arquea un poco acercándose a él, siente sus manos primero en la cabeza, después en los hombros, guiándolo hacia sus piernas separadas. Él se siente inexperto, torpe, mientras la prueba y la huele, pero le oye pronunciar su nombre, decirle que le gusta mucho lo que le está haciendo. Ella sabe lo que tiene que hacer. Le baja la cremallera de los vaqueros, se levanta llegados a un punto, y busca la caja del diafragma que guarda en un cajón del tocador.

Una semana después vuelve a estar en casa, ayudando a Sonia y a su madre a decorar el árbol, quitando nieve de la entrada con su padre, yendo al centro comercial a comprar regalos de última hora. Se pasea inquieto por toda la casa, finge estar incubando un resfriado. Ojalá pudiera pedirle prestado el coche a sus padres y conducir hasta Maine para ver a Ruth después de Navidad. O que ella viniera a visitarlo a él. Podía ir, si quería, le había dicho ella, a su padre y a su mujer no les importaría. Dormiría en la habitación de invitados, le había dicho. Y de noche se metería sigilosamente en su cama. Se imagina en la granja que Ruth le ha descrito, despertando con el chisporroteo de los huevos fritos, paseando con ella por campos desiertos, nevados. Pero para poder ir tendría que contarle a sus padres lo de Ruth, cosa que no le apetece nada. No tiene prisa por enfrentarse a su sorpresa, a sus nervios, a su callada decepción, al interrogatorio sobre sus padres y a su interés por saber si su relación va en serio. Por más deseos que tenga de verla, no logra imaginársela en la mesa de la cocina de Pemberton Road, con sus vaqueros y el suéter grande, comiéndose educadamente la comida de su madre. No logra imaginarse con ella en una casa en la que sigue siendo Gógol.

Cuando sus padres y Sonia se acuestan, telefonea a Ruth desde la cocina, y carga las llamadas a su número de la universidad. Quedan en verse un día en Boston y pasan el día juntos en Harvard Square. Hay un palmo de nieve en el suelo, y el cielo es de un azul intenso. Primero van a ver una película al Brattle, compran entradas para la siguiente película, sin importarles cuál sea, y se sientan en la última fila y se comen a besos, y la gente se vuelve y los mira. Comen en el café Pamplona, en el rincón más apartado, bocadillos de jamón y sopa de ajo. Se intercambian regalos: ella un pequeño libro de segunda mano con ilustraciones de Goya, y él unas manoplas azules de lana y un casete con sus canciones favoritas de los Beatles. Descubren que justo encima del café hay una librería especializada en cuestiones arquitectónicas, y Gógol se dedica a recorrer los pasillos. Se compra una edición de bolsillo de *El viaje de Oriente*, de Le Corbusier, porque está pensando en matricularse en arquitectura a partir de la primavera. Luego pasean cogidos de la mano, besándose de vez en cuando apoyados contra alguna pared, por las mismas calles por las que, de niño, paseaba en cochecito. Le enseña la casa del profesor estadounidense en la que vivió con sus padres, antes de que naciera Sonia, época de la que no conserva recuerdos. Ha visto el edificio en fotos, conoce por sus padres el nombre de la calle. No sabe quién vive ahí ahora, pero sea quien sea no parece estar; la nieve se amontona en los escalones del porche, y sobre la alfombrilla se acumulan varios periódicos.

—Ojalá pudiéramos entrar —le dice a Ruth—. Ojalá pudiéramos estar solos.

Así, a su lado, agarrándole la mano cubierta con la manopla, contemplando la casa, se siente curiosamente desamparado. Aunque sólo era un niño pequeño en esa época, se siente igualmente traicionado por no haber podido saber entonces que algún día, años después, volvería a aquella casa en circunstancias muy distintas, y que sería tan feliz.

Al año siguiente, sus padres tienen ya una idea vaga de su relación con Ruth. Aunque ha estado un par de veces en la granja de Maine y ha conocido al padre y a su mujer, Sonia, que también tiene un novio «secreto», es el único miembro de la familia que la conoce, porque un fin de semana fue a visitar a su hermano a New Haven y se la presentó. Sus padres no han demostrado ninguna curiosidad por su novia. Su relación con ella es un aspecto de su vida del que no se sienten en absoluto orgullosos ni contentos. Ruth le dice que a ella no le importa el rechazo de sus padres, que le parece romántico. Pero Gógol sabe que eso no está bien. Ojalá la aceptaran sin más, igual que la familia de ella lo acepta a él, sin presiones de ningún tipo

—Eres demasiado joven para liarte de esa manera —le dicen sus padres. Y hasta llegan al extremo de hablarle de hombres bengalíes que se han casado con mujeres estadounidenses, matrimonios que han acabado en divorcio. Cuando él les dice que en lo último que piensa es en casarse, no hace más que empeorar las cosas. A veces les cuelga el teléfono. Al oír a sus padres diciendo esas cosas, siente lástima por ellos, porque se da cuenta de que no han tenido nunca la experiencia de ser jóvenes y estar enamorados. Sospecha que sienten un secreto alivio cuando Ruth se va a Oxford un trimestre. Llevaba mucho tiempo queriendo ir, ya se lo dijo cuando empezaron a salir juntos, cuando la perspectiva del primer año de especialización no era más que un punto remoto en el horizonte. Llegado el momento, Ruth le pregunta si le importa que solicite la beca, y él, aunque la idea le da vértigo, le dice que no, que claro que no, que doce semanas pasarán volando.

Esa primavera, sin ella, se siente perdido. Se pasa los días metido en su estudio, especialmente los viernes por la noche y los fines de semana, en los que en otras circunstancias estaría con ella, iría con ella a comer a Naplex, o a ver películas en la sala de actos de la Facultad de Derecho. Escucha la música que sabe que le gusta: Simon y Garfunkel, Neil Young, Cat Stevens, y se compra los discos que ella ha heredado de sus padres. Le pone enfermo pensar en la distancia física que hay entre los dos, pensar que cuando es de noche y él está dormido, ella está en alguna parte, delante de un lavamanos, cepillándose los dientes y lavándose la cara para empezar un nuevo día. La añora tanto como sus padres han añorado, durante todos esos años, a sus seres queridos de la India. Por primera vez en la vida conoce esa sensación. Pero sus padres se niegan a darle dinero para que se compre un billete de avión y se vaya a Inglaterra a pasar las vacaciones de Pascua. Lo poco que él gana trabajando en los comedores se lo gasta en llamarla por teléfono dos veces a la semana. Revisa el buzón dos veces al día para ver si le han llegado cartas o postales con los sellos multicolores de la reina. Las que recibe las lleva siempre consigo, metidas entre las páginas de sus libros.

«El curso sobre Shakespeare es el mejor al que he asistido en mi vida —le ha escrito con tinta violeta—. El café es asqueroso. Todo el mundo dice *"cheers"* constantemente. No dejo de pensar en ti.»

Un día asiste a una mesa redonda sobre novela india escrita en inglés. Se siente obligado, porque uno de los ponentes, Amit, es un primo lejano que vive en Bombay, aunque no se conocen. Su madre le ha pedido que lo salude de su parte. A Gógol le aburren los ponentes, que no dejan de referirse a algo llamado «marginalidad» como si fuera algún tipo de dolencia. Se pasa casi la hora entera haciendo bocetos de los participantes, que están sentados a lo largo de una mesa rectangular, inclinados sobre sus notas. «Teleológicamente hablando, los ABCDs son incapaces de responder a la pregunta "¿De dónde eres?"», declara un sociólogo. Gógol nunca ha oído el término ABCD. Al final deduce que son las siglas de *American-born confused deshi*. En otras palabras, que están hablando de él. Se entera de que la C de «confuso» también podría ser de «conflictuado». Sabe que *deshi*, que significa «campesino», ha pasado a significar, simplemente, «indio», y sabe que sus padres y todos sus amigos se refieren siempre a la India llamándola «*Desh*». Pero cuando Gógol piensa en la India nunca piensa en *Desh*. Para él, como para el resto de los estadounidenses, la India es la India.

Gógol se pone cómodo en su silla y reflexiona sobre algunas incómodas verdades. Por ejemplo, aunque entiende su lengua materna y la habla con fluidez, la lee y la escribe con dificultades. En sus viajes a la India, su inglés de acento estadounidense es fuente de inagotable diversión entre sus parientes, y cuando Sonia y él se comunican entre sí, sus tíos y primos siempre niegan con la cabeza, incrédulos, y comentan que no entienden una palabra de lo que acaban de decir. Vivir con dos nombres, el público y el privado, en un país en el que esa distinción no existe es, sin duda, representativo de la mayor de todas las confusiones. Busca entre los asistentes a algún conocido, pero ése no es su ambiente. Muchos alumnos de los últimos cursos con carteras de cuero, gafas con montura dorada y plumas estilográficas, gente a la que seguramente Ruth sí conoce. Y también hay muchos «abecedés». No tenía ni idea de que hubiera tantos en el campus. Él no tiene ningún amigo abecedé. Los evita, le recuerdan demasiado al modo de vida por el que han optado sus padres, que se relacionan con la gente no en función de sus afinidades, sino de un pasado que casualmente comparten.

—Gógol, ¿por qué no eres miembro de la asociación india de la universidad? —le pregunta Amit más tarde, mientras están tomándose algo en el Anchor.

—No tengo tiempo —responde, sin explicarle a su bien intencionado primo que no se le ocurre mayor hipocresía que pertenecer a un grupo que organiza voluntariamente actos a los que sus padres los han obligado a asistir a lo largo de toda su infancia y adolescencia—. Y ahora me llamo Nikhil —añade, deprimido de pronto al pensar en las veces que todavía tendrá que repetir esa frase, en las veces que tendrá que pedirle a la gente que se acuerde, en las veces que tendrá que recordárselo, como si llevara siempre, pegada en el pecho, la corrección de una errata de imprenta.

Para el Día de Acción de Gracias de su último año de comunes, toma el tren, solo, hasta Boston. Ruth y él ya no están juntos. En vez de regresar de Oxford al cabo de las doce semanas, se matriculó en un curso de verano, tras explicarle que el profesor que lo impartía se jubilaba inmediatamente después. Gógol pasó aquellos meses en Pemberton Road. Había aceptado hacer unas prácticas no remuneradas en un despacho de arquitectos de Cambridge. Era el encargado de hacer los recados en Charrette, lo enviaban a sacar fotos de localizaciones vecinas y le pedían que rotulara algunos dibujos. Para

ganar dinero, fregaba platos en un restaurante italiano que quedaba cerca de casa de sus padres. A finales de agosto, fue a esperar a
Ruth al aeropuerto de Logan. La recibió en la puerta de llegadas, la
llevó a un hotel a pasar la noche (pagó con el dinero que había ganado en el restaurante). La habitación tenía vistas a Public Garden, y
las paredes empapeladas de rosa y crema. Hicieron el amor por primera vez en una cama de matrimonio. Salieron a comer fuera, porque no se podían permitir los precios del servicio de habitaciones.
En Newbury Street encontraron un restaurante griego con mesas
en la calle. Hacía mucho calor. Ruth estaba igual que siempre, pero
su discurso estaba salpicado de palabras y expresiones que se le habían pegado en Inglaterra, como «Imagino que», «supongo que»,
«presumiblemente». Le contó cosas del semestre, le dijo que Inglaterra le encantaba, que había ido de viaje a Barcelona y a Roma. Quería volver para terminar allí la licenciatura.

—Imagino que también tendrán buenas escuelas de arquitectura —añadió—. Tú también podrías venir.

A la mañana siguiente, la acompañó hasta el autobús que iba a
llevarla a Maine. Pero días después de regresar a New Haven, en el
apartamento que él había alquilado junto con otros amigos, empezaron a discutir por todo, y al final tuvieron que admitir que algo
había cambiado.

Ahora, si se cruzan en la biblioteca, o por la calle, se evitan. Él
ha tachado sus teléfonos y direcciones de Oxford y de Maine. Pero
al montarse en el tren no puede evitar pensar en aquella tarde de
hace dos años, cuando se conocieron. Como de costumbre, todos
los vagones están abarrotados de gente, y esta vez tiene que pasarse medio viaje sentado en la plataforma. Pasado Westerly encuentra un asiento y se pone a consultar el programa académico del
siguiente semestre. Pero no se concentra, está de mal humor, y no
ve el momento de bajarse del tren. Ni se ha molestado en quitarse
el abrigo, y no se levanta para ir a la cafetería a buscarse algo de beber,
aunque tiene sed. Cierra el programa y abre un libro de la biblioteca que tal vez le sea útil para el proyecto de fin de curso, un estudio
comparativo entre el Renacimiento italiano y los diseños palacie-
gos del Imperio mogol. Pero tras unos pocos párrafos, también abandona la lectura. Tiene mucha hambre y se pregunta qué habrá de

cenar en casa, qué habrá preparado su padre. Su madre y Sonia han ido a la India a pasar tres semanas, a la boda de una prima, y ese año ellos dos pasarán el Día de Acción de Gracias en casa de unos amigos.

Mira por la ventana y ve pasar el paisaje otoñal: las aguas rojizas y rosadas que vomita una fábrica de tintes, las plantas eléctricas, un gran depósito de agua redondo y oxidado. Fábricas abandonadas, con hileras de ventanas pequeñas, algunas medio rotas, como comidas por las polillas. Las copas de los árboles ya están desnudas, y las hojas que quedan se ven amarillas y secas. Avanzan más despacio que de costumbre, y cuando consulta la hora se da cuenta de que llevan bastante retraso. Y entonces, cerca de Providence, en medio de un terreno baldío, el tren se detiene. Se quedan parados más de una hora, mientras el disco macizo del sol se hunde en un horizonte de árboles alineados. Se apagan las luces y el aire se caldea en el interior del vagón. Los revisores van de un lado a otro, nerviosos.

—Seguramente se habrá roto algún cable —dice el señor que tiene delante.

Al otro lado del pasillo, una señora de pelo canoso lee y se cubre con el abrigo como si fuera una manta. Detrás, unos alumnos hablan de la poesía de Ben Jonson. Como el motor está parado, oye una ópera que suena en el walkman de alguien. Contempla admirado el azul zafiro del cielo que se oscurece. Ve montones de raíles oxidados en los márgenes de las vías. Y hasta que el tren no se pone de nuevo en marcha, no anuncian por megafonía que la parada se ha debido a una emergencia médica. Pero alguien ha oído lo que ha dicho uno de los revisores, y la verdad no tarda en propagarse por los compartimentos: alguien se ha suicidado arrojándose al paso del tren.

La noticia le turba y le desconcierta. Se siente culpable por haberse mostrado impaciente e irritado, se pregunta si la víctima será hombre o mujer, joven o vieja. Se imagina a la persona consultando el mismo horario que él lleva en el bolsillo, determinando con exactitud el momento en que el tren pasaría, la aproximación de las luces de la locomotora. Por culpa del retraso, pierde la conexión con su cercanías y tiene que esperar cuarenta minutos más. Llama a casa, pero no le contesta nadie. Intenta localizar a su padre en el departamento de su universidad, pero tampoco hay respuesta. Cuando llega a la estación, ve que le está esperando en el andén oscuro, con sus zapatillas deportivas y sus pantalones de pana, y con cara de preocupación. Lleva el impermeable ajustado a la cintura, una bufanda que le hizo Ashima y un gorro de lana.

—Siento llegar tarde —se disculpa Gógol—. ¿Cuánto tiempo llevas esperando?

—Desde las seis menos cuarto.

Gógol mira el reloj. Son casi las ocho.

—Ha habido un accidente.

—Ya lo sé. He llamado. ¿Qué ha pasado? ¿Te has hecho daño?

Gógol niega con la cabeza.

—Alguien se ha tirado a la vía. Por Rhode Island. He intentado llamarte. Creo que tenían que esperar a que llegara la policía.

—Estaba preocupado.

—Espero que no te hayas pasado todo el rato aquí afuera, con el frío que hace —dice Gógol, y el silencio de su padre le indica que eso es precisamente lo que ha pasado. Se pregunta cómo lo estará pasando sin su mujer ni su hija en casa. ¿Se sentirá solo? Pero él no es de los que admiten ese tipo de cosas, de los que hablan abiertamente de sus deseos, sus estados de ánimo, sus necesidades. Llegan al estacionamiento, se montan en el coche y se van a casa.

Hace tanto viento que avanzan dando bandazos, y las hojas marrones de los árboles, grandes como pies, cruzan volando la carretera, iluminadas por los faros. Normalmente, en esos trayectos de vuelta a casa desde la estación, su padre le pregunta por las clases, por si le alcanza el dinero, por sus planes de futuro para después de la graduación. Pero esta noche conduce en silencio. Gógol mueve el dial de la radio, cambia la AM, en la que dan noticias, por la Radio Nacional Pública.

—Quiero contarte una cosa —dice su padre cuando acaba la canción y acaban de incorporarse a Pemberton Road.

—¿Qué?

—Es sobre tu nombre.

Gógol mira a su padre, desconcertado.

—¿Sobre mi nombre?

Su padre apaga la radio.

—Gógol.

Ya son tan pocas las veces que le llaman así que oír ese nombre no le molesta tanto como antes. Después de tres años de ser Nikhil en casi todo momento, ya no le importa.

—No es un nombre escogido al azar, tiene una historia —prosigue su padre.

—Claro, Baba. Gógol es tu escritor favorito. Ya lo sé.

—No. —Su padre se mete en el acceso al garaje y apaga el motor y las luces. Se desabrocha el cinturón y lo guía con la mano hasta que queda enrollado en su sitio, por detrás de su hombro izquierdo—. Hay otro motivo.

Y allí, sentados en el coche, su padre regresa a aquel campo a 209 kilómetros de Howrah. Mientras sujeta con las manos la parte inferior del volante y mantiene la mirada clavada en la puerta del garaje, le cuenta a Gógol la historia del tren al que se subió hace veintiocho años, en octubre de 1961, para ir a visitar a su abuelo en Jamshedpur. Le habla de la noche en la que casi perdió la vida, del libro que se la salvó, del año que pasó sin poder moverse.

Gógol lo escucha, asombrado, con la vista fija en el perfil de su padre. Aunque sólo les separan unos centímetros, durante un momento el hombre que tiene al lado es un desconocido, alguien que ha mantenido un secreto, que ha sobrevivido a una tragedia, alguien con un pasado que no conoce del todo. Un hombre vulnerable, que ha sufrido de manera inconcebible. Se imagina a su padre con la edad que tiene ahora él, sentado en un tren, igual que él mismo hace un momento, leyendo un cuento, a punto de morir. Hace esfuerzos por visualizar el paisaje de Bengala occidental que sólo ha visto en contadas ocasiones, su cuerpo magullado entre centenares de cadáveres, transportado en camilla junto a un amasijo interminable de vagones marrones. Contraviniendo la lógica natural, se fuerza a imaginarse la vida sin su padre, un mundo en el que su padre no existiera.

—¿Y por qué no sabía yo todo esto? —le pregunta Gógol. El tono es duro, acusatorio, pero tiene los ojos arrasados en lágrimas—. ¿Por qué no me has contado nada hasta ahora?

—Nunca parecía ser el momento propicio.

—Pero es como si hubieras estado mintiéndome todos estos años.

Su padre no responde.

—Por eso cojeas un poco, ¿no?

—Todo eso pasó hace mucho tiempo. No quería preocuparte.

—Y eso qué más da. Tendrías que habérmelo contado.

—Es posible —admite su padre, mirando un instante en dirección a su hijo. Saca la llave del contacto—. Vamos, seguro que tienes hambre. El coche se está enfriando.

Pero Gógol no se mueve. Se queda ahí sentado, procurando asimilar toda esa información, invadido por un sentimiento extraño, mezcla de vergüenza y de culpa.

—Lo siento, Baba.

Su padre se ríe.

—Tú no tuviste nada que ver en eso.

—¿Lo sabe Sonia?

Su padre niega con la cabeza.

—Todavía no. Algún día se lo contaré. La única persona que lo sabe en este país es tu madre. Y ahora tú. Siempre he querido que lo sepas, Gógol.

Y de pronto el sonido de su antiguo nombre, que lleva oyendo toda la vida, pronunciado por su padre, significa algo totalmente nuevo, algo ligado a una catástrofe que él ha encarnado inconscientemente durante años.

—¿Y es en eso en lo que piensas cuando piensas en mí? —le pregunta—. ¿Te recuerdo a esa noche?

—En absoluto —responde su padre después de un rato, llevándose la mano a las costillas, en un gesto que hasta ahora siempre ha desconcertado a Gógol—. Tú me recuerdas a todo lo que siguió.

6

Gógol vive en Nueva York. En mayo se licenció en Arquitectura en
la Universidad de Columbia. Desde entonces está trabajando para
un estudio del Midtown que ha firmado con éxito varios proyectos a gran escala. No es el tipo de trabajo que imaginaba cuando estaba estudiando; él quería dedicarse al diseño y la rehabilitación de
residencias particulares. Sus compañeros le dicen que tal vez eso
llegue con el tiempo, pero que de momento le conviene aprender
con los grandes nombres. Y así, ante una pared de ladrillos oscuros
que pertenece al edificio contiguo, junto al tubo de ventilación, trabaja con un equipo que se dedica a proyectar hoteles, museos y
edificios de oficinas para ciudades en las que nunca ha estado: Bruselas, Buenos Aires, Abu Dhabi, Hong Kong. Sus contribuciones
son muy secundarias, y nunca del todo personales: una escalera,
una claraboya, un pasillo, un conducto de aire acondicionado. Con
todo, sabe que cualquier componente de un edificio, por pequeño
que sea, es esencial, y tras todos esos años de vida académica, de crítica y de proyectos no materializados, le resulta gratificante que sus
esfuerzos tengan algún tipo de finalidad práctica. Normalmente se
queda trabajando hasta tarde, y muchos fines de semana, preparando diseños por ordenador, dibujando planos, redactando espe-
cificaciones, construyendo maquetas de cartulina o poliuretano.
Vive en un estudio de Morningside Heights con dos ventanas que
dan a Amsterdam Avenue, orientadas a poniente. La puerta de entrada, de cristal, está muy rayada y pasa inadvertida porque queda entre
un quiosco y una manicura. Es el primer apartamento que tiene para
él solo, después de la sucesión de compañeros con los que ha compartido piso a lo largo de sus años universitarios. La calle es tan

ruidosa que cuando habla por teléfono con las ventanas abiertas la gente le pregunta si está en una cabina. La cocina ocupa un espacio tan pequeño junto a la entrada que la nevera no cabe y está instalada junto a la puerta del baño. Sobre la estufa hay una tetera para calentar agua que no ha usado nunca, y en la encimera, una tostadora también sin estrenar.

A sus padres les preocupa que gane tan poco dinero, y de vez en cuando le envían algún cheque para ayudarle a pagar el alquiler y las facturas de la tarjeta de crédito. Cuando escogió Columbia ya mostraron su decepción. Ellos habrían preferido que fuera al Instituto de Tecnología de Massachusetts, la otra Facultad de Arquitectura donde lo habían aceptado. Pero después de cuatro años en New Haven, no quería volver a Massachusetts, a la única ciudad de Estados Unidos que sus padres conocían. No quería estudiar donde su padre trabajaba, vivir en un apartamento de Central Square, como sus padres cuando llegaron, caminar por las calles de las que ellos hablaban con nostalgia. No quería ir a pasar los fines de semana a casa, asistir con ellos a *pujas* y fiestas bengalíes, quedarse irremisiblemente en su mundo.

Prefiere Nueva York, ciudad que sus padres no conocen bien; son ajenos a su belleza y siempre le han tenido miedo. Él la conoce un poco, de las visitas de grupo que hizo cuando estudiaba arquitectura en Yale. Asistió a varias fiestas en Columbia. A veces, con Ruth, se montaban en el Metro-North y se acercaban hasta algún museo, o iban al Village, o a comprar libros al Strand. Pero de niño sólo estuvo una vez con su familia, en un viaje que no le había mostrado realmente cómo era la ciudad. Fueron un fin de semana a visitar a unos amigos bengalíes que vivían en Queens. Y ellos les organizaron un recorrido turístico por Manhattan. Gógol tenía diez años, y Sonia cuatro. «Quiero ir a ver el barrio Sésamo», dijo su hermana, que creía que era un sitio de verdad, y se puso a llorar cuando Gógol se rió de ella y le dijo que plaza Sésamo no existía. Durante aquella visita pasaron en coche por delante de sitios como el Rockefeller Center, el Central Park y el Empire State, y Gógol asomó la cabeza por la ventanilla para ver lo altos que eran aquellos edificios. Sus padres no paraban de comentar que había mucho tráfico, mucha gente en la calle, mucho ruido. Calcuta no era peor que aquello, decían. Recuerda que quiso bajarse del coche y subirse a lo alto de aquellos rascacielos, como hizo una vez en Boston, con su padre, que lo llevó a la última planta del Prudential Center cuando era pequeño. Pero sólo los dejaron bajarse del coche cuando llegaron a Lexington Avenue, para comer en un restaurante indio y comprar comida y saris de poliéster y aparatos eléctricos de 220 voltios para llevárselos a sus parientes de Calcuta. Según sus padres, aquello era lo que uno venía a hacer a Manhattan. Se recuerda a sí mismo deseando que lo llevaran al parque, al Museo de Historia Natural a ver a los dinosaurios, incluso que se subieran al metro. Pero ellos no mostraban interés en ninguna de aquellas cosas.

Una noche, Evan, uno de los delineantes del trabajo con quien se lleva bien, le comenta que le han invitado a una fiesta. Le dice que se celebra en un apartamento que merece la pena ver, un *loft* de Tribeca que ha sido diseñado por uno de los socios del estudio. El que organiza la fiesta es Russell, un viejo amigo de Evan, que trabaja en las Naciones Unidas y ha pasado varios años en Kenya, motivo por el que el apartamento cuenta con una colección impresionante de muebles, esculturas y máscaras africanas. Gógol supone que será una de esas reuniones con cientos de personas abarrotando un espacio inmenso, una de esas celebraciones a las que uno puede llegar y de las que puede irse sin que nadie se dé cuenta. Pero cuando llegan, la fiesta casi está terminando, no hay más de diez personas sentadas alrededor de una mesa baja rodeada de cojines, comiendo uvas con queso. En un momento dado Russell, que es diabético, se levanta la camisa y se inyecta la insulina. Al lado de su compañero de trabajo hay una mujer a la que Gógol no puede dejar de mirar. Está arrodillada en el suelo y extiende una generosa cantidad de *brie* sobre una galleta salada. No le presta la menor atención a lo que Russell está haciendo, y se dedica a discutir con un hombre que tiene delante sobre una película de Buñuel. «Vamos, por favor —no para de decir—. Pero si es genial.» Escandalosa y seductora a partes iguales, está un poco borracha. Lleva el pelo rubio ceniza recogido en un moño mal hecho, y varios mechones le caen graciosamente sobre la cara. Tiene la frente despejada y limpia, las mandíbulas curvadas y muy finas. Los iris de sus ojos verdes están rodeados de un halo negro. Lleva unos pantalones pirata de seda y una camisa blanca sin mangas que deja ver su bronceado.

—¿Y a ti qué te pareció? —le pregunta a Gógol, metiéndolo sin previo aviso en la conversación.

Él le responde que no ha visto la película, y al momento ella aparta la mirada.

Vuelve a abordarlo cuando está de pie, admirando una imponente máscara de madera suspendida sobre una escalera metálica, con los huecos de los ojos en forma de diamante y la boca abierta tras la que asoma la pared blanca que hay detrás.

—En el dormitorio hay otra que todavía da más miedo —le dice haciendo como que siente un escalofrío y poniendo una mueca—. Imagínate lo que debe ser abrir los ojos por la mañana y encontrarte con algo así.

Por la manera como lo dice, se pregunta si habla por experiencia, si es la amante de Russell, o su ex amante, si es eso lo que quiere dar a entender.

Se llama Maxine. Empieza a preguntarle cosas sobre Columbia, le cuenta que ella estudió en Barnard, que se licenció en Historia del Arte. Se apoya en una columna mientras habla, le sonríe mucho, tiene en la mano una copa de champán. En un primer momento le parece que es mayor que él, que está más cerca de los treinta que de los veinte. Pero le sorprende saber que se licenció el año antes de que él empezara la especialización, que durante un año coincidieron en Columbia, que vivían a tres travesías de distancia, y que seguramente se deben de haber cruzado más de una vez en Broadway, o en las escalinatas de la Biblioteca Low, o en Avery. Le recuerda a Ruth, porque también en aquel caso vivían muy cerca sin saberlo, como dos desconocidos. Maxine le cuenta que trabaja de asistente de edición en una editorial de libros de arte. En ese momento están preparando un volumen sobre Andrea Mantegna, y él la deja impresionada, porque recuerda que sus frescos se encuentran en el Palazzo Ducale de Mantua. Charlan de esa manera algo nerviosa y tonta que ha aprendido a asociar con el flirteo. La conversación resulta totalmente arbitraria, incoherente. Podría estar hablando con cualquiera, pero Maxine consigue concentrarse por completo en él, le mantiene la mirada con sus ojos claros, atentos, y le hace sentir, durante esos breves instantes, que es el centro absoluto de su mundo.

A la mañana siguiente lo llama por teléfono y lo despierta; son las diez de la mañana y aún está en la cama. Le duele la cabeza porque se pasó la noche bebiendo whisky con soda. Responde con cierta dureza en la voz, algo impaciente, porque supone que es su madre que le llama para saber qué tal le ha ido la semana. Por su tono, tiene la sensación de que Maxine lleva horas levantada, que ya ha desayunado hace un buen rato, que ya ha leído el *Times*.

—Soy Maxine. Nos conocimos ayer —le dice, sin molestarse en disculparse por haberlo despertado. Le aclara que ha encontrado su número en el listín, aunque él no recuerda haberle dado su apellido—. Qué apartamento tan ruidoso tienes, comenta.

Y acto seguido, sin atisbo de vergüenza ni de vacilación, le invita a cenar en su casa el viernes, y le da la dirección; queda por Chelsea. Da por sentado que será una fiesta, que irá más gente, y le pregunta si quiere que lleve algo. Ella responde que no, que basta con que se traiga a sí mismo.

—Creo que debo advertirte de que vivo con mis padres —añade.

—Oh.

Ese dato le sorprende, le confunde. Le pregunta si a sus padres no les importará que vaya, si no sería mejor que quedaran en un restaurante.

Pero ella se echa a reír, como si acabara de decir una tontería.

—¿Y por qué les iba a importar?

Coge un taxi desde el trabajo y se para en una bodega a comprar una botella de vino. La noche de septiembre está fresca y llueve a ratos. Los árboles todavía conservan las hojas del verano. Dobla la esquina de una calle tranquila y alejada que queda entre las avenidas Nueve y Diez. Es su primera cita en mucho tiempo. Descontando algunos episodios irrelevantes en Columbia, no ha estado con nadie en serio desde que rompió con Ruth. No sabe muy bien qué pensar de esa invitación de Maxine, pero por rara que le parezca, se ha visto incapaz de rechazarla. Siente curiosidad por ella, se siente atraído y halagado por el descaro de su iniciativa.

La casa, una recreación del estilo griego clásico, le fascina, y se detiene extasiado frente a ella varios minutos, como un turista más, antes de cruzar la verja. Se fija en los frontones que decoran las ventanas, en las pilastras dóricas, en las grecas de los cornisamentos, en la puerta negra de moldura cruciforme. Sube los pocos peldaños de una escalera con barandillas de hierro forjado. El nombre que figura bajo el timbre es Ratliff. Bastante rato después de pulsarlo, tanto que vuelve a comprobar en el papel que lleva en el bolsillo de la chaqueta si la dirección es la correcta, Maxine aparece. Le da un beso en la mejilla, apoyándose sobre un pie y levantando ligeramente la otra pierna. Va descalza, y tiene puestos unos pantalones anchos de lana negra y un cárdigan fino de color beige, aparentemente sin nada debajo, aparte del sujetador. Lleva el mismo peinado informal de la otra noche. Deja la gabardina doblada sobre una rejilla, el paraguas cerrado en un paragüero. Se mira un instante en un espejo del recibidor, y se alisa el pelo y la corbata.

Maxine lo conduce por una escalera hasta una planta inferior, ocupada en su totalidad, según parece, por una cocina. Uno de sus extremos está ocupado por una gran mesa rústica, tras de la que unas puertas acristaladas dan a un jardín. De las paredes cuelgan grabados de gallos y de hierbas aromáticas, así como una batería de cazos de cobre. Sobre unos estantes abiertos se apilan platos y bandejas de cerámica, y cientos de libros de cocina, enciclopedias gastronómicas y volúmenes de ensayos sobre comida. En la superficie de trabajo que ocupa el centro de la habitación hay una señora que, con unas tijeras, corta los tallos de unas judías verdes.

—Ésta es mi madre, Lydia —dice Maxine—. Y éste es *Silas* —añade, señalando a un cocker spaniel marrón que dormita debajo de la mesa.

Lydia es alta y delgada, como su hija, con el pelo gris y un corte juvenil que le enmarca el rostro. Viste muy bien, lleva pendientes y cadena de oro y tiene puestos un delantal azul marino atado a la espalda y unos zapatos negros de piel brillante. Tiene alguna arruga y la piel no tan firme, pero es todavía más guapa que Maxine; sus rasgos son más armónicos, las mandíbulas más altas, los ojos más definidos, más elegantes.

—Encantada de conocerte, Nikhil —le dice, esbozando una

amplia sonrisa. Aunque lo mira con atención, no deja su tarea ni le alarga la mano para estrechársela.

Maxine le sirve una copa de vino, sin preguntarle si prefiere otra cosa.

—Ven, te enseño la casa.

Lo conduce por los cinco tramos de la escalera, que no tiene alfombra y cruje ruidosamente con el peso combinado de los dos. La estructura del edificio es simple, dos inmensos espacios por planta. Está seguro de que cada uno de ellos es mayor que su apartamento. Admira cortésmente las molduras de los techos, los rosetones de escayola, las chimeneas de mármol, elementos de los que podría hablar durante horas sin cansarse. Las paredes están pintadas de colores vivos: rosa hibisco, lila, pistacho, y llenas de pinturas, dibujos y fotografías. En una habitación se fija en el retrato al óleo de una niña que supone debe de ser Maxine, sentada sobre el regazo de una Lydia jovencísima, con un vestido amarillo sin mangas. En los rellanos de cada planta hay altos estantes repletos de las novelas que toda persona debería leer en el transcurso de una vida, de biografías, enormes monográficos de todos los artistas, todos los libros de arquitectura que Gógol lleva toda la vida deseando poseer. A pesar de cierto desorden, hay en la casa una austeridad que le gusta. Los suelos están desnudos, la madera decapada, muchas de las ventanas carecen de cortinas, lo que resalta sus generosas proporciones.

Maxine ocupa toda la planta superior: un dormitorio pintado de color melocotón, con una cama al fondo, y un baño en tonos negros y rojos. La balda que hay sobre el lavabo está llena de cremas de todo tipo, para el cuello, los ojos, los pies, cremas de día, de noche, para el sol, para la sombra. Al otro lado del dormitorio se abre una salita que hace las veces de armario, porque el suelo, los respaldos de las sillas y el sofá descolorido están cubiertos de zapatos, bolsos y ropa. La visión de ese desorden no le importa; la casa es tan espectacular que no admite distracciones y se le perdona todo.

—Qué frisos tan bonitos sobre las ventanas —comenta, levantando la vista.

Ella se vuelve para mirarlo, desconcertada.

—¿Qué?

—Así es como se llaman —le explica, señaládoselos—. Son bastante frecuentes en las construcciones de este período.

Ella también mira hacia arriba, impresionada.

—No lo sabía.

Se sienta con Maxine en el sofá descolorido y se ponen a hojear un libro de sobremesa que ha ayudado a editar sobre papeles pintados franceses del siglo XVIII. Cada uno aguanta una mitad del libro sobre las rodillas. Le cuenta que ella se crió en esa casa, y deja caer como de pasada que hace apenas seis meses que ha vuelto de Boston, donde vivió con su novio, aunque aquello no funcionó. Cuando él le pregunta si no piensa buscar piso en Nueva York, ella le responde que no se le ha ocurrido.

—Es tan complicado alquilar algo en la ciudad —dice—. Además, esta casa me encanta. No se me ocurre otro sitio mejor para vivir.

A pesar de todo su refinamiento, el hecho de que haya vuelto a casa de sus padres tras una historia de amor truncada le resulta de lo más anticuado. Él no se imagina haciendo una cosa así a esas alturas de su vida.

A la hora de cenar conoce a su padre, un señor alto, atractivo, de pelo blanco, abundante, y los mismos ojos verdes de Maxine. Lleva unas gafas rectangulares de montura delgada cerca de la punta de la nariz.

—Encantado. Soy Gerald —dice mientras asiente con la cabeza y le estrecha la mano. Gerald le pasa los cubiertos y las servilletas de tela y le pide que ponga la mesa. Gógol obedece, consciente de que tiene en sus manos las posesiones domésticas de una familia a la que apenas conoce.

—Tú te sentarás aquí, Nikhil —le dice una vez ha colocado los cubiertos.

Se sienta a un lado de la mesa, frente a Maxine. Sus padres ocupan los dos extremos. Ese día Gógol se ha saltado la comida para poder salir de la oficina a tiempo, y el vino que se ha tomado, más espeso y a la vez más suave que el que está acostumbrado a beber, se le ha subido a la cabeza. Siente un dolor agradable en las sienes, y una súbita gratitud por el día que lo ha llevado hasta ahí. Maxine enciende un par de velas. Gerald descorcha el vino. Lydia sirve la cena en unos platos hondos, blancos. Un filete fino formando un rollito atado con un hilo, sobre un lecho de salsa oscura, y unas judías escaldadas, crujientes. Se van pasando una fuente de patatas rojas asadas, y después se sirven ensalada. Mientras comen, comentan lo tierna que está la carne, lo frescas que son las judías. La madre de Gógol nunca habría servido tan poca variedad de comida a un invitado. No le habría quitado los ojos de encima al plato de Maxine, y le habría insistido para que repitiera una o dos veces. La mesa habría estado llena de fuentes para que se sirviera quien quisiera. Pero Lydia no presta atención al plato de Gógol. No hace hincapié en el hecho de que queda más comida. *Silas* se ha sentado junto a Maxine, y en un momento dado Lydia corta un pedazo de carne de considerable tamaño y se lo pone en la mano para que él se lo coma.

No tardan en terminarse dos botellas de vino, y abren la tercera. Los Ratliff gritan, tienen opiniones sobre cosas que a sus padres les resultan indiferentes: películas, exposiciones en museos, buenos restaurantes, diseños de objetos cotidianos. Hablan de Nueva York, de las tiendas, los barrios y los edificios que detestan o que adoran, con tal familiaridad y soltura que Gógol tiene la sensación de no conocer apenas la ciudad. Le cuentan cosas de la casa, que compraron en la década de 1970, cuando nadie quería vivir en esa zona, le hablan de la historia del barrio, de Clement Clarke Moore, del que Gerald cuenta que era profesor de Lenguas Clásicas en el seminario que había al otro lado de la calle.

—Él fue el responsable de que aquí se construyera una zona residencial —dice Gerald—. Además de escribir *La nochebuena*, claro.

Gógol no está acostumbrado a ese tipo de conversaciones durante las comidas, al ritual reposado de las sobremesas, a la agradable proliferación de botellas, migas y vasos vacíos que van poblando el espacio. Algo le dice que todo eso es normal, que no actúan de manera distinta porque tengan un invitado, que así es como los Ratliff comen todas las noches. Gerald es abogado. Lydia es conservadora del departamento de textiles del Metropolitan Museum. Se muestran encantados e intrigados por su procedencia, por sus años de estudiante en Yale y en Columbia, por su trabajo de arquitecto, por su aspecto mediterráneo.

—Podrías ser italiano —comenta Lydia en cierto momento de la cena, mirándolo iluminado por el resplandor de las velas.

Gerald se acuerda de que, cuando venía a casa, ha comprado una tableta de chocolate francés. Lo trae a la mesa, abre el envoltorio, lo parte y lo va pasando. Al final, la conversación desemboca en la India. Gerald le hace preguntas sobre el reciente incremento del fundamentalismo hindú, tema del que Gógol no sabe gran cosa. Lydia se explaya hablando de alfombras y miniaturas indias, y Maxine le cuenta que en la facultad se matriculó en un curso sobre *stupas* budistas. No conocen a nadie que haya estado nunca en Calcuta. Gerald tiene un colega indio en el trabajo que acaba de pasar en la India su luna de miel. Le ha mostrado unas fotos espectaculares de un palacio construido en el centro de un lago. ¿Eso estaba en Calcuta?

—Eso es Udaipur —responde Gógol—. Yo no he estado nunca. Calcuta está en el este del país, más cerca de Tailandia.

Lydia se acerca la ensaladera y coge un trocito de lechuga con los dedos. Ahora parece estar más relajada, sonríe más y tiene las mejillas rojas por el vino.

—¿Cómo es Calcuta? ¿Es bonita?

La pregunta le sorprende. Está acostumbrado a que la gente le pregunte por la pobreza, por los mendigos, por el calor que hace.

—Hay zonas que sí lo son. Hay mucha arquitectura victoriana, preciosa, que se conserva de le época británica. Pero la mayor parte de la ciudad es muy desvencijada.

—Suena como Venecia —dice Gerald—. ¿Hay canales?

—Sólo durante la época de los monzones, que es cuando se inundan las calles. Supongo que entonces es cuando más se parece a Venecia.

—Yo quiero ir a Calcuta —dice Maxine, como si fuera algo que se le hubiera negado toda la vida. Se levanta y se acerca a la cocina—. Me apetece un té. ¿Alguien más quiere?

Pero Gerald y Lydia dicen que no; quieren ver un vídeo de *Yo, Claudio* antes de acostarse. Se levantan, sin molestarse en recoger los platos. Gerald coge las dos copas y lo que queda del vino.

—Buenas noches, querido —le dice Lydia dándole un beso en la mejilla.

Y sus pasos resuenan con estrépito en la escalera.

—Supongo que es la primera vez que te enfrentas a unos padres en una primera cita —le dice Maxine cuando se quedan solos, dando unos sorbos al Lapsang Souchong, que se ha servido en una taza de pesada cerámica.

—Me ha gustado mucho conocerlos. Son encantadores.

—Es una manera de decirlo.

Se quedan un rato ahí sentados, charlando. La lluvia repica en el espacio cerrado que hay detrás de la casa. Las velas se están consumiendo y la cera empieza a derramarse sobre la mesa. *Silas*, que lleva un rato dando vueltas por la cocina, se acerca y le empuja la pierna con la cabeza, mirándolo y meneando la cola. Gógol se agacha y lo acaricia con cierta precaución.

—Nunca has tenido perro, ¿verdad? —observa Maxine.

—No.

—¿Y nunca quisiste tenerlo?

—Cuando era pequeño. Pero mis padres no estaban dispuestos a asumir esa responsabilidad. Además, teníamos que ir a la India cada dos años.

Se da cuenta de que es la primera vez que le habla de sus padres, de su pasado. Tal vez ella quiera saber más. Pero no.

—A *Silas* le has caído bien —dice—. Y es muy exigente, no te creas.

La mira y ve que se está soltando el pelo y se lo deja caer un momento sobre los hombros, antes de envolverse con él la mano, despreocupadamente. Le devuelve la mirada y sonríe. Él vuelve a darse cuenta de que no lleva nada debajo del cárdigan.

—Quizás sea mejor que me vaya —dice.

Pero se alegra cuando Maxine acepta su ofrecimiento de ayudarle a recoger la cocina antes de irse. Se demoran bastante, llenan el lavavajillas, le pasan un trapo a la mesa y a la encimera. Lavan y secan los cacharros y las sartenes. Quedan en ir juntos al Film Forum el domingo por la tarde, a la sesión doble de películas de Antonioni que Lydia y Gerald han visto hace poco y les han recomendado durante la cena.

—Te acompaño al metro —le dice cuando terminan, poniéndole la correa a *Silas*—. Tengo que sacarlo igualmente.

Suben a la planta baja, se ponen los abrigos. Oye el débil sonido del televisor en el piso de arriba.

—No les he dado las gracias a tus padres —dice.

—¿Por qué?

—Por haberme invitado. Por la cena.

—Ya se las darás la próxima vez —responde ella y lo coge del
brazo.

Desde el principio se siente integrado sin esfuerzo a sus vidas. Se
trata de una hospitalidad distinta de la que ha conocido hasta ese
momento, porque aunque los Ratliff son generosos, no son de los
que se desviven por adaptarse a los demás, convencidos, en este caso
con razón, de que su existencia ha de resultarles atractiva. Gerald y
Lydia, ocupados con sus compromisos, viven su vida. Gógol y Maxine entran y salen cuando quieren, van al cine o a cenar fuera. Él la
acompaña a comprar a Madison Avenue, en tiendas en las que para
entrar tienes que llamar al timbre. Maxine se compra cárdigans de
cachemira, colonias inglesas carísimas que ella adquiere sin pen-
sarlo dos veces, sin sentirse en absoluto culpable. Van juntos a restaurantes oscuros, de apariencia sencilla, en la parte baja de la ciudad, donde las mesas son minúsculas y las cuentas abultadas. Y casi
siempre acaban en casa de sus padres. Siempre hay algún queso deli-
cioso, algún paté de que echar mano, siempre algún buen vino que
beber. En su bañera de patas se bañan juntos, con las copas de vino
o los vasos de whisky en el suelo. Pasa la noche con ella, en el dormitorio que ha sido suyo desde que era niña, sobre un colchón mulli-
do y algo hundido, y no se separa ni un momento de su cuerpo,
caliente como un horno; le hace el amor en la habitación que queda
justo encima de la de Gerald y Lydia. Hay días en los que sale muy
tarde de trabajar, y se pasa directamente por allí. Maxine le guarda
un poco de cena y luego suben al último piso y se meten en la cama.
Gerald y Lydia no dicen nada cuando, a la mañana siguiente, bajan
juntos a la cocina, despeinados, y empiezan a servirse el café con
leche y las tostadas de pan francés con mermelada. La primera noche
que se quedó a dormir estaba angustiadísimo por tener que enfrentarse a ese momento, y se duchó antes, y se puso su camisa arrugada y los mismos pantalones que llevaba el día anterior, pero ellos

se habían limitado a sonreírle, con los albornoces puestos, y le habían ofrecido unos bollos recién hechos, comprados en su panadería favorita del barrio, y una sección del periódico.

Se enamora rápida y simultáneamente de Maxine y de la casa, de la manera de vivir de Gerald y Lydia, porque conocerla y amarla a ella es conocer y amar todas esas cosas. Le encanta el desorden que rodea a Maxine, los cientos de cosas que siempre están tiradas por el suelo y amontonadas en la mesilla de noche, su costumbre de no cerrar la puerta del baño cuando están solos en el piso de arriba. Ese caos es un desafío a sus gustos, cada vez más minimalistas, pero le encanta. Aprende a apreciar la comida que comen ella y sus padres, la polenta, el risotto, la bullabesa, el osso buco, la carne sellada en papel de pergamino y asada. Llega a conocer el peso de su vajilla, aprende a ponerse la servilleta de tela medio doblada sobre el regazo; que el parmesano rallado no se come con platos de pasta con marisco; que las cucharas de madera no se ponen en el lavavajillas, como hizo él equivocadamente una noche. Cuando se queda a dormir, se despierta más temprano, con los ladridos de *Silas* que, desde el recibidor, anuncia que quiere salir de paseo. Aprende a esperar, cada noche, el ruido del tapón de corcho que indica que acaban de abrir otra botella de vino.

Maxine habla abiertamente de su pasado, le muestra fotos de sus ex novios, que conserva en un álbum de páginas duras, y no parece incómoda al contarle detalles de esas relaciones, ni parece lamentar haberlas vivido. Tiene el don de aceptar las circunstancias de su vida. A medida que va conociéndola mejor, se da cuenta de que ella nunca ha deseado ser distinta de como es, haber crecido en ningún otro lugar, haberse educado de ningún otro modo. En opinión de Gógol, ésa es la mayor diferencia que hay entre ellos, algo que le resulta más ajeno que la hermosa casa en la que vive, que su educación en colegios privados. Además, no deja de sorprenderle nunca hasta qué punto Maxine emula a sus padres, hasta qué punto respeta sus gustos y sus costumbres. Durante las cenas, conversa con ellos de libros, de pintura, de gente que conocen, y lo hace como se hace con unos amigos. No hay ni rastro de la exasperación que él siente cuando está con los suyos. Ni sensación de obligación. A diferencia de sus padres, los de Maxine no la presio-

nan para que haga nada, y sin embargo ella vive a su lado entregada a ellos, feliz.

A Maxine le sorprende enterarse de algunas cosas de su vida:
que todos los amigos de sus padres sean bengalíes, que su matrimonio haya sido concertado, que su madre prepare comida india
todos los días, que lleve sari y un *bindi* en la frente.

—¿En serio? —le pregunta, incrédula—. Pero tú no tienes nada
que ver con todo eso. No lo hubiera dicho nunca.

No se siente insultado por ese comentario, pero se da cuenta
de que la línea que los separa se ha hecho más explícita. A él, el tipo
de matrimonio de sus padres le resulta a la vez inimaginable e irre-
levante. Casi todos sus amigos y parientes se han casado siguiendo
ese sistema. Pero sus vidas no se parecen en nada a las de Gerald y
Lydia; por su cumpleaños, Gerald le compra a Lydia joyas caras,
y le regala flores sin motivo aparente. Se besan sin reparos, van a
pasear juntos por la ciudad, salen a cenar, igual que hacen Maxine
y él. Al verlos acurrucados en el sofá, por las noches, la cabeza de
Gerald apoyada en el hombro de Lydia, Gógol se da cuenta de que
no ha presenciado jamás ninguna muestra de afecto físico entre
sus padres. El amor que exista entre ellos es un asunto absolutamente privado, y en ningún caso es motivo de celebración.

—Qué deprimente —dice Maxine cuando se lo cuenta, y aunque le afecta esa reacción suya, no puede sino estar de acuerdo.

Un día, ella le pregunta si sus padres quieren que se case con una
chica india. Se lo pregunta movida por la curiosidad, sin esperar ninguna respuesta en concreto. Pero en ese momento él se siente enfadado con sus padres, desearía que pudieran ser de otra manera, porque conoce muy bien la respuesta a esa pregunta.

—No sé —le dice—. Supongo. Pero lo que ellos quieran no importa.

Maxine no va casi nunca a visitarlo a su apartamento. Ni ella ni
Gógol se identifican con su barrio, y ni siquiera la mayor intimidad
que tendrían allí les compensa. Sólo alguna noche, si sus padres celebran alguna fiesta a la que no le apetece asistir, o algún día, sin más,
para compensar, se acerca hasta su casa, y llena al momento ese espacio tan pequeño con su perfume de gardenia, con su abrigo, su enorme
bolso de piel marrón, su ropa, y hacen el amor sobre el futón, con

el ruido del tráfico que les pasa por debajo. A él le incomoda que venga, se da cuenta de que no ha colgado ni un cuadro en las paredes, de que no se ha molestado en comprar una lámpara que neutralice la luz mortecina que da la bombilla del techo.

—Oh, Nikhil, esto es demasiado horroroso —le dice un día, apenas tres meses después de conocerlo—. No puedo permitir que sigas viviendo aquí.

Cuando su madre le había dicho más o menos lo mismo, la primera vez que fue con su padre a visitar el apartamento, él se puso a discutir con ella, a defender a capa y espada las ventajas de su vida espartana y solitaria. Pero ahora es Maxine quien lo piensa.

—Vente a vivir con nosotros, no se hable más —añade, y a él, secretamente, la idea le emociona. A esas alturas la conoce lo bastante para saber que no se lo habría ofrecido si no lo pensara sinceramente. Con todo, no acaba de decidirse. ¿Qué pensarán sus padres? Maxine se encoge de hombros.

—Mis padres te adoran —responde sin pensárselo dos veces, sin vacilar, que es como por otra parte dice todo lo demás.

Así que se traslada a vivir con ella. La mudanza se reduce a unas pocas bolsas con ropa. El futón y la mesa, la tetera, la tostadora, el televisor y el resto de sus cosas se quedan en Amsterdam Avenue. Su contestador automático sigue grabándole los mensajes. Y sigue recibiendo ahí sus cartas, en un buzón metálico sin nombre.

No han pasado seis meses y ya tiene las llaves de la casa de los Ratliff. Maxine se las ha entregado atadas a una cadena de plata de Tiffany, a modo de regalo. Como hacen sus padres, él también ha empezado a llamarla Max. Deja las camisas sucias en la tintorería de la esquina. Tiene un cepillo de dientes y una maquinilla de afeitar en su lavabo de pie. Varias veces por semana se levanta temprano y sale a correr con Gerald por la orilla del Hudson y por Battery Park City. Se ofrece voluntario para sacar a pasear a *Silas*. Lo lleva sujeto con la correa mientras él olisquea y levanta la pata contra los árboles, y recoge sus cacas tibias con una bolsa de plástico. Se pasa fines de semana enteros metido en casa, leyendo los libros de Gerald y Lydia, admirando la luz natural que se filtra por los enormes ventanales a lo largo del día. Empieza a tener preferencias por ciertos sofás y ciertas sillas.

Cuando está ausente, recuerda los cuadros y las fotos de las paredes. Cada vez le cuesta más volver a su estudio, rebobinar la cinta del contestador automático, pagar el alquiler y las facturas.

Muchas veces, los fines de semana, ayuda a comprar y a preparar la casa para las cenas que organizan Gerald y Lydia; pela las manzanas y le quita la cáscara a las gambas, o ayuda a abrir las ostras, o baja a la bodega con Gerald a buscar el vino y las sillas que faltan. Le fascina la manera de Lydia de atender a los invitados, sencilla, relajada. Esas cenas siempre le impresionan: no hay nunca más de doce personas en torno a una mesa iluminada con velas, escogidos grupos de pintores, editores, profesores, propietarios de galerías de arte, que comen plato tras plato y hablan con inteligencia hasta el fin de la velada. Qué distintas son esas fiestas de las que daban sus padres, de esas noches alegres y desordenadas en las que nunca había menos de treinta personas, niños incluidos. La carne y el pescado se servían a la vez, y había tantos platos que la gente tenía que comer por turnos, y las cazuelas en las que se cocinaban las cosas se ponían directamente sobre una mesa siempre abarrotada. Se sentaban donde podían, por toda la casa, y la mitad de los invitados ya había terminado cuando la otra mitad se disponía a empezar. A diferencia de Gerald y Lydia, que siempre presiden la mesa, sus padres eran más como unos camareros en su propia casa, siempre solícitos y vigilantes, y no comían nada hasta que se aseguraban de que los platos de sus invitados ya estuvieran en el fregadero; sólo entonces se servían ellos. A veces, cuando en la mesa de Gerald y Lydia resuenan las risas y se descorcha otra botella de vino, cuando Gógol levanta la copa para que se la llenen de nuevo, es consciente de que su inmersión en la familia de Maxine supone una traición a la suya propia. No es sólo que sus padres no sepan nada de ella, que no tengan ni idea del mucho tiempo que pasa con los Ratliff; es que sabe que, posición económica aparte, los padres de Maxine cuentan con una seguridad de la que los suyos no gozarán nunca. No se los imagina sentados a esa mesa, disfrutando de la cena de Lydia, de los vinos de Gerald. No se los imagina aportando nada interesante a la conversación. Y sin embargo ahí está él, noche tras noche, un añadido gustosamente aceptado en el universo de los Ratliff, haciendo precisamente eso.

En junio, Gerald y Lydia desaparecen y se instalan en la casa que tienen junto a un lago, en New Hampshire. Se trata de un ritual invariable, una migración anual al pueblo donde viven los abuelos paternos de Maxine. Durante varios días se van acumulando grandes capazos de lona en la entrada, cajas de cartón llenas de licores y de vino, bolsas con comida. A Gógol, esos preparativos le recuerdan a los de su familia antes de un viaje a Calcuta, cuando el salón se iba poblando de maletas que sus padres hacían y deshacían una y otra vez y en las que metían cada vez más regalos para sus familiares. A pesar de la emoción de sus padres, en aquellas tareas siempre había cierta solemnidad, y Ashima y Ashoke se mostraban temerosos e impacientes a partes iguales, se armaban de valor porque sabían que iban a encontrarse con menos caras conocidas en el aeropuerto de Calcuta, que deberían enfrentarse al hecho de que algunos parientes hubieran muerto desde su última visita. No importaba cuántas veces hubieran ido ya los cuatro juntos; su padre siempre se ponía nervioso por tener que llevarlos tan lejos. Gógol tenía conciencia de que todo aquello era una obligación que había que cumplir; que más que cualquier otra cosa, lo que empujaba a sus padres hasta su ciudad natal era el sentido del deber. En el caso de Gerald y Lydia, por el contrario, es el sentido del placer el que los arrastra a New Hampshire. Se van sin grandes aspavientos, a mediodía, cuando tanto Gógol como Maxine están trabajando. Al volver a casa, notan algunas ausencias: *Silas* ha desaparecido, en la cocina se echan de menos varios libros y el robot. También se han llevado algunas novelas y discos, así como el fax, que Gerald necesita para mantenerse en contacto con sus clientes, y la camioneta roja Volvo que aparcan en la calle. En la encimera les han dejado una nota: «¡Nos vamos!» Está escrita con la letra de Lydia, que les da muchos besos y abrazos.

De pronto, Gógol y Maxine tienen la casa de Chelsea para ellos solos. Se trasladan a los pisos bajos, hacen el amor sobre varias piezas del mobiliario, en el suelo, en la superficie de trabajo que ocupa el centro de la cocina, y en una ocasión, incluso, metidos entre las sábanas gris perla de la cama de Gerald y Lydia. Los fines de semana se pasean desnudos arriba y abajo, de habitación en habitación.

Comen en distintos sitios, según les apetece; a veces extienden una vieja colcha de algodón en el suelo, a veces compran comida para llevar y la sirven en la mejor vajilla de porcelana de Lydia, y duermen a deshoras. Los días más largos del verano empujan la luz del sol a través de los ventanales, hasta sus cuerpos. Como cada vez hace más calor, dejan de preparar platos muy elaborados. Se alimentan de *sushi*, de ensaladas y de salmón frío. Cambian el vino tinto por el blanco. Ahora que están solos, Gógol tiene más que nunca la sensación de que viven juntos. Y sin embargo, por algún extraño motivo, no se siente adulto, sino dependiente. Vive libre de expectativas, de responsabilidades, en un exilio libremente escogido de su propia vida. No es responsable de nada en la casa. A pesar de su ausencia, y sin saberlo, Gerald y Lydia siguen rigiendo sus vidas. Son sus libros los que lee, su música la que escucha. Es su puerta la que abre cada vez que llega del trabajo. Son las llamadas dirigidas a ellos las que anota en el bloc que hay junto al teléfono.

Descubre que la casa, a pesar de su belleza, tiene unos defectos que se ponen de manifiesto en los meses de verano, y le parece lógico que Gerald y Lydia se vayan todos los años. No tiene aire acondicionado, porque como nunca están ahí cuando hace calor no se han molestado en instalarlo. Los enormes ventanales carecen de persianas y, de día, las habitaciones se caldean muchísimo. Por la noche, como hay que dejar las ventanas abiertas de par en par, les invaden los mosquitos, que zumban en sus orejas y lo acribillan en los dedos de los pies, los brazos y las piernas. Desea instalar una mosquitera sobre la cama de Maxine, y recuerda las de Calcuta, de nailon azul muy fino, dentro de las que dormían Sonia y él, sujetas del techo y apoyadas en los cuatro barrotes de la cama, metidas bajo el colchón para crear una zona de descanso impenetrable, temporal, minúscula, en el que pasar la noche. Hay momentos en que no puede soportarlo más, enciende la luz y se pone de pie en la cama, buscándolos, con una revista enrollada o una zapatilla en la mano, mientras Maxine, a quien no le molestan ni le pican, le suplica que vuelva a acostarse. A veces los ve en la pared color melocotón, manchas débiles llenas de sangre, de su sangre, a unos centímetros del techo, siempre fuera de su alcance.

Alegando exceso de trabajo, no se acerca a Massachusetts en todo el verano. Su estudio de arquitectura va a participar en un concurso, y tiene que presentar un proyecto para la construcción de un hotel en Miami. A las once de la noche todavía sigue en el trabajo, junto con la mayoría de proyectistas de su equipo; les falta tiempo para terminar todos los planos y las maquetas dentro de la fecha límite, a final de mes. Cuando suena el teléfono, supone que será Maxine conminándole a salir de la oficina. Pero es su madre.

—¿Por qué me llamas tan tarde al trabajo? —le pregunta distraído, con la vista aún clavada en la pantalla del ordenador.

—Porque no estabas en tu apartamento —responde su madre—. No estás nunca en casa, Gógol. Te he llamado en plena noche y no estás.

—Sí estoy, Ma —le miente—. Pero necesito dormir y desconecto el teléfono.

—Pues no entiendo para qué lo tienes si lo desconectas —replica ella.

—Bueno, ¿me llamas por algo en concreto?

Su madre le pide que vaya a verlos el fin de semana siguiente, el sábado anterior a su cumpleaños.

—No puedo —le dice, y le explica que tienen un proyecto que entregar en el trabajo, aunque no es cierto. La verdad es que ese día tiene previsto irse con Maxine a pasar dos semanas a New Hampshire. Pero su madre insiste; su padre tiene que irse a Ohio el domingo. ¿No quiere ir a despedirle al aeropuerto?

Conoce vagamente los planes de su padre de ir a pasar nueve meses en una pequeña universidad, cerca de Cleveland, sabe que él y un colega han recibido unas ayudas de la universidad de éste con el fin de dirigir una investigación para una empresa de la zona. Su padre le ha enviado un recorte del boletín del campus donde se explica lo de las ayudas, junto con una fotografía de él en el exterior del edificio de Ingeniería. «Conceden prestigiosa beca al profesor Ganguli», reza el pie de foto. En un primer momento todos pensaron que cerrarían la casa o que la alquilarían a estudiantes, que su madre iría con él. Pero Ashima los ha sorprendido a todos, les ha dicho que ella no sabría qué hacer en Ohio durante nueve meses, que su padre estaría ocupado todo el día en el laboratorio y que prefiere no moverse de Massachusetts, aunque ello implique quedarse sola.

—¿Y por qué tengo que ir al aeropuerto a despedirme de él? —le pregunta a su madre. Sabe que, para su familia, un viaje siempre es algo importante, que incluso en los desplazamientos más ordinarios siempre van a buscar a la gente y a despedirse de ella. Pero insiste—. Baba y yo vivimos en dos Estados distintos. Estoy prácticamente tan lejos de Ohio como de Boston.

—Eso no quiere decir nada —sostiene su madre—. Gógol, por favor, no vienes desde mayo.

—Tengo un trabajo, Ma. Estoy muy ocupado. Y, además, Sonia tampoco va a ir.

—Sonia vive en California. Tú estás muy cerca.

—Oye, ese fin de semana no voy a poder ir —le dice. Despacio, la verdad empieza a salir de sus labios. Sabe que, llegados a ese punto, es su única defensa—. Me voy de vacaciones. Ya he hecho planes.

—¿Y por qué esperas siempre al último momento para contarnos esas cosas? —le pregunta su madre—. ¿Qué vacaciones son esas? ¿Qué planes has hecho?

—Voy a ir a pasar un par de semanas en New Hampshire.

—Ah. —Su madre no parece impresionada, sino más bien aliviada—. ¿Y por qué quieres ir allí, si puede saberse? ¿Qué más te da irte a New Hampshire que venir aquí?

—Voy con una chica con la que estoy saliendo. Sus padres tienen una casa allí.

Aunque se queda un buen rato callada, Gógol sabe lo que está pensando, que está dispuesto a irse de vacaciones con los padres de otra persona, pero no a ver a los suyos.

—¿Y dónde está ese sitio exactamente?

—No lo sé. En las montañas.

—¿Cómo se llama la chica?

—Max.

—Ése es un nombre de chico.

Niega con la cabeza.

—No, Ma, se llama Maxine.

Y así, camino de New Hampshire, hacen un alto en Pemberton Road
para comer. Al final ha cedido. A Maxine no le importa, después
de todo les va de paso, y siente curiosidad por conocer a sus padres.
Han alquilado un coche en Nueva York, y llevan el maletero lleno
a rebosar de las cosas que Gerald y Lydia les han pedido que trai-
gan en una postal que les han escrito: vino, unos paquetes de pasta importada, una lata grande de aceite de oliva y unos tacos de queso parmesano y de Asiago. Cuando le pregunta a Maxine para qué
necesitan esas cosas, ella le explica que la casa está muy aislada,
que si tuvieran que comprar en la única tienda que les queda cerca
se pasarían el día a base de patatas fritas, pan de molde y Pepsi. Camino de Massachusetts, le advierte de las cosas que considera que ella
debe saber de antemano: que no deben tocarse ni besarse delante de
sus padres, que durante la comida no habrá vino.

—Pero si llevamos mucho en el maletero —señala Maxine.

—Da igual. Mis padres no tienen sacacorchos.

A ella, esas restricciones le parecen divertidas; las ve como un
reto que en todo caso apenas durará unas horas, una tarde, como
una anomalía que no se repetirá jamás. No asocia a Gógol con las
costumbres de sus padres. No termina de creerse que ella sea la
primera novia que lleva a casa. A él la idea no le gusta nada, lo único que espera es que pase rápido. Cuando salen de la autopista, se
da cuenta de que Maxine es totalmente ajena a ese paisaje: los centros comerciales, el gran instituto público de ladrillo en el que Sonia
y él estudiaron, las casas con fachadas de tablones de madera, demasiado juntas las unas a las otras, cada una con su pequeño terreno
delante. La señal de tráfico con los niños jugando. Sabe que esa vida,
que para sus padres es un logro del que se sienten orgullosos, no tiene la menor importancia ni interés para ella, que si está enamorada
de él no es a causa sino a pesar de ello.

Frente a la entrada de casa de sus padres hay una furgoneta que
les impide el paso. Aparcan en la calle, junto al buzón, al lado del
césped. Conduce a Maxine por el camino empedrado y llama al timbre, porque sus padres tienen siempre la puerta cerrada con llave.
Su madre sale a recibirlos. Gógol nota que está nerviosa, que se ha
puesto uno de sus mejores saris, y que se ha pintado los labios y se

ha perfumado. Nada que ver con ellos, que llevan pantalones cortos, camisetas y mocasines de piel fina.

—Hola, Ma —le dice, dándole un beso rápido—. Ésta es Maxine. Max, ésta es mi madre, Ashima.

—Me alegro de conocerla por fin, Ashima —dice Maxine, que se adelanta un poco y también le da un beso—. Les he traído esto —añade, alargándole una cesta envuelta en celofán llena de patés enlatados y frascos de pepinillos y salsas que Gógol sabe que sus padres jamás abrirán ni disfrutarán. De todos modos, cuando Maxine fue a comprar esas cosas para ponerlas en la cesta, él no hizo nada por disuadirla. Entra en casa con los zapatos puestos, pasando por alto las chancletas que sus padres guardan en el armario del recibidor. Siguen a su madre, que cruza el salón y se mete en la cocina; tiene que volver a los fogones, porque está terminando de freír unas *samosas* que lo llenan todo de humo.

—El padre de Nikhil está arriba —le dice su madre a Maxine, mientras saca las *samosas* de la sartén con una espumadera y las va dejando en una fuente cubierta con papel de cocina—. Con el empleado de la empresa de alarmas. Lo siento, la comida estará lista en un momento —añade—. No os esperaba hasta dentro de media hora.

—¿Y por qué nos están instalando un sistema de seguridad, si puede saberse? —pregunta Gógol.

—Ha sido idea de tu padre. Como ahora voy a estar sola. —Su madre explica que han entrado a robar en dos casas de la zona, y en los dos casos en plena tarde—. Hasta en barrios buenos como éste hay delincuencia hoy en día —le dice a Maxine negando con la cabeza.

Ashima les ofrece unos vasos de *lassi* rosa helado, espeso y dulce, aromatizado con agua de rosas. Se sientan en el salón de las visitas, donde no lo hacen casi nunca. Maxine se fija en las fotos escolares de Sonia y de él, con sus marcos azules, sobre la chimenea de ladrillo, en los retratos familiares hechos en el estudio fotográfico Olan Mills. Su madre le enseña las fotos de infancia de Gógol. A Maxine le encanta la tela del sari de Ashima, y le comenta que su madre es conservadora de la sección de tejidos del Met.

—¿El Met?

—El Museo de Arte Moderno —le aclara.

—Estuviste una vez, Ma —le dice Gógol—. Es ese museo tan grande que hay en la Quinta Avenida. Con todos esos escalones. Te llevé para que vieras el templo egipcio, ¿no te acuerdas?

—Sí, me acuerdo. Mi padre era artista —le dice a Maxine, señalando las acuarelas que cuelgan en las paredes.

Oyen pasos en la escalera y su padre entra en el salón acompañado de un hombre de uniforme que sostiene una carpeta. A diferencia de su madre, su padre no se ha vestido para la ocasión. Lleva unos pantalones marrones de algodón, una camisa de manga corta algo arrugada y unas chancletas. El pelo, canoso, le clarea más que la última vez que Gógol lo vio, y tiene más barriga.

—Aquí tiene copia del recibo. Si hay algún problema, llame a este número gratuito —le dice el operario, estrechándole la mano—. Buenos días.

—Hola, Baba —dice Gógol—. Quiero presentarte a Maxine.

—Hola —saluda su padre, que levanta la mano como si estuviera a punto de hacer un juramento y no se sienta con ellos.

—¿Es tu coche? —le pregunta a Maxine mirando por la ventana.

—No, es alquilado.

—Sería mejor aparcarlo en la entrada —le dice su padre.

—No importa —interviene Gógol—. Ya está bien donde está.

—Mejor evitar sorpresas —insiste su padre—. Los niños del barrio no tienen ningún cuidado. Una vez aparqué en la calle y me rompieron el parabrisas con una pelota de béisbol. Si queréis lo aparco yo.

—No, ya voy —dice Gógol levantándose, molesto con el permanente miedo al desastre del que siempre hacen gala sus padres. Cuando vuelve a entrar en casa, la comida ya está servida; su madre ha preparado unos platos demasiado pesados para el calor que está haciendo. Además de las *samosas*, hay pollo empanado, garbanzos con salsa de tamarindo, *biryani* de cordero y *chutney* hecho con los tomates del huerto. Sabe que su madre se ha pasado todo el día en la cocina para prepararlos, pero todo ese esfuerzo no hace más que avergonzarlo. Sin preguntar, ya han llenado los vasos con agua, y han dispuesto los platos, los tenedores y las servilletas de papel en la mesa del comedor que usan sólo en ocasiones especiales, con sus incómodas sillas de terciopelo dorado y sus altos respaldos.

—Vamos, ya podéis empezar —dice su madre, que sigue entrando y saliendo de la cocina para traer las últimas *samosas*.

Sus padres se muestran prudentes en presencia de Maxine, mantienen las distancias, no hablan en voz tan alta como cuando están con sus amigos bengalíes. Le preguntan a qué universidad ha ido, a qué se dedican sus padres. Pero Maxine es inmune a sus reservas, les dedica su atención plena, y Gógol se acuerda de la noche en que la conoció y le sedujo del mismo modo. A su padre le pregunta sobre el proyecto de investigación de Cleveland, y a su madre por su trabajo de media jornada en la biblioteca pública local, al que se ha incorporado hace poco tiempo. Gógol sólo atiende a medias a la conversación. Sabe que en su casa no es costumbre pasarse las bandejas para que todo el mundo se sirva, ni masticar con la boca totalmente cerrada. Ashima y Ashoke apartan la vista cuando Maxine, en un acto reflejo, le acaricia el pelo a Gógol. Para alivio suyo, su novia come con apetito, y le pregunta a su madre cómo se prepara esto o aquello y asegura que ésa es la mejor comida india que ha comido en la vida, y acepta encantada las *samosas* y el pollo que Ashima insiste en que se lleven para el viaje.

Cuando su madre confiesa que el hecho de tener que quedarse un tiempo sola en casa la pone nerviosa, Maxine admite que a ella le pasaría lo mismo. Les explica que una vez entraron a robar en casa de sus padres cuando ella estaba sola. Ashima se sorprende de que siga viviendo con sus padres.

—Creía que eso no pasaba nunca en Estados Unidos.

Ashoke interviene cuando ella les cuenta que es de Nueva York, y que ha vivido ahí toda su vida.

—Nueva York es excesiva. Hay demasiado tráfico, demasiados edificios altos.

Cuenta la anécdota de cuando fueron en coche a la graduación de Gógol en Columbia: a los cinco minutos ya les habían abierto el maletero y les habían robado el equipaje, y tuvo que asistir a la ceremonia sin su traje, con una chaqueta y una corbata.

—Qué lástima que no podáis quedaros a cenar —dice su madre cuando ya están terminando.

Pero su padre opina que no, que es mejor que salgan cuanto antes, que no es bueno conducir de noche.

Les sirven un té y unos cuencos con *payesh* que han preparado para celebrar su cumpleaños. Le regalan una tarjeta Hallmark firmada por los dos, un cheque de cien dólares y un suéter azul marino, de algodón, de Filene.

—Pues le va a ir muy bien —dice Maxine—. Porque donde vamos la temperatura baja bastante de noche.

Se despiden con besos y abrazos en la acera. Es Maxine quien los da primero, y sus padres se los devuelven torpemente. Su madre la invita a volver. A Gógol le dan un trozo de papel con el teléfono de su padre en Ohio, y con la fecha a partir de la cual estará activado.

—Buen viaje a Cleveland. Y buena suerte con el proyecto.

—Gracias —responde su padre, dándole unas palmaditas en el hombro—. Te echaré de menos. Y no te olvides de llamar a tu madre de vez en cuando para saber cómo está —añade en bengalí.

—No te preocupes, Baba. Nos vemos para Acción de Gracias.

—Sí, hasta pronto. Conduce con cuidado, Gógol.

En un primer momento no se da cuenta del lapsus. Pero una vez en el coche, mientras se abrochan los cinturones, Maxine le hace la pregunta.

—¿Cómo te acaba de llamar tu padre?

—Nada, te lo explico luego.

Arranca y da marcha atrás para salir a la calle. Sus padres van a seguir ahí, agitando las manos, hasta que los pierdan de vista.

—Llamadnos cuando lleguéis —le pide su madre en bengalí.

Pero él se despide con la mano y se aleja, fingiendo no haberlo oído.

Qué alivio estar de nuevo en su mundo, conducir rumbo al norte, atravesar la frontera del estado. Durante un rato no hay diferencias, la misma extensión de cielo, la misma autopista, con sus grandes licorerías y sus cadenas de comida rápida a ambos lados. Maxine conoce el camino, por lo que no hay necesidad de consultar el mapa. Él ha estado una o dos veces en New Hampshire con su familia, para ver la caída de las hojas en otoño, en excursiones de un día a lugares en los que se podía aparcar en la misma carretera y bajarse a hacer fotos. Pero no ha llegado nunca tan al norte. Pasan junto a granjas donde unas vacas moteadas pastan en los prados, junto a graneros

rojos, iglesias blancas de madera, cobertizos con techos de hojalata oxidada. Pueblos pequeños, dispersos, con nombres que no ha
oído en su vida. Dejan atrás la autopista y se internan por una carretera estrecha y empinada. Las montañas surgen de pronto como
enormes ondulaciones lechosas suspendidas contra el cielo. En las
cimas se arremolinan nubes bajas, como volutas de humo que ascen-
dieran desde los árboles. Otras proyectan grandes sombras sobre
el valle. Al final, ya se ven muy pocos coches en la ruta, y los carteles turísticos de instalaciones o zonas de acampada desaparecen.
Sólo se ven más granjas y bosques, y los márgenes de la carretera
están llenos de flores rojas y azules. No tiene ni idea de dónde está,
de cuánta distancia han recorrido. Maxine le dice que no están lejos de
Canadá, que si les apeteciera, podrían ir a pasar un día a Montreal.

Giran al llegar a un camino sin asfaltar que hay en medio de un
bosque de abedules y cicutas. No hay cartel alguno que indique el
desvío, ningún buzón, ninguna señal. En un primer momento no
se ve ninguna casa, sólo unos grandes helechos de un verde oscuro que cubren el suelo. Bajo las ruedas cruje la grava, y la sombra
de los árboles traza líneas sobre el coche. Llegan a un claro, donde
aparece una casa sencilla con la fachada de madera marrón quema-
da por el sol y rodeada de un muro bajo hecho de piedra. El Volvo de
Gerald y Lydia está aparcado en medio del prado, porque no hay
zona de aparcamiento. Gógol y Maxine se bajan, y ella lo lleva de la
mano hasta la parte trasera de la casa. Él se siente un poco agarro-
tado porque lleva varias horas al volante. Aunque está empezando
a ponerse el sol, todavía se palpa el calor, la quietud y la bondad del
aire. Al acercarse, observa que al final del terreno hay una pendiente,
y entonces ve el lago, de un azul mil veces más profundo y más
brillante que el del cielo, rodeado de pinos. Detrás se levantan las
montañas. El lago es mayor de lo que esperaba, de una extensión
que no podría cruzar a nado.

—¡Ya hemos llegado! —grita Maxine estirando los brazos. Se
acercan a sus padres, que están sentados en unas tumbonas, en el
jardín, descalzos y con las piernas al aire, tomándose un cóctel y
contemplando la vista. *Silas* se les acerca ladrando y dando brincos.
Los Ratliff están más bronceados, más delgados, y van vestidos de
manera más informal. Lydia lleva una camiseta blanca sin mangas

y una falda vaquera, y Gerald unos pantalones cortos arrugados y un polo verde descolorido por el uso.

Lydia tiene los brazos casi tan morenos como los suyos. Gerald está quemado. En el suelo, a sus pies, hay libros boca abajo. Sobre sus cabezas zumba una libélula turquesa, que de pronto se aleja y desaparece. Se vuelven a saludarlos.

—Bien venidos al paraíso —dice Gerald.

Ahí llevan una vida radicalmente distinta a la de Nueva York. La casa es oscura, algo húmeda, llena de muebles viejos de procedencias dispares. En los cuartos de baño las tuberías están a la vista, y hay cables grapados siguiendo el perfil de los marcos de las puertas. De algunas vigas sobresale algún clavo. En las paredes hay colecciones enmarcadas de mariposas locales, un mapa de la región dibujado sobre un papel blanco muy fino, y fotos de la familia en el lago, tomadas en distintas épocas. De unas barras blancas y delgadas cuelgan unas cortinas de algodón, a cuadros. No van a compartir la casa con Gerald y Lydia; van a instalarse en una cabaña sin calefacción que hay al final del sendero. Es apenas más grande que una celda, porque originalmente la construyeron para que Maxine jugara cuando era pequeña. Cuenta con un pequeño aparador, una mesilla de noche entre dos camas individuales, una lámpara con pantalla de papel, de cuadros escoceses, y dos arcones de madera donde se guardan las colchas. Las camas están cubiertas con sendas mantas eléctricas viejas. En una esquina hay un aparato que teóricamente sirve para ahuyentar murciélagos. El techo se sostiene con unos troncos bastos, sin pulir, y entre el suelo y las paredes hay un espacio sin rellenar, de manera que desde dentro puede verse una porción de hierba. Hay insectos muertos por todas partes, aplastados contra las ventanas y las paredes, agonizando en los charcos que quedan bajo los grifos del lavabo.

—Es algo así como estar de campamento —le dice Maxine mientras deshacen el equipaje, pero Gógol nunca ha estado en ningún campamento, y aunque está sólo a tres horas de casa de sus padres, ése es un mundo que le resulta desconocido, un tipo de vacaciones del que nunca ha participado.

Durante el día se sienta con la familia de Maxine en una estrecha franja de arena, junto al lago, y contempla su superficie de jade brillante, rodeada de otras casas, de canoas volcadas. Hay algunos embarcaderos largos que se adentran en el agua. Y renacuajos que nadan muy cerca de la orilla. Hace lo que hacen ellos, se sienta en una silla plegable, con un gorro de algodón, y de tanto en tanto se unta crema protectora en los brazos; empieza a leer, pero se queda dormido sin pasar de la primera página. Cuando se le calientan mucho los hombros se mete en el agua y nada hasta el embarcadero. El fondo, sin piedras ni algas, es suave y cede bajo sus pies. Algunas veces vienen a verlos los abuelos de Maxine, Hank y Edith, que viven unas casas más allá. Hank es profesor jubilado de Arqueología Clásica; siempre lleva consigo un pequeño libro sobre cerámica griega, y pasa las páginas delicadamente con las yemas de unos dedos morenos de sol. En determinado momento se levanta, se quita con parsimonia los zapatos y los calcetines y se mete en el agua hasta las pantorrillas, mirando a su alrededor con los brazos en jarras y la barbilla levantada al aire, en un gesto orgulloso. Edith es pequeña y delgada, proporcionada, como una niña, con el pelo blanco corto y la cara muy arrugada. Han viajado bastante por todo el mundo. Italia, Grecia, Egipto, Irán.

—Nunca llegamos a la India —le dice Edith—. Pero nos habría encantado ver todo aquello.

Maxine y él se pasan el día recorriendo, descalzos y en bañador, los límites de la propiedad. Gógol sale a correr junto al lago con Gerald. Los circuitos son difíciles, hay caminos de tierra que suben por las montañas en fuerte pendiente, y por los que pasa tan poca gente que pueden ir tranquilamente por el centro. A medio camino aparece un pequeño cementerio privado, donde están enterrados los miembros de la familia Ratliff, y donde Gerald y Gógol siempre se detienen a reponer fuerzas. Es el lugar donde, un día, enterrarán a Maxine. Gerald pasa muchos ratos en el huerto. Lleva casi siempre las uñas negras, porque cultiva con esmero lechugas y hierbas aromáticas. Un día, Gógol y Maxine van nadando hasta la casa de sus abuelos, que los invitan a bocadillos de huevo y lechuga, y a sopa de tomate. A veces, por la noche, cuando hace demasiado calor en el interior de la cabina, salen en pijama, con una linterna, y se bañan desnudos en el lago. Nadan a oscuras, iluminados sólo por la luz de la luna, y las algas se les enredan en las piernas hasta que alcanzan el embarcadero más cercano. La sensación, desconocida para él hasta ese momento, del agua en contacto con su piel desnuda, le excita mucho, y cuando vuelven a la orilla hacen el amor sobre la hierba, que mojan con sus cuerpos. La contempla y contempla el cielo que tiene encima, lleno de estrellas, una masa informe de polvo y piedras preciosas. Nunca ha visto nada igual.

A pesar de que no hay nada muy concreto que hacer, con los días van adquiriendo una pauta. Hay una cierta frugalidad en todo, una privación voluntaria de muchas cosas. Por las mañanas se despiertan con el canto frenético de los pájaros, y unas finísimas nubes delgadas rasgan el firmamento por el este. El desayuno consiste en mermeladas caseras extendidas sobre grandes rebanadas de pan y se sirve a las siete en el porche que da al lago y que está protegido con mosquiteras. Ahí es, de hecho, donde también comen y cenan. Las noticias del mundo les llegan gracias al escueto periódico local que Gerald trae cada día de la tienda. A última hora de la tarde, se duchan y se visten para la cena. Sentados en el césped, con sus bebidas, comen trozos del queso que Maxine y Gógol han traído de Nueva York, y contemplan la puesta del sol tras las montañas. Los murciélagos aletean entre unos pinos tan altos como edificios de diez plantas. Los bañadores de todos se secan tendidos en una cuerda. Las cenas son sencillas: mazorcas hervidas que han comprado en el tenderete de una granja, pollo frío, espaguetis con pesto, tomates del huerto a rodajas, con un poco de sal. Lydia hace pasteles y tartaletas con los frutos del bosque que va a buscar ella misma. De vez en cuando desaparece un día entero, va en busca de antigüedades por los pueblos vecinos. Ahí no hay televisor, sólo un viejo equipo de música en el que a veces ponen alguna sinfonía o algo de jazz. Un día lluvioso, Gerald y Lydia le enseñan a jugar *cribbage*. Muchas veces, a las nueve ya están en la cama. El teléfono, que está en la casa grande, apenas suena.

Aprende a valorar esa total desconexión del mundo. Se acostumbra al silencio, al perfume de la madera calentada por el sol. Los únicos sonidos que llegan hasta allí son los de alguna lancha a motor que surca el agua, o los de las pantallas mosquiteras al cerrarse. Una tarde, junto al lago, dibuja un boceto de la casa y se lo regala a los padres de Maxine. Es el primero que hace en muchos años por puro placer. Lo ponen sobre la abarrotada repisa de la chimenea, entre montañas de libros y fotografías, y prometen enmarcarlo. Los Ratliff parecen ser los propietarios de todos los elementos que conforman el paisaje, no sólo de la casa, sino de cada árbol, de cada brizna de hierba. Nada se cierra con llave, ni la casa ni la cabaña en la que duermen. Cualquiera podría entrar. Le viene a la mente la nueva alarma que sus padres se han hecho instalar, se pregunta por qué no podrán mostrarse igual de relajados. Gerald y Lydia son los dueños de la luna que se refleja en el lago, del sol y de las nubes. Es un lugar que les ha sido propicio, y es parte de ellos tanto como pueda serlo un miembro de su familia. La idea de regresar al mismo lugar todos los años empieza a atraerle mucho. Sin embargo, no se imagina a su familia ocupando una casa como ésa, pasando las tardes lluviosas entregada a esos juegos de mesa, contemplando el cielo de noche en busca de estrellas fugaces, todos juntos en una estrecha franja de arena. Sus padres no han sentido nunca ese impulso, esa necesidad de alejarse tanto de las cosas. En un sitio así se sentirían solos, y no pasarían por alto que eran los únicos indios. No querrían ir a pasear, como hacen ellos cuatro casi cada día, por caminos de montaña, para ver la puesta de sol sobre el valle. No se molestarían en cocinar con la albahaca que Gerald cultiva en el huerto, ni se pasarían la tarde cociendo los arándanos para hacer mermelada. Su madre no se pondría un bañador ni se iría a nadar al lago. No siente ninguna añoranza de las vacaciones que ha pasado con su familia, y ahora se da cuenta de que en realidad no se las podía llamar así. Eran más bien expediciones excesivas, confusas, bien a Calcuta, bien a sitios que no tenían nada que ver con ellos y que no pensaban volver a visitar. En aquellos otros veranos, con una o dos familias bengalíes más, se desplazaban en furgonetas alquiladas hasta Toronto, Atlanta o Chicago, ciudades en las que tenían amigos de Calcuta. Los padres iban todos juntos en el asiento delantero, conducían por turnos y consultaban mapas. Todos los niños se montaban detrás, con fiambreras de plástico llenas de *luchis* aplastados envueltos en papel de aluminio, fritos el día anterior. Se paraban en parques nacionales para comer en mesas de picnic. Dormían en moteles, pedían una sola habitación por familia, y nadaban en piscinas visibles desde la carretera.

Un día salen en canoa por el lago. Maxine le enseña a remar, a surcar las aguas remansadas y grises. Le habla con respeto de sus veranos en ese lugar. Es el sitio que más le gusta en el mundo, le dice, y él entiende que el paisaje y el lago en que aprendió a nadar son una parte esencial de ella, más incluso que la casa de Chelsea. Según le confiesa, ahí es donde perdió la virginidad, a los catorce años, en una caseta que se usaba para guardar las barcas, con un chico que también veraneaba allí. Él piensa en sí mismo a los catorce años, cuando su vida no tenía nada que ver con lo que es ahora, cuando sólo se llamaba Gógol. Entonces le viene a la mente la reacción de Maxine cuando, al salir de casa de sus padres, supo que tenía otro nombre.

—Es lo más tierno que he oído en mi vida —dijo.

Y no volvió a mencionarlo. Ese hecho esencial de su existencia se le borró de la mente, como muchos otros. Se da cuenta de que ese lugar siempre estará ahí para ella. Se hace fácil imaginar su pasado, su futuro, imaginársela envejeciendo ahí. La ve con el pelo entrecano, todavía hermosa, con el cuerpo algo más ancho y menos firme, sentada en la orilla, con un sombrero puesto. La ve regresando a ese lugar, triste, para enterrar a sus padres, enseñando a sus hijos a nadar en el lago, agarrándolos de las manos y haciéndolos avanzar, mostrándoles cómo deben tirarse al agua desde la punta del embarcadero. .

Ahí es donde cumple veintisiete años. Es la primera vez que no lo celebra con sus padres, ni en Calcuta ni en Pemberton Road. Lydia y Maxine han decidido preparar una cena especial, y se pasan días enteros consultando libros de cocina mientras están en la playa. Quieren hacer una paella, y se van hasta Maine para comprar los mejillones y las almejas. También preparan un pastel de ángel. Sacan la mesa al jardín y añaden alguna otra para que quepan todos. Además de Hank y de Edith, invitan a varios amigos que también viven en el lago. Las mujeres llevan sombreros de paja y vestidos de hilo. La entrada delantera de la casa se llena de coches, y de niños que corretean entre ellos. Se habla del lago, de la bajada de las temperaturas, se comenta que el agua ya está más fría, que el verano ya está tocando a su fin. Se oyen quejas sobre las lanchas con motor, algún que otro chisme sobre el dueño de la tienda, cuya mujer se ha fugado con otro y le ha pedido el divorcio.

—Él es arquitecto, está pasando unos días con Max —dice Gerald en un momento dado, acercándolo a una pareja que está interesada en construirse un anexo en su casa. Gógol habla con ellos sobre sus proyectos y promete ir a echarle un vistazo antes de irse. Durante la cena, una vecina cuarentona llamada Pamela le pregunta qué edad tenía cuando llegó a los Estados Unidos.

—Soy de Boston —responde.

Resulta que Pamela también es de Boston, pero cuando él le menciona el nombre del barrio de sus padres, ella niega con la cabeza y dice que nunca lo ha oído.

—Una amiga mía estuvo en la India una vez —prosigue Pamela.

—¿Ah sí? ¿Y adónde fue?

—No sé. Sólo recuerdo que volvió delgadísima, y que me dio mucha envidia. —Se ríe—. Pero tú en eso debes de tener ventaja.

—¿Qué quiere decir?

—Bueno, que tú no te pondrás enfermo.

—Pues en realidad no es así —responde, algo molesto. Mira a Maxine, para ver si ella se ha dado cuenta de la situación, pero está charlando animadamente con la persona que tiene sentada al lado—. Nos ponemos enfermos constantemente. En realidad, nos tienen que vacunar antes de ir. Mis padres llenan buena parte de las maletas con medicamentos.

—Pero si sois indios —insiste Pamela frunciendo el entrecejo—. Habría dicho que, por genética, el clima no tendría que afectaros.

—Pamela, Nick es estadounidense —interviene Lydia, desde el otro lado de la mesa, intentando salvarlo de esa conversación—. Nació aquí. —Se vuelve para mirarlo y, por la expresión de su cara, Gógol se da cuenta de que después de todos esos meses, no está del todo segura—. ¿No?

Con la tarta descorchan el champán.

—A la salud de Nikhil —dice Gerald, levantando su copa. Todos le cantan el «cumpleaños feliz», aunque acaba de conocerlos esa misma tarde, aunque al día siguiente ya lo habrán olvidado. Es en medio de las voces de los adultos que han bebido más de la cuenta, en me-

dio de los gritos de sus hijos, que corren descalzos y cazan luciér-
nagas por el jardín, cuando recuerda que su padre se trasladó a Cleveland hace una semana, que en ese momento estará ahí, en su apartamento nuevo, sin compañía. Que su madre está sola en Pemberton
Road. Sabe que debería llamar para saber si su padre ha llegado sin
problemas, si su madre se las apaña bien por su cuenta. Pero esas
preocupaciones no tienen sentido ahí, con Maxine y su familia.
Esa noche, en la cabaña, junto a ella, el sonido persistente del teléfono le despierta. Convencido de que son sus padres, que le llaman para desearle feliz cumpleaños, se levanta de la cama, aver-
gonzado porque sabe que van a despertar a Gerald y a Lydia. Avanza
dando tumbos hacia el jardín, pero cuando sus pies descalzos pisan
la hierba, se hace el silencio, y se da cuenta de que lo del teléfono
ha sido un sueño. Vuelve a la cama y se acurruca junto al cuerpo cálido y dormido de Maxine, y le pasa el brazo alrededor de la cintura
y encaja las rodillas entre sus piernas. A través de la ventana ve que
está empezando a amanecer, y que ya sólo se distinguen algunas
estrellas. Las formas de los pinos y de las cabañas cercanas empiezan a recortarse contra el cielo, y un pájaro se pone a cantar. Entonces se da cuenta de que sus padres no pueden llamarlo ahí, porque
no les ha dado el número, y los Ratliff no figuran en el listín. Ahí,
junto a Maxine, en medio de esa naturaleza enclaustrada, es libre.

7

Ashima está sentada en la cocina de su casa, en Pemberton Road, escribiendo postales de Navidad. A su lado, el té Lipton se le va enfriando. Tiene delante tres agendas abiertas y varias plumas estilográficas que ha encontrado en un cajón del escritorio de Gógol, además del paquete de tarjetas y de la esponja empapada que usa para cerrar los sobres. La agenda más vieja, comprada hace veintiocho años en una papelería de Harvard Square, tiene las tapas negras, rugosas, y las páginas azules, y se mantiene unida gracias a una goma elástica. Las otras dos son más grandes, más bonitas, y las lengüetas con las letras del abecedario todavía están intactas. La cubierta de una de ellas es acolchada, verde oscura, con los bordes de las hojas dorados. Su favorita, un regalo de cumpleaños de Gógol, intercala ilustraciones de cuadros del Museo de Arte Moderno. En las primeras y últimas páginas de las tres están anotados los teléfonos de todas las líneas aéreas con las que han volado a Calcuta, así como los números de reserva, salpicados de unas marcas de bolígrafo que indican las largas esperas que han hecho falta para conseguirlos.

Al tener las direcciones en tres sitios distintos, su tarea se hace más complicada. Pero Ashima no es partidaria de mezclar las cosas, ni de unificar todos los datos en una sola agenda. Está orgullosa de todas y cada una de las señas escritas en cualquiera de las tres, porque el conjunto es el registro de todos los bengalíes que su marido y ella han ido conociendo con el transcurso de los años, de toda la gente con quien ha tenido la suerte de compartir el arroz en tierra extraña. Aún recuerda el día en que compró la más antigua de las tres, al poco de llegar a Estados Unidos, una de las primeras veces que salía de casa sin Ashoke. El billete de cinco dólares que llevaba en el monedero le parecía una fortuna. Recuerda haberla escogido por ser la más sencilla, la más barata. «Querría comprar esto», dijo, dejándola sobre el mostrador. Tenía tanto miedo de que no la entendieran, que el corazón le latía con fuerza. Pero el dependiente ni siquiera levantó la vista, y se limitó a decirle el precio. Volvió a casa, y en las páginas azules anotó la dirección de sus padres en Calcuta, en Amherst Street, y la de sus suegros en Alipore, y finalmente la suya, la de su apartamento en Central Square, para acordarse. También anotó la extensión de Ashoke en el MIT, consciente de que estaba escribiendo aquel nombre por primera vez en su vida, y lo acompañó de su apellido. Aquél era su mundo.

Este año las postales de Navidad las ha hecho ella misma, a partir de una idea que ha sacado de un libro de manualidades que ha consultado en la biblioteca. Normalmente compra paquetes a mitad de precio en las rebajas de enero de los grandes almacenes, y cuando llega el momento de usarlas nunca recuerda en qué rincón de la casa las guardó. Se cuida siempre mucho de escoger las que tienen lemas como «Felices Vacaciones» o «Paz y Amor», y no las que rezan «Feliz Navidad». Asimismo, evita las escenas de la Natividad y opta por imágenes más laicas: un trineo en un campo nevado, unos patinadores en un lago. La tarjeta de este año es un dibujo que ha hecho ella misma, un elefante decorado con joyas rojas y verdes pegado a un papel plateado. El elefante es una copia del que su padre le dedicó a Gógol hace más de veintisiete años en los márgenes de un aerograma. Conserva las cartas de sus padres muertos en el estante superior de su armario, dentro de un bolso blanco que llevaba en la década de 1970 hasta que se le rompió un asa. Una vez al año, saca las cartas, las echa sobre la cama y las va releyendo. Así dedica una jornada completa a sus palabras y llora sin reprimirse. Revive sus afectos, sus preocupaciones, que semana tras semana, indefectiblemente, cruzaban continentes; todos los detalles que no tenían nada que ver con su vida en Cambridge pero que, de todos modos, tanto la ayudaban en aquella época. Ella misma ha sido la primera sorprendida al ver que el elefante le quedaba tan bien. Como no se ponía a dibujar desde que era niña, ha dado por sentado que no recordaría nada de lo que su padre le enseñó y de lo que su hijo ha heredado: sostener el lápiz con firmeza y dibujar con trazos rápidos y seguros. Se ha pasado todo un día haciendo diversas pruebas en distintas hojas

de papel, coloreándolo, recortándolo, y finalmente le ha sacado foto-
copias en la universidad. Otra tarde la ha dedicado a ir a varias papelerías en busca de sobres rojos de la medida equivalente.

Ahora que está sola, tiene tiempo para hacer esas cosas. Ahora
que no tiene a nadie para quien cocinar, a quien atender, con quien
hablar, a veces durante semanas. A los cuarenta y ocho años entra
en contacto con una soledad que su marido y sus hijos ya conocen
y que, según aseguran, no les molesta. «No hay para tanto —le dicen
los niños—. Todos deberíamos vivir solos en algún momento de
nuestra vida.» Pero Ashima se siente ya demasiado mayor para aprender a estar sola. No soporta volver a casa por la noche y encontrársela vacía y a oscuras, acostarse en un lado de la cama y levantarse
en el otro. Los primeros días desplegó una actividad frenética, se
dedicó a limpiar armarios, a frotar muy bien los muebles de la cocina y los estantes de la nevera, a repasar los recipientes de las verduras. A pesar de haberse instalado la alarma, se despertaba sobresal-
tada en plena noche, con algún ruido que creía oír en alguna parte
de la casa, o con el repicar de las tuberías de la calefacción. Durante
bastante tiempo, no se acostaba ninguna noche sin comprobar varias
veces que las ventanas estuvieran bien cerradas. En una ocasión se
despertó al oír que llamaban repetidamente a la puerta y telefoneó
a Ashoke en Ohio. Sin soltar el inalámbrico, bajó al recibidor, miró
por la mirilla y se dio cuenta de que había olvidado cerrar la pantalla mosquitera y con el viento se abría y se cerraba sin control.

Ahora lava la ropa una vez al mes. Ya no quita el polvo, ni se fija
siquiera en si lo hay o no. Come en el sofá, frente al televisor, cosas
simples, tostadas con mantequilla y *dal*, que prepara un día y le dura
toda la semana, y a veces, si le apetece, una tortilla. En alguna ocasión ha comido como Gógol o Sonia cuando vienen de visita: de pie
delante de la nevera, sin molestarse en calentarse la comida en el
horno ni de servírsela en un plato. Su pelo es cada vez más escaso
y más canoso. Todavía se lo peina con la raya en medio, pero ya no
se hace la trenza; se lo recoge en un moño. Desde hace poco usa gafas
bifocales, que lleva sujetas a una cadena y le cuelgan entre los pliegues del sari. Trabaja en la biblioteca pública tres tardes por semana y dos sábados al mes, igual que Sonia cuando iba al instituto. Es
el primer empleo de Ashima en Estados Unidos, el primero desde

que se casó. Le envía los cheques de su modesto sueldo a Ashoke, que los ingresa en su cuenta común. Su trabajo es para ella un
pasatiempo. Acudía regularmente a la biblioteca desde hacía años,
llevaba a sus hijos a las sesiones de lectura cuando eran pequeños,
e iba muchas veces a leer revistas y libros con patrones de calceta.
Un día, la señora Buxon, la jefa de bibliotecarias, le preguntó si le
interesaría un trabajo de media jornada. Al principio, sus responsabilidades habían sido las mismas que las de las alumnas del instituto, guardar en los estantes los ejemplares que la gente devol-
vía, asegurarse de que las secciones mantenían un estricto orden
alfabético, pasar de tanto en tanto un plumero por los lomos. También reparaba libros viejos, forraba las nuevas adquisiciones, organizaba exposiciones mensuales sobre temas como jardinería, biografías de presidentes, poesía, historia afroamericana. Últimamente
ha empezado a trabajar en el escritorio principal, y ya saluda por su
nombre a los usuarios habituales cuando entran para rellenar las
solicitudes de préstamo. Se lleva bien con las demás mujeres que
trabajan en la biblioteca, la mayoría de las cuales tienen también a
los hijos mayores. Varias viven solas, como Ashima en estos momentos, porque están divorciadas. Son las primeras amigas estadounidenses que tiene. En la sala de personal, mientras meriendan, intercambian chismes sobre este o aquel usuario, comentan los peligros
de salir con hombres a su edad. De vez en cuando invita a comer a
sus amigas a casa, y los fines de semana va con ellas de compras a los
centros comerciales de Maine que venden ropa de ocasión.

Ashoke vuelve a casa un fin de semana de cada tres. Llega en taxi;
aunque ella conduce por el barrio, no se atreve a meterse en la autopista para ir al aeropuerto. Cuando su marido regresa a casa, vuelve
a comprar y a cocinar como antes. Si alguna familia amiga los invita a cenar, asisten los dos, sin los niños, y durante el trayecto les
entristece constatar que Gógol y Sonia ya son adultos y no volve-
rán a sentarse en el asiento de atrás con ellos. Cuando viene a pasar
el fin de semana, Ashoke no saca la ropa de la maleta ni las cosas de
afeitar del neceser, que deja junto al lavabo. Y se ocupa de los asun-
tos con los que ella todavía no se atreve. Es él quien paga las facturas, quien pasa el rastrillo por el jardín para limpiarlo de hojas, quien
llena el depósito en la gasolinera de autoservicio. Sus visitas son tan

breves que apenas se notan, y pareciera que en cuestión de horas ya vuelve a ser domingo y se queda otra vez sola. Cuando está en Ohio, hablan por teléfono todas las noches, a las ocho en punto. A veces, cuando no sabe qué hacer después de cenar, a las diez ya está acostada, con la bata puesta, y se pone a mirar la pequeña tele en blanco y negro que tienen hace siglos y que sigue a los pies de la cama. La imagen cada vez se hace más pequeña, y el marco negro que la rodea, más grande. Si no dan nada interesante, hojea algún libro que ha sacado de la biblioteca y que ocupa el sitio de Ashoke.

Ahora son las tres de la tarde. El sol ya empieza a perder fuerza. Es el típico día que parece terminar minutos después de haber empezado, y que echa por tierra los planes que tenía Ashima de hacer muchas cosas, porque la inminencia de la noche la distrae. Un día de esos en que a las cinco ya empieza a pensar en la cena. Si hay algo que nunca le han gustado de la vida en ese país es precisamente eso: las jornadas gélidas y cortísimas de principios de invierno en que la oscuridad llega pocas horas después del mediodía. De días como ése no espera nada, sólo aguarda su conclusión. Se ha resignado a calentarse la cena temprano, a ponerse el camisón y la bata, a conectar la manta eléctrica en la cama. Da un sorbo al té, que ya está frío del todo. Se levanta para poner más agua a hervir y se prepara otro. Las petunias que hay en el alféizar de la ventana y que plantaron el Día de los Caídos, la última vez que Gógol y Sonia estuvieron juntos en casa, han quedado reducidas a unos tallos marrones y arrugados que lleva semanas queriendo arrancar. Ya lo hará Ashoke, piensa, y entonces suena el teléfono y es él, y eso es precisamente lo primero que le dice. Oye ruidos de fondo, más gente que habla.

—¿Estás viendo la tele? —le pregunta.

—No, estoy en el hospital.

—¿Qué te ha pasado?

Apaga la tetera, porque el agua ya hierve, asustada, con el corazón en un puño, aterrorizada ante la idea de que haya habido algún accidente.

—Desde esta mañana me duele el estómago.

Le explica que seguramente será algo que habrá comido, que la noche anterior lo invitaron a casa de unos alumnos bengalíes que ha conocido en Cleveland y que todavía no cocinan muy bien, y que le ofrecieron un *biryani* de pollo con un aspecto algo dudoso.

Ashima suspira ruidosamente, aliviada al saber que no es nada serio.

—Pues tómate un Alka-Seltzer.

—Ya lo he hecho, pero no me ha servido de nada. He venido a urgencias porque hoy todas las consultas están cerradas.

—Trabajas demasiado. Ya no eres estudiante, no sé si lo sabes. Espero que no te salga una úlcera.

—Yo también.

—¿Y quién te ha acompañado?

—Nadie. He venido solo. No hay para tanto, en serio.

A pesar de sus palabras, la imagen de su marido conduciendo solo hasta el hospital le da mucha lástima. De repente lo echa mucho de menos, se acuerda de los mediodías de hace muchos años, cuando acababan de instalarse en el barrio y él se escapaba de la universidad y aparecía en casa por sorpresa, en pleno día. En aquellas ocasiones, en vez de los bocadillos a los que ya se habían acostumbrado, se regalaban un almuerzo bengalí completo, hervían arroz y calentaban las sobras de las noches anteriores, comían hasta hartarse y se quedaban en la mesa, conversando, soñolientos, saciados, mientras las palmas de las manos se les iban secando y poniendo amarillas.

—¿Y qué dice el médico? —le pregunta a Ashoke.

—Todavía no me ha visitado. Hay bastante cola. Hazme un favor.

—Dime.

—Mañana llama al doctor Sandler. De todos modos me tocaba hacerme un chequeo. Pídeme hora para el próximo sábado, si tiene alguna libre.

—Está bien.

—No te preocupes. Ya me encuentro un poco mejor. Cuando llegue a casa, te llamo.

—De acuerdo.

Cuelga, se prepara el té y vuelve a la mesa. En un sobre rojo, escribe «Llamar al doctor Sandler» y lo apoya contra el salero. Da un sorbo y arruga la frente, porque en el borde de la taza quedan restos de detergente. Tiene que tener más cuidado cuando friega los platos. No sabe si llamar a sus hijos para decirles que su padre está en el hospital. Pero al momento se recuerda a sí mima que técnicamente no lo está, que si no fuera domingo estaría, simplemente, en la consulta de algún médico. Por teléfono su voz sonaba como de costumbre, tal vez algo cansado, pero no parecía estar tan mal.

Así que vuelve a su tarea. En la parte baja de las tarjetas escribe sus nombres: el de su marido, que nunca ha pronunciado en presencia de él, seguido del suyo propio y del de sus hijos, Gógol y Sonia. Se niega a poner Nikhil, aunque sabe que eso es lo que él preferiría. Los padres no llaman a sus hijos por su nombre oficial. Esos nombres no son para usarlos en familia. Los cuatro nombres los escribe por orden de edad, Ashoke, Ashima, Gógol, Sonia. Decide enviarles una tarjeta a cada uno, no incluyendo su nombre en ese caso: una se la enviará a Ashoke a Cleveland y otra a Gógol a Nueva York. En ésa también pondrá el nombre de Maxine en el encabezamiento. Aunque fue amable con ella la vez que Gógol la trajo a comer, Ashima no la quiere como nuera. Le escandalizó que se dirigiera a ellos llamándolos Ashima y Ashoke. Sin embargo, ya llevan más de un año saliendo. Y ya sabe que su hijo duerme con ella, bajo el mismo techo que sus padres, cosa que no le ha contado a ninguna de sus amigas bengalíes. Hasta tiene el teléfono de su casa, al que ha llamado sólo una vez. En aquella ocasión, en el contestador oyó la voz de una mujer, la madre de Maxine, supuso, pero no dejó ningún mensaje. Sabe que debe aceptar esa relación. Se lo ha dicho Sonia, y también sus amigas estadounidenses de la biblioteca. También le envía una tarjeta a su hija y a las dos compañeras con las que vive en San Francisco. Ashima tiene muchas ganas de que sea Navidad, para estar los cuatro juntos. Todavía le duele que ninguno de los dos haya venido a casa para Acción de Gracias. Sonia, que trabaja para una agencia encargada de temas medioambientales y estudia para el examen de ingreso en la Facultad de Derecho, puso como excusa que estaba demasiado lejos para venir por tan pocos días. Gógol, que trabajaba al día siguiente, porque tenía que entregar un proyecto, había pasado el día con la familia de Maxine, en Nueva York. Privada de la compañía de sus padres desde su llegada a Estados Unidos, la independencia de sus hijos, su necesidad de mantenerse distanciados de ella, es algo que no comprenderá jamás. De todos modos, no quiso que eso fuera motivo de discusión. Porque también eso está empezando a aprenderlo. Lo ha comentado con sus amigas de la biblioteca, y le han dicho que es algo inevitable, que al final los padres tienen que dejar de suponer que los hijos van a volver en sus vacaciones. Así, Ashima y Ashoke pasaron Acción de Gracias solos, y por primera vez en muchos años no se molestaron en comprar el pavo. «Con amor, Ma», escribe ahora en las tarjetas que va a enviar a sus hijos. En la de Ashoke pone, simplemente, «Ashima».

Pasa dos páginas llenas de las sucesivas direcciones de sus hijos. Ha dado a luz a dos nómadas. Ahora ella es la custodia de todos esos nombres y números, señas que en determinados momentos ha llegado a saberse de memoria y que ni Gógol ni Sonia recuerdan ya. Piensa en todos los apartamentos oscuros y calurosos en los que ha vivido su hijo, empezando por su primer dormitorio compartido en New Haven y pasando por el que tiene ahora en Manhattan, con su radiador despintado y sus paredes con grietas. Y Sonia ha hecho lo mismo que su hermano, ha ido pasando de habitación en habitación desde que tenía dieciocho años, ha compartido piso con compañeras a las que le cuesta seguir la pista cuando llama. Piensa en el apartamento de su marido en Cleveland, que ella le ayudó a organizar cuando fue a visitarlo un fin de semana. Le compró platos y vasos baratos, de los que usaban cuando vivían en Cambridge, tan distintos de los que sus hijos le regalan, tan brillantes, comprados en Williams-Sonoma. También le llevó sábanas y toallas, unas cortinas sencillas para las ventanas, un saco grande de arroz. A lo largo de toda su vida, ella ha vivido sólo en cinco casas: el piso de sus padres en Calcuta, la casa de sus suegros, en la que pasó un mes, la que alquilaron al llegar a Cambridge, en la planta baja de los Montgomery, el apartamento del campus y, por último, la casa en la que viven ahora. Le bastan cinco dedos para contarlas todas. Su vida cabe en una sola mano.

De vez en cuando mira por la ventana, al cielo violáceo de la tarde, traspasado por dos franjas paralelas de un rosa subido. Se fija en el teléfono de la pared, desea que suene. Decide que va a comprarle a su marido un teléfono móvil como regalo de Navidad. Sigue escribiendo felicitaciones. La casa está en silencio, oscurece, pero ella sigue, sin descanso, aunque ya está empezando a dolerle la muñeca. Hasta que suena el teléfono, ni se molesta en levantarse para encender la luz de la cocina, ni las del jardín, ni ninguna otra. Responde al instante, pero se trata de una televendedora, alguna pobre chica que tiene que trabajar en fin de semana. Le pregunta si está en casa la señora... eh...

—Ganguli —dice secamente Ashima antes de colgar.

Al anochecer el cielo adquiere un tono azul claro pero intenso, y los árboles del jardín y las casas vecinas se convierten en siluetas negras, macizas. A las cinco, todavía no sabe nada de su marido. Lo llama a su apartamento, pero no le contesta. Vuelve a intentarlo diez minutos después, veinte minutos después. Lo que le sale es su propia voz en el contestador, que recita el número y le pide al interlocutor que deje un mensaje. Cada vez que llama oye la señal, pero no dice nada. Piensa en los sitios en los que puede haberse detenido de camino a casa: la farmacia, para ir a buscar lo que el médico le haya recetado, el supermercado, para comprar comida. Hacia las seis ya no consigue distraerse pegando los sellos y cerrando los sobres. Llama a información, pide que le pasen con alguna operadora de Cleveland y pregunta el número de teléfono del hospital donde le ha dicho que estaba. Llama y empiezan a pasarle de extensión en extensión. «Sólo ha ido a hacerse una revisión», les dice a las personas que descuelgan y que le piden que espere. Les deletrea el apellido, como ha hecho ya otros cientos de veces. «G de Gris, N de Nube.» Espera mucho rato, sin colgar, está a punto de desistir varias veces, piensa que tal vez su marido esté intentando contactar con ella en ese momento, lamenta no tener activada la función de llamada en espera. La comunicación se interrumpe. Vuelve a llamar. «Ganguli», insiste. Una vez más le piden que espere. Entonces descuelga una mujer joven, a juzgar por su voz, probablemente no mayor que Sonia.

—Sí, siento la espera. ¿Con quién hablo?

—Soy Ashima Ganguli. La esposa de Ashoke Ganguli. ¿Quién es usted?

—Ya. Lo siento. Soy la interna que le ha hecho la primera revisión a su marido.

—Llevo media hora esperando. ¿Mi marido sigue ahí o ya se ha ido?

—Lo siento mucho, señora —insiste la joven—. Llevamos un rato intentando ponernos en contacto con usted.

Y es entonces cuando le comunica que el paciente Ashoke Ganguli, su esposo, ha expirado.

Expirado. Una palabra que se usa para hablar de plazos vencidos. Una palabra que, durante unos segundos, no provoca ninguna reacción en Ashima.

—No, no, debe tratarse de un error —dice sin perder la calma, negando con la cabeza, emitiendo una risa ahogada—. Mi marido no ha ido de urgencias. Sólo le dolía el estómago.

—Lo siento, señora... Ganguli, ¿lo digo bien?

Y oye algo de un infarto masivo, que todos los intentos por reanimarlo han sido en vano. ¿Desea que sus órganos se destinen a donaciones?, le preguntan, y quieren saber también si hay alguien en la zona de Cleveland que pueda identificar el cuerpo y hacerse cargo de él. Pero Ashima no responde. Lo que hace es colgar y dejarla con la palabra en la boca. Aprieta el auricular tan fuerte como puede y no lo suelta en un minuto, como si quisiera borrar las palabras que acaba de oír. Mira la taza de té vacía, la tetera que tuvo que apagar para poder oír a su marido hacía apenas unas horas. Empieza a temblar violentamente, parece que la temperatura de la casa haya descendido diez grados de golpe. Se levanta el sari y se cubre con él los hombros, como si fuera un chal. Se levanta, empieza a caminar por todas las habitaciones de la casa, enciende todas las luces, la farola del jardín, el foco del garaje, como si ella y Ashoke esperaran invitados. Regresa a la cocina y mira el montón de tarjetas que hay sobre la mesa, metidas en los sobres rojos que tanto le gustaron cuando los compró, la mayor parte ya listas para ser enviadas. El nombre de su marido aparece en todas ellas. Abre la agenda, porque de pronto es incapaz de recordar el teléfono de su hijo, cosa excepcional, pues en condiciones normales lo marcaría con los ojos cerrados. Ni en el trabajo ni en su apartamento le contesta nadie, así que lo intenta en el número de Maxine, que tiene anotado también en la G, de Gógol y de Ganguli.

Sonia llega de San Francisco para estar con su madre. Gógol viaja solo directamente a Cleveland. Sale a la mañana siguiente, en el primer vuelo que consigue. Tras el despegue, mira por la ventanilla y contempla el paisaje que se extiende a sus pies, las llanuras del Medio

Oeste medio cubiertas de nieve, los ríos serpenteantes, que brillan al sol y parecen de papel de aluminio. El avión proyecta su sombra sobre la tierra. El vuelo va medio vacío, algunos hombres y mujeres en viaje de negocios, a juzgar por la ropa que llevan, gente acostumbrada a esos vuelos, a viajar a esas horas, que usan sus ordenadores portátiles o leen los periódicos. No está acostumbrado a la tranquilidad de los vuelos domésticos, a la estrechez de la cabina, a ir con sólo una bolsa que no ha facturado y lleva como equipaje de mano en el compartimiento superior. Maxine se ha ofrecido a acompañarlo, pero él no ha querido. No quiere estar con alguien que apenas conocía a su padre, que lo vio sólo en una ocasión. Ha ido con él hasta la Novena Avenida y se ha quedado ahí esperando, despeinada, amodorrada, con el pijama puesto debajo del abrigo y las botas. Gógol retira dinero de un cajero automático y para un taxi. La ciudad entera, incluyendo a Gerald y a Lydia, duerme todavía.

Esa noche fueron a la fiesta de presentación del libro de un amigo de Maxine. Luego salieron a cenar con un pequeño grupo. Hacia las diez volvieron a casa de los padres de Maxine, como de costumbre. Estaban muy cansados, como si fuera mucho más tarde, y entraron sólo un momento a dar las buenas noches a Gerald y Lydia, que estaban en su salita, viendo un vídeo francés en el sofá, tapados con una manta y dando sorbos al vino que les había sobrado de la cena. Tenían la luz apagada, pero al resplandor del televisor Gógol vio que Lydia apoyaba la cabeza en el hombro de Gerald, y que tenían los pies encima de la mesa de centro.

—Ah, Nick, te ha llamado tu madre —le dijo Gerald, apartando la vista de la pantalla.

—Dos veces —añadió Lydia.

Gógol sintió cierta vergüenza. No, no había dejado ningún mensaje, le dijeron. Últimamente, desde que estaba sola, su madre lo llamaba más a menudo. Parecía que le hacía falta oír a diario las voces de sus hijos. Pero a casa de Maxine no le había llamado nunca. Telefoneaba al trabajo, o le dejaba mensajes en su apartamento, mensajes que él escuchaba con varios días de retraso. Decidió que, fuera lo que fuera, podía esperar hasta la mañana siguiente.

—Gracias, Gerald —dijo, cogiendo a Maxine por la cintura. Hicieron ademán de irse, pero el teléfono volvió a sonar.

Gerald respondió.

—Es para ti, Gógol. Tu hermana.

En el aeropuerto coge un taxi que lo lleva al hospital. Le sorprende el frío que hace en Ohio, mucho más acusado que en Nueva York; la gruesa capa de nieve que lo cubre todo. El hospital es un recinto formado por edificios de piedra clara, situado en lo alto de una colina. Entra en la misma sala de urgencias en la que el día anterior ingresó su padre. Tras dar su nombre, le indican que suba en ascensor hasta la sexta planta, y luego le hacen esperar en un espacio vacío de oscuras paredes azules. Se fija en el reloj de pared que, junto al resto de mobiliario, es una donación de la familia de un tal Eugene Arthur. En la sala de espera no hay revistas ni televisor, sólo unas sillas pegadas a la pared y un dispensador de agua en un rincón. A través de la puerta de cristal intuye un pasillo blanco, algunas camas vacías. No hay actividad frenética, no se ven médicos ni enfermeras yendo de un lado a otro a toda velocidad. Mantiene la mirada fija en el ascensor, casi esperando que su padre aparezca de un momento a otro para llevárselo de allí, para indicarle, con un ligero movimiento de cabeza, que es hora de irse. Cuando las puertas se abren por fin, ve un carrito lleno de bandejas de desayuno, casi todas cubiertas con tapas, y pequeños envases de tetrabrik de leche. De repente tiene hambre, se le ocurre que tendría que haberse guardado el panecillo que la azafata le ha ofrecido en el avión. No ha comido nada desde la cena de la noche anterior, en ese restaurante ruidoso y muy iluminado de Chinatown. Tuvieron que esperar media hora en la calle para conseguir mesa. Pero luego se dieron un festín a base de cebollinos tiernos, calamares salados y almejas con salsa de alubias negras, que a Maxine le encantan. Ya se habían medio emborrachado en la presentación del libro, y luego siguieron con cerveza o té de jazmín. Durante todo ese tiempo, su padre estaba en el hospital, ya muerto.

Las puertas vuelven a abrirse y entra un hombre bajo, de aspecto agradable y barba entrecana. Lleva una bata blanca que le llega a las rodillas y una carpeta en la mano.

—Hola —le dice a Gógol esbozando una cálida sonrisa.

—¿Es usted... es usted el médico de mi padre?

—No, yo soy el señor Davenport. Tengo que conducirlo abajo.

El señor Davenport le guía hasta un ascensor reservado a pacientes y a médicos, y en él bajan hasta el segundo sótano del hospital. Le acompaña entonces al depósito de cadáveres, y se queda a su lado cuando retiran la sábana para mostrarle el rostro de su padre. Tiene la piel amarilla, como de cera, extrañamente hinchada. Los labios parecen haber perdido todo el color, y esbozan un gesto de arrogancia nada propio de él. Gógol se percata de que su padre está desnudo bajo la sábana, cosa que le incomoda y le hace girar momentáneamente la cara. Cuando vuelve a mirar, estudia ese rostro con mayor detenimiento, sin dejar de pensar que tal vez se trate de un error, que tal vez si le da unas palmaditas en el hombro, su padre se despertará. Lo único que le resulta familiar es el bigote, el exceso de pelo en unas mejillas y una barbilla que se afeitó hace menos de veinticuatro horas.

—Le faltan las gafas —dice Gógol, alzando la vista para mirar al señor Davenport.

Éste no dice nada hasta pasados unos minutos.

—Señor Ganguli, ¿se siente capacitado para identificar el cuerpo? ¿Puede afirmar sin dudarlo que se trata de su padre?

—Sí, es él —se oye decir.

Tras unos momentos, se percata de que alguien le ha traído una silla, y que el señor Davenport ha retrocedido un poco. No está seguro de si debe tocarle la cara a su padre, ponerle la palma de la mano en la frente, como hacía él cuando Gógol se encontraba mal, para saber si tenía fiebre. Pero la idea le aterroriza, y es incapaz de moverse. Al final, con el dedo índice, le roza el bigote, una ceja, un mechón del pelo de la cabeza, las partes de él que sabe que siguen viviendo en silencio.

El señor Davenport le pregunta a Gógol si está listo, vuelve a cubrir el cadáver con la sábana y salen del depósito. Llega un residente, que le explica cómo y en qué momento exacto se produjo el infarto, por qué los médicos no pudieron hacer nada. Le entregan la ropa que llevaba su padre, sus pantalones azules, su camisa blanca a rayas marrones, el suéter gris L. L. Bean que Gógol y Sonia le regalaron un año por Navidad. Los calcetines marrones, los zapatos beige. Las gafas. El abrigo y la bufanda. Y los objetos personales que llevaba, que llenan una bolsa de papel. En el bolsillo del abrigo hay un libro, *Los comediantes*, de Graham Greene, con las páginas amarillentas y la letra muy pequeña. Al abrirlo, ve que es de segunda mano, y que tiene la firma de un desconocido, un tal Roy Goodwin, en la primera página. En un sobre aparte le dan la billetera de su padre y las llaves del coche. Informa al hospital de que no quieren que se oficie ninguna ceremonia religiosa, y le dicen que las cenizas estarán listas dentro de unos días. Puede ir a buscarlas él personalmente, en la funeraria que le indican, o hacérselas enviar, junto con el certificado de defunción, directamente a Pemberton Road. Antes de irse, pide que le muestren el lugar exacto de la sala de urgencias donde se le vio con vida por última vez. Buscan el número de cama en un tablón de anuncios. Ahora la ocupa un joven con el brazo en cabestrillo pero con buen aspecto general, que habla por teléfono. Gógol ve las cortinas que lo rodearon parcialmente cuando la vida le abandonó, con un estampado de flores verdes y grises, y un calado blanco en la parte superior; del techo cuelgan unos ganchos metálicos, suspendidos sobre unos raíles en forma de U.

El coche alquilado de su padre, y que su madre le describió por teléfono la noche anterior, sigue estacionado en el aparcamiento. En cuanto lo pone en marcha, la voz de la radio atruena y le asusta. Le parece raro, porque él siempre la apagaba antes de bajarse del coche. En realidad, no hay ningún rastro de su presencia en el vehículo. Ni mapas, ni trozos de papel, ni vasos de cartón vacíos, ni monedas ni recibos. Lo único que encuentra en la guantera es la documentación del coche y el manual de instrucciones. Se pasa varios minutos leyéndolo, comparando la ilustración con el salpicadero real que tiene delante. Activa un momento los limpiaparabrisas y comprueba las luces, aunque en ese momento es de día. Apaga la radio, conduce en silencio. La tarde es fría y gris, y él atraviesa la ciudad anodina y sin encanto que jamás volverá a visitar. Sigue las indicaciones que le ha dado una enfermera del hospital para llegar al apartamento de su padre, y se pregunta si ésa fue la misma ruta que tomó él el día anterior. Cada vez que pasa por delante de un restaurante siente la tentación de parar, pero de pronto se encuentra en una zona residencial con calles en cuadrícula, salpicadas de casas victorianas y jardines cubiertos de nieve y aceras con placas de hielo.

El apartamento de su padre forma parte de un complejo que se llama Baron's Court. Pasada la verja aparecen unos buzones plateados, muy grandes, en los que cabría sin amontonarse el correo de todo un mes. En el exterior del primer edificio, con un rótulo en que se lee OFICINA DE ALQUILER hay un hombre que hace una señal de asentimiento cuando pasa con el coche, como si lo hubiera reconocido. ¿Lo habrá tomado por su padre?, se pregunta Gógol. La idea le reconforta. Lo único que distingue a un edificio de otro es el número; a ambos lados hay más unidades residenciales, todas idénticas, de tres plantas de altura, construidas en torno a una amplia calle en herradura. Fachadas estilo Tudor, pequeños balcones de hierro, tablones de madera bajo los peldaños. La implacable uniformidad de todo le afecta profundamente, más aún que la visita al hospital y la visión del rostro de su padre. Al imaginarlo viviendo ahí, solo, los últimos tres meses de su vida, le asalta un primer amago de llanto, pero sabe que a su padre no le importaba, que a él aquellas cosas no le molestaban. Aparca frente al edificio y se queda un buen rato en el coche, el suficiente para ver a una enérgica pareja de avanzada edad salir con unas raquetas de tenis. Recuerda que su padre le comentó que la mayor parte de los residentes eran gente jubilada, o divorciada. Hay senderos para pasear, una pequeña zona de ejercicio, un estanque artificial rodeado de bancos y sauces.

El apartamento de su padre está en la segunda planta. Abre la puerta, se quita los zapatos, los deja sobre la alfombrilla de plástico que su padre debía de haber colocado ahí para proteger la moqueta color hueso que cubría todo el suelo. Ve un par de zapatillas deportivas y unas chanclas, las que seguramente llevaba por casa.

Franqueada la entrada aparece un espacioso salón con una puerta corredera de cristal a la derecha y la cocina a la izquierda. De las paredes recién pintadas de amarillo pálido no cuelga ningún cuadro. La cocina está separada de ese espacio con una división a media altura, algo que su madre siempre quiso tener en su casa, porque así se podía estar en la cocina y al mismo tiempo hablar con la gente que estaba en el salón. En la nevera hay una foto de él, Sonia y su madre, sujeta con un imán publicitario de una entidad bancaria local. Están en Fatehpur Sikri con unos trapos atados a los pies para protegérselos del suelo de piedra, que estaba ardiendo. Él estudiaba en el instituto, y era delgado y taciturno. Sonia era una niña, y su madre llevaba un *salwar kameeze*, algo que le daba vergüenza ponerse cuando estaba con sus parientes de Calcuta, que siempre esperaban verla en sari. Abre los armarios, primero los de arriba y después los de abajo. Casi todos están vacíos. Encuentra cuatro platos, dos tazas, cuatro vasos. En un cajón hay un cuchillo y dos tenedores, del mismo modelo que tienen en casa. En otro armario descubre un paquete de té en bolsitas, unas galletas Peek Freans, un paquete de azúcar que hace las veces de azucarero, y una lata de leche evaporada. Hay varias bolsas de guisantes amarillos partidos, y un paquete de arroz. En la encimera, desconectada, una vaporera para cocinar el arroz. En la balda que hay sobre los fogones ve algunos frascos con especias, etiquetados con letra de su madre. Y bajo el fregadero, una botella de lavavajillas, un rollo de bolsas de basura y una esponja.

Recorre el resto del apartamento. Detrás del salón hay un pequeño dormitorio con sólo una cama, y enfrente un cuarto de baño sin ventana. Un frasco de crema Ponds, la eterna alternativa de su padre a la loción para después del afeitado, está sobre el lavabo. Se pone manos a la obra al momento, empieza a meter las cosas en bolsas de basura: las especias, la crema, el último número de la revista *Time* que hay sobre la cama. «No te traigas nada —le dijo su madre por teléfono—. Ésa no es una costumbre nuestra.» En un principio, su intención es obedecerla, pero al llegar a la cocina se detiene. Tirar la comida le hace sentirse culpable; de haber sido su padre, habría cogido el arroz y el té y se los habría metido en la maleta. A él le horrorizaba el malgasto, fuera del tipo que fuera, hasta tal punto que reñía a Ashima si llenaba la tetera con más agua de la necesaria.

Baja al sótano y ve que hay una mesa sobre la que otros residentes han dejado cosas que no les hacen falta, por si otros las quieren: libros, vídeos, una cacerola blanca con tapa de vidrio. Decide dejar ahí la aspiradora de mano de su padre, la vaporera para el arroz, el radiocasete, el televisor, las cortinas, aún sujetas a sus barras extensibles. De la bolsa que se ha traído del hospital, se queda con la billetera de su padre, que contiene cuarenta dólares, tres tarjetas de crédito, varios recibos y unas fotos de cuando él y Sonia eran recién nacidos. Recoge también la foto de la nevera.

Tarda mucho más de lo que en un primer momento le pareció. La tarea de recoger los objetos de tres habitaciones en apariencia vacías lo deja agotado. Le sorprende darse cuenta de la cantidad de bolsas que ha llenado, del montón de viajes al sótano que ha tenido que hacer. Cuanto termina, ya está empezando a oscurecer. Tiene una lista de gente a la que debe llamar en horario de oficina. «Llamar a la inmobiliaria. Llamar a la universidad. Dar de baja los servicios.» «Lo sentimos muchísimo», le dicen las voces de personas a las que no ha visto en su vida. «Este mismo viernes estuve con él», se lamenta un colega de su padre. «Qué disgusto tan grande.» En la inmobiliaria le dicen que no se preocupe, que enviarán a alguien a recoger el sofá y la cama. Cuando termina, se va hasta la agencia de alquiler de vehículos a devolver el coche de su padre, y desde ahí pide un taxi para que lo lleve a Baron's Court. En el vestíbulo hay publicidad de un servicio de pizzas a domicilio. Pide una y llama a casa mientras espera a que llegue. Pero no para de comunicar durante una hora. Al final le contestan, pero es una amiga de su madre que le dice que tanto ella como Sonia están durmiendo. Se oye mucho ruido en la casa, y sólo en ese momento se da cuenta del silencio que lo rodea a él. Podría bajar al sótano y recuperar el radiocasete o el televisor. Pero no lo hace. Llama a Maxine y le describe con todo lujo de detalles el día que ha pasado. Le parece increíble que aquella misma mañana hubieran estado juntos, que él hubiera despertado en sus brazos, en su cama.

—Tendría que haber ido contigo —le dice ella—. Aún podría salir mañana temprano.

—Yo ya estoy. Aquí no tengo nada más que hacer. Mañana cojo el primer vuelo.

—No irás a pasar la noche ahí, ¿verdad, Nick? —le pregunta Maxine.

—No tengo otro remedio. El último avión ya ha salido.

—Me refiero al apartamento.

Gógol se pone a la defensiva. Después de todos sus esfuerzos, se siente obligado a custodiar esas tres habitaciones vacías.

—No conozco a nadie en esta ciudad.

—Por el amor de Dios. Sal de ahí y vete a un hotel.

—Está bien —le dice. Piensa en la última vez que vio a su padre, hace tres meses, le viene a la mente su imagen al despedirse de ellos en la puerta de casa, cuando se iban a New Hampshire. No recuerda la última vez que él y su padre hablaron. ¿Hacía dos semanas? ¿Cuatro? A diferencia de su madre, él no era de los que llamaba casi a diario.

—Estabas conmigo —le dice a Maxine.

—¿Qué?

—Que la última vez que vi a mi padre tú estabas conmigo.

—Ya lo sé. Lo siento mucho, Nick. Prométeme que te vas a ir a un hotel.

—Sí, te lo prometo.

Cuelga y busca hoteles en la guía telefónica. Está acostumbrado a obedecerla, a seguir sus consejos. Marca uno de los números.

—Buenas noches, ¿en qué puedo ayudarle? —responde una voz.

Pregunta si tienen alguna habitación libre, pero cuelga antes de que se lo confirmen. No le apetece pasar la noche en una habitación anónima. Mientras esté ahí, no quiere dejar vacío el apartamento de su padre. Se tumba en el sofá, a oscuras, con la ropa puesta, tapado con la chaqueta. Prefiere eso al colchón desnudo del dormitorio. Se queda así varias horas. A ratos duerme, a ratos está despierto. Piensa en su padre, en que apenas ayer por la mañana estaba donde ahora está él. ¿Qué estaría haciendo cuando empezó a encontrarse mal? ¿Estaba en la cocina, preparándose un té? ¿Estaba sentado en el mismo sofá que ahora ocupa él? Gógol se lo imagina junto a la puerta, agachándose para atarse los cordones de los zapatos por última vez. Poniéndose el abrigo y la bufanda y saliendo de casa camino del hospital. Deteniéndose en el semáforo, escuchando la previsión meteorológica en la radio, sin pensar en la muerte. Al cabo de mucho rato, Gógol se da cuenta de que por la ventana entra una luz azulada. Se siente extrañamente alerta, como si prestando la atención suficiente hubiera de ser capaz de captar alguna manifestación de su padre que pusiera fin a los acontecimientos de aquel día. Observa el cielo que va clareando, nota que el zumbido levísimo del tráfico rompe el silencio absoluto de la noche; y entonces, de repente, se sumerge en un sueño muy profundo que dura varias horas y se queda con la mente en blanco y los miembros inmóviles, muy pesados.

Son casi las diez de la mañana cuando despierta. El sol entra a raudales en la habitación sin cortinas. Un dolor intenso y persistente, que parte del interior del cráneo, se le ha instalado en la zona derecha de la cabeza. Abre la puerta de corredera de cristal y sale al balcón. Los ojos le duelen del cansancio. Contempla el estanque artificial alrededor del que, según le contó su padre un día por teléfono, daba veinte vueltas al día, antes de la cena, cosa que equivalía a caminar más de tres kilómetros. En ese momento hay poca gente. Algunos pasean a sus perros, hay parejas que hacen ejercicio juntas, con gruesas bandas elásticas sobre la frente. Gógol se pone el abrigo y sale con la intención de dar una vuelta al estanque. En un primer momento agradece el aire helado que le da en la cara, pero el frío es brutal, inclemente, se le mete en el cuerpo, le penetra en las piernas a través de los pantalones. Vuelve a entrar en casa, se pone la misma ropa del día anterior. Llama a un taxi, entra por última vez en el sótano para dejar la toalla con la que se ha secado, así como el teléfono gris de teclas. Llega al aeropuerto y toma el primer avión con destino a Boston. Sonia y su madre, junto con algunos amigos de la familia, estarán esperándolo en la terminal de llegadas. Ojalá no fuera así. Ojalá pudiera sencillamente tomar otro taxi, meterse en la autopista, dilatar el momento de enfrentarse a ellas. Ver a su madre le da más terror que el que le dio estar frente al cuerpo de su padre en el depósito de cadáveres. Ya conoce el sentimiento de culpa que sus padres han llevado dentro por no poder hacer nada cuando sus padres murieron, por haber llegado a la India semanas o incluso meses después, cuando ya todo era inútil.

El trayecto hasta Cleveland se le hizo interminable pero ahora, con la vista clavada en el ala, sin ver nada, de pronto nota que el avión inicia el descenso. Momentos antes de aterrizar se mete en el baño y se lava un poco la cara. Se mira en el espejo. Aparte de la barba de un día, está exactamente igual. Se acuerda de cuando murió su abuelo paterno, en la década de 1970; se acuerda de los gritos de su madre cuando entró en el baño y vio a su padre, que se estaba afeitando todo el pelo con una maquinilla desechable. Se había hecho varios cortes en el cuero cabelludo, y durante semanas había ido a trabajar con gorro para ocultar las costras. «Basta, te estás haciendo daño», le dijo Ashima. Pero él se encerró en el baño y salió calvo y compungido. Hasta pasados unos años Gógol no aprendió el significado de ese gesto. La obligación de todo hijo bengalí era afeitarse la cabeza la mañana siguiente a la muerte de su padre. Pero en aquel momento Gógol era muy joven para entenderlo; cuando se abrió la puerta del baño, se rio al ver a su padre sin pelo y con aquel rictus de dolor. Y su hermana Sonia, que era una recién nacida, se echó a llorar.

Durante la primera semana no pasan ni un momento solos. Ahora que han dejado de ser una familia de cuatro miembros, la casa la ocupan diez y hasta veinte amigos que vienen a hacerles compañía y se sientan en silencio en el salón, con las cabezas gachas, y toman té. Toda esa gente agrupada intenta compensar la pérdida de su padre. Su madre se ha lavado el pelo para quitarse el bermellón. Para quitarse la pulsera de plata de la boda ha tenido que usar crema de manos; tampoco lleva ya ninguna de las muchas que siempre tenía puestas. A casa no dejan de llegar flores y tarjetas de condolencia: de los compañeros de su padre en la universidad, de las mujeres que trabajan con su madre en la biblioteca, de los vecinos que por lo general se limitan a saludarlos desde sus jardines. Hay gente que llama desde la Costa Oeste, desde Texas, desde Michigan, desde Washington D. C. Toda esa gente cuyas señas anotaba su madre en su agenda y no borraba nunca, queda impresionada al conocer la noticia. No había derecho a que alguien que lo sacrificó todo para venir a este país a buscar un futuro mejor, muriera así. El teléfono suena sin parar, y les duelen los oídos de hablar con tanta gente, y se quedan afónicos de tener que explicarlo todo una y otra vez. No, no estaba enfermo, dicen; sí, ha sido totalmente inesperado. En el periódico local publican una pequeña esquela en la que aparecen los nombres de Ashima, Gógol y Sonia y en la que se menciona que los hijos han ido al colegio en la población. En plena noche, llaman a sus familiares de la India. Por primera vez en su vida, son ellos los que comunican las malas noticias.

Durante los diez días siguientes a la muerte de su padre, se abstienen de comer carne y pescado, por la restricción que impone el luto. Se alimentan exclusivamente de arroz, *dal* y verduras que preparan de la manera más sencilla. Gógol recuerda que cuando era más joven tuvo que hacer lo mismo por la muerte de sus abuelos, y que su madre le gritó un día en que se olvidó y se comió una hamburguesa en el colegio. Recuerda también que entonces esa costumbre le aburría, le molestaba tener que observar una norma que ninguno de sus amigos respetaba, en honor de unas personas a las que había visto apenas unas pocas veces en la vida. Recuerda a su padre sentado en una silla, sin afeitar, mirándolos sin verlos, sin hablar con nadie. Recuerda esas comidas en absoluto silencio, con la tele apagada. Ahora se sientan los tres juntos cada tarde, a las seis y media, aunque cuando miran por la ventana parece que sea medianoche, y al ver la silla vacía de su padre, esa cena sin carne es lo único que parece tener sentido. Esa comida no pueden saltársela; por el contrario, en esas diez noches siguientes, curiosamente, tienen mucha hambre, y se muestran impacientes por degustar esos platos tan sosos. Es lo único que da sentido a sus días: el sonido del microondas que calienta la comida, de los tres platos que se bajan del armario, de los vasos que se llenan de agua. Todo lo demás no significa nada, ni las llamadas, ni las flores que están por todas partes, ni las visitas, ni las horas que se pasan juntos en el salón, incapaces de decir nada. Sin expresárselo los unos a los otros, hallan consuelo en el hecho de que ése sea el único momento del día en que están solos, aislados, en familia; aunque haya visitas en casa, los únicos que comparten esa comida son ellos. Y sólo mientras dura, su dolor se aplaca ligeramente, y la forzosa ausencia de ciertos alimentos invoca de algún modo la presencia de su padre.

Al undécimo día invitan a sus amigos y señalan así el fin del período de luto. Se celebra una ceremonia religiosa que tiene lugar en el suelo, en un rincón del salón. A Gógol le piden que se siente frente a una foto de su padre, mientras un sacerdote recita versos en sánscrito. Antes de la ceremonia, se han pasado un día entero buscando en los álbumes alguna foto que enmarcar. Pero apenas hay fotos de su padre solo, porque él era el que estaba siempre detrás de las cámaras. Acaban decidiéndose por una en la que aparece con Ashima delante del mar. Va vestido como un típico residente de Nueva Inglaterra, con su parka y su bufanda. Sonia la lleva a que se la amplíen y preparan una comida muy elaborada. Por la mañana, que es gélida, van a comprar carne y pescado en Chinatown y en Haymarket, y luego los preparan como le gustaba a su padre, con muchas patatas y hojas de cilantro fresco. Con el olor de la comida, si cierran los ojos, es como si estuvieran celebrando una fiesta más. A Ashima le preocupa que no haya bastante arroz; Gógol y Sonia recogen los abrigos de la gente y los llevan a la habitación de invitados. Los amigos que sus padres han ido haciendo durante casi treinta años vienen a presentar sus respetos y Permberton Road está llena de coches llegados de seis estados.

Maxine viene en el suyo desde Nueva York y le trae la ropa que normalmente él guarda en su casa, además del ordenador portátil y la correspondencia. Los jefes le han dado a Gógol un mes de permiso en el trabajo. Ver a Maxine, presentársela a Sonia, le resulta un poco duro. En esta ocasión no le preocupa qué pensará de la casa, de todos los zapatos de los invitados amontonados en el recibidor. Nota que ella se siente inútil, algo excluida en esa casa llena de bengalíes. Pero no se molesta en traducirle lo que dicen, en presentársela a todo el mundo, en no moverse de su lado.

—Lo siento mucho —oye que le dice a su madre, consciente de que la muerte de su padre no afecta a Maxine en absoluto.

Después de la ceremonia, en un momento en que se quedan solos en su habitación, sentados al borde de la cama, le comenta:

—No podéis quedaros con vuestra madre toda la vida. Eso lo sabes muy bien.

Lo dice con cautela, pasándole la mano por la mejilla. Él la mira, le coge la mano y se la vuelve a poner en el regazo.

—Te echo de menos, Nikhil.

Gógol asiente con la cabeza.

—¿Qué pasará en fin de año? —le pregunta.

—¿Qué pasará con qué?

—¿Todavía quieres ir a New Hampshire?

Hablaron de ir juntos. Maxine pasaría a recogerlo después de Navidad y se quedarían unos días en la casa del lago. Ella iba a enseñarle a esquiar.

—Creo que no.

—Tal vez te iría bien —dice ella ladeando un poco la cabeza. Recorre el dormitorio con la mirada—. Para escaparte un poco de todo esto.

—No quiero escaparme.

En las semanas que siguen, a medida que los setos y las ventanas de los vecinos se llenan de luces y montones de tarjetas navideñas llegan a la casa, cada uno de ellos asume alguna de las tareas de las que, en otras circunstancias, se habría hecho cargo su padre. Por las mañanas, su madre es la nueva encargada de abrir el buzón y sacar el periódico. Sonia va en coche a hacer la compra semanal de comida. Gógol paga las facturas y quita la nieve de la entrada cuando hace falta. En vez de ir poniendo las tarjetas de Navidad sobre la chimenea, Ashima echa un vistazo a los remitentes y las tira.

Hasta los actos más mínimos parecen grandes logros. Su madre se pasa horas al teléfono para que el nombre de su padre deje de figurar en las cuentas corrientes, en la hipoteca, en las facturas. Por muchos años seguirá llegando un montón de propaganda dirigida a él, y ella no podrá hacer nada para impedirlo. En las tristes y monótonas tardes, Gógol sale a correr. A veces se acerca en coche hasta la universidad y aparca detrás del departamento de su padre. Corre por los caminos del campus, atraviesa el universo cerrado y pintoresco que durante sus últimos veinticinco años fue su mundo. Alguna vez, en fin de semana, empiezan a aceptar las invitaciones de los amigos que viven más cerca. Gógol conduce a la ida y Sonia a la vuelta, o viceversa. Ashima se sienta detrás. En el transcurso de esas reuniones, su madre cuenta el momento de su llamada al hospital. «Fue porque le dolía el estómago», repite una y otra vez, recitando todos los detalles de aquella tarde, las franjas rosadas que surcaban el cielo, la pila de tarjetas de felicitación, la taza de té que tenía al lado, de una manera que Gógol no soporta ya más, de una manera que no tarda en temer. Los amigos de su madre le sugieren que vaya a la India una temporada a visitar a su hermano y a sus primos. Pero por primera vez en su vida, Ashima no tiene ganas de escaparse a Calcuta, al menos por el momento. Se niega a estar tan lejos del lugar en el que su esposo hizo su vida, del país donde ha muerto. «Ahora ya sé por qué se fue a Cleveland —le dice a la gente—. Para enseñarme a vivir sola.»

A principios de enero, después de unas fiestas que no celebran, en los primeros días de un año que su padre ya no ha de ver, Gógol se

monta en un tren y vuelve a Nueva York. Sonia se queda con Ashima y se empieza a plantear la posibilidad de alquilar un apartamento
en Boston o en Cambridge para estar más cerca de ella. Su familia
incompleta lo acompaña a la estación. En el frío andén, Ashima y
Sonia miran por la ventanilla, pero los cristales están coloreados y
no logran ver a Gógol, que se despide de ellas con la mano. Recuerda que todos fueron a decirle adiós cuando se fue a la universidad.
Y aunque, con los años, sus marchas se hicieron cada vez menos
excepcionales, su padre siempre se quedaba en el andén hasta que
el tren desaparecía de su vista. Ahora Gógol golpea la ventana con
los nudillos, pero la locomotora se pone en marcha y su madre y
Sonia siguen sin localizarlo.

El tren avanza, traquetea de un lado a otro, el motor suena como
el propulsor de un avión. A intervalos se oye un silbido sordo. Va
sentado en el lado izquierdo del tren, y el sol del invierno le da en
la cara. En el vidrio hay pegado un cartel que explica en tres pasos
cómo salir en caso de emergencia. El suelo amarillento está cubierto de nieve. Los árboles se yerguen como lanzas, y en algunas ramas
todavía resisten hojas secas de la estación pasada. Ve la fachada
trasera de unas casas hechas de ladrillo y madera. Pequeños par-
terres con césped. Unas gruesas nubes invernales se extienden muy
cerca del horizonte. Esa noche se esperan nevadas que podrían ser
fuertes. Oye a una mujer que, en otro asiento de su mismo vagón,
habla con su novio por el teléfono móvil y se ríe discretamente. Están
comentando dónde van a ir a cenar cuando ella llegue a la ciudad.
«Estoy tan aburrida», se queja. Gógol también va a llegar a Nueva
York a tiempo para la cena. Maxine estará esperándolo en Penn Station, algo que nunca ha hecho hasta ahora, bajo el panel de llegadas y salidas.

El paisaje se aproxima y va quedando atrás, y el tren, a su paso,
proyecta una sombra contra los anodinos edificios. Las vías parecen escalones interminables que, en vez de ascender, se aferran a la
tierra. Entre Westerly y Mystic, los raíles se curvan y se peraltan
de un lado para adaptarse a la ondulación del terreno, y por un
momento da la sensación de que el tren vaya a descarrilar. Aunque
los demás pasajeros casi nunca comentan nada, a diferencia de lo
que ocurre, por ejemplo, cuando en New Haven la locomotora cam-

bia de diésel a electricidad con un súbito tirón, esa ligera inclinación siempre despierta a Gógol si es que se ha quedado dormido, o hace que levante la vista del libro que está leyendo, o que interrumpa la conversación que está manteniendo o el pensamiento que en ese momento le está pasando por la mente. Cuando el tren va hacia el sur camino de Nueva York, se inclina hacia la izquierda, y cuando va hacia el norte, camino de Boston, hacia la derecha. En ese breve instante de peligro él siempre piensa en ese otro tren que no ha visto nunca, el que por poco mata a su padre, en el desastre al que debe su nombre.

El tren se endereza, la curva queda atrás. Vuelve a sentir el movimiento en la espalda. Durante varios minutos las vías avanzan paralelas al mar, que casi se puede tocar. Unas débiles olas rompen contra la delgada franja de la costa. Ve un puente de piedra, islotes dispersos del tamaño de viviendas, hermosas construcciones grises y blancas de agradables vistas. Casas cuadradas montadas sobre pilones. Hay garzas y cormoranes solitarios posados en postes de madera desgastada. El club náutico está lleno de barcas de mástiles desnudos. Es una vista que a su padre le habría gustado, y a Gógol le vienen a la memoria las veces en que iba con su familia a ver el mar, en coche, algunas tardes frías de domingo. Tan frías que en ocasiones ni salían del coche, se quedaban en el estacionamiento, mirando el mar. Sus padres, en el asiento delantero, compartían el té que llevaban en unos termos, y dejaban el motor en marcha para que el coche se mantuviera caliente. Un día fueron a cabo Cod, condujeron por aquella extensión ondulada de tierra hasta que ya no pudieron seguir avanzando. Su padre y él fueron caminando hasta la punta, más allá del espigón formado por inmensas piedras grises montadas las unas sobre las otras, hasta el final mismo de la barra interior de arena con forma de cuarto creciente. Su madre, después de superar algunas piedras, se sentó a esperar con Sonia, que era demasiado pequeña para ir con ellos. «No vayáis demasiado lejos —les advirtió—, no quiero perderos de vista.» A él le empezaron a doler las piernas a medio camino, pero su padre iba delante y de vez en cuando se detenía para darle la mano, con el cuerpo en tensión apoyado en alguna roca. A veces eran tan grandes que tenían que parar y pensar en la mejor manera de escalarlas, y el agua los rodeaba por los dos lados. Era a principios de invierno. En las piscinas naturales nadaban los patos. Las olas rompían en dos direcciones. «Es demasiado pequeño —gritó su madre—. ¿Me oyes? Es demasiado pequeño para ir tan lejos.» En aquel momento Gógol se detuvo, pensando que tal vez su padre le daría la razón y darían media vuelta.

—¿Tú qué crees? —le preguntó su padre—. ¿Eres demasiado pequeño? Yo creo que no.

Al final del espigón había una extensión de juncos amarillos a la derecha, y detrás unas dunas y el mar. Gógol suponía que su padre daría media vuelta, pero siguieron avanzando sobre la arena. El agua quedaba a su izquierda, y ellos se dirigían hacia el faro, dejando atrás esqueletos oxidados de barcas, raspas de pescado tan grandes como tuberías pegadas a calaveras amarillentas, una gaviota muerta con las plumas blancas del pecho todavía manchadas de sangre fresca. Empezaron a recoger pequeñas piedras negras con franjas blancas y a metérselas en los bolsillos. Recuerda las huellas de su padre en la arena; a causa de su cojera, la punta del pie derecho siempre se le marcaba hacia fuera, mientras que la izquierda se veía recta. Aquel día, sus sombras eran anormalmente alargadas y estrechas y se juntaban mucho, porque avanzaban con el sol de la tarde a la espalda. Se detuvieron a admirar una boya de madera rota, pintada de azul y blanco y con forma de parasol antiguo. Su superficie estaba cubierta de algas marrones y de percebes incrustados. Su padre la levantó y la inspeccionó, y le señaló un mejillón vivo que había debajo. Al final, agotados, llegaron al faro, rodeado por tres lados de agua, verde en la bahía, de un azul intenso más allá. Acalorados por el ejercicio que habían hecho, se desabrocharon los abrigos. Su padre se alejó un poco para orinar. Y le oyó lamentarse. Se habían dejado la cámara con su madre.

—Hemos llegado hasta aquí y no podemos hacer ni una foto —dijo, negando con la cabeza.

Se metió la mano en el bolsillo y empezó a arrojar piedras al agua. «Entonces, tendremos que conservarlo en el recuerdo.» Miraron a su alrededor, al pueblo blanco y gris que brillaba al otro lado de la bahía. Y después empezaron a desandar el camino. Al principio intentaron no dejar más huellas, meter los pies en las mismas pisadas de la ida. Se levantó un viento tan fuerte que a veces no podían ni avanzar.

—¿Recordarás este día, Gógol? —le preguntó su padre, girándose para mirarlo, con las manos apretadas a ambos lados de la cara a modo de orejeras.

—¿Cuánto tiempo tengo que recordarlo?

A pesar del ulular del viento, oyó las carcajadas de su padre. Estaba ahí delante, esperándolo, extendiéndole la mano para ayudarlo.

—Intenta recordarlo siempre —le respondió cuando llegó a su lado y empezaron a avanzar despacio por el espigón para regresar a donde Sonia y su madre los esperaban—. Recuerda que tú y yo hemos hecho este viaje, que hemos ido juntos a un sitio desde donde ya no se puede seguir avanzando.

8

Ha pasado un año desde la muerte de su padre. Sigue viviendo en Nueva York, sigue pagando el alquiler del apartamento de Amsterdam Avenue y sigue trabajando para el mismo estudio. La única diferencia significativa, aparte de la permanente ausencia de su padre, es la ausencia adicional de Maxine. Al principio tuvo paciencia con él, y durante un tiempo él volvio a entrar en su vida. Volvía a casa de sus padres al salir del trabajo, a su mundo, en el que nada había cambiado. En los primeros momentos, Maxine toleraba sus silencios durante la cena, su indiferencia en la cama, su necesidad de hablar con su madre y con Sonia todas las noches, de ir a visitarlas, él solo, los fines de semana. Pero no entendió que la excluyeran del plan de ir en verano a Calcuta a ver a sus parientes y a esparcir las cenizas de su padre en el Ganges. Empezaron a discutir por ese motivo y por otros, hasta el punto de que Maxine reconoció un día que sentía celos de su madre y de su hermana, cosa que a Gógol le pareció tan absurda que no pudo seguir discutiendo más. Y así, a los pocos meses de la muerte de su padre, se alejó para siempre de su vida. Hace poco, se encontró con Gerald y Lydia en una galería de arte, y le dijeron que su hija se había prometido con otro hombre.

Los fines de semana se va en tren a Massachusetts, a la casa donde la fotografía de su padre, la que usaron durante el funeral, está enmarcada y colgada en el descansillo de la planta de arriba. El día del primer aniversario de su muerte, y el de su cumpleaños, fecha que en vida suya jamás celebraron, se ponen frente a la foto, cuelgan una guirnalda de flores rosadas del marco y le pegan un poco de pasta de sándalo en la frente. Más que cualquier otra cosa, lo que atrae a Gógol a su casa una y otra vez es esa foto y un día, al salir del baño camino de la cama y ver el rostro sonriente de su padre, se da cuenta de que eso es lo más parecido a una tumba que tiene.

Ahora sus visitas a casa son distintas. Muchas veces la que cocina es Sonia, que sigue viviendo con su madre y ha vuelto a instalarse en el dormitorio que ha ocupado desde niña. Cuatro días a la semana sale de casa a las cinco y media de la madrugada y coge un autobús y un tren que la llevan al centro de Boston. Trabaja de ayudante de abogado, y está intentando matricularse en alguna Facultad de Derecho de la zona. Es ella la que lleva en coche a su madre a las fiestas, los fines de semana, y a Haymarket los sábados por la mañana. Ashima ha adelgazado y tiene el pelo canoso. A Gógol le duele verle esas raíces blancas, esas muñecas sin pulseras. Por Sonia sabe que se pasa las noches en la cama, sin dormir, viendo la tele con el sonido apagado. Un fin de semana sugiere que vayan a una playa que a su padre le gustaba. En un primer momento su madre está de acuerdo, y la idea parece animarla, pero cuando llega al estacionamiento desprotegido del viento, apenas baja del coche y ya vuelve a subirse, y les dice que prefiere esperar ahí.

Él se está preparando para el examen que ha de permitirle colegiarse, ese lío que dura dos días y que si aprueba le facultará para ejercer por su cuenta, firmar proyectos y diseñar cosas con su propio nombre. Estudia en su apartamento y, de vez en cuando, en alguna de las bibliotecas de Columbia. Se prepara sobre los aspectos más prácticos de su profesión: electricidad, materiales, fuerzas laterales. Se matricula en una clase de repaso enfocada a la preparación del examen. El curso se imparte un par de veces por semana en horario nocturno, y asiste al salir del trabajo. Le gusta esa sensación de pasividad, sentarse en un aula de nuevo a escuchar a un instructor que le dice lo que tiene que hacer. Le recuerda su época de estudiante, época en la que su padre aún vivía. Es una clase con pocos alumnos, y al cabo de poco tiempo varios empiezan a salir de copas. Aunque le invitan a ir con ellos, él siempre les dice que no. Pero una noche, una de las mujeres se le acerca.

—¿Qué excusa tienes hoy? —le pregunta, y como no tiene ninguna, se une al grupo.

La chica se llama Bridget, y en el bar se sienta a su lado. Es muy atractiva, y lleva un corte de pelo que a la mayoría de mujeres le quedaría fatal, casi rapado. Habla despacio, pausadamente. Es del sur, de Nueva Orleans, y trabaja para una empresa pequeña, un equipo formado por un matrimonio que tiene el estudio en Brooklyn Heights. Se pasan un rato hablando de los proyectos que están preparando, de los arquitectos a los que ambos admiran: Gropius, Van der Rohe, Saarinen. Tiene la misma edad que él y está casada. A su marido, que es profesor en una universidad de Boston, lo ve sólo los fines de semana. Al oír eso piensa en su padre, que vivió separado de su mujer los últimos meses de su vida.

—Debe de ser difícil —le dice.

—A veces lo es. Pero en Nueva York sólo tenía plaza de adjunto.

Le cuenta que su marido vive en una casa alquilada en Brooklyn, una gran mansión victoriana por la que paga menos de la mitad de lo que les cuesta su apartamento de un dormitorio en Murray Hill. Y que ha insistido en poner su nombre en el buzón, y grabar el mensaje de bienvenida del contestador con su voz. Hasta se ha llevado alguna ropa suya para colgarla en el armario, y un lápiz de labios para meterlo en el armario con espejo del baño. Le cuenta que él se entrega a ese tipo de ilusiones, que le consuelan, mientras que a ella sólo le parecen recordatorios de lo que no tiene.

Esa misma noche, comparten un taxi que los lleva al apartamento de Gógol. Bridget pregunta por el baño y cuando sale, ya no lleva el anillo de casada. En la cama, él está muy excitado, porque hace bastante tiempo que no hace el amor con nadie. Y sin embargo, ni se le pasa por la cabeza en ningún momento volver a quedar con ella. El día en que sale con su *Guía AIA de Nueva York* a explorar Roosevelt Island no se le ocurre invitarla a ir con él. Pero dos veces por semana, en la clase de repaso, le hace ilusión encontrársela. No se han intercambiado sus números de teléfono. Él no sabe exactamente dónde vive Bridget. Ella siempre acaba acompañándolo a su apartamento, pero nunca se queda a dormir. A él ese límite le gusta. Nunca ha mantenido una relación en que su compromiso fuera tan pequeño, de la que se esperara tan poco. No sabe, o no quiere saber, el nombre de su marido. Y entonces, un fin de semana, en el tren que le lleva a Massachusetts a ver a su madre y a Sonia, por la otra vía pasa un tren en dirección contraria y él se pregunta si el marido de Bridget irá en él, si estarán a punto de encontrarse. De pronto se imagina la casa en la que ese hombre vive solo, en la que la echa de menos, con el nombre de su esposa infiel en el buzón y el lápiz de labios junto a su espuma de afeitar. Sólo entonces se siente culpable.

De vez en cuando su madre le pregunta si tiene otra novia. Hasta hace poco era un tema que le ponía a la defensiva, pero ahora se preocupa en silencio y parece esperar la noticia con ilusión. Incluso quiere saber si no podría arreglar las cosas con Maxine. Cuando él le señala que a ella Maxine no le caía bien, su madre responde que eso no es lo que importa, que lo que importa es que él haga su vida. Durante esas conversaciones, hace esfuerzos por mantener la calma, para no acusarla de entrometida, como habría hecho antes. Cuando le dice a su madre que ni siquiera tiene treinta años, ella le dice que a esa edad ella ya llevaba diez años casada. Aunque no se lo diga, Gógol sabe que la muerte de su padre ha acelerado ciertas expectativas, que su madre quiere que siente cabeza. Ser soltero no es algo que a él le preocupe, pero es consciente de hasta qué punto sí preocupa a su madre. Nunca deja de comentarle las bodas de los niños bengalíes de Massachusetts con los que se ha criado, ni las de sus primos de la India. Y nunca deja pasar la ocasión de hablar de los nietos de sus amigas y familiares.

Un día, por teléfono, Ashima le pregunta si estaría dispuesto a llamar a alguien. Le explica que se trata de una chica a la que conoce desde niña. Se llama Moushumi Mazoomdar. Gógol la recuerda vagamente. Era la hija de unos amigos de sus padres que vivieron un tiempo en Massachusetts antes de trasladarse a Nueva Jersey, en la época en que él iba al instituto. Tenía acento británico y, en las fiestas, siempre iba con un libro en la mano. Es lo único que recuerda de ella: detalles que no le dicen nada. Su madre le cuenta que tiene un año menos que él y un hermano mucho menor, que su padre es un prestigioso químico con un producto patentado a su nombre. Que llamaba a su madre Rina Mashi y a su padre Shubir Mesho. Sus padres vinieron desde Nueva Jersey para asistir al funeral de su padre, insiste su madre, pero Gógol no los recuerda. Ahora Moushumi vive en Manhattan, es alumna de posgrado de la Universidad de Nueva York. Estuvo a punto de casarse el año pasado, de hecho estaban los tres invitados a la boda, pero su prometido, estadounidense, se echó atrás cuando ya tenían el hotel del banquete, las invitaciones enviadas y la lista de bodas hecha. Sus padres están un poco preocupados por ella. Le vendría muy bien hacer amigos nuevos, le dice su madre. ¿Por qué no la llama algún día?

Cuando su madre le pregunta si tiene a mano un bolígrafo para anotar el número, Gógol le miente y le dice que sí. Ella se lo recita despacio, pero él no lo apunta, porque no tiene intención de llamar a Moushumi; se presenta al examen dentro de muy poco y, además, por contenta que quiera ver a su madre, se niega a dejar que le apañe una cita. A tanto no llega. Cuando va a casa a pasar el fin de semana, Ashima vuelve a sacar el tema. Esa vez, como están juntos, sí tiene que anotarse el número de teléfono, aunque no piensa llamarla. Pero su madre insiste y la próxima vez que hablan por teléfono le recuerda que sus padres asistieron al funeral de Ashoke y que es lo menos que puede hacer. Tomarse un té con ella, charlar un rato, ¿ni para eso tiene tiempo?

Quedan en un bar del East Village que ha propuesto Moushumi cuando han hablado por teléfono. Se trata de un local pequeño, oscuro y tranquilo, con sólo tres mesas puestas contra la pared. Cuando llega, la encuentra ahí sentada, leyendo un libro, y a pesar de ser ella la que está esperándolo, levanta la vista y a él le da la sensación de que la interrumpe. Tiene la cara alargada, los rasgos felinos y grandes párpados, que se maquilla como las estrellas de cine de la década de 1960. Lleva el pelo con la raya en medio y recogido en un moño, y unas gafas modernas de carey. Va con una falda gris de lana y un suéter azul fino y ceñido, y unas medias negras y tupidas que le cubren las piernas. Debajo de su banco se amontonan varias bolsas de la compra. Cuando han quedado, no se ha molestado en preguntarle qué aspecto tenía, convencido de que la reconocería al momento. Pero ya no está tan seguro.

—¿Moushumi? —le dice, acercándose.

—Sí —responde ella, que le da dos besos y cierra el libro. Tiene la cubierta color marfil y un título en francés. Su acento británico, una de las pocas cosas que recuerda de ella con más claridad, ha desaparecido; ahora es tan estadounidense como el suyo, y habla con esa voz grave que ya lo ha sorprendido por teléfono. Se ha pedido un

EL BUEN NOMBRE

Martini con oliva. Junto a la copa hay un paquete azul de Dunhill—.
¿Nikhil? —añade mientras él se sienta en el banco, a su lado, y pide
un whisky.

—Sí.

—Que no Gógol.

—Exacto.

Cuando le telefoneó, le molestó que no lo hubiera reconocido al
presentarse como Nikhil. Es la primera vez que sale con una mujer
que lo ha conocido por su otro nombre. Tuvo la sensación de que
estaba a la defensiva, de que se mostraba desconfiada, igual que él.
La conversación fue breve y nada fluida. «Espero que no te importe que te llame», le dijo él, tras explicarle que se había cambiado el
nombre. «Déjame que lo consulte en mi agenda», le respondió ella
cuando le preguntó si tenía un rato libre el domingo por la noche.
Y oyó sus pasos sobre una tarima de madera.

Ahora ella lo estudia un momento, torciendo los labios cómi-
camente.

—Si no recuerdo mal, y dado que eres un año mayor que yo, mis
padres me enseñaron a llamarte Gógol Dada.

Él se da cuenta de que el camarero los mira un momento, como
evaluándolos. Huele el perfume de Moushumi, ligeramente exce-
sivo, que le hace pensar en musgo mojado y ciruelas. El silencio y
la intimidad del local le desconcierta.

—Mejor que no entremos en eso.

Moushumi se ríe.

—Brindo por ello —dice, levantando su copa—. No lo hice nunca, claro —añade.

—¿No hiciste qué?

—Llamarte Gógol Dada. En realidad ni siquiera recuerdo haber
hablado nunca contigo.

—Yo tampoco —replica él dando un sorbo a su bebida.

—Bueno, y esto también es la primera vez que lo hago —comenta ella tras una pausa. Habla relajadamente, pero de todos modos
esquiva su mirada.

Él sabe a qué se refiere, pero disimula y le pide una aclaración.

—¿Que haces qué?

—Ir a una cita a ciegas urdida por mi madre.

—Bueno, a ciegas del todo no es.

—¿Ah, no?

—En cierto modo, nosotros ya nos conocemos.

Moushumi se encoge de hombros y le sonríe, como si no estuviera totalmente convencida. Tiene los dientes muy juntos y no del todo rectos.

—Supongo que sí, supongo que ya nos conocemos.

Ven que el camarero pone un CD en el equipo de música. Algo de jazz. Gógol lo agradece.

—Siento lo de tu padre.

Aunque parece sincera, se pregunta si se acordará siquiera de qué aspecto tenía. Está a punto de preguntárselo, pero se calla y asiente.

—Gracias —dice.

Es lo único que se le ocurre.

—¿Cómo lo lleva tu madre?

—Bien, supongo.

—¿Y lo de vivir sola?

—Ahora vive con Sonia.

—Ah. Eso está bien. Debe de ser un alivio para ti. —Abre el paquete de Dunhill y retira el papel dorado. Tras ofrecerle un cigarrillo, saca una cerilla de una caja que hay dentro de un cenicero en la barra y se enciende uno para ella—. ¿Todavía viven en la casa a la que íbamos a visitaros?

—Sí.

—La recuerdo bien.

—¿En serio?

—Me acuerdo de que el caminito de entrada quedaba a la derecha. Estaba empedrado y rodeado de césped.

Que se acuerde con tanto detalle de algo así le resulta desconcertante y cautivador.

—Vaya. Estoy impresionado.

—Y también me acuerdo de que mirábamos mucho la tele en un cuarto que tenía una moqueta muy mullida de color marrón dorado.

—Todavía sigue en el mismo sitio —dice él.

Moushumi se disculpa por no haber ido al funeral, pero en ese momento estaba en París. Tras licenciarse en Brown, se fue a Francia, le explica. Ahora está a punto de empezar un doctorado en Lite-

ratura Francesa en la Universidad de Nueva York. Lleva casi dos años
viviendo en la ciudad. Se ha pasado el verano trabajando como even-
tual en el departamento administrativo de un hotel caro del centro. Su empleo consistía en revisar y archivar las encuestas que los
clientes rellenaban antes de irse, en hacer copias y en distribuirlas
al personal correspondiente. Para hacer algo aparentemente tan simple tardaba todo un día. Le parecía sorprendente que la gente se
esmerara tanto en rellenar aquellas encuestas. Se quejaban de lo
duras o lo blandas que eran las almohadas, de que no había suficiente espacio en el lavabo para dejar los artículos de higiene personal, de que el tejido de la colcha era muy ligero. La mayor parte
de la gente que se hospedaba en aquel hotel no se pagaba la habitación. Participaba en simposios y convenciones, y sus empresas se
lo pagaban todo. Un cliente se quejó una vez de que el plano enmar-
cado que había en la pared, sobre el escritorio, tenía una mancha
de polvo bajo el cristal.

La anécdota le divierte.

—A lo mejor era obra mía —aventura.

Ella se ríe.

—¿Por qué volviste de París? ¿No sería mejor estudiar Literatura Francesa en Francia?

—Volví por amor —responde ella. Su franqueza le sorprende—. Supongo que ya estarás al corriente de mi desastre prematri-
monial.

—La verdad es que no —miente Gógol.

—Bueno, pues debes de ser el único —dice, negando con la cabeza—. Lo saben todos los bengalíes de la Costa Este. —Aunque lo
dice en broma, detecta cierta amargura en su voz—. De hecho, estoy
casi segura de que tú y tu familia estabais invitados a la boda.

—¿Cuándo fue la última vez que nos vimos? —le pregunta él,
intentando cambiar de tema.

—Corrígeme si me equivoco, pero creo que fue en tu fiesta de
graduación del instituto.

La mente de Gógol retrocede hasta un espacio muy iluminado
en el sótano de una iglesia que sus padres y sus amigos a veces alquilaban para organizar fiestas especialmente concurridas. Ahí es donde normalmente se hacía la catequesis. Del techo del pasillo colga-

ban móviles de fieltro, máximas sobre Jesús. Recuerda las enormes mesas plegables que ayudó a montar a su padre, las pizarras de las paredes en las que Sonia, subida a una silla, escribió «Felicidades».

—¿Tú estuviste en mi fiesta?

Moushumi asiente con la cabeza.

—Fue justo antes de que nos trasladáramos a Nueva Jersey. Tú estabas con tus amigos estadounidenses del instituto. También asistieron algunos de tus profesores. Parecías algo incómodo con todo aquello.

—No me acuerdo de que estuvieras ahí —dice negando con la cabeza—. ¿Hablé contigo?

—No me hiciste el menor caso. Pero no importa —sonríe—. Seguro que me llevé un libro para leer.

Piden otra copa. El bar está empezando a llenarse. Los pequeños grupos que llegan ocupan las mesas. Entra uno más numeroso, y ahora tienen a gente de pie tras ellos, pidiendo sus bebidas. Al llegar, la falta de gente, de ruido, le había intimidado y le hizo sentirse más expuesto. Pero ahora, su llegada le molesta todavía más.

—Esto se está llenando mucho —dice.

—Normalmente los domingos está más tranquilo. ¿Nos vamos?

—Quizá sí.

Piden la cuenta, pagan y salen a la calle. Es una noche fría de octubre. Gógol consulta el reloj y se da cuenta de que no ha pasado ni una hora.

—¿Hacia dónde vas? —le pregunta ella en un tono que deja claro que cree que su cita ha terminado.

No tenía previsto llevarla a cenar. Pensaba volver a su apartamento, pedir comida china por teléfono y ponerse a estudiar un rato. Pero se descubre a sí mismo respondiendo que está pensando en ir a comer algo, y que si quiere acompañarlo.

—Sí, estaría bien.

A ninguno de los dos se le ocurre adónde podrían ir, así que deciden caminar un poco. Él se ofrece a llevarle las bolsas de la compra, y aunque no pesan nada, ella acepta y le cuenta que, antes de quedar con él, se ha pasado por una tienda donde venden artículos de muestra. Se detienen frente a un pequeño local que parece inaugu-

rado hace poco tiempo. Estudian el menú, escrito a mano y colgado de la ventana, el recorte de prensa con la reseña que salió hace
unos días en el *Times*. El reflejo de Moushumi en el cristal le distrae.
En él adivina una versión más severa de ella, más impresionante.

—¿Probamos? —le pregunta apartándose un poco y haciendo
ademán de abrir la puerta.

Dentro, las paredes están pintadas de rojo, con carteles antiguos
de vinos, señales de tráfico y fotos de París.

—Este sitio te parecerá una tontería —le dice al ver que se queda mirando la decoración.

Ella niega con la cabeza.

—En realidad es bastante auténtico.

Pide una copa de champán y consulta con detalle la carta de vinos.
Él pide otro whisky, pero le dicen que sólo sirven vino y cerveza.

—¿Pedimos una botella? —le pregunta Moushumi pasándole la
carta.

—Escoge tú.

Ella pide ensalada, bullabesa y una botella de Sancerre. Él se decide por la *cassoulet*. Aunque no se dirige en francés al camarero, que
lo es, su manera de pronunciar los platos de la carta no deja lugar a
dudas sobre su dominio de la lengua, cosa que le impresiona. Además del bengalí, Gógol nunca ha mostrado interés por aprender otra
lengua. La cena transcurre velozmente. Él habla de su trabajo, de los
proyectos en los que participa, de su próximo examen. Intercambian
impresiones sobre los platos que han escogido y cada uno prueba
del otro. Piden café y comparten una *crème brûllé*, cuya costra dorada van partiendo desde los dos lados de la mesa con sus cucharas.

Ella se ofrece a pagar su parte cuando llega la cuenta, como ya
ha hecho en el bar, pero en esa ocasión él insiste en invitarla. La
acompaña a pie hasta su apartamento, que está en un tramo de calle
algo descuidado pero bonito, cerca de donde han quedado. Su edificio tiene un tramo exterior de escalones viejos, una fachada color
terracota y una curiosa cornisa verde. Moushumi le da las gracias
por la cena, le dice que se lo ha pasado muy bien. Vuelve a darle
dos besos y empieza a buscar las llaves en el bolso.

—No te las olvides —le dice él alargándole las bolsas, que ella
recoge y se cuelga de la muñeca. Ahora que no las lleva, se siente

incómodo, no sabe dónde meter las manos. El alcohol que ha bebido le ha dado mucha sed.

—Bueno, qué, ¿hacemos felices a nuestras madres y volvemos a vernos?

Ella lo mira y lo estudia con detenimiento.

—Puede ser. —La vista se le va a un coche que pasa y que con sus faros los ilumina un instante, pero en seguida vuelve a mirarlo a él. Le sonríe y asiente—. Llámame.

Gógol la observa mientras sube rápidamente la escalera con las bolsas de la compra en la mano, sin apoyar los tacones en los peldaños, en una especie de precario equilibrio. Se vuelve un instante para despedirse y se pierde tras la puerta de cristal antes de que a él le dé tiempo a levantar la mano para decirle adiós. Se queda un buen rato ahí de pie, y ve al portero que abre la puerta y sale a echar algo en el cubo de la basura. Siente curiosidad por saber en qué apartamento vivirá, así que levanta la vista y espera un poco más para ver si se ilumina alguna ventana.

No fue a la cita con la esperanza de divertirse, de sentirse atraído por ella en absoluto. Le sorprende que no haya ningún término para describir lo que en otro tiempo fueron el uno respecto de la otra. Sus padres eran amigos, pero ellos no. Es una conocida de la familia, pero no es familia. El contacto que han mantenido hasta esa noche ha sido artificial, impuesto, parecido al que mantiene con sus primos de la India, pero sin siquiera la justificación de los lazos de sangre. Hasta esa noche, nunca se ha encontrado con ella fuera del ámbito de sus familias. Se le ocurre que es precisamente esa familiaridad lo que le despierta la curiosidad, y cuando empieza a andar en dirección al metro, se pregunta cuándo volverá a verla. Al llegar a Broadway, cambia de opinión y toma un taxi. Aunque no es tarde y no hace frío ni llueve, ni tampoco tiene una prisa especial para llegar a casa, de pronto siente la necesidad de estar solo, de dejarse llevar, de repasar la velada en soledad. El taxista es de Bangladesh; el nombre que figura en la tarjeta identificativa que hay pegada en el separador de plexiglás es Mustafa Sayeed. Va hablando en bengalí con el teléfono móvil. Se queja del tráfico, de los clientes pesados, mientras siguen subiendo por la ciudad, dejando atrás las tiendas cerradas y los restaurantes de la Octava Avenida. Si hubieran sido sus padres los que se hubieran montado a ese taxi, seguro que ya habrían iniciado una conversación con el taxista, le habrían preguntado de qué parte de Bangladesh era, cuánto tiempo llevaba en el país, si su esposa y sus hijos vivían aquí o allí. Gógol va en silencio, como un pasajero más, perdido en sus propios pensamientos, recordando a Moushumi. Pero al acercarse a su casa, se apoya en el separador de plexiglás y se dirige a él en bengalí.

—Es esa calle, a la derecha.

El taxista se vuelve, sorprendido, y le sonríe.

—No me había dado cuenta —dice.

—No pasa nada —contesta él, sacándose la billetera.

Le deja mucha propina y se baja del taxi.

En los días siguientes, le vienen a la mente recuerdos de Moushumi, imágenes que se le aparecen sin previo aviso cuando está en su mesa, en el trabajo, o antes de quedarse dormido, o mientras se ducha. Son escenas que ha llevado siempre consigo, que estaban enterradas pero intactas, escenas en las que nunca ha pensado y que no ha tenido necesidad de invocar hasta ese momento. Se alegra de haberlas retenido; está satisfecho consigo mismo, como si acabara de descubrir un talento innato para un deporte al que nunca hubiera jugado. Sobre todo se acuerda de ella en las *pujas* a las que asistía dos veces al año con su familia. En aquellas ocasiones iba vestida con un sari que llevaba sujeto al hombro con esmero. Sonia iba igual, pero después de una o dos horas, su hermana siempre se lo quitaba, se ponía unos vaqueros, metía el sari en una bolsa de plástico y le pedía a Gógol o a su padre que se lo guardaran en el coche. No recuerda que Moushumi acompañara nunca a los demás adolescentes al McDonald's, que quedaba frente al edificio de Watertown donde muchas veces se celebraban las *pujas*, ni que fuera con los demás a escuchar la radio y a beber cerveza en el coche de algún padre. Aunque lo intenta, no logra recordarla en Pemberton Road, pero de todos modos se alegra secretamente de que ella haya estado en sus habitaciones, de que haya probado los platos de su madre, de que se haya lavado las manos en su cuarto de baño, aunque de eso haga mucho tiempo.

Sí recuerda que unas Navidades fueron a una fiesta que se celebraba en casa de sus padres. Sonia y él no querían ir. La Navidad era para pasarla sólo con la familia. Pero sus padres replicaron que en Estados Unidos sus amigos bengalíes eran lo más parecido a la familia que tenían, así que se fueron a Bedford, que era donde vivían los Mazoomdar. Su madre, Rina Mashi, sirvió pasteles fríos y calentó unos donuts congelados que se desmoronaban con sólo tocarlos. Su hermano, Samrat, que ahora estaba en su último curso en el instituto, tenía entonces cuatro años, y estaba obsesionado con Spiderman. Rina Mashi se había tomado muchas molestias para organizar un intercambio de regalos anónimo. Pidió a cada familia que trajera tantos regalos como miembros la componían, para que todo el mundo tuviera algo. A Gógol le pidieron que escribiera en unos trocitos de papel una serie de números repetidos, uno para pegar con celo a los regalos, y el otro para doblarlo, meterlo en un saco de tela y pasarlo a todos los invitados. Todos se reunieron en una habitación en la que no cabía nadie más. Recuerda estar sentado en el salón, escuchando con todos los demás a Moushumi, que tocaba alguna pieza al piano. En la pared, detrás de ella, había una reproducción de la niña de Renoir con la regadera verde. Tras muchas deliberaciones, y cuando la gente ya empezaba a inquietarse, tocó una pieza breve de Mozart adaptada para niños, pero los invitados querían oír *Jingle Bells*. Ella negó con la cabeza, pero en ese momento intervino su madre. «Oh, Moushumi es muy tímida, pero sabe tocar muy bien *Jingle Bells*.» Durante una fracción de segundo, Moushumi le dedicó una mirada asesina a su madre, pero acabó tocando la canción varias veces, de espaldas a los demás, mientras se cantaban los números en voz alta y la gente iba a buscar sus regalos.

Una semana después de su primer encuentro, quedan para comer. No es fin de semana, y ella le propone que vayan a algún sitio cerca de su trabajo. Él sugiere que vaya a buscarlo a su oficina. Cuando la recepcionista le informa de que le está esperando en el vestíbulo, nota una punzada de impaciencia en el pecho. Lleva toda la mañana sin poder concentrarse en el alzado en el que está trabajando. Le enseña el despacho, le muestra algunas fotos de los proyectos en que ha participado, le presenta a uno de los proyectistas de más peso, la lleva a la sala de reuniones de los socios. Sus compañeros levantan la vista para mirarla. Es noviembre y ese día las temperaturas han caído en picado, trayendo los primeros fríos intensos del año. Fuera, los peatones desprevenidos caminan a toda prisa con los brazos cruzados sobre el pecho. En el suelo se arremolinan las hojas secas, rotas y descoloridas. Gógol no lleva ni gorro ni guantes, y se mete las manos en los bolsillos de la chaqueta. A diferencia de él, Moushumi va envidiablemente abrigada, bien resguardada del frío, con un chaquetón de lana azul marino, una bufanda negra, también de lana, y unas botas altas de piel negra que se abrochan con cremalleras a los lados.

La lleva a un restaurante italiano al que va de vez en cuando con gente del trabajo, a celebrar cumpleaños, ascensos y proyectos culminados con éxito. La entrada queda unos peldaños por debajo del nivel de la calle, y unas cortinas brocadas cubren las ventanas. El camarero lo reconoce y le sonríe. Los conducen hasta una pequeña mesa que hay al fondo, tan distinta de la grande y redonda que ocupa el centro del local y en la que normalmente se sienta. Ve que bajo el chaquetón, Moushumi lleva un traje gris, con botones grandes en la chaqueta y una falda acampanada por encima de la rodilla.

—Hoy he dado clase —se justifica, al ver que él sigue mirándole la ropa. Prefiere llevar traje chaqueta cuando da clases, le dice, porque con sus alumnos se lleva menos de diez años. Si no, no se siente con suficiente autoridad. De pronto, Gógol envidia a sus alumnos, que la ven sin falta tres veces por semana. Se los imagina sentados en torno a una mesa, mirándola constantemente mientras ella anota cosas en la pizarra.

—Aquí la pasta la hacen muy buena —le dice cuando el camarero les trae las cartas.

—Me apetece una copa de vino. ¿Te apuntas? Ya he terminado mi jornada laboral por hoy.

—Qué suerte. Yo después de comer todavía tengo una reunión que será pesada, seguro.

Moushumi lo mira y cierra el menú.

—Razón de más para beber algo —apunta con voz alegre.

—Tienes razón. Dos copas de merlot —le pide al camarero cuando vuelve a tomar nota.

Ella pide lo mismo que él, ravioli de *funghi porcini* y ensalada de rúcula con peras. A Gógol le inquieta la posibilidad de que no le guste lo que ha elegido, pero cuando los platos llegan a la mesa, ella los mira con deleite, y come con entusiasmo, de prisa, mojando pan en la salsa. Mientras ella está así, bebiendo vino y comiendo, Gógol se dedica a admirar la cara iluminada por la luz, el vello finísimo que le brilla en el contorno de las mejillas. Le habla de sus alumnos, del tema que ha escogido para la tesis que tiene que redactar, los poetas argelinos francófonos del siglo xx. Él le habla de la fiesta de Navidad en que la habían obligado a tocar el *Jingle Bells*.

—¿Te acuerdas de aquella noche? —le pregunta, confiando en que sea así.

—No. Mi madre siempre me obligaba a hacer esas cosas.

—¿Todavía tocas el piano?

Moushumi niega con la cabeza.

—Yo no quería aprender. Era una de las fantasías de mi madre. Una de las muchas. Creo que por fin se ha apuntado a un curso.

La sala ha vuelto a quedar en silencio. La gente que la abarrotaba ha comido y se ha ido. Gógol busca al camarero con la mirada, le hace un gesto para que le traiga la cuenta, desarmado al ver que los platos están vacíos y que ya ha pasado el tiempo.

—¿Es su hermana, *signore*? —le pregunta el camarero al dejar la cuenta en la mesa, mirando un momento a Moushumi y después volviendo a mirarlo a él.

—No, no —responde Gógol, negando con la cabeza y riéndose, ofendido y a la vez extrañamente emocionado. Se da cuenta de que, en cierto sentido, es verdad; comparten el mismo color de piel, las mismas cejas rectas, los miembros delgados y esbeltos, los pómulos salidos y el pelo oscuro.

—¿Seguro? —insiste el camarero.

—Bastante seguro —dice Gógol.

—Pues podrían serlo —sostiene el camarero—. Sí, sí, se parecen bastante.

—¿Eso cree? —interviene Moushumi. No parece molesta con la comparación, y mira a Gógol de reojo con expresión divertida. Con todo, él se da cuenta de que se ha puesto un poco roja, aunque no sabe si es por el vino o por la situación.

—Es curioso que haya dicho una cosa así —le comenta ella cuando salen a la calle.

—¿Qué quieres decir?

—Bueno, que es curioso pensar que durante toda nuestra vida nuestros padres nos han criado con la fantasía de que éramos primos, de que todos formábamos parte de una gran familia bengalí inventada, y ahora aquí estamos tú y yo, años después, y alguien va y cree que somos parientes de verdad.

Gógol no sabe qué decir. El comentario del camarero lo ha incomodado, como si su atracción por Moushumi fuera ligeramente ilícita.

—Vas muy poco abrigado —le comenta ella mientras se anuda la bufanda al cuello.

—En mi apartamento hace siempre tanto calor —le dice—. Acaban de encender la calefacción, y no sé por qué, pero cuando estoy en casa nunca pienso que fuera la temperatura es distinta.

—¿Y no consultas el periódico?

—Lo compro camino del trabajo.

—Pues yo, antes de salir de casa, siempre llamo por teléfono a información para saber qué tiempo va a hacer —dice Moushumi.

—No lo dices en serio.

La mira, sin acabar de creérselo. Ella se ríe.

—No se lo confesaría a cualquiera, claro.

Se termina de anudar la bufanda pero no retira las manos de ella.

—¿Por qué no te la pones tú? —le dice, y empieza a quitársela otra vez.

—No, gracias, estoy bien. —Se pone una mano en el cuello, sobre el nudo de la corbata.

—¿Seguro?

Él asiente, medio tentado a decir que sí, para sentir su bufanda contra su piel.

—Pues al menos te va a hacer falta un gorro —insiste ella—. Conozco un sitio que queda cerca. ¿Tienes que volver al trabajo ahora mismo?

Lo lleva a una pequeña boutique en Madison. El escaparate está lleno de sombreros de mujer sobre las cabezas sin cara de unas maniquíes con cuellos de casi treinta centímetros de largo.

—En la parte de atrás tienen cosas de hombre —le dice. La tienda está atestada de señoras. La parte trasera es relativamente tranquila, y sobre unos estantes semicirculares están expuestos sombreros y boinas. Gógol coge un gorro de pelo de animal y se lo prueba en broma. La copa de vino se le ha subido un poco a la cabeza y está alegre. Moushumi empieza a rebuscar dentro en una cesta.

—Ésta debe de abrigar —dice, poniendo las manos dentro de una gorra azul marino con tiras amarillas en el borde. Le pasa los dedos por el interior, comprobando su resistencia—. ¿Qué te parece a ti? —Se la pone, le toca el pelo, la cabeza. Sonríe y le señala un espejo. Gógol se mira en él, mientras ella no deja de observarlo.

Se da cuenta de que, más que mirar su reflejo, lo está mirando a él. Se pregunta cómo será su cara sin gafas, con el pelo suelto. Se pregunta cómo debe de ser besarla en los labios.

—Me gusta —dice—. Me la quedo.

Ella se la quita de prisa, lo despeina.

—¿Qué estás haciendo?

—Quiero regalártela.

—No hace falta.

—Pero es que quiero hacerlo —insiste, dirigiéndose ya hacia la caja—. Además, ha sido idea mía. Tú estabas estupendamente congelándote de frío.

En el mostrador, la cajera se fija en que Moushumi se ha quedado mirando un sombrero marrón de lana y terciopelo tocado con plumas.

—Es una pieza elegantísima —comenta, levantándolo con mucho cuidado del maniquí—. Hecho a mano por una sombrerera en España. Es una pieza única. ¿Le gustaría probárselo?

Moushumi se lo pone. Una clienta le dice lo bien que le queda, y la cajera también.

—No cualquier mujer puede llevar un sombrero así.

Ella se ruboriza, mira la etiqueta con el precio que cuelga a un lado.

—Me temo que se sale un poco de mi presupuesto —dice.

La cajera vuelve a dejarlo en su sitio.

—Bueno, ahora ya sabe qué regalarle para su cumpleaños —añade mirando a Gógol.

Él se pone su nueva gorra y salen de la tienda. Va a llegar tarde al trabajo. De no ser por la reunión, sucumbiría a la tentación de quedarse con ella, de caminar por las calles a su lado, de desaparecer en la penumbra de una sala de cine. Cada vez hace más frío y más viento, el sol es una débil mancha en el cielo. Moushumi lo acompaña hasta el despacho. El resto del día, primero en la reunión y luego, mientras lucha por volver al trabajo, no deja de pensar en ella. Al terminar la jornada, en vez de coger el metro, vuelve por el mismo camino que ha recorrido con ella ese mediodía, pasa frente al restaurante en el que ahora hay gente cenando, y llega a la sombrerería. Al ver el escaparate, se le levanta un poco el ánimo. Son casi las ocho y es de noche. Supone que ya estará cerrada, pero se sorprende al ver que dentro hay luz, y que la persiana no está bajada del todo. Estudia los artículos del escaparate, y su reflejo en la luna, con la gorra que ella le ha comprado ahí mismo. Después de un rato, entra. No queda ya ningún cliente. Oye el sonido de una aspiradora en la parte trasera del local.

—Sabía que volvería —le dice la vendedora cuando lo ve aparecer. Saca el sombrero del busto de poliuretano sin que él le diga nada—. Ha estado aquí antes, con su novia —le cuenta a su asistente—. ¿Se lo envuelvo?

—Sí, por favor. —Le excita oír que se refieren a él en esos términos. Mira cómo meten el sombrero en una caja redonda color chocolate y cómo lo atan con una cinta ancha color crema. Se da cuenta de que no ha preguntado el precio, pero sin pensárselo dos veces firma la factura de doscientos dólares. Se lleva el sombrero a su apartamento y lo esconde en el fondo del armario, aunque Moushumi no ha estado nunca ahí. Se lo regalará para su cumpleaños, a pesar de que no tiene la más remota idea de cuándo es.

Y eso que tiene la sensación de haber asistido a más de un cumpleaños suyo, de la misma manera que ella ha ido a sus fiestas. Ese fin de semana, en casa de sus padres, confirma esa sospecha. Cuando su madre y Sonia se van a acostar, la busca en los álbumes de fotos que su madre ha ido recopilando con los años. Y ahí aparece Moushumi, detrás de un pastel de cumpleaños con todas las velas encendidas, en el comedor de sus padres. Ella no mira a la cámara, y lleva puesto un sombrero cónico. Él sí tiene la mirada clavada en el objetivo, el cuchillo en la mano, apoyado ligeramente en el pastel, para la foto, y la cara brillante, preludio de una adolescencia inminente. Intenta despegar la foto del álbum para enseñársela la próxima vez que se vean, pero la foto se aferra obstinadamente al cartón, negándose a desmarcarse limpiamente del pasado.

El fin de semana siguiente, Moushumi lo invita a cenar a su casa. Tiene que bajar a abrirle la puerta del edificio; el intercomunicador no funciona, ya se lo ha advertido cuando han quedado por teléfono.

—Bonita gorra —le dice al verlo. Ella va con un vestido negro sin mangas, atado holgadamente a la espalda. Lleva las piernas descubiertas, tiene los pies muy finos y, como lleva sandalias, se le ven las uñas pintadas de granate. Del moño se le han soltado varios mechones. Sostiene un cigarrillo a medio fumar entre los dedos, pero justo antes de adelantarse para darle dos besos, lo tira al suelo y lo aplasta con la sandalia. Lo conduce por la escalera hasta su apartamento, que está en el tercer piso. Ha dejado la puerta abierta. Huele a comida. En los fogones, unos trozos grandes de pollo se están dorando en una cazuela llena de aceite. En el equipo de música suenan las canciones de alguien que canta en francés. Gógol le entrega el ramo de girasoles que le ha comprado, y que tienen unos tallos que pesan más que la botella de vino que también ha traído. Ella no sabe dónde poner los girasoles; las encimeras, estrechas de por sí, están llenas de los ingredientes del plato que está preparando: cebollas, champiñones, harina, una barra de mantequilla que, con el calor, se está ablandando por momentos, la copa de vino que se está bebiendo, bolsas de la compra que todavía no ha tenido tiempo de guardar.

—Debería haber traído algo más manejable —le dice cuando ve que ella busca con la mirada un espacio libre, con las flores apoyadas en el hombro, como si esperara que alguna superficie se despejara por arte de magia.

—No, llevo semanas con la idea de comprar girasoles —dice ella. Mira un momento la cazuela que tiene en el fuego y se lleva a Gógol al salón. Desenvuelve las flores—. Hay un jarrón ahí arriba —le dice, señalando a lo alto de la librería—. ¿Te importaría bajármelo?

Moushumi lo coge y se lo lleva al baño. Gógol oye que se abre un grifo. Aprovecha el momento para quitarse el abrigo y la gorra y los deja sobre el sofá. Se ha vestido para la ocasión: una camisa italiana azul, con rayas blancas, que Sonia le compró en Filene's Basement, y unos vaqueros negros. Moushumi entra con el jarrón, pone los girasoles dentro y lo deja sobre una mesa baja. El apartamento es más bonito de lo que esperaba, a juzgar por el deteriorado aspecto del vestíbulo del edificio. Los suelos son nuevos y las paredes están recién pintadas. En el techo hay focos empotrados. El salón cuenta con una mesa cuadrada en una esquina, y un escritorio y unos archivadores en otra. En una de las paredes hay una librería de contrachapado. Sobre la mesa de comedor, un salero y un pimentero, un cuenco lleno de mandarinas brillantes, de un naranja pálido. Reconoce algunas variantes de cosas que también decoran la casa de sus padres: una alfombra bordada, de Cachemira, en el suelo, unos cojines de seda del Rajastán en el sofá, un *natraj* de hierro forjado, en una de las estanterías.

Vuelve a la cocina y en unos platitos sirve olivas y queso de cabra cubierto de ceniza. Le alarga un sacacorchos y le pide que abra la botella que ha traído y se sirva una copa. Espolvorea otros trozos de pollo con harina. La cazuela chisporrotea con estruendo y la pared que hay detrás de los fogones queda salpicada de aceite. Él la observa, de pie, y ella le habla de un libro de recetas de Julia Child. Gógol está algo desbordado ante la gran cantidad de preparativos que tienen lugar en su honor. A pesar de que ya han comido juntos alguna vez, esta cita le pone nervioso.

—¿Cuándo quieres comer? —le pregunta Moushumi—. ¿Tienes hambre?

—Cuando quieras. ¿Qué estás preparando?

Ella lo mira, insegura.

—*Coq au vin*. Es la primera vez que lo hago. Y acabo de descubrir que, en teoría, hay que cocinarlo veinticuatro horas antes de comerlo. Me temo que voy con un poco de retraso.

Él se encoge de hombros.

—Pues ya huele muy bien. Si quieres te ayudo. —Gógol se arremanga—. ¿Qué puedo hacer?

—Veamos —dice ella, leyendo la receta—. Ah, sí, coge estas cebollas, márcales una X en la base con un cuchillo y ponlas en ese cazo.

—¿Con el pollo?

—No. Mier... —Se arrodilla y saca un cazo de uno de los armarios bajos—. Tienen que hervir un minuto, luego las sacas.

Hace lo que le pide; llena el cazo de agua y la acerca al fuego. Busca un cuchillo y marca las cebollas, como una vez le enseñaron a hacer con las coles de Bruselas en la cocina de los Ratliff. La observa mientras ella vierte una cantidad exacta de vino y concentrado de tomate en la cazuela del pollo. Abre un armario y saca una bandeja de acero inoxidable llena de especias. Coge una hoja de laurel y la echa en el guiso.

—Mi madre, claro, se ha escandalizado al saber que no te iba a preparar una cena india —dice, sin dejar de vigilar la cazuela.

—¿Le has dicho que venía?

—Me ha llamado hoy —responde—. ¿Y tú? ¿Mantienes a la tuya al corriente?

—Yo no le he dicho nada. Pero supongo que sospecha algo, porque es sábado y no he ido a verlas.

Moushumi se inclina sobre el guiso y observa la lenta cocción de los ingredientes. Remueve los trozos de pollo con una cuchara de madera. Vuelve a revisar la receta.

—Creo que tengo que ponerle más líquido —dice, vertiendo agua caliente de la tetera, tras lo que las gafas le quedan todas empañadas—. No veo nada —dice, riéndose. Se aparta un poco del fuego y se sitúa más cerca de él. El CD se ha terminado y, además de los ruidos de la cocina, el apartamento está en silencio. Se vuelve hacia Gógol, sin dejar de reír, con los ojos aún velados. Levanta las manos, manchadas de comida, llenas de harina y de grasa de pollo—. ¿Te importaría quitarme las gafas?

Con las dos manos, él se las quita, cogiéndoselas por el punto de la montura que le toca las sienes. Las deja sobre la encimera. Entonces se adelanta un poco y la besa. Con los dedos le roza los brazos desnudos, que están fríos a pesar del calor de la cocina. La abraza con fuerza y le pone una mano en la espalda, sobre el nudo del vestido, recreándose en el sabor cálido y algo amargo de su boca. Atraviesan el salón y se meten en el dormitorio. Ahí hay sólo un somier y un colchón. Le desanuda torpemente la cinta que le ata el vestido a la espalda y después le baja la cremallera. A sus pies, el vestido forma una especie de charco negro. A la luz que entra desde el salón, ve unas braguitas negras a juego con el sujetador. Tiene más curvas de las que aparenta vestida, los pechos más prominentes, las caderas generosas. Hacen el amor sobre la colcha, rápidamente, con pericia, como si se conocieran los cuerpos desde hace años. Pero al terminar, ella enciende la luz que hay a su lado y se examinan mutuamente, descubren en silencio lunares, marcas, costillas.

—Quién lo habría dicho —comenta con voz cansada, satisfecha. Está sonriendo, y tiene los ojos entrecerrados.

Él la mira a los ojos.

—Eres muy guapa.

—Tú también.

—¿Me ves bien sin gafas?

—Sólo si te quedas muy cerca.

—Entonces será mejor que no me mueva.

—No, no te muevas.

Retiran la colcha y se quedan ahí juntos, sudorosos, cansados, abrazándose. Él empieza a besarla de nuevo, y ella lo rodea con sus piernas. Pero un olor a quemado le hace salir disparada de la cama y entrar a toda prisa en la cocina, riéndose. La salsa se ha evaporado, y el pollo se ha quemado hasta tal punto de que la cazuela también ha quedado inservible. Los dos se mueren de hambre, pero como les da tanta pereza salir como prepararse alguna otra cosa, optan por pedir comida china por teléfono, y mientras esperan se van dando el uno al otro trocitos de tarta y gajos de mandarina.

No han pasado tres meses y los dos ya guardan un cepillo de dientes y algo de ropa en el apartamento del otro. Gógol la ve sin maquillar cuando pasa con ella los fines de semana, con ojeras mientras redacta sus trabajos sentada al escritorio, y cuando le besa la cabeza nota la grasa que se le acumula en el pelo entre un lavado y el siguiente. Le ve el vello que le crece en las piernas entre una depilación y la siguiente, las raíces negras que aparecen entre dos visitas al salón de belleza y, en esos instantes, ante esas fugaces visiones, le parece que nunca ha experimentado tanta intimidad con nadie. Descubre que Moushumi siempre duerme con la pierna izquierda recta y la derecha doblada, que apoya el tobillo en la rodilla, como formando un cuatro. Descubre que tiende a roncar, aunque débilmente, y que el sonido que emite se parece al de una segadora de césped que se resistiera a arrancar, y que aprieta mucho las mandíbulas, que él le masajea mientras duerme. Cuando están en algún bar o restaurante, a veces intercalan frases en bengalí, para poder criticar con impunidad un corte de pelo desafortunado o unos zapatos infames.

Hablan sin cansarse del conocimiento y desconocimiento mutuo que hay entre ellos. En cierto modo tienen poco que contarse. Crecieron asistiendo a las mismas fiestas; viendo los mismos episodios de *Vacaciones en el mar* y *La isla de la fantasía* con los demás niños mientras los mayores celebraban sus cosas en otra parte de la casa; comiendo lo mismo en los mismos platos de papel; viendo los mismos periódicos extendidos sobre las moquetas cuando los anfitriones eran especialmente maniáticos. A Gógol no le cuesta imaginarse su vida, incluso la posterior a su traslado a Nueva York, con sus padres. Se imagina la casa espaciosa en las afueras; el aparador con la porcelana en el salón, la posesión más preciada de su madre; el gran instituto público en el que ella había destacado pero al que había asistido sin ilusión. Hicieron los mismos viajes frecuentes a Calcuta, que los arrancaban durante meses de sus vidas estadounidenses. En algunas ocasiones se dedican a calcular el número de meses que han estado al mismo tiempo en esa ciudad distante, en viajes en los que a veces han coincidido durante semanas, en un caso concreto durante meses, sin tener conciencia el uno de la otra. Hablan de las veces que los han tomado por griegos, por egipcios, por mexicanos; hasta esos errores tienen en común.

Moushumi habla con nostalgia de los años que pasó en Inglaterra, con su familia, primero en Londres, de la que casi no recuerda nada, y luego en una casa adosada en Croydon, con rosales en la fachada principal. Describe la edificación estrecha, las chimeneas de gas, el olor a humedad de los baños, los desayunos a base de Weetabix con leche caliente, el uniforme del colegio. Le cuenta que no soportaba la idea de trasladarse a Estados Unidos, que mantuvo su acento británico tanto como pudo. No sabía por qué, pero a sus padres Estados Unidos les daba mucho más miedo que Inglaterra, tal vez por su extensión, tal vez porque, para ellos, el vínculo con la India era menor. Pocos meses después de su llegada a Massachusetts, desapareció un niño mientras jugaba en el patio de su casa, y ya no volvieron a encontrarlo; durante mucho tiempo, en los supermercados había carteles con su foto. Recuerda que cada vez que se iba con sus amigas a casa de alguna de ellas, visible desde la suya, a jugar con sus juguetes, a merendar galletas con ponche, tenía que llamar a su madre para decírselo. Y en cuanto llegaba, tenía que pedir permiso para usar el teléfono. A las madres estadounidenses, su sentido del deber les resultaba tierno y desconcertante a partes iguales. «Estoy en casa de Anna», informaba a su madre en inglés. «Estoy en casa de Sue.»

Gógol no se siente insultado cuando ella le confiesa que, durante una gran parte de su vida, él ha encarnado a la perfección el tipo de persona a la que evitaba a toda costa. Más bien le halaga el comentario. Desde que era muy niña, le dice, se ha empeñado siempre en no permitir que sus padres intervinieran en su matrimonio. Siempre le aconsejaron que no se casara con un estadounidense, igual que a él, pero Gógol sabe que, en el caso de Moushumi, esos consejos fueron incesantes, lo que la atormentó mucho más. Cuando sólo tenía cinco años, sus familiares le preguntaron si se iba a casar con sari rojo o con vestido blanco. Aunque se negó a responder, sabía muy bien cuál era, según ellos, la respuesta correcta. A los doce años, con otras dos amigas bengalíes, hizo un pacto de no casarse nunca con un bengalí. Redactaron una declaración en la que juraban no hacerlo jamás, y las tres escupieron sobre ella al mismo tiempo, y la enterraron en el jardín trasero de la casa de sus padres.

Desde la adolescencia fue la heroína de una serie de situaciones que culminaban en fracaso: con cierta frecuencia, un grupito de solteros bengalíes se personaban en su casa, colegas jóvenes de su padre. Ella nunca hablaba con ellos. Se metía en su habitación alegando que tenía deberes y no bajaba ni a despedirse. Durante sus visitas estivales a Calcuta, había hombres que aparecían misteriosamente en la salita del piso de sus abuelos. Una vez, durante un viaje en tren a Durgapur (iban a visitar a un tío suyo), una pareja fue lo bastante descarada como para preguntarle a sus padres si estaba prometida; ellos tenían un hijo que estudiaba cirugía en Michigan. «¿No pensáis concertarle un matrimonio?», le preguntaban sus parientes a sus padres. Aquellas preguntas la llenaban de temor. Le desagradaba aquella manera de comentar los detalles de su boda, el menú, los colores de los saris que llevaría en las distintas ceremonias, como si aquélla fuera una certeza absoluta en su vida. No soportaba que su abuela abriera su *almari*, que siempre tenía cerrado con llave, y le mostrara las joyas que algún día serían suyas.

La triste realidad era que no salía con nadie, que en realidad estaba desesperadamente sola. Rechazaba a los hombres indios, que no le interesaban, y sus padres, durante su adolescencia, le prohibían salir con chicos. En la universidad vivió prolongados enamoramientos, en los que los objetos de su pasión eran alumnos con los que nunca hablaba, profesores o adjuntos. Mentalmente, tenía relaciones con ellos y organizaba sus días en función de los encuentros fortuitos que pudieran producirse entre ellos en la biblioteca, o de las conversaciones mantenidas durante las horas lectivas, o de la única clase que ella y ese alumno especial compartían, hasta el punto de que, incluso en la actualidad, asociaba un curso concreto con el hombre o el chico al que deseaba en silencio, perdida, tontamente. De tarde en tarde alguno de aquellos enamoramientos culminaba en un almuerzo, en un café compartido, encuentros en los que ella depositaba todas sus esperanzas pero que no acababan en nada. La verdad era que en su vida no había nadie, así que cuando estaba a punto de terminar la carrera, empezó a estar íntimamente convencida de que nunca encontraría el amor. A veces se preguntaba si no sería su horror a casarse con alguien a quien no quería lo que inconscientemente la hacía cerrarse a los afectos. Mientras habla, niega con la cabeza, molesta por haber abordado ese aspecto de su pasado. Incluso en la actualidad, lamenta su adolescencia. Lamenta su obediencia, su pelo largo y liso, sus clases de piano, sus blusas con lazo. Lamenta su torturadora falta de confianza en sí misma, los cuatro kilos de más que tenía en esa época. «No me extraña que no me dirigieras la palabra», le dice. Cuando Gógol la oye hablar así de sí misma, siente ternura por ella. Y aunque fue testigo de esa etapa de su vida, ya no logra imaginársela; esos recuerdos vagos de ella que ha conservado toda la vida han sido barridos de un plumazo, reemplazados por la mujer que ahora conoce.

En Brown, su rebelión fue académica. Ante la insistencia familiar, se licenció en Química, porque ellos tenían la esperanza de que siguiera los pasos de su padre. Pero, sin decírselo, se matriculó también en francés. Sumergirse en una tercera lengua, en una tercera cultura, había sido su refugio; en vez de a lo estadounidense o a lo indio, se acercaba a lo francés sin culpa, sin recelos, sin expectativas de ningún tipo. Era más fácil dar la espalda a los dos países que podían reclamarle algo y abrazar otro que no le pedía nada a cambio. Sus cuatro años de estudios clandestinos le sirvieron de preparación, en esa última etapa universitaria, para escapar lo más lejos posible. Les comunicó a sus padres que no tenía intención de ejercer de química y, haciendo caso omiso de sus protestas, reunió todo el dinero que tenía y se trasladó a París sin planes concretos.

De pronto todo era fácil, y tras años convencida de que nunca tendría ningún amante, empezó a tener aventuras sin proponérselo. Sin pensárselo dos veces, consintió en que los hombres la sedujeran en los cafés, en los parques, en los museos. Se entregaba a ellos abierta y completamente, sin importarle las consecuencias. Ella era la misma persona de siempre, con el mismo aspecto y el mismo comportamiento, pero de repente, en aquella nueva ciudad, se transformó en el tipo de chica a la que en otro tiempo habría envidiado, en el tipo de chica en la que jamás habría creído llegar a convertirse. Dejaba que los hombres le pagaran las copas, las cenas, que luego la llevaran en taxi hasta sus casas, en barrios que aún no conocía. Al recordarlo, se da cuenta de que aquella súbita falta de inhibición la embriagaba más que todos aquellos hombres. Algunos estaban casados, eran mucho mayores que ella, eran padres de hijos que ya estudiaban en secundaria. Casi todos eran franceses, pero también hubo un alemán, un persa, un italiano, un libanés. Había días en los que se acostaba con uno al mediodía y con otro por la noche. Eran un poco excesivos, le dice a Gógol, poniendo los ojos en blanco; le regalaban perfumes y joyas.

Encontró trabajo en una agencia en la que los empresarios estadounidenses iban a practicar francés y los empresarios franceses, inglés. Quedaba con sus alumnos en cafés, o hablaba con ellos por teléfono, les hacía preguntas sobre su familia, su pasado, sus libros o sus platos favoritos. Empezó a salir con otros estadounidenses residentes en París. Su prometido formaba parte de aquel grupo. Era inversor de banca, de Nueva York, y estaba pasando un año en París.

Se llamaba Graham. Se enamoró de él y al cabo de poco tiempo se trasladó a vivir a su casa. Fue por él por quien se matriculó en la Universidad de Nueva York. Se fueron a vivir juntos a York Avenue. Vivían ahí en secreto, con dos líneas telefónicas independientes para que sus padres no se enteraran. Cuando iban a visitarla a la ciudad, él desaparecía y se instalaba en un hotel, tras borrar todas las huellas de su presencia en el apartamento. Al principio, mantener una mentira tan compleja era emocionante, pero al final se hizo pesado, imposible. Lo llevó a casa de sus padres, en Nueva Jersey, dispuesta a presentar batalla, pero para su asombro, descubrió que ellos se sentían aliviados. Para entonces ella ya era lo bastante mayor y no les importaba que su novio fuera de Estados Unidos. Varios de los hijos de sus amigos se habían casado con estadounidenses, les habían dado nietos de piel clara, pelo oscuro, medio estadounidenses, y nada de todo aquello era tan terrible como temían. Así, sus padres hicieron todo lo posible por aceptarlo. Le dijeron a sus amigos bengalíes que Graham era muy educado, que había estudiado en las mejores universidades, que ganaba un muy buen sueldo. Tuvieron que pasar por alto el hecho de que sus padres estuvieran divorciados, de que su padre se hubiera vuelto a casar no una vez, sino dos, de que su segunda esposa fuera apenas diez años mayor que Moushumi.

Una noche, en un taxi parado en medio de un embotellamiento, ella le pidió impulsivamente que se casaran. Viéndolo en perspectiva, supone que lo que la llevó a hacerlo fueron todos aquellos años en que la gente intentaba reclamarla, escogerla, todos aquellos años en que sentía como si llevara una red invisible alrededor. Graham aceptó, le regaló el diamante de su abuela. Quiso viajar con ella y su familia a Calcuta, conocer a su numerosa familia y obtener la bendición de sus abuelos. Consiguió cautivar a todo el mundo, aprendió a sentarse en el suelo, a comer con los dedos, a tocar el suelo que pisaban sus abuelos. Visitaron las casas de muchísimos parientes, comieron platos llenos de pegajoso *mishti*, posaron pacientemente en los terrados, rodeados de primos, mientras les hacían innumerables fotos. Aceptó que el matrimonio fuera hindú, y su madre fue a comprar a Gariahat y a New Market, y escogió una docena de saris y joyas de oro en cajitas rojas forradas de terciopelo granate, así como un *dhoti* y un *topor* para Graham, que su madre llevó en la mano en el avión en que volvieron a Estados Unidos. La fecha de la boda se fijó para el verano siguiente en Nueva Jersey. Celebraron una fiesta de compromiso, recibieron algunos regalos. Su madre redactó en el ordenador un resumen de rituales bengalíes y se lo envió a todos los invitados estadounidenses. Les tomaron una foto que hicieron publicar en las páginas de sociedad del periódico local que leían sus padres.

Pocas semanas antes de la boda, estaban cenando en un restaurante, con unos amigos, emborrachándose felizmente, cuando oyó que Graham hablaba de su viaje a Calcuta. Para su sorpresa, lo que hacía era quejarse, comentar que le había parecido agotador, que creía que se trataba de una cultura reprimida. Todo lo que habían hecho era ir a visitar parientes, dijo. Aunque la ciudad le resultó fascinante, en su opinión la sociedad era un poco provinciana. La gente tendía a quedarse en casa, por regla general. No había bebidas alcohólicas. «Imaginaos tener que enfrentarme a cincuenta parientes de ella sin nada de alcohol. Y ni siquiera podíamos cogernos de la mano en la calle sin ser blanco de todas las miradas», añadió. Ella escuchó todo aquello, dándole la razón en parte, pero también horrorizada. Porque una cosa era que fuera ella la que rechazara su lugar de origen, la que se mostrara crítica con su herencia familiar, y otra muy distinta tener que oírlo de sus labios. Se dio cuenta de que Graham había engañado a todo el mundo, incluida ella. Al salir del restaurante, camino de casa, sacó el tema y le confesó que aquellos comentarios la habían afectado. Quiso saber por qué no se lo había dicho antes. ¿Acaso había estado fingiendo todo el rato y en realidad no se lo había pasado bien en Calcuta? Empezaron a discutir, y entre ellos se abrió un abismo que se los tragó y de pronto, ella, enfurecida, se quitó el anillo de su abuela y lo tiró al suelo, a la calle, a los coches que pasaban, y Graham le dio un bofetón ante la mirada de la gente que pasaba. Aquella misma semana él se fue del apartamento que compartían. Moushumi dejó de ir a clase. Se tomó medio frasco de pastillas, y en urgencias le obligaron a beber carbón. La mandaron al psicólogo. Llamó a su tutor de la universidad y le dijo que había tenido un ataque de nervios y que pensaba dejar el curso ese semestre. Se canceló la boda, tuvieron que hacerse cientos de llamadas. Perdieron la paga y señal que habían dado para el *catering* en Sha Jahan, así como el viaje de bodas, que había de ser en el Palacio sobre Ruedas, en el Rajastán. Las joyas se guardaron en la caja fuerte de un banco, y los saris, las blusas y las enaguas en un arcón a prueba de polillas.

Su primer impulso fue volver a París. Pero estaba en la universidad, se había empeñado demasiado para dejarla y, además, no tenía dinero para el viaje. Dejó el apartamento de York Avenue, porque ella sola no podía pagarlo. No quiso volver a casa de sus padres. Unos amigos de Brooklyn la acogieron. Vivir con una pareja, en aquellos momentos, fue doloroso, le explicó a Gógol, oírlos ducharse juntos por las mañanas, verlos besarse y cerrar la puerta de su dormitorio al llegar la noche, pero al principio no podía soportar la idea de estar sola. Empezó a aceptar trabajos temporales. Cuando ahorró lo bastante para trasladarse a su apartamento del East Village, ya tenía ganas de estar sola. Se pasó el verano yendo al cine sin compañía, a veces hasta a tres sesiones en un mismo día. Se compraba una guía de televisión y la leía de cabo a rabo, planificando las noches en función de sus programas favoritos. Empezó a alimentarse de *raita* y galletas saladas. Adelgazó más que nunca, y en las pocas fotos que le hicieron en esa época cuesta reconocerle la cara. Fue a las rebajas de final de verano y se lo compró todo de la talla 36. Seis meses después se vio obligada a darlo todo a una tienda de segunda mano. Al llegar el otoño, se concentró en sus estudios, y recuperó todas las materias que había abandonado en primavera. Empezó a salir de vez en cuando con chicos. Y entonces, un día, su madre le llamó y le preguntó si se acordaba de un chico que se llamaba Gógol.

9

Se casan en menos de un año, en un hotel de la cadena Double Tree, en Nueva Jersey, cerca del barrio residencial donde viven los padres de Moushumi. No es el tipo de boda que habrían escogido ellos. Ellos habrían preferido celebrarla en alguno de los sitios en los que se casan sus amigos estadounidenses, los Brooklyn Botanic Gardens, el Metropolitan Club, el Boat House de Central Park. Habrían preferido una cena para pocos invitados en la que la gente se sentara en torno a mesas, con jazz de fondo, fotos en blanco y negro. Pero sus padres insisten en invitar a casi trescientas personas, en servir comida india, en que no haya problemas de aparcamiento. Gógol y Moushumi están de acuerdo en que es mejor rendirse a las expectativas de sus padres que empezar a discutir. Les está bien merecido, bromean, por haber hecho caso a sus respectivas madres y enamorarse. El hecho de estar unidos en su resignación hace que las consecuencias sean algo más soportables. A las pocas semanas de anunciar su compromiso, fijan la fecha de la boda, reservan el hotel, escogen el menú y, aunque durante algún tiempo reciben llamadas nocturnas en las que sus madres les preguntan si prefieren una tarta plana o de pisos, o si les gustan más las servilletas verde salvia o rosa palo, o si quieren Chardonnay o Chablis, lo cierto es que Gógol y Moushumi pueden hacer poco más que escuchar y decir sí, lo que te parezca mejor, todo suena muy bien. «Pues podéis consideraros afortunados», le comentan a Gógol sus compañeros de trabajo. Organizar una boda es muy estresante, la primera prueba de fuego de un matrimonio, añaden. Con todo, no deja de resultarles raro mantenerse tan al margen de los preparativos de su propia boda. Gógol recuerda las distintas celebraciones de su vida, los cumpleaños y fiestas de graduación que sus padres han ido organizando en su honor a medida que él se iba haciendo mayor, fiestas a las que acudían los amigos de sus padres y de las que él siempre se sentía algo ajeno.

El sábado de la boda hacen las maletas, alquilan un coche y se van a Nueva Jersey. Sólo se separan al llegar al hotel, donde sus familias los reclaman por última vez. Gógol se sorprende al pensar que, a partir de mañana, él y Moushumi van a ser considerados una familia por derecho propio. Es la primera vez que ven el hotel. Su rasgo más destacado es un ascensor transparente que sube y baja sin cesar para entretenimiento de niños y adultos. Las habitaciones se distribuyen en torno a sucesivas galerías elípticas que se ven desde el vestíbulo; a Gógol todo le recuerda un poco a un aparcamiento. Tiene reservada una habitación para él solo, en la misma planta que las de su madre y su hermana, y las de algunos amigos muy íntimos de los Ganguli. Moushumi se aloja, castamente, en la planta de arriba, en la habitación contigua a la de sus padres, a pesar de que los dos llevan un tiempo viviendo prácticamente juntos en el apartamento de ella. La madre de Gógol le ha traído la ropa que tiene que ponerse, una camisa color pergamino que pertenecía a su padre, un *dhoti* plisado con cordón en la cintura y unas zapatillas, *nagrais*, con las puntas en espiral. Como su padre no había llevado nunca aquel *punjabi*, tiene que colgarlo en el baño y dejar correr el agua caliente para que se le vayan las arrugas.

—Que sus bendiciones estén siempre contigo —le dice su madre, levantando un momento las dos manos y poniéndoselas en la cabeza. Es la primera vez desde la muerte de Ashoke que viste con ropa elegante. Lleva un sari verde claro y un collar de perlas, y ha dejado que Sonia le pinte un poco los labios—. ¿No será demasiado? —pregunta, preocupada, mirándose al espejo.

Sin embargo, hace bastantes años que Gógol no la ha visto tan guapa, tan contenta, tan emocionada. Sonia también se ha puesto un sari, fucsia con bordados plateados, y lleva una rosa en el pelo. Le entrega una caja envuelta en papel de regalo.

—¿Qué es esto? —pregunta Gógol.

—No pensarás que me he olvidado de que acabas de cumplir treinta años.

Su cumpleaños fue hace unos días, pero cayó entre semana. Moushumi y él estaban demasiado ocupados y apenas lo celebraron. Incluso su madre, atareada con los detalles de última hora, se olvidó de llamarlo a primera hora de la mañana, como hacía normalmente.

—Creo que ya he llegado oficialmente a una edad en la que prefiero que la gente se olvide de mis cumpleaños.

—Pobre Gol-Gol.

Abre el paquete y dentro hay una botella de bourbon y una petaca de piel roja.

—La he hecho grabar —le dice su hermana.

Le da la vuelta y ve las iniciales NG. Se acuerda del día en que entró en la habitación de su hermana, hace años, para comunicarle su decisión de cambiarse el nombre, de ponerse Nikhil. Ella tenía unos trece años y estaba haciendo los deberes en la cama.

—No puedes hacerlo —le dijo ella negando con la cabeza.

—¿Por qué no?

—Pues porque no —se limitó a responder—. Porque tú eres Gógol.

Ahora la observa mientras se maquilla en su habitación, tensándose la piel cercana al ojo para pintarse una fina línea negra en el párpado, y se acuerda de su madre en las fotos del día de su boda.

—Tú eres la próxima, ya sabes.

—No me lo recuerdes. —Hace una mueca y se ríe. La sensación compartida de vértigo, la emoción de los preparativos, le entristece, porque le recuerda que su padre está muerto. Se lo imagina con una ropa parecida a la que él lleva, con un pañuelo sobre un hombro, igual que para las *pujas*. El conjunto que teme que a él le quede ridículo, se veía muy digno y elegante en su padre, le sentaría como a él no le sienta. Los *nagrais* no son de su talla, le van grandes, y tiene que ponerse pañuelos de papel dentro. A diferencia de Moushumi, que está con una profesional que la peina y la maquilla, él está listo en cuestión de minutos. Siente no haberse traído las zapatillas deportivas; podría haber dado varias vueltas a la redonda antes de prepararse para el evento.

La ceremonia, hindú aunque algo descafeinada, dura una hora y se celebra en una tarima cubierta con telas. Gógol y Moushumi se sientan con las piernas cruzadas, primero uno delante de la otra, después de lado. Los invitados siguen la ceremonia desde unas sillas plegables de metal. Para que haya más sitio, la puerta de corredera que separa los dos salones de banquetes se deja abierta. Delante de ellos hay instaladas una cámara de video y unos potentes focos. Por los altavoces suena música shenai. Nadie les ha explicado nada ni han ensayado antes. Tienen montones de *mashis* y de *meshos* a su alrededor que les van diciendo lo que tienen que hacer, cuándo tienen que hablar, ponerse de pie o arrojar flores a una pequeña urna de cobre. El oficiante es un amigo de los padres de Moushumi, un anestesista que resulta ser brahmán. Se hacen ofrendas ante las fotos de sus abuelos y del padre de Gógol, se vierte arroz en una pira que la dirección de hotel les ha prohibido encender. Piensa en sus padres, desconocidos el uno para el otro hasta aquel momento, dos personas que no habían hablado nunca hasta que estuvieron casadas. De pronto, sentado ahí, junto a Moushumi, se da cuenta de lo que significa eso, y admira su coraje, el sentido de la obediencia que hacía falta para entregarse a algo así.

Es la primera vez que ve a Moushumi vestida con sari, sin contar con las *pujas* de su infancia, que había sufrido en silencio. Lleva casi ocho kilos de oro encima. En un momento determinado, cuando están sentados de frente, con las manos juntas y envueltas en un paño de cuadros, le cuenta hasta once collares. Le han pintado dos enormes *paisleys* rojos y blancos en las mejillas. Hasta ese momento, ha seguido llamando Shubir Mesho al padre de Moushumi, y a su madre Rina Mashi, como siempre, como si fueran sus tíos, como si Moushumi siguiera siendo una especie de prima. Pero cuando termine la noche, se convertirá en su yerno, y tendrá que pensar en ellos como en unos segundos padres, es decir, llamándolos Baba y Ma.

Antes del banquete, se cambian de ropa: Gógol se pone un traje y Moushumi, un sari rojo de Benarés de tirantes finos que se ha diseñado ella misma y que le ha hecho una amiga suya modista. Ese vestido se lo pone pese a las protestas de su madre («¿qué tiene de malo una *salwar kameeze*?», le gustaría saber) y en un momento determinado, cuando se le olvida el chal en la silla y muestra los hombros desnudos, morenos, que brillan ligeramente por efecto de unos polvos especiales que se ha extendido en ellos, su madre se las apaña, en medio de la multitud, para dedicarle unas miradas de reproche que su hija pasa por alto. Son innumerables las personas que se acercan a felicitar a Gógol, que le dicen que lo conocen desde que era tan pequeño, que le piden que pose para las fotos, que les pase el brazo por los hombros y sonría. Él lo vive todo algo aturdido por el alcohol, gracias a la barra libre que los padres de Moushumi han contratado. Al entrar en el salón del banquete, Moushumi queda horrorizada al ver que las mesas están cubiertas de tules, y que en las columnas se enroscan hiedras y florecillas blancas. Se encuentran un momento a la salida del baño y se dan un beso furtivo. A pesar de la gominola de menta que ella tiene en la boca, Gógol nota que ha fumado. Se la imagina en el retrete, con la tapa del inodoro bajada. Apenas se han dirigido la palabra en toda la noche; durante la ceremonia, han mantenido la vista bajada y, en el banquete, cada vez que él la miraba, ella estaba en plena conversación con gente a la que él no conocía. De pronto siente deseos de estar con ella a solas, la tentación de escaparse a su habitación, de prescindir del resto de la fiesta, como habría hecho cuando era niño.

—Vamos —le dice, empujándola hacia el ascensor—. Sólo quince minutos. Nadie se dará cuenta.

Pero la cena ya ha empezado, y por megafonía están empezando a llamar a cada uno por su número.

—Tendría que pedirle a alguien que me ayudara a arreglarme el peinado —replica ella.

Como deferencia a los invitados estadounidenses, los distintos platos, que se mantienen calientes en los calientaplatos, están convenientemente etiquetados. Se trata de una comida típica del norte de la India, montañas de *tandori* rosa, picante, *aloo gobi* con una espesa salsa naranja. En la cola, Gógol oye a alguien que comenta que los garbanzos están malos. Los novios se sientan presidiendo una mesa colocada en el centro del salón, con su madre, Sonia, los padres de Moushumi y su hermano, Samrat, que ha tenido que saltarse la jornada de adaptación en la universidad para poder asistir a la boda. La presidencia la completan unos pocos parientes que han venido desde Calcuta. Se hacen brindis algo forzados y sus familias y los amigos de sus padres pronuncian discursos. El padre de Moushumi se pone de pie, nervioso, sin acordarse de levantar la copa.

—Muchas gracias por venir —empieza. Se vuelve para mirar a Gógol y a su hija—. Muy bien. Que seáis felices.

Las *mashis*, con sus saris, hacen sonar las copas con los tenedores, indicándoles así cuándo deben besarse. Gógol las complace en todo momento, y besa a la novia castamente en la mejilla.

Entonces aparece la tarta. «Nikhil se casa con Moushumi» reza la inscripción. Moushumi sonríe, como siempre que tiene una cámara apuntándole, con la boca cerrada, la cabeza ligeramente ladeada hacia la izquierda y un poco levantada. Gógol es consciente de que, con su unión, él y ella están satisfaciendo un deseo colectivo y muy arraigado. Como los dos son bengalíes, todos pueden sincerarse un poco más. A veces, al fijarse en los invitados, no puede evitar pensar que, un par de años atrás, él podría haber estado sentado entre un mar de mesas redondas, viéndola casarse con otro hombre. La idea le asalta con la fuerza de una ola imprevista, pero se recuerda que es él quien está sentado hoy a su lado. El sari rojo de Benarés y las joyas de oro los compró hace dos años, para su boda con Graham. En esta ocasión, todo lo que sus padres han tenido que hacer ha sido bajar las cajas de lo alto de un armario, recuperar las joyas de la caja fuerte del banco, rescatar la lista detallada del servicio de banquetes. La nueva invitación, diseñada por Ashima (con su traducción inglesa a cargo de Gógol), es lo único de toda esa celebración que no se ha aprovechado de la anterior.

Como Moushumi tiene que dar una clase tres días después de la boda, tienen que posponer la luna de miel y conformarse con pasar una noche en el Double Tree, que ambos están deseando abandonar cuanto antes. Pero sus padres se han tomado muchas molestias y se han gastado mucho dinero para reservar la suite matrimonial.

—Necesito darme una ducha —le dice ella cuando por fin se quedan solos, y desaparece en el baño. Gógol sabe que está cansada, como él; la noche ha terminado con una larga sesión de baile con canciones de Abba. Inspecciona la habitación, mira en el interior de los cajones y revisa el papel de carta, abre el minibar, lee el menú del servicio de habitaciones, aunque no tiene nada de hambre. Más bien al contrario, está un poco empachado por la combinación del bourbon y los dos pedazos de tarta que se ha comido, porque durante la cena no había podido probar bocado. Se tumba en la enorme cama. La colcha está salpicada de pétalos de flores, un detalle final de su familia antes de decirles adiós. Espera a que salga del baño, pone la tele y empieza a cambiar de canales. Junto a él está el cubo con la botella de champán, los bombones con forma de corazón sobre un plato cubierto de un papel calado. Le da un bocado a uno. El interior es de *toffee* duro, y tiene que masticar más de lo que creía.

Le da vueltas al anillo que Moushumi le ha puesto después de cortar la tarta, idéntico al que él le ha puesto a ella. Gógol le propuso matrimonio el día de su cumpleaños, y para la ocasión le regaló una sortija con un brillante, además del sombrero que le había comprado después de su segunda cita. Lo hizo todo a lo grande. Con la excusa del cumpleaños, la llevó a un hotelito de montaña a pasar el fin de semana, en un pueblo a la orilla del Hudson. Era la primera vez que salían de la ciudad, exceptuando las visitas a sus padres a Nueva Jersey o a Pemberton Road. Era primavera, y la temporada para el sombrero de terciopelo ya había pasado. A ella le impresionó mucho que Gógol se hubiera acordado, después de tanto tiempo.

—Me parece increíble que en la sombrerería todavía lo tuvieran.

Él no le confesó cuándo lo había comprado. Se lo regaló en el comedor, después de que les sirvieran el Châteaubriand. Cuando Moushumi se lo puso, algunos otros comensales se volvieron para admirarla. Después dejó la sombrerera debajo de la silla, sin percatarse de la cajita que había escondida entre el papel del envoltorio.

—Hay algo más ahí dentro —se vio obligado a decir Gógol.

Visto con la distancia, cree que a Moushumi la sorprendió más el sombrero que su proposición de boda. Porque aquél era algo realmente inesperado, mientras que ésta cabía dentro de lo previsible; desde el principio, las dos familias lo dieron por hecho sin dudarlo un momento, y ellos no tardaron en asumirlo también, que si se caían bien, el noviazgo no duraría mucho y acabarían casándose.

—Sí —respondió ella al levantar la vista de la sombrerera, con una sonrisa de oreja a oreja, sin que a él le hubiera dado tiempo siquiera a preguntarle nada.

Ahora sale de la ducha envuelta en el inmaculado albornoz del hotel. Se ha desmaquillado y se ha quitado las joyas. Se ha lavado la cabeza para quitarse el bermellón con la que se había pintado la raíz del pelo al final de la ceremonia. Ya no lleva los zapatos de tacón que se puso cuando terminó la ceremonia religiosa, y que la hicieron sobresalir en medio de casi todo el mundo. Así es como a él sigue gustándole más, sin adornos, consciente de que con ese aspecto no se muestra a nadie más que a él. Se sienta al borde de la cama, se extiende una crema azul en las pantorrillas y en los pies. En una ocasión ella le había dado un masaje en los suyos con aquella misma crema, el día que cruzaron a pie el puente de Brooklyn y se les quedaron agarrotados y fríos. Luego se tiende apoyando la cabeza en las almohadas, y la mira, y le alarga una mano. Bajo el albornoz, Gógol espera encontrarse con sofisticadas prendas de lencería; en Nueva York, en un rincón del dormitorio, había entrevisto el montón de ropa interior que le habían regalado para la noche de bodas. Pero no. Está desnuda, la piel muy perfumada con algún aroma a fruta silvestre. Le besa el vello de los brazos, la prominente clavícula que, en una ocasión, ella le había confesado que era la parte de su cuerpo que más le gustaba. A pesar de su agotamiento, hacen el amor. El pelo húmedo y liso de ella le azota suavemente la cara, los pétalos de las flores se les pegan a los hombros, a los codos, a las pantorrillas. Gógol aspira el perfume de su piel, sin asumir que ya son marido y mujer. ¿Cuándo acabará de creérselo? Ni siquiera ahora se siente totalmente a solas con ella, y no le abandona el temor a que en cualquier momento alguien llame a la puerta y les diga cómo tienen que actuar. Y aunque la desea tanto como siempre, siente alivio al terminar, cuando se quedan desnudos, el uno junto al otro, y sabe que ya no se espera nada más de ellos, que por fin pueden relajarse.

Después abren el champán, se sientan en la cama y se ponen a revisar una bolsa llena de tarjetas de felicitación que esconden cheques al portador, regalo de los cientos de amigos de sus padres. Moushumi no ha querido hacer lista de bodas esta vez. La excusa que le había dado a Gógol era que no tenía tiempo, pero él sospechaba que no se veía capaz de enfrentarse a todo aquello de nuevo. A él no le importa en absoluto, prefiere no tener el apartamento lleno de montones de floreros de cristal, de fuentes, de cazuelas y sartenes a juego. Como no tienen calculadora, van sumando las cantidades en varios papeles de carta con membrete del hotel. Casi todos los han extendido al Sr. y la Sra. Nikhil y Moushumi Ganguli. Hay unos pocos que prescinden del tratamiento. Los importes son de ciento un dólares, doscientos un dólares, alguna vez de trescientos un dólares, porque los bengalíes consideran que trae mala suerte regalar números redondos. Gógol va sumando los subtotales al final de cada página.

—Siete mil treinta y cinco dólares —anuncia al fin.

—No está mal, señor Ganguli.

—Yo diría que hemos arrasado, señora Ganguli.

Aunque en realidad ella no se ha convertido en la señora Ganguli, porque ha decidido mantener su apellido de soltera. Ni siquiera añade el Ganguli al Mazoomdar mediante un guión, porque opina que su apellido paterno ya es lo bastante largo, y que, si lo hiciera, no le cabría el nombre en las ventanillas de los sobres. Además, ya ha empezado a publicar con su nombre en varias revistas académicas de prestigio, artículos sobre teoría del feminismo francés con sesudas notas a pie de página. Cuando Gógol ha intentado leer alguno, no sabe por qué siempre ha acabado haciéndose cortes en los dedos con los bordes de las hojas. Aunque no se lo ha admitido a ella, el día en que rellenaron la solicitud del libro de familia, Gógol fue con la esperanza de que ella cambiara de opinión, aunque sólo fuera como tributo al recuerdo de su padre. Pero la verdad es que a ella el cambio de apellido nunca se le había pasado por la cabeza. Cuando, con el tiempo, van llegando cartas de parientes de la India dirigidas a la Sra. Moushumi Ganguli, ella niega con la cabeza y suspira.

Con el dinero de la boda, dan una paga inicial para un apartamento de un dormitorio entre las calles Veinte y Treinta, junto a la Tercera Avenida. Es algo más caro de lo que inicialmente habían pensado, pero quedan seducidos por el toldo granate de la entrada, por el portero que trabaja media jornada, por el vestíbulo cubierto de azulejos color calabaza. El apartamento en sí es pequeño pero lujoso, con librerías de caoba que llegan hasta el techo y suelos de madera oscura, brillante. Hay un salón con claraboya, una cocina con caros electrodomésticos de acero inoxidable, un baño con suelo y paredes de mármol. Junto al dormitorio se abre una pequeña galería, y en una de sus esquinas Moushumi instala el escritorio, el ordenador, la impresora, el archivador. Están en una última planta, y si se asoman a la ventana del baño y miran hacia la izquierda, ven el Empire State. Durante varios fines de semana van a Ikea en el autobús especial y así decoran la casa: lámparas de imitación de Noguchi, un sofá negro en rinconera, *kilims* y alfombras griegas, una cama baja de madera clara. Tanto los padres de Moushumi como Ashima quedan impresionados y desconcertados a partes iguales cuando van a visitarlo. ¿No es un poco pequeño, ahora que están casados? Pero ellos de momento no piensan en tener hijos, no hasta que ella termine la tesis, por lo menos. Los sábados van juntos a hacer la compra en el mercadillo al aire libre de Union Square, con sus capachos de lona al hombro. Adquieren productos que no saben exactamente cómo preparar, puerros y habas frescas, y unos helechos comestibles, y buscan recetas en los libros de cocina que les han regalado para la boda. Alguna vez, mientras preparan esos platos, se activa la alarma contra incendios, que es extremadamente sensible, y tienen que apagarla con el palo de la escoba.

Esporádicamente reciben a gente en casa. El tipo de fiestas que organizan no tiene nada que ver con las de sus padres. Preparan Martinis en una coctelera de acero inoxidable, invitan a los colegas arquitectos de Gógol o a compañeros de doctorado de Moushumi. Ponen discos de bossa nova y sirven pan con quesos y salami. Gógol transfiere el dinero de su cuenta a la de ella, que se convierte en la conjunta, y reciben unos cheques de color verde claro con ambos nombres impresos en el margen superior derecho. La contraseña que escogen para el cajero automático, Lulu, es el nombre del restaurante francés en el que cenaron juntos por primera vez. Casi siempre cenan en la barra de la cocina, o en la mesa baja del salón, frente al televisor. Sólo de tarde en tarde preparan comida india. Lo normal es que coman pasta, pescado hervido o algún plato que compran hecho en el restaurante tailandés que hay en la esquina. Pero a veces, los domingos, cuando añoran el sabor con el que los dos se han criado, cogen el tren hasta Queens y se van a Jackson Diner, y se llenan los platos de pollo *tandori, pakoras* y *kabobs*, y después compran arroz basmati y las especias que les hagan falta. O se acercan hasta alguna de las teterías a pie de calle y se toman un té con crema de leche en vasos de papel, y le piden a la camarera, en ben-

galí, que les sirva cuencos de yogur azucarado y *haleem*. Gógol la
llama por teléfono todas las tardes, antes de salir del trabajo, para
informarle de que va para casa y para preguntarle si hace falta que
compre algo, una barra de pan, una lechuga. Después de la cena
ven la tele, mientras Moushumi escribe unas líneas a todos los amigos de sus padres, agradeciéndoles los cheques, para los que nece-
sitaron veinte sobres el día que fueron a ingresarlos. Ésas son las
cosas que le hacen sentirse casado. Por lo demás, es igual que antes,
aunque ahora están siempre juntos. Por la noche, ella duerme a su
lado, y él le pasa el brazo por el vientre. Por la mañana, siempre se
despierta con la almohada apoyada en su cabeza.

En algunas ocasiones, en el apartamento, Gógol encuentra algún
resto de la vida de su mujer anterior a su aparición, de su vida con
Graham: la dedicatoria de los dos en un libro de poemas, una postal de la Provenza guardada dentro de un diccionario y enviada al
apartamento que habían compartido en secreto. Una vez, incapaz
de controlarse, fue hasta aquella dirección al salir del trabajo al mediodía, preguntándose cómo era su vida en aquella época. Se la imaginó caminando por la acera, con las bolsas del supermercado de la
esquina, enamorada de otro hombre. No es exactamente que se sienta celoso de su pasado, es que a veces no sabe si para ella él representa cierta forma de derrota, de capitulación. No siempre se siente así, sólo a veces, las suficientes para molestarlo, para enredar sus
pensamientos como telas de araña. Pero en esos casos, cuando está
en casa, mira a su alrededor, al apartamento, y se recuerda la vida en
común que han iniciado y que comparten. Mira la foto de su boda,
en la que aparecen con guirnaldas de flores en el cuello. Está puesta en un elegante marco de piel marrón, sobre la tele. Entra en el dormitorio, donde ella está trabajando, le da un beso en el hombro, la
arrastra a la cama. Pero en el armario que ahora comparten hay una
bolsa de ropa con un vestido blanco dentro, y él sabe que es el que
Moushumi se habría puesto un mes después de la ceremonia india
planeada para ella y Graham, una segunda celebración ante un juez
de paz que iba a celebrarse en casa del padre de Graham, en Pensil-
vania. Ella misma se lo contó. La bolsa tiene un recuadro transparente y a través de él se ve un trozo de vestido. Una vez llegó a abrir
la cremallera, intuyó algo sin mangas, largo hasta las rodillas, con

el cuello liso, redondo, parecido a un uniforme de tenista. Un día
le pregunta por qué lo conserva.

—Ah, eso. Siempre pienso que tengo que teñirlo.

En marzo se van a París. A Moushumi la han invitado a dar una conferencia en la Sorbona, y deciden convertir la estancia en unas vacaciones. Gógol se toma una semana libre en el trabajo. En vez de quedarse en un hotel, lo hacen en un apartamento en la zona de la
Bastilla, propiedad de un amigo de Moushumi, Emanuel, periodista
que casualmente está pasando unos días en Grecia. El apartamento
es minúsculo, sin apenas calefacción, y está situado en una sexta
planta sin ascensor. El baño es del tamaño de una cabina telefónica. La cama es elevada y está a poquísimos centímetros del techo,
por lo que hacer el amor se convierte en una actividad de riesgo. La
cocina de dos quemadores está ocupada casi en su totalidad por una
cafetera. Además de dos sillas y una mesa de comedor, no hay más
sitio donde sentarse. Hace un tiempo desapacible, sombrío, el cielo está blanco, el sol no hace acto de presencia en ningún momento. Ése es el clima típico de París, le informa Moushumi. Él se siente invisible. En la calle, los hombres miran a su mujer constante y
descaradamente, a pesar de que él va siempre a su lado.

Es su primera visita a Europa. La primera vez que ve con sus propios ojos las obras arquitectónicas que ha estudiado durante tantos años, que ha admirado sólo en las páginas de los libros y en diapositivas. No sabe por qué, pero la presencia de Moushumi es más
un obstáculo que un acicate para sus exploraciones arquitectónicas.
Se siente culpable. Aunque un día van de excursión a Chartres y otro
a Versalles, tiene la sensación de que ella se lo pasaría mejor yendo a
tomar un café con sus amigos parisinos, asistiendo a otras conferencias, comiendo en sus *bistros* favoritos, comprando en las tiendas que frecuentaba. Desde el primer momento, se siente inútil. Ella
es la que toma todas las decisiones, la que habla con los demás. Él
no abre la boca en las braserías a las que van a comer; ni en las tiendas en las que descubre preciosos cinturones, corbatas, plumas,
papeles de carta; ni en el Musée d'Orsay, donde pasan una tarde llu-
viosa. Y la abre mucho menos cuando salen a cenar con grupos de
amigos de ella, cenas en las que se bebe Pernod y se come cuscús o

col fermentada, en las que se fuma y se discute en torno a mesas cubiertas con manteles de papel. Él se esfuerza por entender el tema de conversación: el euro, Monica Lewinsky, el «Efecto 2000», pero todo lo demás es borroso, incomprensible, enterrado entre ruido de platos, ecos y risas. Los observa reflejados en los enormes espejos de marco dorado que cuelgan en las paredes, con las cabezas morenas muy juntas.

Una parte de él sabe que estar en París con una persona que conoce tan bien la ciudad es un privilegio, pero su otra parte quiere ser, simplemente, un turista más, construir frases muy básicas con su pequeño diccionario, ir a visitar los monumentos de su lista, perderse. Una noche, camino del apartamento, le confiesa su deseo a Moushumi.

—¿Y por qué no me habías dicho nada?

A la mañana siguiente, ella le explica cómo llegar a la estación de metro, le dice que tiene que sacarse una foto en un fotomatón y adquirir la *Carte Orange.* Así, Gógol se va de visita turística, solo, mientras su mujer acude a alguna charla, o se queda en el apartamento dando los últimos retoques a su conferencia. Su única compañía es el *Plan de París*, una pequeña guía roja en la que figuran los *arrondissements*, con un mapa doblado en la parte posterior. En la última página, Moushumi le escribe unas frases de supervivencia, por si acaso: *Je voudrais un café, s'il vous plaît*; *Ou sont les toilettes?*, y, cuando ya está saliendo por la puerta, le advierte de que no pida *café crème* si no es por la mañana. Los franceses no lo hacen nunca, añade.

Aunque para variar hace sol, el día ha amanecido muy frío, y el aire le hiela las orejas. Se acuerda de la primera vez que fue a comer con Moushumi, de la tarde en que ella lo llevó a aquella sombrerería. Se acuerda de que los dos gritaban a la vez cuando el viento les golpeaba la cara y no se conocían lo bastante para abrazarse y darse calor. Ahora se acerca a la esquina y piensa que quiere otro *croissant* de la panadería donde Moushumi y él van todos los días a comprar el desayuno. Ve a una pareja joven en un tramo de acera en el que toca el sol. Ahí, de pie, se están intercambiando trocitos de pastel. De pronto, siente el impulso de volver sobre sus pasos, de subir hasta el apartamento, de olvidarse de la visita turística, de abrazar a Moushumi. Quiere quedarse en la cama con ella el día entero, como al principio, cuando se saltaban las comidas y salían a pasear a horas intempestivas, desesperados en busca de algo que llevarse a la boca. Pero ella tiene que dar la conferencia el fin de semana, y sabe que no la convencerá para que deje de repasarla en voz alta, cronometrando su duración, haciendo pequeñas marcas en los márgenes. Consulta el mapa y se pasa los días siguientes siguiendo las rutas que ella le ha señalado con lápiz. Camina sin descanso por los famosos bulevares, callejea por el Marais, llega, tras muchas vueltas, al Museo Picasso. Se sienta en un banco y hace un boceto de los edificios de la Place des Vosges, recorre los senderos solitarios de los Jardines de Luxemburgo. Se pasa horas paseando por los alrededores de la Académie des Beaux-Arts, entra en las tiendas en las que venden grabados antiguos y finalmente se decide por un dibujo del Hôtel de Lauzun. Fotografía las aceras estrechas, las oscuras calles empedradas, las buhardillas, los edificios antiguos y destartalados de piedra clara. Todo le parece extraordinariamente hermoso, y al mismo tiempo le deprime pensar que nada de todo eso sea nuevo para Moushumi, que ella ya lo haya visto cientos de veces. Ahora entiende que se quedara en París el tiempo que se quedó, lejos de su familia, lejos de todos sus conocidos. Sus amigos franceses la adoran. Los camareros y los dependientes de las tiendas la adoran. Encaja a la perfección en todo eso, y a la vez no deja de ser ligeramente novedosa. Moushumi se había reinventado sin temores, sin culpabilidades. La admira, incluso la envidia un poco, por haberse trasladado a otro país y haber vivido una vida aparte. Se da cuenta de que eso fue lo que sus padres hicieron en Estados Unidos. Lo que él, con toda probabilidad, no hará nunca.

El último día de su estancia, por la mañana, se dedica a comprar regalos para sus suegros, para su madre y para Sonia. Es el día en que Moushumi da la conferencia. Él se ha ofrecido a acompañarla, a sentarse entre el público y a oírla hablar. Pero ella le ha dicho que sería una tontería, que por qué iba a pasar la mañana en una sala llena de gente que hablaba una lengua que no entendía, cuando había tantas cosas en la ciudad que aún no había visto. Así que, tras comprar los regalos, se va él solo al Louvre, destino que ha ido posponiendo hasta ese momento. Por la noche, se encuentran en un café del Barrio Latino. Ella ya lo está esperando en una terraza cubierta, con los labios pintados de granate y una copa de vino en la mano.

Gógol se sienta y pide un café.

—¿Cómo te ha ido?

Ella enciende un cigarrillo.

—Bien. Bueno, en todo caso ya se ha terminado.

De todos modos, parece más triste que liberada, y mantiene la vista fija en la mesa redonda que los separa, de mármol y con vetas azuladas, como las de un queso.

Normalmente Moushumi quiere conocer sus itinerarios con pelos y señales, pero hoy se quedan en silencio, viendo pasar a la gente. Gógol le enseña las cosas que ha comprado, una corbata para su suegro, jabones para las madres, una camisa para Samrat, una bufanda de seda para Sonia, cuadernos de bocetos para él, frascos de tinta, una pluma. Ella admira los dibujos que ha hecho. En ese café ya han estado antes, y siente la ligera nostalgia que invade a la gente cuando una estancia prolongada en una tierra extraña toca a su fin. Piensa en los detalles que pronto se difuminarán en su mente: el camarero taciturno que les ha servido las dos veces, la vista de las tiendas que hay al otro lado de la calle, las sillas de anea verdes y amarillas.

—¿Te da pena que tengamos que irnos? —le pregunta, revolviendo el café, antes de bebérselo de un trago.

—Un poco. Supongo que una parte de mí desearía no haberse ido nunca de París.

Él se inclina sobre la mesa, le coge las manos.

—Pero entonces no nos habríamos conocido —le dice, en un tono que denota más seguridad de la que siente.

—Es verdad —reconoce—. Bueno. Tal vez nos vengamos a vivir aquí algún día.

—Sí, tal vez.

Moushumi está muy guapa, así, cansada, con la última luz del día concentrada en su rostro, iluminada con un resplandor ámbar y rosado. Gógol observa las volutas de humo que ascienden, que se alejan de ella. Así es como quiere recordar París. Saca la cámara y le encuadra el rostro.

—Nikhil, por favor, no —le dice entre risas, negando con la cabeza—. Pero si estoy horrorosa.

Se tapa la cara con la mano. Él no le hace caso.

—Venga, Mo. Pero si estás guapísima. Estás genial.

Pero ella se niega a complacerlo, y aparta la silla arrastrándola sobre la acera. No quiere que la confundan con una turista en esta ciudad, dice.

Sábado por la noche, en mayo. Cena en Brooklyn. Doce personas están reunidas en torno a una mesa larga, rayada, fumando y bebiendo vino del Chianti en vasos, sentados en varios bancos de madera. La sala está oscura, iluminada sólo por una lámpara metálica de techo que cuelga de un cable largo y que proyecta una única mancha de luz sobre el centro. En el viejo equipo de música que hay en el suelo suena una ópera. Los comensales se van pasando un porro. Gógol da una calada, pero mientras aguanta la respiración, ahí sentado, ya empieza a lamentarlo; tiene tanta hambre que sólo le falta eso. Aunque ya son casi las diez, la cena todavía no se ha servido. Aparte del chianti, lo único que ha aparecido en la mesa hasta el momento ha sido una hogaza de pan y un cuenco pequeño de olivas. La mesa está salpicada de migas y de huesos puntiagudos color violeta. El pan, que parece un cojín duro y polvoriento, está lleno de ojos del tamaño de ciruelas y tiene una costra que a Gógol le hace daño en el paladar.

Están en casa de Astrid y Donald, amigos de Moushumi. Se trata de un edificio antiguo en proceso de restauración. Astrid y Donald están esperando su primer hijo, y en trámites de extender sus dominios desde la única planta que ocupan ahora hasta las tres superiores. Del techo cuelgan planchas de plástico que crean pasillos transparentes, provisionales. A sus espaldas, falta un tabique. A pesar de la hora, siguen llegando invitados. Entran quejándose del frío que sigue haciendo a estas alturas de la primavera, del viento punzante y desagradable que, fuera, dobla las copas de los árboles. Se quitan los abrigos, se presentan y se sirven vino. Si es la primera vez que visitan la casa, acaban levantándose de la mesa y suben al piso de arriba, a admirar las puertas con molduras, los techos originales de latón, el inmenso espacio que acabará siendo la habita-

ción del niño, la deslumbrante vista de Manhattan que hay desde
el último piso.

Gógol ya ha estado otras veces en esa casa, demasiadas para su
gusto. Moushumi es amiga de Astrid desde que estudiaban juntas
en Brown. La primera vez que los vio fue el día de su boda, o al menos
eso es lo que dice Moushumi, porque él no lo recuerda. Cuando
empezaron a salir, aquel primer año, Astrid y Donald estaban viviendo en Roma, con una beca Guggenheim que le habían dado a ella.
Pero después volvieron a instalarse en Nueva York, donde Astrid
ha empezado a dar clases de teoría cinematográfica en la New
School. Donald es un pintor de algún talento, y se dedica a crear
naturalezas muertas con un único objeto, siempre sacado de la vida
cotidiana; un huevo, una taza, un peine, puestos sobre fondos de colores vivos. En el dormitorio de Gógol y Moushumi hay colgado un
cuadro de Donald que representa un carrete de hilo, su regalo de
bodas. Donald y Astrid forman una pareja confiada y tranquila,
modelo, sospecha Gógol, de lo que a Moushumi le gustaría que
fuera su vida en común. Se mantienen en contacto con la gente,
organizan cenas, entregan trocitos de sí mismos a sus amigos. Son
defensores apasionados de su estilo de vida, y dan a Gógol y a Moushumi consejos constantes e incuestionables sobre aspectos cotidianos de la vida. Tienen fe ciega en una determinada panadería de
Sullivan Street, en una determinada carnicería de Mott, son fieles
a un cierta forma de preparar el café, a cierto diseñador florentino
de ropa de cama. Su manera de sentar cátedra saca a Gógol de sus
casillas. Pero Moushumi sigue sus consejos. Con frecuencia se desvía bastante de su ruta habitual, y de su presupuesto, para comprar
el pan en su panadería o la carne a su carnicería.

Esta noche reconoce a varias caras conocidas: Edith y Colin, que
dan clases de sociología en Princeton y Yale, respectivamente, y
Louise y Blake, ambos aspirantes a obtener el doctorado en la Universidad de Nueva York, como Moushumi. Oliver es editor de una
revista de arte y su mujer, Sally, chef de repostería. Los demás son
amigos de Donald, pintores, poetas, realizadores de documentales.
Todos están casados. Incluso a esas alturas, un hecho tan evidente,
tan normal, sigue sorprendiéndolo. ¡Todos están casados! Pero ahora
ésa es su vida, y a veces los fines de semana resultan más fatigosos

que la semana en sí, una sucesión interminable de cenas, con baile y drogas, para que no olviden que siguen siendo jóvenes, seguidas de *brunches* dominicales con sus montones de Bloody Marys y sus huevos de abultado precio.

Forman un grupo inteligente, atractivo y bien vestido. Y algo endogámico. Casi todos se conocen de su época de Brown, y Gógol no puede evitar pensar que la mitad de los que están hoy reunidos se han acostado entre sí. La conversación gira en torno a los mismos temas académicos de siempre, que lo excluyen, variaciones del mismo tema, comentarios sobre conferencias, descripciones de empleos, quejas sobre alumnos desagradecidos, fechas límite para presentación de proyectos de tesis. En la cabecera de la mesa, una pelirroja de pelo corto y gafas felinas habla de una obra de Brecht en la que participó en San Francisco y en la que actuaba totalmente desnuda. En el otro extremo, Sally está dando los últimos retoques a un postre que ha traído: con gran concentración, monta capas de algo y las cubre de un merengue blanco, brillante, que sube como una densa llamarada. Astrid está enseñando a unos invitados varias muestras de pintura que ha alineado como si fueran cartas del tarot, variaciones del verde manzana con el que están pensando en pintar la pared frontal de la entrada. Las gafas que lleva podrían haber pertenecido a Malcolm X. Observa con precisión las muestras de pintura y, aunque pide el consejo de sus invitados, ya ha decidido qué tonalidad concreta va a escoger. Sentada a la izquierda de Gógol, Edith justifica su negativa a comer pan. «Si no tomo trigo, mis niveles de energía aumentan notablemente.»

Gógol no tiene nada que decirle a esa gente. No le importan nada sus temas de conversación, sus restricciones dietéticas, el color de sus paredes. Al principio, aquellas reuniones no lo torturaban tanto. Sí, Moushumi le presentó a sus amigos, pero ellos pasaban la noche cogidos de la mano, y sus conversaciones no eran más que notas a pie de página de las que ellos dos mantenían. Una vez, en casa de Sally y Oliver, se habían escapado un momento y habían hecho el amor con urgencia en el vestidor de su anfitriona, rodeados de pilas de suéteres. Sabe que esa especie de aislamiento pasional no puede durar eternamente. Aun así, la devoción que siente Moushumi por ese grupo no deja de desconcertarlo. Ahora la mira. Está encendiendo un Dunhill. Al principio, que fumara no le había molestado. Le gustaba que, después de hacer el amor, ella se volviera y encendiera una cerilla. Él se quedaba a su lado y le oía aspirar en silencio, y se dedicaba a observar el humo que se elevaba sobre sus cabezas. Pero ahora, el olor rancio que lleva siempre pegado al pelo y a la punta de los dedos, y que impregna el dormitorio en el que tiene el ordenador, empieza a desagradarle, y de vez en cuando le asalta la visión fugaz de sí mismo trágicamente abandonado como consecuencia de su leve pero persistente adicción. Un día le confiesa sus temores y ella se echa a reír.

—Nikhil, por favor. No lo dirás en serio.

Ahora también está riéndose, y le da la razón a Blake, que le cuenta algo. Parece estar bastante más animada que últimamente. Se fija en su pelo liso, suave, que, como hace tiempo que no se corta, se le está empezando a abrir por las puntas. En las gafas, que no hacen más que acentuar su belleza. En su boca pequeña, pálida. Sabe que contar con la aprobación de esas personas significa algo para ella, aunque no sepa qué es exactamente. Y sin embargo, por bien que lo pase cuando van a visitar a Astrid y a Donald, últimamente Gógol ha detectado que después se queda como triste, como si verlos sólo le sirviera para constatar que nunca podrían estar a la altura de ellos. Tras la última cena a la que los habían invitado, nada más llegar a casa empezó a pelearse con él por lo ruidosa que era la Tercera Avenida, por las puertas de corredera de los armarios, que siempre se salían de los raíles, por el zumbido ensordecedor del extractor que había instalado en el cuarto del baño. Él se dice a sí mismo que es por culpa del estrés; está estudiando mucho, tiene las exposiciones orales pronto y se pasa los días metida en la biblioteca hasta las nueve de la noche. Se acuerda de cómo estaba él antes de su examen para colegiarse, que aprobó tras dos suspensos. Recuerda el aislamiento constante que requería, los días enteros sin hablar con nadie, y por eso no le dice nada. Esta noche tenía la esperanza de que Moushumi pusiera las exposiciones orales como excusa para declinar la invitación de Astrid y Donald. Pero a estas alturas ya ha aprendido que, cuando se trata de sus amigos, nunca hay motivos para decir que no.

Fue a través de ellos como Moushumi conoció a su anterior novio, Graham; Donald había ido al instituto con él, y fue él quien le dio su número de teléfono cuando ella se trasladó a París. A Gógol no le gusta la idea de que la conexión con Graham se mantenga a través de Astrid y Donald, el hecho de que a través de ellos Moushumi se haya enterado de que ahora Graham vive en Toronto, está casado y es padre de gemelos. Cuando salían juntos, formaban un cuarteto inseparable con Donald y Astrid. Alquilaban casas de campo en Vermont o en los Hamptons. Ahora intentan incorporar a Gógol al mismo tipo de planes. Este verano, por ejemplo, están pensando en alquilar una casa en la costa de Bretaña. Aunque han acogido a Gógol con mucho cariño, él a veces tiene la sensación de que piensan que Moushumi sigue saliendo con su ex novio. Una vez, incluso, Astrid se equivocó y lo llamó Graham. Nadie se dio cuenta menos él. Todos estaban un poco borrachos, era ya hacia el final de una noche parecida a ésta, pero estaba seguro de haber oído bien. «Mo, ¿por qué no os lleváis Graham y tú este lomo de cerdo a casa? —dijo mientras retiraba los platos de la mesa—. Va genial para hacer bocadillos.»

En este momento, todos los invitados hablan de lo mismo: el nombre del futuro bebé.

—Queremos ponerle un nombre único —dice Astrid.

Gógol ha constatado últimamente que, desde que habitan en ese mundo de parejas, las charlas en las cenas giran en torno a los nombres de los niños. Y si en la reunión hay alguna mujer embarazada, entonces ya no hay manera de evitar el tema.

—A mí siempre me han gustado los nombres de los papas —comenta Blake.

—¿Como Juan y Pablo, quieres decir? —pregunta Louise.

—No, más bien Clemente, Inocencio, nombres así.

Alguien sale con alguna ocurrencia absurda, como Jet o Tipper, que suscitan el rechazo general. Hay quien asegura haber conocido a una chica llamada Anna Grama. «¿Lo pilláis? ¡Anagrama!», y todo el mundo se ríe.

Moushumi opina que un nombre como el suyo es una maldición, se queja de que nadie lo pronuncia bien, de que sus compañeros de colegio la llamaban «Muusuumi», y que para abreviar decían «Mus».

—No soportaba ser la única Moushumi que conocía.

—Pues mira, a mí me habría encantado —le dice Oliver.

Gógol se sirve otro vaso de Chianti. No le gusta en absoluto intervenir en esas conversaciones, ni escucharlas. Por la mesa circulan varios libros de nombres: *Encontrar el nombre perfecto, Nombres alternativos para tu bebé, Guía de nombres para padres inútiles*. Hay uno que se titula *Qué nombre no ponerle a tu bebé*. Hay páginas dobladas, algunas tienen asteriscos o marcas en los márgenes. Un comensal sugiere «Zacarías». Pero alguien dice que tuvo un perro que se llamaba así. Todo el mundo quiere buscar su nombre para saber qué significa. Todo el mundo se alegra o se decepciona al descubrirlo. Ni Gógol ni Moushumi figuran en esos libros, y por primera vez en toda la noche recupera un vestigio del curioso vínculo que los unió en un primer momento. Se acerca hasta ella y le coge de la mano, que tiene apoyada en la mesa. Moushumi se vuelve.

—Hola —dice ella, sonriéndole. Le apoya un momento la cabeza en el hombro y Gógol se da cuenta de que está borracha.

—¿Qué quiere decir Moushumi? —le pregunta Oliver, que está sentado delante.

—Es el nombre de una brisa húmeda que sopla del suroeste —responde ella, negando con la cabeza y poniendo los ojos en blanco.

—¿Como la que hay fuera hoy, más o menos?

—Siempre he sabido que eras una fuerza de la naturaleza —se ríe Astrid.

Gógol se vuelve para mirarla.

—¿En serio? —Se da cuenta de que es algo que nunca se le ha ocurrido preguntarle, algo que no sabía—. No me lo habías dicho.

Moushumi mueve la cabeza, confundida.

—¿Ah, no?

Se siente molesto, aunque no está seguro de por qué. De todos modos, no es momento para pensar en esas cosas. Se levanta y va al baño. Cuando sale, en vez de regresar al comedor, sube al piso de arriba a ver cómo van las obras. Se detiene junto a los marcos de las puertas, ve las habitaciones desnudas, blancas, algunas con escaleras abiertas en medio. Otras están llenas de cajas amontonadas. Se fija en unos planos que hay en el suelo. Recuerda que una vez, cuando empezaba a salir con Moushumi, se pasaron toda una tarde en un bar dibujando bocetos de su casa ideal. Él quería algo moderno, lleno de cristal y de luz, pero ella prefería un edificio de piedra como aquél. Al final, acabaron diseñando algo inverosímil, una casa de pueblo de cemento poroso y con la fachada de vidrio. Aquello fue antes de que se acostaran juntos por primera vez, y recuerda la vergüenza que les había dado a los dos decidir dónde estaría el dormitorio.

Acaba el recorrido en la cocina, donde Donald apenas ha empezado a preparar los *spaguetti alle vongole*. Se trata de una cocina antigua, que formaba parte de uno de los estudios alquilados, y que usan hasta que la nueva esté lista. El suelo de linóleo y los muebles alineados en una sola pared le recuerdan su apartamento de Amsterdam Avenue. La olla vacía, de reluciente acero inoxidable, es tan grande que ocupa dos fogones. En un cuenco hay unas hojas de lechuga cubiertas de papel de cocina húmedo. En el fregadero, en remojo, hay una montaña de almejas minúsculas, de un verde muy pálido.

Donald es alto, lleva vaqueros, chancletas y una camisa color pimentón con las mangas subidas hasta los codos. Es atractivo, de rasgos patricios, y tiene el pelo castaño claro, peinado hacia atrás, ligeramente graso. Va con un delantal, y está separando las hojas de un ramillete de perejil muy grande.

—Eh, hola —le dice Gógol—. ¿Necesitas ayuda?

—Nikhil, bienvenido. —Le alarga el perejil—. Sí, échame una mano.

Gógol agradece tener algo que hacer, estar ocupado en algo productivo, aunque sea haciendo el papel de pinche de Donald.

—Bueno, ¿y cómo van las obras?

—Ni me lo preguntes. Acabamos de despedir al contratista. A este ritmo, el niño ya se habrá ido de casa cuando esté acabado su cuarto.

Gógol observa a Donald, que empieza a escurrir las almejas, a frotar las conchas con algo parecido a un cepillo de uñas, y luego las va echando una a una en la olla. Gógol mira en su interior y ve el *vongole*, las conchas uniformemente abiertas en el caldo que hierve a borbotones.

—¿Y qué? ¿Cuándo os venís a vivir a esta zona? —le pregunta Donald.

Gógol se encoge de hombros. No tiene ningún interés en trasladarse a Brooklyn, y menos aún tan cerca de Donald y Astrid.

—La verdad es que no me lo he planteado. Yo prefiero Manhattan, y Moushumi también.

Donald niega con la cabeza.

—Te equivocas. A Moushumi le encanta Brooklyn. Si casi tuvimos que echarla de aquí después de todo lo de Graham.

La mención de ese nombre le pone en alerta, le deprime, como siempre.

—¿Se quedó aquí, con vosotros?

—Ahí mismo, junto al recibidor. Estuvo un par de meses. Estaba fatal. Nunca había visto a nadie tan destrozado.

Gógol asiente con la cabeza. Es otra de las cosas que no le ha contado nunca. No sabe por qué. De repente le desagrada esa casa, consciente de que fue ahí, en compañía de Donald y Astrid, donde Moushumi pasó sus horas más negras. Que fue ahí donde lloró la pérdida de otro hombre.

—Pero tú eres mucho mejor para ella —concluye Donald.

Gógol alza la vista, sorprendido.

—No me interpretes mal, Graham es un tío genial. Pero no sé, se parecían demasiado, eran demasiado intensos cuando estaban juntos.

A Gógol esa observación no le resulta precisamente tranquilizadora. Termina de separar las últimas hojas de perejil. Donald las coge y las pica muy finas, con mano experta y veloz, apoyando la otra en la parte superior del cuchillo.

De repente, Gógol se siente incompetente.

—Yo nunca he sabido hacer eso —dice.

—Sólo hace falta tener un buen cuchillo —le explica Donald—. Éstos son perfectos.

Gógol sale de la cocina con los platos, los tenedores y los cuchillos. De camino al comedor, se asoma a la habitación que queda junto a la entrada, donde dormía Moushumi. Ahora está vacía, con un trapo en el suelo y unos cables pelados que asoman del centro del techo. Se la imagina en una cama, en un rincón, seria, demacrada, fumando. Una vez abajo, se sienta a su lado y le da un beso en la oreja.

—¿Dónde te habías metido?

—Le estaba haciendo compañía a Donald.

En la mesa, la conversación sobre nombres sigue en pleno apogeo. Colin dice que le gustan los que significan alguna virtud: Paciencia, Fe, Castidad. Dice que una bisabuela suya se llamaba Silencio, algo que los demás se niegan a creer.

—¿Y Prudencia? ¿No es Prudencia una de las virtudes? —pregunta Donald, que baja por la escalera con la bandeja de espaguetis.

Cuando la deja sobre la mesa, se oyen algunos aplausos. Sirve la pasta y va pasando los platos.

—Es que ponerle un nombre a tu hijo es una responsabilidad enorme —insiste Astrid—. ¿Y si no le gusta?

—Bueno, pues que se lo cambie —dice Louise—. Por cierto, ¿os acordáis de John Chapman, de la facultad? Pues me han dicho que ahora es Joanne.

—No, por Dios, yo no me cambiaría nunca el nombre —interviene Edith—. Es el de mi abuela.

—Nikhil se cambió el suyo —suelta Moushumi de pronto, y por primera vez en toda la noche, a excepción de los cantantes de ópera del equipo de música, el comedor se queda en absoluto silencio.

Él se la queda mirando, petrificado. Nunca le ha dicho que no se lo dijera a nadie, es cierto. Sencillamente, ha dado por sentado que no lo haría nunca. Le clava la mirada. Moushumi le sonríe, inconsciente de la gravedad de lo que acaba de hacer. Los demás comensales lo miran, boquiabiertos, sonrientes, confusos.

—¿Cómo que se cambió el nombre? —pregunta Blake tentativamente.

—Que Nikhil no es el nombre que le pusieron al nacer —prosigue ella, asintiendo, con la boca llena, antes de dejar una concha de almeja en la mesa—. Que no era su nombre cuando éramos pequeños.

—¿Y qué nombre te pusieron cuando naciste? —pregunta Astrid, que lo mira con teatral desconfianza, y arquea las cejas para que el efecto sea mayor.

Se queda unos instantes en silencio.

—Gógol —dice al fin.

Desde hace ya bastantes años sólo ha sido Gógol para sus familiares y los amigos de sus familiares. El nombre le suena como siempre, simple, imposible, absurdo. Mientras lo pronuncia, le dedica a

Moushumi otra mirada asesina. Pero ella está demasiado ebria para captar su reproche.

—¿Gógol cómo el de *El capote*? —pregunta Sally.

—Ahora lo entiendo —dice Oliver—. Nickolái Gógol.

—No puedo creerme que no nos lo hayas dicho nunca, Nick —le reprende Astrid.

—¿Y cómo se les pudo ocurrir a tus padres ponerte un nombre así? —quiere saber Donald.

A Gógol le viene a la mente la historia, tan vívida y tan imprecisa como siempre, que no quiere compartir con ese grupo de gente: el tren descarrilado en plena noche, el brazo de su padre colgando por la ventana, la página arrugada del libro en su mano cerrada. La historia que le contó a Moushumi meses después de que empezaran a salir, del accidente, del día en que su padre se lo contó todo en el coche, frente a la casa de Pemberton Road. Le confesó que, a veces, todavía se sentía culpable por haberse cambiado el nombre, y más desde su muerte. Y ella le dijo que era comprensible, que cualquiera en su lugar habría hecho lo mismo. Pero ahora Moushumi lo ha convertido en un chiste. De pronto se arrepiente de habérselo confiado. Quién sabe; a lo mejor empieza a explicarle a todos los presentes lo del accidente de su padre. A la mañana siguiente, la mitad de ellos ya lo habrán olvidado. Sólo será un dato curioso y nimio sobre él, una anécdota que, tal vez, se contará en alguna otra cena con amigos. Eso es lo que más le afecta.

—Era el escritor favorito de mi padre —se limita a decir, finalmente.

—Bueno, en ese caso podríamos llamar Verdi a nuestro hijo —interviene Donald en tono jocoso, en el momento en que el aria da sus últimos compases y el casete termina con un clic.

—Pues no estás siendo de mucha ayuda, la verdad —le dice Astrid malhumorada, besándolo en la nariz.

Gógol los mira y sabe que todo es comedia, que no son tan impulsivos para hacer algo así, tan ingenuos para meter la pata de esa manera, como hicieron sus padres.

—No os pongáis nerviosos —dice Edith—. El nombre perfecto os llegará a tiempo.

—Eso no existe —declara Gógol.

—¿Que no existe qué? —pregunta Astrid.

—El nombre perfecto. Yo creo que a los seres humanos debería permitírseles escoger su nombre al llegar a la mayoría de edad. Hasta ese momento, pronombres.

Los demás invitados niegan con la cabeza, en desacuerdo. Moushumi le dedica una mirada de desaprobación que él pasa por alto. Sirven la ensalada. La conversación deriva hacia otros derroteros, sigue adelante sin él. Y sin embargo no puede evitar acordarse de una novela que Moushumi tenía junto a la cama, la traducción de una obra francesa en la que a los personajes principales se les llamaba Él y Ella a lo largo de centenares de páginas. La había devorado en cuestión de horas, curiosamente aliviado por el hecho de que nunca se revelaran sus nombres. Era una historia de amor desgraciado. Ojalá su vida fuera tan sencilla.

10

La mañana de su primer aniversario de bodas, los padres de Moushumi los llaman para felicitarlos y los despiertan. Ellos todavía no han tenido tiempo de desearse un feliz día. Además del aniversario, hay algo más que celebrar. La semana pasada, Moushumi terminó con éxito los cursos de doctorado y sólo le queda por leer la tesis. Hay otro motivo de alegría que ella todavía no ha mencionado: le han concedido una beca de investigación para pasarse un año en Francia preparando la tesis. Se trata de una beca que pidió sin decirle nada a nadie antes de casarse, por pura curiosidad, para ver si se la daban. Siempre era bueno solicitar ese tipo de cosas. Hace dos años, habría dicho que sí sin pensárselo dos veces. Pero ya no puede trasladarse un año a Francia así, sin más, porque tiene un marido y un matrimonio en los que pensar. Así que tras recibir la buena noticia, ha decidido que lo más fácil es no aceptar la beca y no decir nada, guardar la carta, no sacar el tema.

Ha sido ella la que ha tomado la iniciativa en la organización de las celebraciones de esa noche. Ha reservado mesa en un restaurante que le han recomendado Donald y Astrid. Se siente algo culpable por haberse pasado todos esos meses estudiando tanto, consciente de que, con los exámenes como excusa, ha relegado a Gógol tal vez más de lo necesario. Alguna noche, le decía que se había quedado a estudiar en la biblioteca cuando en realidad estaba con Astrid y el bebé, Esme, en el Soho, o se iba a dar un paseo. A veces se sentaba en un bar o en un restaurante, y pedía *sushi* o un bocadillo y una copa de vino, sólo para recordarse que aún era capaz de estar sola. Esa constatación es importante para ella. Junto con los votos en sánscrito que hizo el día de la boda, ella, secretamente, se juró no ser nunca totalmente dependiente de su esposo, como su madre. Porque incluso ahora, después de treinta y dos años en el extranjero, primero en Inglaterra y después en Estados Unidos, su madre no sabe conducir ni trabaja ni conoce la diferencia entre una cuenta de ahorros y una cuenta corriente. Y eso que es una mujer inteligente, que se licenció en Filología con matrícula de honor en el Presidency College antes de casarse, a los veintidós años.

Se ponen elegantes para la ocasión; cuando sale del baño, Moushumi se fija en Gógol, que lleva la camisa que le ha regalado, color musgo y con un cuello mao de terciopelo en un verde más oscuro. Sólo cuando el dependiente ya se la había envuelto, recordó que, según la tradición, en el primer aniversario había que regalar cosas de papel. Pensó en guardar la camisa para regalársela en Navidad y acercarse hasta Rizzoli para comprarle algún libro de arquitectura. Pero no tuvo tiempo. Ella lleva el vestido negro que se puso el día que él fue a cenar a su casa por primera vez, el día en que se acostaron juntos, y encima una *pashmina* color lila, regalo de aniversario de Nikhil. Todavía se acuerda de su primerísima cita, de la buena impresión que le causó su pelo algo despeinado mientras se acercaba a donde ella estaba sentada, en aquel bar, la barba de dos días, la camisa que llevaba, a rayas verdes gruesas y otras más finas, color lavanda, con el cuello ya algo gastado. Todavía se acuerda de su desconcierto al levantar la vista del libro que leía y verlo ahí, del vuelco que le dio el corazón, de la atracción instantánea y poderosa que sintió en el pecho. Porque ella esperaba encontrarse con una versión envejecida del niño que recordaba, distante, callado, con pantalones de pana, suéter y granos en la barbilla. El día anterior a aquel primer encuentro, había comido con Astrid.

—No sé, no te imagino con un indio —le había dicho su amiga, críticamente, mientras se comía su ensalada en el City Bakery. En aquel momento, Moushumi no se lo rebatió, y se disculpó diciendo que se trataba sólo de una cita. Ella misma se mostró muy escéptica. Descontando a Shashi Kapoor y a un primo que tenía en la India, los hombres indios nunca le habían atraído. Pero Nikhil le gustó desde el principio. Le gustó que no fuera médico ni ingeniero, que se hubiera cambiado el nombre; aunque lo conocía desde hacía muchos años. Aquello era algo que lo convertía en alguien nuevo, no en la persona de la que su madre le había hablado.

Deciden ir a pie al restaurante, que queda a treinta calles de su apartamento en dirección norte, y a cuatro en dirección oeste. Aunque ya es de noche, la temperatura es tan agradable que, al llegar a la calle, ella se plantea si en realidad le va a hacer falta la *pashmina*. No tiene donde guardarla. En el bolso no le cabe. Se la quita de los hombros y la sujeta con la mano.

—Quizás mejor subo a casa a dejarla, ¿no?

—¿Y si queremos volver andando? Seguramente entonces te hará falta.

—Supongo que sí.

—Por cierto, te queda muy bien.

—¿Te acuerdas de este vestido?

Gógol niega con la cabeza.

A ella su respuesta la decepciona, pero no la sorprende. Ya ha aprendido que no aplica su detallismo de arquitecto a las cosas cotidianas. Por ejemplo, no se ha molestado en esconder la factura de la *pashmina*, que dejó, junto con la calderilla que se sacó del bolsillo, sobre la cómoda que comparten. En realidad, no tiene derecho a reprocharle ese olvido. Ella misma no recuerda la fecha exacta de aquella cena. Había sido un sábado de noviembre. Pero esos hitos de su noviazgo se han ido difuminando, han dado paso a la ocasión que hoy celebran.

Caminan por la Quinta Avenida, dejan atrás las tiendas de alfombras orientales, que se exhiben desplegadas en escaparates iluminados. Pasan frente a la biblioteca pública. En vez de entrar directamente en el restaurante, deciden pasear un rato más; todavía faltan veinte minutos para la hora de la reserva. La Quinta Avenida está anormalmente desierta, sólo algunos taxis en un barrio normalmente colapsado de turistas y de gente que va de compras. Moushumi no frecuenta casi nunca esa zona, sólo cuando tiene que comprar maquillaje en Bendel's, o cuando quiere ver alguna película rara en el Paris, y en una ocasión con Graham, su padre y su tercera esposa, porque fueron a tomarse una copa al Plaza. Pasan por delante de escaparates de relojerías, de tiendas de maletas, de ropa. Ve unas sandalias azul turquesa y se detiene. Están puestas sobre un pedestal de plexiglás y brillan bajo un foco. Las tiras están salpicadas de diamantes falsos.

—¿Horribles o preciosas? —le pregunta.

Es una disyuntiva que le plantea muchas veces, cuando miran los apartamentos que aparecen en *Architectural Digest* o la sección de diseño de la revista *Time*. Y muchas veces sus respuestas la sorprenden, la hacen apreciar un objeto que, de no ser por él, habría rechazado sin más.

—Estoy bastante seguro de que son feas. Pero tendría que verlas puestas.

—Estoy de acuerdo contigo. A ver si adivinas cuánto valen.

—Doscientos dólares.

—Quinientos. ¿Tú crees que es posible? Salían en el *Vogue*.

Moushumi se aleja del escaparate y sigue andando. Tras unos pasos, se vuelve y ve que Gógol todavía sigue ahí, inclinado, intentando ver si hay alguna etiqueta con el precio. En ese gesto hay algo inocente e irreverente a partes iguales, y al verlo así no tiene más remedio que recordar por qué sigue queriéndolo. Piensa en lo agradecida que se sintió cuando él reapareció en su vida. En aquella época, corría el riesgo de replegarse hasta su yo anterior a París: aislada, lectora compulsiva, solitaria. Recuerda el pánico que sentía al constatar que todos sus amigos estaban casados. Incluso llegó a plantearse la posibilidad de poner un anuncio en alguna sección de contactos. Pero él la aceptó, borró su tristeza anterior. Creía que Gógol sería incapaz de hacerle el daño que Graham le hizo. Tras años de relación furtiva, había sido un alivio quedar con alguien en un bar y sentarse junto al gran ventanal que daba a la calle, tener el apoyo de sus padres desde el principio, saber que los arrastraba la inevitabilidad de un futuro no cuestionado, de un matrimonio. Y, sin embargo, la familiaridad que en otro momento la llevó hacia él ha empezado a paralizarla. Aunque sabe que no es culpa suya, a veces no puede evitar asociarlo a ese sentido de la resignación, a esa vida a la que tanto se resistió, que tanto luchó por dejar atrás. Él no era la persona con la que imaginaba pasar el resto de la vida, nunca lo fue. Tal vez precisamente por eso, en aquellos primeros meses, estar con él, enamorarse de él, hacer justamente lo que durante toda su vida los demás esperaban que hiciera, fueron cosas con un sabor a

algo prohibido, a algo totalmente transgresor, fueron una brecha
abierta en su voluntad instintiva.

En un primer momento no encuentran el restaurante. Aunque
tienen la dirección exacta, que Moushumi lleva anotada en un papel
doblado, en el bolso, el número se corresponde con los bajos de un
edificio de oficinas. Llaman al timbre, intentan ver algo por la puerta de vidrio, pero ahí sólo hay un vestíbulo desnudo, un enorme
jarrón con flores al inicio de una escalera.

—No puede ser aquí —dice ella, que hace visera con una mano
para ver mejor.

—¿Estás segura de que anotaste bien la dirección?

Avanzan un poco más, retroceden, buscan en la otra acera. Vuelven al edificio de oficinas, en busca de alguna señal de vida.

—Ahí es —dice Gógol al ver a una pareja que sale por la puerta
de un sótano que queda por debajo de la escalera. Y sí, en una entrada
iluminada sólo por un aplique de pared, descubren una placa muy
discreta con el nombre del restaurante: Antonia. Un pequeño equipo sale a recibirlos; unos tachan su nombre de una lista que hay sobre
un atril, otros los conducen hasta su mesa. Cuando entran en el
comedor austero, bajo, el murmullo de los demás clientes parece no
encajar con el local. El ambiente es sombrío, vagamente desolado,
como las calles por las que acaban de pasear. Entre los comensales,
una familia que, para Moushumi, acaba de salir del teatro. Las dos
niñas pequeñas llevan unos vestiditos ridículos, con sus enaguas
y sus cuellos calados. Hay, además, varias parejas de cuarentones
ricos vestidos formalmente. Un señor mayor, elegante, cena solo.
Le parece sospechoso que haya tantas mesas vacías y que no suene
ninguna música. Ella esperaba que el sitio fuera más animado, más
cálido. Para ser un sótano, el local se ve inmenso, con los techos muy
altos. El aire acondicionado está muy fuerte, y se le están congelando
los brazos y las piernas. Se envuelve los hombros con la *pashmina*.

—Estoy helada. ¿Crees que bajarán el aire acondicionado si le
lo pido?

—Lo dudo. ¿Te dejo mi chaqueta?

—No, no hace falta.

Le sonríe. Pero se siente incómoda, deprimida. La deprimen los
dos adolescentes de Bangladesh, con sus chalecos de colores y sus pan-

talones negros, que son los encargados de traerles el pan caliente con unas tenacillas de plata. Le irrita que el camarero, a pesar de estar muy atento, no los mire a los ojos, sino a una botella de agua mineral, mientras les describe la carta. Sabe que es demasiado tarde para cambiar de plan. Pero incluso después de haber pedido, a una parte de ella le invade la necesidad imperiosa de levantarse y marcharse de allí. Hace unas semanas ya hizo una cosa parecida, en una peluquería muy cara. Se levantó y se fue, aprovechando que la estilista había ido un momento a atender a otra clienta, y eso que ya tenía puesto el babero. Pero había algo en la peluquera, en su expresión hastiada al levantarle un mechón de pelo y estudiarlo en el espejo, que le resultó insultante. Se pregunta qué será lo que a Donald y a Astrid les gusta de este sitio, y llega a la conclusión de que tiene que ser la comida. Pero la comida también la decepciona cuando llega a la mesa. Los platos, cuadrados, tienen una presentación elaboradísima, pero las raciones son microscópicas. Como de costumbre, se intercambian los platos cuando van por la mitad, pero esta vez lo que ha pedido Gógol no le gusta, así que acaba quedándose con lo suyo. Se termina los escalopines demasiado pronto, y tiene que esperar mucho rato mientras Nikhil da cuenta de su codorniz. O al menos a ella se le hace eterno.

—No tendríamos que haber venido aquí —le dice de pronto, frunciendo el entrecejo.

—¿Por qué no? —dice él, mirando a su alrededor con cara de satisfacción—. Está bastante bien, ¿no?

—No lo sé, no es lo que esperaba.

—Bueno, vamos a intentar pasarlo bien de todos modos.

Pero ella no puede. Cuando ya están a punto de terminar, Moushumi constata que no está ni muy borracha ni muy llena. A pesar de los dos cócteles y de la botella de vino que se han bebido a medias, está más bien totalmente sobria. Se fija en los finísimos huesos de la codorniz que Nikhil va dejando a un lado del plato y siente una ligera repulsión. A ver si termina de una vez y puede encender ya el cigarrillo de después de la cena.

—Señora, su chal —le dice un camarero, que se lo recoge del suelo y se lo da.

—Lo siento —responde ella, que de pronto se siente torpe, descuidada.

En ese momento se da cuenta de que tiene el vestido negro lleno de pelusilla lila. Se lo frota un poco con la mano, pero los hilos se resisten a moverse, testarudos, como pelos de gato.

—¿Qué pasa? —le pregunta Nikhil, levantando la vista del plato.

—Nada —responde ella, que no quiere ofenderlo encontrándole defectos a su caro regalo.

Son los últimos clientes en abandonar el restaurante. La cena ha sido exageradamente cara, bastante más de lo que esperaban. Pagan con tarjeta de crédito. Al ver a Nikhil firmar la factura se siente incómoda, le irrita tener que dejar tanta propina a un camarero que no ha hecho nada especial para ganársela. Ve que ya han recogido algunas mesas, que incluso algunas tienen las sillas puestas encima.

—No me puedo creer que ya estén recogiendo las mesas.

Él se encoge de hombros.

—Es tarde. Seguramente los domingos cierran más temprano.

—Pues a mí me parece que podrían esperar a que nos fuéramos —replica ella, que nota que se le forma un nudo en la garganta y que los ojos se le llenan de lágrimas.

—Moushumi, ¿qué pasa? ¿No quieres contármelo?

Ella niega con la cabeza. No le apetece explicar nada. Quiere irse a su apartamento, meterse en la cama, olvidarse de esa noche. Cuando salen, constata con alivio que está lloviznando, con lo que la opción de volver andando queda descartada y pueden tomar un taxi.

—¿Estás segura de que no te pasa nada? —insiste él camino de casa.

Está empezando a perder la paciencia con ella, lo nota.

—Me he quedado con hambre —responde, mirando por la ventanilla los restaurantes que todavía quedan abiertos a esas horas; locales muy iluminados con menús anunciados en platos de papel, pizzerías baratas con serrín en el suelo, restaurantes en los que nunca se le ocurriría entrar pero que, de pronto, le resultan atractivos—. Me comería una pizza.

A los dos días, empieza un nuevo curso. Es el octavo semestre en la Universidad de Nueva York. Ha terminado las asignaturas de doctorado, ya no volverá a asistir a clases. Nunca más se presentará a un examen. La idea le encanta; por fin, una emancipación formal de su vida de estudiante. Aunque todavía tiene que redactar la tesis y cuenta con un director que va a supervisar sus progresos, ya se siente liberada, fuera de los márgenes del mundo que la han definido, estructurado y limitado durante tanto tiempo. Es la tercera vez que da ese curso de francés para principiantes. Lunes, miércoles y viernes, tres horas a la semana. Lo más complicado va a ser aprenderse los nombres de los alumnos. Siempre se siente halagada cuando la toman por nativa, o cuando le preguntan si es medio francesa. Le encantan sus miradas de incredulidad cuando les dice que es de Nueva Jersey y que sus padres son bengalíes.

La clase que le han asignado empieza a las ocho de la mañana, algo que en un principio no le hizo ninguna gracia. Pero ahora que ya se ha levantado, que está duchada y vestida, y que se está tomando un café con leche comprado en la tienda de la esquina, se siente con energías renovadas. Salir de casa tan temprano ya es una especie de proeza. Cuando se ha ido, Nikhil todavía estaba en la cama, y no se ha inmutado cuando el despertador ha empezado a sonar con insistencia. La noche anterior, ella se ha preparado la ropa y ha dejado a mano todo el material, algo que no hacía desde que iba al colegio, cuando era niña. Le gusta caminar por la calle a esa hora temprana, le ha gustado levantarse cuando apenas clareaba, le ha gustado la sensación de promesa por cumplir del nuevo día. Todo eso supone un cambio respecto de su rutina habitual: Nikhil duchado y vestido dirigiéndose a toda prisa hacia la puerta mientras ella se sirve el primer café del día. Agradece no tener que enfrentarse de mañana a su mesa de trabajo, encajada en su rincón del dormitorio, rodeada de bolsas llenas de ropa sucia que siempre tienen la intención de llevar a la lavandería pero que sólo acaban llevando una vez al mes, cuando ya no les queda más remedio, a menos que estén dispuestos a comprarse calcetines y ropa interior nueva. Moushumi se pregunta cuánto tiempo más vivirá con los privilegios de la vida de estudiante, a pesar de ser una mujer casada, a pesar de estar en la culminación de su carrera, a pesar de que Nikhil tiene un trabajo muy respetable pero no muy lucrativo. Con Graham las cosas habrían sido distintas: ganaba dinero más que suficiente para mantenerlos a los dos. Pero aquello también resultaba frustrante, porque la hacía sentir que sus estudios eran algo gratuito, innecesario. Se dice que cuando consiga trabajo, un trabajo de verdad, a jornada completa, una plaza fija, las cosas serán distintas. Se imagina dónde conseguirá ese primer empleo, da por sentado que será en alguna ciudad pequeña, perdida en mitad de la nada. A veces bromea con Nikhil, comentan la inminente necesidad de un traslado a Iowa, a Kalamazoo, a sitios remotos. Pero los dos saben que él no puede ni plantearse la posibilidad de abandonar Nueva York, que será ella la que tendrá que coger aviones de un sitio a otro para reunirse con Gógol los fines de semana. Hay algo en esa idea que le resulta atractivo, partir de cero en un lugar donde nadie te conoce, como ya hizo en París. Eso es lo que más admira de sus padres; que fueran capaces de dejar atrás su país de origen, para bien o para mal.

Cuando se acerca a su departamento se da cuenta de que pasa algo. Hay una ambulancia aparcada en la acera, con las puertas abiertas. Dentro, se oyen los chasquidos de un walkie-talkie. Al cruzar la calle, mira el interior del vehículo y ve todo el equipo de resucitación en su sitio, pero a nadie dentro. La imagen, de todos modos, le provoca un escalofrío. En el piso de arriba, el pasillo está lleno de gente. No sabe si la urgencia afecta a un alumno o un profesor. No reconoce a nadie, tan sólo a un grupo de desconcertados estudiantes de primero que van con sus impresos de matrícula en la mano. «Creo que alguien se ha desmayado», comenta la gente. «No tengo ni idea.» Se abre una puerta y les piden que dejen paso. Ella espera ver a alguien salir en silla de ruedas, pero lo que aparece es una camilla que transporta un cuerpo cubierto con una sábana. Varias de los presentes ahogan un grito de alarma. Moushumi se lleva una mano a la boca. Por los zapatos beige de tacón bajo que sobresalen por un lado, deduce que se trata de una mujer. Y un profesor le cuenta qué ha pasado: Alice, la auxiliar administrativa, se ha desplomado de pronto junto a los casilleros. Estaba tan tranquilamente separando la correspondencia del campus, y un minuto después ya estaba sin vida. Cuando ha llegado el equipo de urgencias, ya había muerto a causa de un aneurisma. No llegaba a los cuarenta años, era soltera y no bebía más que infusiones. A Moushumi nunca le había caído del todo bien. Había algo inflexible en ella, algo quebradizo, era una persona joven con un halo premonitorio de vejez.

Le horroriza pensar en todo eso, en una muerte tan repentina, en una mujer tan tangencial en su vida pero tan fundamental para su mundo. Entra en el despacho que comparte con los demás profesores asistentes y que en ese momento está vacío. Llama a Nikhil a casa, al trabajo, pero no le contesta. Consulta el reloj, se da cuenta de que debe de estar en el metro, camino del estudio. De pronto se alegra de que no esté localizable. Se acuerda de la forma en que murió su padre: fulminante, sin avisar. Seguro que lo que acaba de suceder se lo recordaría. Siente el impulso de salir del campus, de volver a casa. Pero dentro de media hora empieza la clase que debe dar. Va a la copistería a fotocopiar el temario y un párrafo breve de Flaubert que quiere que sus alumnos traduzcan en clase. Le da al botón que permite ordenar las páginas del temario, pero se olvida de pedirle a la máquina que grape las hojas. Se acerca hasta el armario donde se guarda el material de oficina en busca de una grapadora, pero no la encuentra y, mecánicamente, se dirige al escritorio de Alice. Su teléfono está sonando. Hay una chaqueta de lana colgada del respaldo de la silla. Abre un cajón, temerosa de tocar nada. Encuentra la grapadora entre unos clips y unos frascos de sacarina. Con cinta adhesiva ha pegado su nombre en la parte superior: ALICE. Los casilleros de los departamentos todavía están a medio llenar, y hay muchas cartas amontonadas en una bandeja.

Moushumi se acerca al suyo para buscar la parrilla con su horario, pero está vacío, así que se pone a buscar su correspondencia entre el montón de sobres. Mientras lo hace, aprovecha para ir dejando las cartas en su casillero correspondiente. E incluso, cuando ya ha encontrado su horario, sigue con la tarea, completando lo que Alice ha dejado a medias. Ese trabajo mecánico le calma los nervios. De pequeña, todo lo que fuera ordenar y organizar se le daba muy bien: se asignaba siempre la organización de los armarios, del cajón de los cubiertos, de la nevera. Esas labores que ella misma escogía la ayudaban a pasar los días cálidos y tranquilos de sus vacaciones de verano. Su madre la miraba, incrédula, mientras se tomaba su sorbete de sandía bajo el ventilador. En la bandeja ya quedan sólo unos pocos sobres. Se inclina para cogerlos. Y entonces le llama la atención otro nombre, el de un remitente que figura en el margen superior izquierdo de una carta.

Se lleva la grapadora, la carta y el resto de sus cosas al despacho. Cierra la puerta, se sienta a su escritorio. El sobre va dirigido a un profesor de Literatura Comparada que enseña alemán además de francés. Lo abre. Dentro encuentra un currículum y una carta adjunta. Se queda un minuto observando simplemente el nombre que lo encabeza, impreso con láser, con un sobrio tipo de letra. Aquel simple nombre, la primera vez que lo había oído, había bastado para seducirla. Dimitri Desjardins. Ella pronunciaba el apellido tal como sonaba, con la ese intercalada y todo, y a pesar de su conocimiento posterior de la lengua francesa, así es como sigue diciéndolo mentalmente. Bajo el nombre figura la dirección en la calle 164 Oeste. Solicita un puesto de profesor adjunto de alemán a tiempo parcial. Repasa el currículum y se entera exactamente de dónde ha estado y qué ha hecho durante esos últimos diez años. Viajes por Europa, un empleo en la BBC. Artículos y reseñas aparecidas en *Der Spiegel* y la *Critical Inquiry*. Un doctorado en literatura alemana obtenido en la Universidad de Heidelberg.

Lo había conocido hacía años, en los últimos meses de instituto. Era una época en la que ella y dos amigas suyas, impacientes por terminar y poder ir por fin a la universidad, desesperadas al ver que ningún chico de su edad quería salir con ellas, se acercaban hasta Princeton y se paseaban por el campus, entraban en la librería, hacían los deberes en edificios donde no pedían identificación para entrar. Sus padres habían alentado aquellas excursiones, porque creían que iba a la biblioteca o que asistía a conferencias: esperaban que acabara matriculándose en esa universidad, que no tuviera que irse de casa. Un día, mientras estaban las tres sentadas en el césped del campus, les propusieron que se apuntaran a una asociación universitaria que protestaba contra el *apartheid* en Sudáfrica. Estaban organizando una manifestación en Washington en la que se iba a exigir la adopción de sanciones.

Se montaron en un autobús nocturno con destino a Washington D. C. para poder estar ahí a primera hora. Las tres habían mentido a sus padres, les habían dicho que se quedarían a dormir en casa de otra. Todo el mundo en aquel autobús fumaba hierba y escuchaba una y otra vez el mismo álbum de Crosby, «Stills and Nash» en un casete a pilas. Moushumi llevaba un rato con el cuello girado, charlando con sus amigas, que iban dos asientos más atrás, y cuando volvió a mirar al frente, él ya se había sentado a su lado. Parecía estar al margen del resto del grupo, no ser un miembro de la asociación, verlo todo con cierto escepticismo. Era muy flaco, frágil, con los ojos pequeños de párpados caídos y un rostro intelectual de rasgos marcados que hacía que le resultara atractivo, aunque no guapo. Tenía ya unas entradas considerables y el pelo rizado y rubio. No le habría venido mal un afeitado y un corte de uñas. Llevaba una camisa blanca, unos Levi's desgastados, rotos en las rodillas, y unas gafas doradas de varillas flexibles que se sujetaban enroscándose a la oreja. Sin presentarse, empezó a hablar con ella, como si ya se conocieran. Tenía veintisiete años, había ido a Williams College, estudiaba Historia de Europa. Estaba matriculado en un curso de alemán en Princeton y vivía con sus padres, profesores de la universidad, aunque estaba desesperado. Al terminar la diplomatura, se había pasado unos años viajando por Asia y Sudamérica. Le explicó que más adelante, seguramente, seguiría los estudios y se licenciaría. A Moushumi, toda aquella improvisación le había resultado atractiva. Le preguntó cómo se llamaba y ella se lo dijo. Él se puso la mano en el oído y se acercó a ella, aunque lo había oído perfectamente. «¿Y cómo se escribe eso?», quiso saber. Ella se lo deletreó y entonces él lo pronunció mal, como casi todo el mundo. Le corrigió, diciéndole que se pronunciaba «Mou» y no «Mau», «Mousumi» Pero él negó con la cabeza y le dijo que él pensaba llamarla, simplemente, *Mouse*.

Aquel apodo la había irritado y divertido a partes iguales. Se había sentido un poco tonta, pero a la vez se daba cuenta de que al darle un nuevo nombre, de algún modo, la reclamaba como algo suyo, la convertía desde el primer momento en parte de él. A medida que el autobús iba quedando en silencio, a medida que la gente iba quedándose dormida, dejó que Dimitri le apoyara la cabeza en el hombro. Estaba dormido, o eso creía ella. Y así, Moushumi fingió dormirse también. Tras un momento notó su mano en el muslo, por encima de la falda vaquera de color blanco que llevaba. Y entonces, muy despacio, empezó a desabrochársela. Entre un botón y otro pasaban varios minutos, y no abría los ojos ni un momento ni levantaba la cabeza de su hombro. El autobús seguía avanzando por la autopista desierta, oscura. Era la primera vez en la vida que un hom-

bre la tocaba. Se mantenía totalmente inmóvil. Aunque se moría de
ganas de acariciarlo, estaba aterrorizada. Al final, Dimitri abrió los
ojos. Ella notó su boca cerca del oído y se volvió, dispuesta a recibir su primer beso, a los diecisiete años. Pero él no se movió. Se limitó a mirarle a los ojos. «Vas a ser una rompecorazones», le dijo. Y se
recostó en su asiento y le retiró la mano de la pierna y cerró los ojos
de nuevo. Ella se quedó observándolo, incrédula, enfadada. ¿Por
qué daba por sentado que todavía no había roto ninguno? Y halagada al mismo tiempo. Permaneció así, con la falda desabrochada,
el resto del viaje, con la esperanza de que él reanudara la labor. Pero
no lo hizo, y a la mañana siguiente ninguno de los dos comentó nada.
Durante la manifestación no le hizo ni caso. Y en el viaje de regreso, se sentaron en asientos separados.

Terminado el fin de semana, empezó a ir a la universidad cada
día para ver si se lo encontraba. Tras varias semanas, lo vio andando por el campus, con un ejemplar de *El hombre sin atributos* bajo
el brazo. Se tomaron un café juntos en un banco, al aire libre. Él le
propuso que fueran al cine, a ver *Alphaville*, de Godard, y a un restaurante chino a la salida. Ella fue vestida con una ropa que todavía
hoy le horroriza recordar; una americana cruzada de su padre, que
le quedaba enorme y que llevaba arremangada, para que se le viera
el forro, y unos vaqueros. Aquélla era la primera cita de su vida, pla-
nificada estratégicamente un día en que sus padres iban a ir a una
fiesta. De la película no recuerda nada, sabe que no probó bocado
en el restaurante, que estaba junto a la Carretera 1. Y entonces, después de ver que Dimitri se comía las dos galletas de la suerte sin leer
las predicciones, cometió un error: le pidió que fuera su acompañante en su baile de graduación del instituto. Él declinó la invitación, la acompañó a casa, le dio un casto beso en la mejilla y no
volvió a llamarla nunca más. Qué noche tan humillante. La había
tratado como si fuera una niña. Aquel verano, se lo encontró por
casualidad en el cine. Iba con una chica alta, pecosa y con una melena que le llegaba a la cintura. Moushumi quería escapar cuanto antes
de allí, pero Dimitri no le ahorró las presentaciones. «Ésta es Moushumi», dijo con énfasis, como si llevara semanas esperando la ocasión de pronunciar su nombre. Le contó que se iba una temporada
a Europa, y por la expresión de su acompañante supo que no iría

solo. Moushumi le explicó que la habían aceptado en Brown. «Estás muy guapa», le susurró cuando su chica no le oía.

En su época de estudiante, en Brown, de tarde en tarde recibía postales, sobres con sellos enormes y de colores vivos. Dimitri escribía con letra pequeña y poco clara, difícil de leer. Nunca había dirección en el remitente. Durante un tiempo, guardaba aquellas cartas en su agenda, las llevaba consigo a clase. A veces le enviaba libros que había leído y que creía que podían gustarle. En alguna ocasión la llamaba por teléfono en plena noche, la despertaba y se pasaba horas hablando con él a oscuras, en la cama de su habitación compartida, y al día siguiente se quedaba dormida y faltaba a clase. Una sola de aquellas llamadas la tenía flotando semanas enteras. «Iré a visitarte y te llevaré a cenar.» No lo hizo nunca. Con el tiempo, las cartas fueron espaciándose hasta que dejaron de llegar. Su último envío fue un paquete de libros, junto con varias postales que le había escrito en Grecia y Turquía pero que no había llegado a enviar. Después de aquello, ella se trasladó a París.

Vuelve a leer el currículum de Dimitri, y la carta adjunta. En ella no expone más que su genuino interés por la enseñanza, menciona una mesa redonda en la que tanto él como la persona a la que va dirigida la carta coincidieron hace unos años. Ella tiene archivada una nota prácticamente idéntica en su ordenador. En la tercera frase le falta un punto y aparte. Ella lo incorpora con mucho cuidado, usando su pluma negra de punta más fina. No se ve capaz de anotar la dirección y guardársela, pero tampoco quisiera que se le olvidara. En la copistería, hace una fotocopia del currículum, que se guarda en el fondo del bolso. Luego, en otro sobre, vuelve a escribir las señas con el ordenador y deja el original en el casillero del profesor. Cuando ya está de vuelta en su despacho, se da cuenta de que en ese sobre no hay ni sello ni timbre, y teme que el profesor se dé cuenta de algo. Pero para tranquilizarse se dice que Dimitri puede haber ido a entregar la carta personalmente; pensar en su presencia en el departamento, ocupando el mismo espacio que ella ocupa ahora, le llena de la misma mezcla de desesperación y deseo que siempre le provocó.

Lo más difícil es decidir dónde apuntar el número de teléfono, en qué parte de su agenda. Desearía tener algún tipo de código secre-

to. En París, había salido durante poco tiempo con un profesor iraní de filosofía que anotaba en farsi los nombres de sus alumnos, en
el reverso de las fichas, junto con alguna nota cruel que le ayudaba
a diferenciarlos. En una ocasión le había leído aquellas descripciones a Moushumi: Piel mala, decía una. Pantorrillas gruesas, decía
otra. Moushumi no puede recurrir al mismo truco, porque no sabe
escribir en bengalí. Apenas recuerda cómo se escribe su propio nombre, algo que su abuela le enseñó una vez. Al final decide anotarlo
en la letra D, pero sólo escribe los números, sin nombre. Así no le
parece que la traición sea tan grave. Podrían ser de cualquiera. Mira
a la calle. Sentada a su escritorio, levanta la vista. La ventana de su
despacho llega hasta el techo, y el tejado del edificio de enfrente queda a la altura de su alféizar. De ese modo, la vista produce una sensación contraria al vértigo, que nace no por la atracción de la gravedad de la tierra, sino por la infinita proximidad del cielo.

En casa, esa noche, después de cenar, Moushumi busca algo entre
las estanterías del salón que comparte con Nikhil. Desde que se casaron, sus libros se han ido mezclando. Él fue quien los sacó de las
cajas, y no hay ninguno que esté donde ella espera. Pasa la vista sobre
los montones de revistas de diseño, sobre unos gruesos volúmenes
dedicados a Gropius y Le Corbusier. Nikhil, inclinado sobre un plano en la mesa del comedor, le pregunta qué está buscando.
    —Stendhal —le responde. Y no es mentira. Una edición antigua de *Rojo y negro*, de la editorial Modern Library, en inglés, dedicado a «Mouse». Con amor, de Dimitri, había añadido. Fue el único
libro en el que le escribió una dedicatoria. En aquella época era lo
más parecido a una carta de amor que le había enviado nadie. Se pasó
meses durmiendo con ese ejemplar bajo la almohada. Y después
lo guardó entre el colchón y el somier. Sin saber muy bien cómo,
logró conservarlo muchos años; viajó con ella de Providence a París,
y de ahí a Nueva York, como un talismán secreto en sus estanterías
al que de vez en cuando echaba un vistazo. Siempre se sentía ligeramente halagada ante aquella insistencia suya, y nunca había dejado de tener curiosidad por saber qué había sido de él. Pero ahora que
está desesperada por encontrarlo, le invade el temor de que no esté
en casa, de que tal vez Graham se lo haya llevado por error cuando

se fue a vivir a York Avenue, o que se encuentre en el sótano, en casa de sus padres, en una de las cajas que llevó ahí hace unos años, cuando sus estanterías empezaban a estar demasiado llenas. No recuerda haberlo metido en ninguna caja cuando se trasladó desde su anterior apartamento, ni haberlo desembalado cuando llegó con Nikhil a vivir ahí. Le gustaría poder preguntarle a él si le suena haberlo visto. Un volumen pequeño, verde, con tapas de tela, sin sobrecubierta, con el título grabado en un recuadro negro en el lomo. Y de pronto lo ve, delante de sus narices, en una estantería en la que acaba de mirar. Lo abre, se fija en el símbolo de la editorial, la figura desnuda y elegante que sostiene una antorcha. Lee la dedicatoria, no le pasa por alto que la presión que hizo al escribirla con el bolígrafo fue tanta que se marcó un poco en el reverso de la página. Moushumi no había pasado del segundo capítulo. El punto exacto donde se había quedado todavía está marcado con un recibo de compra de un champú. En francés ya debe de haberlo leído unas tres veces. Ahora, se termina en cuestión de días la traducción inglesa de Scott-Moncrieff, que lee en el despacho de su departamento, y en la biblioteca. Por las noches, en casa, lo lee en la cama hasta que llega Nikhil. Entonces lo guarda y se pone a hojear alguna otra cosa.

Lo llama a la semana siguiente. Para entonces ya ha desenterrado las postales, que conserva en un sobre grande, dentro de la caja en la que guarda las devoluciones de hacienda, y las ha leído. Le resulta insólito que sus palabras, la mera visión de su caligrafía, sean capaces aún de trastornarla hasta ese punto. Se convence de que está llamando a un viejo amigo. Se dice que la casualidad de haber encontrado el currículum, de tropezarse con él de ese modo, resulta demasiado llamativa para pasarla por alto, que cualquiera en su caso haría lo mismo, descolgar el teléfono y llamar. Se dice que es muy posible que esté casado, igual que ella. Tal vez las dos parejas salgan a cenar, quizá se hagan muy amigos los cuatro. Pero, de todos modos, a Nikhil no le cuenta nada de lo del currículum. Una tarde, desde el trabajo, son ya más de las siete y por allí sólo hay un empleado de la limpieza, tras darle unos sorbos a una botella de Maker's Mark que guarda al fondo del archivador, se decide a llamarlo. Nikhil

cree que esa tarde se ha quedado en el trabajo para escribir un artículo para la Asociación de Lenguas Modernas.

Marca los números y oye hasta cuatro tonos, preguntándose si
todavía se acordará de ella. El corazón le late con fuerza. Tiene un
dedo levantado por si decide colgar en el último momento.

—¿Diga?

Sí, es su voz.

—¿Hola? ¿Dimitri?

—Sí, soy yo, ¿con quién hablo?

Moushumi hace una pausa. Si quiere, todavía está a tiempo de
colgar.

Al principio se ven los lunes y los miércoles, después de su clase
de francés. Toma el tren y se reúne con él en su apartamento, donde
le espera una comida. Los platos son siempre elaborados: pescado al vapor, patatas gratinadas, pollos asados con limones enteros en su interior. Y nunca falta una botella de vino. Se sientan
en su mesa de trabajo, tras apartar un poco sus libros, sus papeles y el ordenador portátil. Escuchan la emisora de música clásica del *New York Times*, toman café y coñac y fuman al terminar.
Sólo entonces la toca. La luz se cuela por las ventanas sucias de
su viejo apartamento del período de entreguerras. Hay dos habitaciones espaciosas. Las paredes de escayola están desconchadas,
el suelo de parqué, rayado y lleno de cajas que Dimitri no se ha
molestado en abrir. La cama —colchón nuevo y estructura con
ruedas— siempre está deshecha. Y después de hacer el amor, nunca dejan de constatar con sorpresa que se ha separado varios centímetros de la pared, que ha ido a parar a la cómoda que ocupa la
pared contraria. A Moushumi le gusta la manera que tiene de mirarla cuando todavía están entrelazados, sin respiración, como si
hubiera estado persiguiéndola, esa expresión ansiosa antes de relajarse y sonreír. En la cabeza y en el pecho, Dimitri tiene algunas
canas, y algunas arrugas alrededor de la boca y los ojos. Está más
gordo que antes, luce una barriga innegable, con lo que la delga-
dez de sus piernas resulta algo cómica. Hace poco ha cumplido
treinta y nueve años. No se ha casado. No parece muy desesperado
por conseguir empleo. Se pasa los días cocinando, leyendo, oyen-

do música clásica. Ella deduce que debe de haber heredado algo de dinero de su abuela.

La primera vez que se vieron, el día posterior a su llamada, en el bar de un restaurante italiano abarrotado que queda cerca de la Universidad de Nueva York, no lograron dejar de mirarse ni un momento, de hablar del currículum, de la manera casual en que había llegado a manos de Moushumi. Él se había trasladado a Nueva York hacía sólo un mes, había intentado localizarla en el listín, pero el teléfono estaba a nombre de Nikhil. Los dos estuvieron de acuerdo en que no importaba. Era mejor así. Se tomaron unas copas de Prosecco. Ella aceptó su propuesta de cenar pronto ahí mismo, porque el Prosecco se les había subido a la cabeza. Dimitri pidió una ensalada rematada con lengua de cordero, huevo escalfado y queso pecorino, algo que ella juró no probar pero de lo que acabó comiéndose la mayor parte. Más tarde, se acercó hasta Balducci para comprar pasta y salsa de vodka ya preparada; ésa sería la segunda cena del día, la que compartiría en casa con Nikhil.

Los lunes y los miércoles nadie sabe dónde está. A la salida del metro, junto a casa de Dimitri, no hay vendedores de fruta bengalíes que la saluden, ni vecinos que la reconozcan cuando llega a su edificio. Eso le recuerda su estancia en París. Durante unas horas, en casa de Dimitri, es inaccesible, anónima. Él no se muestra muy curioso respecto de Nikhil, ni siquiera le pregunta cómo se llama. No parece nada celoso. Cuando, en el restaurante italiano, le dijo que estaba casada, su expresión no se alteró en absoluto. Parece concebir el tiempo que pasan juntos como algo absolutamente normal, como algo a lo que estaban destinados, y ella empieza a darse cuenta de lo fácil que es. Cuando hablan, Moushumi se refiere a Nikhil llamándolo «mi marido»: «Mi marido y yo tenemos una cena el jueves que viene.» «Mi marido me ha pegado el resfriado.»

En casa, Nikhil no sospecha nada. Como de costumbre, cenan juntos, charlan de cómo les ha ido el día. Recogen juntos la cocina y después se sientan en el sofá a ver la tele, mientras ella corrige los ejercicios de sus alumnos. Mientras miran las noticias de las once, se toman su cuenco de Ben and Jerry's y luego se cepillan los dientes. Se acuestan, como de costumbre, se dan un beso de buenas noches y lentamente se separan para poder estirarse a sus anchas y dormir más cómodos. Aunque Moushumi se queda despierta. Todos los lunes y los miércoles, la asalta el temor de que note algo, de que le dé un abrazo y lo sepa al momento. Permanece horas en vela, con la luz apagada, preparada para hacerle frente, para mentirle descaradamente. Ha ido de compras, le dirá si le pregunta, porque en realidad eso era lo que había hecho de vuelta a casa aquel primer lunes, interrumpir el regreso a mitad de trayecto desde casa de Dimitri, bajarse en la calle Setenta y dos, entrar en una tienda en la que nunca había estado y comprar un par de zapatos negros normales y corrientes.

Hay una noche que es peor que las demás. Dan las tres, las cuatro. Desde hace unos días, en su calle, hay obras en la noche, mueven enormes contenedores de escombros y de cemento, y a Moushumi le irrita que Nikhil sea capaz de dormir sin inmutarse. Está tentada de levantarse, servirse una copa, darse un baño, lo que sea. Pero el cansancio la mantiene en la cama. Contempla las sombras que el tráfico proyecta en el techo, oye el rugido de un camión en la distancia, que resuena como un animal nocturno, solitario. Está convencida de que va a estar despierta hasta que amanezca. Pero lo cierto es que acaba por quedarse dormida. Poco antes de que se haga de día, la despierta el sonido de la lluvia en los cristales, tan fuerte que parece que estén a punto de romperse. Tiene un dolor de cabeza terrible. Se levanta de la cama y descorre las cortinas. Vuelve a acostarse y despierta a Nikhil.

—¡Mira! —le dice, señalándole la lluvia, como si fuera algo realmente extraordinario.

Nikhil la complace, profundamente dormido como está, abre los ojos, se incorpora, y vuelve a cerrarlos.

A las siete y media se levanta. Ha dejado de llover y el cielo está despejado. Sale del dormitorio y ve que el agua se ha filtrado por el tejado y que hay una mancha de humedad en el techo y algunos charcos en el suelo: uno en el baño y otro en el recibidor. La repisa interior de una ventana que se ha quedado abierta está empapada y manchada de barro, igual que las facturas, los libros y los papeles que había apilados en ella. Al ver el desastre empieza a llorar. Al mismo tiempo, agradece tener algo tangible de lo que preocuparse.

—¿Por qué lloras? —le pregunta Nikhil, con los ojos entornados y aún en pijama.

—Hay goteras.

Nikhil mira al techo.

—Son poca cosa. Avisaré al encargado.

—La lluvia ha entrado directamente desde el tejado.

—¿Qué lluvia?

—¿No te acuerdas? Esta madrugada ha caído un aguacero increíble. Pero si te he despertado.

Pero Nikhil no se acuerda de nada.

Transcurre un mes así, con sus lunes y sus miércoles. Empiezan a verse también los viernes. Uno de esos días, se queda sola en el apartamento de Dimitri; él sale en cuanto ella llega a comprar mantequilla para hacer una salsa con la que napar las truchas. En el equipo de música, cuyos caros componentes están desperdigados por el suelo, suena Bartók. Desde la ventana lo ve alejarse, doblar la esquina, un hombre de casi cuarenta años, pequeño, calvo, sin trabajo, pero capaz de hacer zozobrar su matrimonio. Se pregunta si es la única mujer de su familia que ha engañado a su marido, que le ha sido infiel. Admitir eso es lo que más la afecta: que esa aventura la haga sentirse extrañamente en paz consigo misma, que esa complicación la tranquilice, estructure su vida. Después de la primera vez, mientras se lavaba en el baño, se sintió horrorizada por lo que había hecho, por la visión de su ropa esparcida por toda la casa. Antes de irse se peinó mirándose al espejo, el único que había en todo el apartamento. Mantuvo la cabeza baja y sólo al final alzó la vista. Al hacerlo, se dio cuenta de que se trataba de uno de esos espejos que, por algún extraño motivo, favorecen a las personas, por la luz, o la calidad del cristal, y hacen que la piel brille.

Las paredes de la casa de Dimitri están desnudas. Sus cosas todavía están metidas en unas enormes bolsas de lona. Por suerte no es capaz de imaginar su vida con todo detalle, en todo su desorden. Lo único que tiene más o menos organizado es la cocina, el equipo de música y algunos libros. Cada vez que va a visitarlo hay discretos signos de progreso. Se pasea por el salón, se fija en los libros que está empezando a ordenar en una estantería de contrachapado.

Exceptuando las obras en alemán, su colección de libros se parece a la suya. Los mismos lomos verdes de la Princeton Encyclopedia of Poetry and Poetics. La misma edición de Mimesis. La misma edición de Proust, en caja. Saca un gran ejemplar de fotografías de París, de Atget. Se sienta en un sillón, única pieza que integra el mobiliario del salón. Ahí se sentó la primera vez que fue a visitarlo, y él se puso detrás y empezó a darle un masaje en un punto del hombro, y se excitó tanto que al momento se levantó y se fueron a la cama.

Abre el libro para ver las calles y los edificios que conoce tan bien. Piensa en su beca malgastada. En el suelo se refleja la luz que entra por la ventana. Tiene el sol a la espalda, y la sombra de su cabeza se proyecta en las páginas gruesas, sedosas. Algunos mechones sueltos se ven muy grandes, y tiemblan, como si los estuviera observando a través de un microscopio. Echa la cabeza hacia atrás, cierra los ojos. Cuando vuelve a abrirlos, al cabo de un momento, el sol ya se está retirando y la franja de luz que queda se desliza hacia los tablones del suelo, como un telón que se cerrara gradualmente. Las páginas blancas se vuelven de pronto grises. Oye los pasos de Dimitri en la escalera, el sonido limpio de la llave en la cerradura, su entrada brusca en el apartamento. Se levanta para guardar el libro, busca el sitio exacto del que lo ha sacado.

11

Gógol se despierta tarde el domingo por la mañana, solo, sobre-
saltado porque ha tenido una pesadilla que no recuerda. Mira el
otro lado de la cama, el de Moushumi, el montón de revistas y
libros desordenados de su mesilla, el frasco de agua de lavanda con
la que a veces le gusta rociar las almohadas, el pasador de carey
con algunos pelos atrapados en el cierre. Este fin de semana vuelve a tener conferencia, en Palm Beach. Esa misma noche ya estará de vuelta. Según ella, ya se lo había dicho hacía meses, pero él
no se acuerda.

—No te preocupes —le comenta mientras hace el equipaje—,
voy a estar tan poco tiempo que no me dará tiempo de ponerme
morena.

Pero al ver el traje de baño sobre la ropa, encima de la cama, le
invadió un pánico extraño, y se la imaginó tumbada en la piscina
del hotel, sin él, con los ojos cerrados y un libro a su lado. Al menos
uno de los dos no está pasando frío, piensa ahora, mientras se cruza de brazos y se aprieta fuerte contra el pecho. Desde ayer por la
tarde, la caldera del edificio se ha estropeado, y el apartamento parece una cubitera. Por la noche ha tenido que encender el horno para
soportar la temperatura del salón, y se ha acostado con sus pantalones de chándal de Yale, una camiseta, un suéter grueso y unos calcetines de lana. Ahora retira el edredón y la manta que puso en plena noche. Al principio no encontraba ninguna, estuvo a punto de
llamar a Moushumi al hotel para preguntarle dónde las guardaba,
pero eran casi las tres de la madrugada y decidió seguir buscando.
Al final encontró una metida en el estante superior del armario del
recibidor. Era un regalo de bodas sin estrenar, todavía metido en
su bolsa de plástico con cremallera.

Se levanta de la cama, se cepilla los dientes con el agua helada que sale del grifo y decide prescindir del afeitado. Se pone los vaqueros y un suéter más, y el albornoz de Moushumi, sin importarle lo ridículo de su aspecto. Se prepara un café, tuesta un poco de pan para comérselo con mantequilla y mermelada. Abre la puerta de casa y recoge el *Times*. Le quita el envoltorio azul y lo deja en la mesa de centro para leerlo más tarde. Mañana tiene que entregar un plano en el trabajo, un corte transversal para el auditorio de un instituto de Chicago. Lo saca del tubo y lo desenrolla sobre la mesa del comedor. Fija las esquinas con libros que saca de la estantería. Pone su CD de *Abbey Road* y salta directamente a las canciones que, en el disco de vinilo, habrían correspondido a la cara B. Intenta trabajar en el dibujo, asegurándose de que las medidas se correspondan con las directrices que ha marcado el jefe del proyecto. Pero tiene los dedos agarrotados del frío, así que le deja una nota a Moushumi en la encimera de la cocina y se va al estudio.

Se alegra de tener una excusa para salir de casa, para no quedarse encerrado hasta que ella llegue a alguna hora de la noche sin precisar. Fuera, no hace tanto frío, el aire es más agradable, más húmedo, así que en vez de tomar el metro camina las treinta travesías que lo separan de Park Avenue, y luego sigue hasta Madison. Tiene el despacho para él solo. Se instala en la sala de dibujo, que está oscura, rodeado por las mesas de trabajo de sus compañeros, algunas llenas de bocetos y maquetas, otras desnudas, ordenadas. Se inclina sobre la suya, y la única luz suspendida encima proyecta un charco de luz que ilumina la gran hoja de papel. Al lado, en la pared, hay un calendario pequeño con todo el año a la vista, un año más que, de nuevo, está a punto de terminar. Al final de esa semana se cumplirán cuatro de la muerte de su padre. Las fechas límite para las entregas, tanto las pendientes como las ya pasadas, destacan rodeadas con círculos. Y las reuniones, las visitas a las obras, los encuentros con los clientes. Un almuerzo con un arquitecto que tal vez le ofrezca un empleo. Está impaciente por empezar a trabajar para una empresa más pequeña, recibir encargos de particulares, colaborar con menos gente. Junto al calendario, rodeada de un fondo gris, hay colgada la postal de un cuadro de Duchamp que siempre le ha encantado y en la que aparece un molinillo de chocolate que le recuerda a una batería. Y varios *post-its*. La foto tomada en Fatehpur Sikri en la que están su madre, Sonia y él mismo, la que rescató de la nevera de su padre en Cleveland. Y, al lado, otra de Moushumi, una pequeña, vieja, de carnet, que había encontrado por casa y le había pedido. Se la hizo a los veintipocos años y tiene el pelo suelto, los párpados algo caídos y la mirada desviada hacia un lado. Es anterior al inicio de su relación, de cuando vivía en París. De una época de su vida en la que para ella seguía siendo Gógol, un resto de su pasado con pocas probabilidades de aparecer en su futuro. Y a pesar de ello sí se encontraron; tras todas sus aventuras, fue con él con quien se casó. Era con él con quien compartía la vida.

El fin de semana anterior fue Acción de Gracias. Su madre, Sonia y su nuevo novio fueron a Nueva York con los padres y el hermano de Moushumi, y lo celebraron todos juntos en el apartamento, que se les quedó pequeño. Era la primera vez que no pasaban ese día en casa de sus padres ni en la de sus suegros. Se hacía raro ser los anfitriones, asumir toda la responsabilidad. Encargaron un pavo en el mercado al aire libre y sacaron las recetas de *Food and Wine.* Compraron unas sillas plegables porque en casa no había para tantos. Moushumi salió en busca de un molde redondo y preparó una tarta de manzana por primera vez en su vida. Por consideración a Ben, todos hablaban en inglés. Ben es medio judío y medio chino y se crió en Newton, no lejos de Gógol y de Sonia. Trabaja como editor en el *Globe.* Sonia y él se conocieron por casualidad, en un café de Newbury Street. Al verlos juntos, medio escondidos en el pasillo para darse un beso, con las manos discretamente entrelazadas durante la comida, Gógol, extrañamente, sintió cierta envidia, y cuando estaban todos sentados, comiéndose el pavo, los boniatos asados, el relleno y la salsa de arándanos que su madre había preparado, miró a Moushumi y se preguntó qué era lo que iba mal. No discutían, seguían haciendo el amor, pero aun así se lo preguntaba. ¿La hacía feliz? Ella no le reprochaba nada, pero cada vez notaba más la distancia que se abría entre los dos, su insatisfacción, su lejanía. De todos modos, no había habido mucho tiempo para ahondar en esas preocupaciones. El fin de semana había sido agotador. Habían tenido que llevar a los distintos miembros de la familia a casas cercanas de amigos que les habían dejado las llaves. El día siguiente a

Acción de Gracias, habían ido todos juntos a Jackson Heights, al carnicero halal, a que las dos madres se proveyeran de carne de cabrito, y luego a tomar un brunch. El sábado había un concierto de música clásica india en Columbia. Una parte de él querría sacar el tema. «¿Te alegras de haberte casado conmigo?», le preguntaría. Pero el mero hecho de plantearse la pregunta le da miedo.

Termina el plano, lo deja fijado a la mesa para revisarlo a la mañana siguiente. Se ha concentrado tanto en el trabajo que se le ha pasado la hora de comer, y ahora, al salir del estudio, hace más frío y la luz ya está abandonando el cielo. Se compra un café y un *falafel* en el restaurante egipcio de la esquina y empieza a caminar en dirección sur mientras come, hacia Flatiron·y la parte baja de la Quinta Avenida. Las Torres Gemelas del World Trade Center se levantan a lo lejos, brillan en la punta de Manhattan. El *falafel*, envuelto en papel de aluminio, está caliente y le ensucia las manos. Las tiendas se ven muy llenas, con los escaparates adornados, y las aceras abarrotadas de gente que compra. La proximidad de la Navidad le supera. El año anterior la celebraron en casa de los padres de Moushumi. Este año irán a Pemberton Road. Son unas vacaciones que ya no espera con impaciencia; lo único que quiere es que pasen. Esa inquietud suya le hace sentir que, de manera incontrovertible, definitiva, ya es adulto. Entra sin saber muy bien por qué en una perfumería, en una tienda de ropa, en otra en la que sólo venden bolsos. No tiene ni idea de qué comprarle a Moushumi por Navidad. Normalmente ella le da pistas, le enseña catálogos, pero este año no tiene ni idea de lo que quiere, si unos guantes, una billetera, un pijama. En el laberinto de tenderetes de Union Square en los que venden velas, fulares y joyas hechas a mano, nada le llama la atención.

Decide probar en la librería Barnes and Noble, que hace esquina con la plaza. Pero al ver el enorme expositor de novedades se da cuenta de que él no ha leído ninguno de todos esos libros. ¿Qué sentido tiene regalarle algo que no ha leído? Camino de la salida, se detiene junto a una mesa llena de guías de viaje. Se fija en una de Italia que tiene muchas ilustraciones de los monumentos que en su época de estudiante analizó con tanto detalle y que siempre ha querido conocer. Es algo que le enfurece, pero nadie sino él tiene la culpa. ¿Qué se lo impide? Un viaje los dos juntos, a un sitio que ninguno de los dos conoce, tal vez eso sea lo que les hace falta. Podría planificarlo todo él, escoger las ciudades del periplo, los hoteles. Ése podría ser su regalo de Navidad, dos billetes de avión metidos en la guía. A él ya le tocan otras vacaciones, y podrían irse aprovechando los días libres que ella va a tener por Pascua. La idea le seduce, así que va hacia la caja y, después de hacer mucha cola, compra la guía.

Camina por el parque en dirección a casa, hojeándola, impaciente por verla. Decide entrar en una tienda de *delicatessen* nueva que han abierto en Irving Place, comprar algunas de las cosas que le gustan: naranjas sanguinas, un trozo de queso del Pirineo, unas rodajas de *sopressata*, un pan redondo. Porque seguramente ella llegará con hambre. Hoy en día ya no sirven nada en los aviones. Aparta la vista del libro y mira el cielo, la oscuridad que se avecina, las nubes de un dorado profundo, hermoso, y una bandada de palomas pasa volando muy bajo y le obliga a detenerse. Asustado, agacha la cabeza y al momento se siente ridículo. Es el único peatón que ha reaccionado así. Se detiene y las ve alejarse, antes de posarse simultáneamente en las ramas desnudas de dos árboles. Esa visión le turba. Ha visto muchas veces a esos pájaros sin gracia en los alféizares de las ventanas, en las aceras, pero nunca en los árboles. Le resulta casi antinatural. Y, sin embargo, ¿hay algo más normal? Piensa en Italia, en Venecia, en el viaje que va a empezar a planificar. Tal vez las palomas sean un buen augurio para ese viaje. ¿No es famosa por ellas la plaza de San Marcos?

El vestíbulo del edificio está caliente; ya han reparado la caldera.

—Acaba de llegar —le informa el portero, guiñándole el ojo cuando pasa. El corazón le da un vuelco, liberado de su malestar, agradecido ante el mero hecho de su retorno. Se la imagina en casa, tomando un baño, sirviéndose una copa de vino, con las bolsas en el pasillo. Se esconde en el bolsillo la guía que le regalará por Navidad y se asegura bien de que no se le vea. Llama al ascensor.

12

Es Nochebuena. Ashima Ganguli está en la cocina, sentada a la mesa, haciendo unas croquetas de carne picada para la fiesta que da esa noche. Son una de sus especialidades, algo que sus invitados se han acostumbrado a ver aparecer a los pocos minutos de su llegada, servidas en unos platitos pequeños. Sola, organiza su propia cadena de montaje. Primero pasa unas patatas hervidas, aún calientes, por un pasapurés. Luego introduce un poco de carne picada de cordero dentro de una bolita de puré, intentando que el relleno quede tan bien cubierto como una yema dentro de su clara. Pasa las croquetas por huevo batido y por pan rallado, y elimina el exceso con la palma de la mano. Finalmente, las va dejando en una bandeja redonda, separando los pisos con papel de cera. Ya ha perdido la cuenta de las que lleva hechas. Calcula unas tres por adulto, una o dos por niño. Cuenta con los dedos el número exacto de invitados. Para estar segura, tendrá que hacer doce más. Echa más pan rallado en el plato. El color y la textura le recuerdan la arena de la playa. Se acuerda de las primeras que hizo en la cocina de Cambridge, para las primeras fiestas que habían empezado a organizar. Su marido, con un pijama blanco y una camiseta, junto a los fogones, friendo las croquetas de dos en dos en una sartén pequeña, ennegrecida. Se acuerda de Gógol y de Sonia, que le ayudaban cuando eran pequeños; Gógol sujetaba la lata de pan rallado, Sonia siempre quería comerse las croquetas sin esperar a que estuvieran rebozadas y fritas.

Será la última fiesta que Ashima organice en Pemberton Road. Y la primera desde el funeral de su marido. La casa en la que ha vivido durante los últimos veintisiete años, la que ha habitado más tiempo que cualquier otra, la han vendido hace poco a una familia estadounidense, los Walker; todavía está el cartel en el jardín. Él es un profesor joven que acaba de incorporarse a la universidad en la que su marido trabajaba, y tiene mujer y una hija. Los Walker piensan hacer reformas en la casa. Tirarán el tabique que separa el salón del comedor, instalarán una superficie de trabajo en el centro de la cocina y empotrarán focos en los techos. También quieren eliminar las moquetas que cubren todos los suelos, y construirse un estudio en el terrado. Al oír aquellos planes, Ashima tuvo un momento de pánico, le salió el instinto protector, y llegó a pensar en rechazar su oferta de compra, porque le parecía que la casa debía seguir siendo como fue siempre, como su marido la vio por última vez. Pero aquello fue sólo un arrebato de sentimentalismo. Es una tontería pretender que las letras doradas del buzón, que forman el apellido GANGULI sigan ahí, intactas. Que no borren el nombre de Sonia, escrito en la puerta de su dormitorio con un rotulador fosforescente. Que no den una mano de pintura para cubrir las marcas de lápiz que siguen en la pared, junto al armario de la ropa de cama, y que Ashoke hacía para medir la estatura de sus hijos los días que cumplían años.

Ashima ha decidido pasar seis meses en la India y otros seis en Estados Unidos. Se trata de una versión solitaria, algo prematura, del futuro que ella y su marido planificaron cuando él vivía. En Calcuta, Ashima vivirá con su hermano menor, Rana, su mujer y sus dos hijas mayores, todavía solteras, en el espacioso apartamento de Salt Lake. Ahí tendrá una habitación propia, la primera en su vida pensada para su uso exclusivo. La primavera y el verano los pasará en la Costa Este, repartiendo su tiempo entre sus dos hijos y sus amigos bengalíes más íntimos. Fiel al significado de su nombre, no tendrá fronteras, carecerá de casa propia, será una residente de todas partes y de ningún sitio. Pero ahora que Sonia va a casarse, ella no puede seguir viviendo ahí. La boda se celebrará en Calcuta, dentro de poco más de doce meses, en un día propicio de enero, el mismo mes en que se casaron su marido y ella casi treinta y cuatro años antes. Algo le dice que Sonia va a ser feliz con ese chico; con ese joven, se corrige. Ha hecho feliz a su hija de una manera en que Moushumi jamás hizo feliz a Gógol. Siempre se sentirá culpable por ser ella quien los puso en contacto. Pero ¿cómo iba a saber lo que acabaría pasando? Por suerte, a diferencia de los bengalíes de la generación

de Ashima y Ashoke, ellos no se han sentido obligados a seguir juntos. No están dispuestos a aceptar, a amoldarse, a conformarse con
menos de lo que marca su ideal de felicidad. Esa presión ha dado
paso, en la generación siguiente, al sentido común estadounidense.

Pasa las últimas horas sola en casa. Sonia ha ido con Ben a buscar a Gógol a la estación. Ashima piensa que la próxima vez que esté
sola, será en el avión, de viaje. Desde que se montó en un avión por
primera vez para reunirse con Ashoke en Cambridge, en el invierno de 1967, no había vuelto a viajar sola. La idea ya no la aterroriza.
Ha aprendido a hacer las cosas por su cuenta, y aunque sigue llevando sari, aunque sigue recogiéndose el pelo en un moño, ya no es
la misma Ashima que en otro tiempo vivió en Calcuta. Ahora vuelve a la India con pasaporte estadounidense. En su billetera seguirá
llevando su permiso de conducir del estado de Massachusetts y su
tarjeta de la seguridad social. Vuelve a un mundo en el que no va a
tener que organizar ella sola fiestas para un montón de gente. Ya
no le va a hacer falta prepararse el yogur con leche semidesnatada,
ni los *sandesh* con queso ricotta. No va a tener que hacerse ella misma las croquetas, porque podrá pedirlas en los restaurantes y hacérselas traer por el servicio, y además tendrán el sabor que, después
de tantos años, ella todavía no ha logrado reproducir del todo.

Termina de empanar la última croqueta y consulta la hora en
su reloj de pulsera. Va bastante adelantada. Deja la bandeja en la encimera, junto a la cocina. Saca una sartén del armario y echa abundante aceite, que calentará unos minutos antes de que lleguen sus
invitados. Coloca a un lado la espumadera que va a utilizar. De
momento, no le queda nada más por hacer. El resto de platos ya está
listo y en el comedor, en sus grandes fuentes CorningWare, están
dispuestos el *dal* cubierto de una densa costra, que se romperá tan
pronto como empiece a servirse, una receta de coliflor al horno,
berenjenas, un *korma* de cordero. El yogur dulce y el *pantuas* que
ha preparado de postre los ha dejado sobre el aparador. Le echa un
vistazo a todo, impaciente. Normalmente, cuando cocina para las
fiestas se le quita el hambre, pero esta noche tiene ganas de servirse
de todo, de sentarse con sus invitados. Con la ayuda de Sonia, ha
limpiado la casa por última vez. A Ashima siempre le han encantado esas horas anteriores a una celebración dedicadas a pasar el aspi-

rador por la moqueta y a sacar brillo a la mesa de centro con Pledge, hasta que su reflejo débil y borroso aparece en la superficie, tal como prometía el anuncio que pasaban por la tele.

Busca un paquete de incienso en un cajón de la cocina. Enciende una barrita con la llama de un fogón y se pasea con ella por todas las habitaciones. Hacer todo ese esfuerzo, preparar una última comida festiva para sus hijos y sus amigos le ha resultado gratificante. Decidir el menú, confeccionar una lista, ir a comprar al supermercado, llenar la nevera de comida. Es un cambio de ritmo agradable, algo concreto, limitado, en medio de la vorágine de la tarea que tiene entre manos: preparar su marcha, dejar la casa vacía, sin nada. Lleva un mes desmontándolo todo, pieza por pieza. Las tardes las dedica a recoger las cosas de una cajonera, a vaciar un armario, una librería. Aunque Sonia se ofrece a ayudarla, Ashima prefiere hacerlo sola. Separa cosas en montones para dárselas a sus hijos, a sus amigos, para llevarse ella, para entregar a la beneficencia, para tirar a la basura. Es un trabajo que le entristece y la complace a partes iguales. Es emocionante limitar sus posesiones a pocas más que las que traía cuando llegó al país, a aquellas habitaciones de Cambridge en plena noche de invierno. Esta tarde les dirá a sus amigos que se lleven lo que les haga falta, lámparas, plantas, bandejas, cacerolas, sartenes. Sonia y Ben van a alquilar un camión y se llevarán los muebles que les quepan en su casa.

Sube a ducharse y a cambiarse de ropa. Ahora las paredes le recuerdan al día en que llegaron a Pemberton Road. Sólo la foto de su esposo sigue colgada en una de ellas, y será la última cosa que quite. Se detiene un momento y, antes de apagarlo, agita los restos del incienso frente a la imagen de Ashoke. Deja correr el agua y pone la calefacción más fuerte, para contrarrestar ese frío que siempre siente cuando ha terminado de ducharse y pone el pie sobre la alfombrilla del baño. Se mete en la bañera beige, cierra las mamparas. Está agotada; lleva dos días cocinando, se ha pasado toda la mañana limpiando y semanas enteras recogiendo y ocupándose de la venta de la casa. Nota que los pies le pesan mucho en contacto con la superficie de fibra de vidrio de la bañera. Se queda un rato ahí de pie, antes de empezar a enjabonarse el pelo, el cuerpo, más blando y ligeramente más arrugado a sus cincuenta y tres años, y que debe fortale-

cer cada mañana con pastillas de calcio. Cuando termina, pasa la toalla por el espejo empañado y se mira en él. Es el rostro de una viuda. Pero, se recuerda, ha sido el de una esposa durante la mayor parte de su existencia, Y quién sabe, tal vez algún día sea el de una abuela
que llegue a Estados Unidos cargada de regalos y jerséis de punto y
se vaya al cabo de uno o dos meses, desconsolada, hecha un mar de
lágrimas.

Ashima se siente sola de pronto, terrible, definitivamente sola,
y durante unos breves momentos se aparta del espejo y llora por
su marido. Está algo desbordada ante el paso que está a punto de dar,
ante el traslado a una ciudad que fue su casa y que ahora, a su manera, le resulta extraña. Siente tanta impaciencia como indiferencia
ante los días que le quedan por vivir, pues algo le dice que ella no se
irá tan de repente como Ashoke. Durante treinta y tres años ha echado de menos su vida en la India. Y ahora va a echar de menos su
trabajo en la biblioteca, a las mujeres con las que trabaja. Echará de
menos esas fiestas que organiza. Echará de menos vivir con su hija,
la sorprendente camaradería que han desarrollado; ahora van juntas a Cambridge a ver películas antiguas en el Brattle, y ella le enseña a hacer los platos que de niña no quería comer. Echará de menos
también las ocasiones de acercarse con el coche a la universidad,
de vuelta del trabajo, de pasar frente al edificio de la Facultad de
Ingeniería donde trabajaba su marido. Aunque sus cenizas se espar-
cieron por el Ganges, es aquí, en esta ciudad, en esta casa, donde
en su memoria él seguirá habitando.

Respira hondo. En unos momentos oirá los pitidos del sistema
de alarma, la puerta del garaje que se abre, las de los coches que se
cierran, las voces de los niños en la casa. Se aplica loción corporal
en los brazos y las piernas, se pone el albornoz grueso color melocotón que está colgado de la puerta del baño. Fue un regalo de Navidad de su esposo hace muchos años. También de ese albornoz tendrá que desprenderse, porque donde va no le va a hacer ninguna
falta. En un clima tan húmedo, tardaría días en secarse. Decide que
lo lavará bien y lo dará a la beneficencia. No recuerda en qué año se lo
regaló Ashoke, no recuerda el momento de abrir el paquete, ni cuál
fue su reacción. Sólo sabe que fueron Sonia o Gógol quienes lo escogieron en algún centro comercial, y los que seguramente también

lo envolvieron. Lo único que su marido había hecho había sido escribir su nombre en la tarjeta, y estampar su firma para que supiera que ése era su regalo. No lo culpa por ello. Esas faltas de entrega, de afecto, ahora lo sabe, no importan en el fondo. Ya no se plantea cómo le habría ido en la vida si hubiera hecho lo que han hecho sus hijos, si se hubiera enamorado antes, y no años después, si las cosas se hubieran planteado durante meses, o incluso años, en vez de decidirse en una sola tarde, que fue lo que tardaron Ashoke y ella en decidir que iban a casarse. La imagen que perdura es la de la tarjeta con los dos nombres, una tarjeta que no se había molestado en guardar, pero que le recuerda su vida en común, la vida inimaginable que, al escogerla a ella como esposa, le había ofrecido en ese país, y que ella se había negado a aceptar durante tantos años. Y aunque todavía no se siente del todo en casa entre las cuatro paredes de Pemberton Road, sabe que ése es su hogar, que es el mundo del que es responsable, que ha creado ella, que la rodea por todas partes, y que ahora debe empaquetar, regalar, tirar a la basura trocito a trocito. Mete los brazos mojados en las mangas del albornoz y se anuda el cinturón. Siempre le ha quedado un poco corto, le habría hecho falta una talla más. Pero abriga bastante, y eso es lo que cuenta.

No hay nadie esperando a Gógol en el andén cuando se baja del tren. Tal vez ha llegado antes de tiempo, se pregunta mientras consulta el reloj. En vez de meterse en la estación, se sienta en uno de los bancos que hay fuera. Los pasajeros más rezagados se montan en los vagones, las puertas del tren se cierran. El supervisor y el jefe de estación se intercambian unas señas, y las ruedas empiezan a girar despacio. El tren se aleja. Observa a los que se han bajado con él, a la gente que ha venido a recogerlos, a los amantes que se abrazan sin decir nada, a los estudiantes cargados de mochilas que vuelven a casa por Navidad. Tras unos minutos, el andén se queda vacío, como los raíles que hasta hace un momento ocupaba su tren. Ahora Gógol contempla el campo, los altos árboles contra el cielo cobalto del atardecer. Podría llamar a casa, pero en realidad está muy bien ahí sentado y decide esperar un poco más. Ha venido durmiendo casi todo el viaje hasta Boston. El revisor ha tenido que despertarlo al llegar a South Station; ha sido el último en bajarse del vagón. Y su sueño ha sido profundo. Acurrucado en dos asientos, ha hecho el viaje tapado con el abrigo hasta la barbilla, y no ha llegado ni a abrir el libro que llevaba.

Todavía está un poco torpe y algo mareado, porque se ha saltado la comida. A sus pies, una bolsa de lona con la ropa y otra de plástico, de Macy's, con los regalos que ha comprado esa misma mañana, antes de subirse al tren en Penn Station. La verdad es que no ha sido muy original con los regalos: unos pendientes de oro de veinticuatro quilates para su madre, y unos jerséis para Sonia y para Ben. Este año la consigna es no exagerar con las compras navideñas. Él tiene una semana de vacaciones. Su madre ya le ha advertido de que hay cosas que hacer en la casa. Debe vaciar su habitación, llevarse lo que quiera a Nueva York y deshacerse de todo lo demás. Habrá de ayudar a su madre a empaquetar sus cosas, a hacer números. La llevarán en coche a Logan y la acompañarán hasta donde los controles de seguridad permitan. Y luego la casa será ocupada por extraños y no quedará ni rastro de su estancia, ya no habrá casa en la que entrar, ni nombre en el listín telefónico. Nada que sirva de recordatorio de todos los años que su familia ha pasado en ella, ningún indicio del esfuerzo, del logro que ha supuesto. Le cuesta creer que su madre esté a punto de irse, que vaya a pasar tantos meses tan lejos. Se pregunta cómo pudieron marcharse sus padres, dejar atrás a sus respectivas familias, verlas tan raramente, vivir desconectados, en un permanente estado de espera, de añoranza. Todos aquellos viajes a Calcuta que tan poco le gustaban, ¿cómo podían haberles sido suficientes? No lo eran. Ahora Gógol sabe que sus padres vivieron su vida en Estados Unidos a pesar de lo que echaban de menos, con una energía que teme no haber heredado. Él se ha pasado años manteniéndose a distancia de sus orígenes; sus padres, acortando esa distancia tanto como podían. Y sin embargo, a pesar de la reserva que mantuvo siempre hacia su familia, en sus años universitarios y después, en Nueva York, siempre ha permanecido cerca de su ciudad, tranquila, normal y corriente, que a sus padres nunca había dejado de resultar exótica. Él no se había instalado en Francia, como Moushumi, ni siquiera en California, como Sonia. Sólo pasó tres meses separado de su padre por unos pocos Estados pequeños, distancia que a Gógol no le preocupó lo más mínimo hasta que fue demasiado tarde. Exceptuando esos meses, en casi ningún momento de su vida ha estado a más de cuatro horas de tren de su casa. Y su familia ha sido el único motivo para regresar siempre, para hacer ese viaje una y otra vez.

Fue en ese tren, un año antes, donde se enteró de la aventura de Moushumi. Iban a pasar la Navidad con su madre y con Sonia. Salieron tarde de la ciudad, y por la ventanilla sólo se veía esa oscuridad total de principios de invierno. Estaban hablando de dónde irían de vacaciones el verano próximo, de si estaría bien alquilar una casa en Siena con Donald y Astrid, idea a la que Gógol se resistía. «Dimitri dice que Siena parece sacada de un cuento de hadas», dijo ella de pronto. Y acto seguido se llevó una mano a la boca y ahogó un grito. Luego, silencio. «¿Quién es Dimitri?», le preguntó él. «¿Es que tienes una aventura?», añadió. Fue algo que verbalizó de pronto, porque hasta aquel momento no lo había estructurado de manera consciente en su mente. Lo dijo como en broma, como algo que le estuviera quemando en la garganta. Pero, tan pronto como lo preguntó, supo la respuesta. Sintió el frío de su secreto entumeciéndolo, como un veneno que se expandiera de prisa por sus venas. Sólo en otra ocasión se había sentido así, la tarde en que, sentado en el coche con su padre, conoció el porqué de su nombre. Aquel día experimentó el mismo desconcierto, se encontró igual de mal. Pero en este caso no había sentido en absoluto la ternura que había sentido por su padre, sólo la ira, la humillación del engaño. Sin embargo, al mismo tiempo, notaba una extraña serenidad: en el momento en que su matrimonio quedaba anulado de facto se notaba pisando terreno firme con ella por primera vez en varios meses. Se acordó de una noche de hacía semanas. Mientras buscaba dinero en el bolso de Moushumi para pagar al chico que les había llevado la comida china a casa, había encontrado el estuche del diafragma. Ella le dijo que aquella tarde había ido al médico a que se lo quitara, y él no le dio mayor importancia.

Su primer impulso fue bajarse en la siguiente estación, alejarse de ella físicamente, lo más que pudiera. Pero no podían separarse. El tren los mantenía unidos, y los unía también el hecho de que su madre y Sonia estuvieran esperándolos. Así, no sabía muy bien cómo, habían logrado soportar el resto del viaje, el resto del fin de semana, sin decírselo a nadie, fingiendo que todo iba bien. En la cama, a oscuras, en casa de sus padres, Moushumi le contó toda la historia, su primer encuentro en el autocar, su descubrimiento casual del currículum. Le confesó que había ido con Dimitri a Palm Beach. Una a una, fue almacenando todas aquellas cosas en su mente, hostiles, imperdonables. Y, por primera vez en su vida, había otro nombre de hombre que le afectaba más que el suyo.

Después del día de Navidad, Moushumi se fue de Pemberton Road. A su madre y a Sonia les dijeron como excusa que le había surgido una entrevista inesperada en la Asociación de Lenguas Modernas. Pero aquello no era cierto. Gógol y ella habían decidido que lo mejor era que volviera a Nueva York sola. Cuando él regresó al apartamento, su ropa ya no estaba, ni su maquillaje ni las cosas del baño. Fue como si se hubiera marchado a otro de sus viajes. Sólo que esta vez no volvería. Cuando apareció por última vez en su despacho, meses después, le dijo que no quería nada del breve trayecto de vida que habían compartido, así que podía firmar los papeles del divorcio. Ella se volvía a París. Y así, de manera mecánica, como había hecho tras la muerte de su padre, sacó sus cosas del apartamento, metiendo sus libros en cajas que dejaba por la noche en la acera, para que quien quisiera se los llevara, y tirando el resto. En primavera se fue solo a Venecia una semana y se empapó de su belleza antigua y melancólica; era el viaje que había planeado para los dos. Se perdió en las callejuelas oscuras, cruzó innumerables puentes, descubrió plazas desiertas donde se sentaba a tomarse un Campari o un café, dibujó las fachadas de los palacios rosados y verdes, y las iglesias, siempre incapaz de desandar lo andado y llegar a los mismos sitios.

Luego regresó a Nueva York, al apartamento que fue de los dos y que ahora era todo para él. Un año más tarde, el impacto se ha atenuado, pero conserva la misma sensación de fracaso, profunda, perdurable. Todavía hay noches en que se queda dormido en el sofá, sin querer, y se despierta a las tres de la mañana con la tele encendida. Es como si un edificio en cuya construcción hubiera participado se hubiera derrumbado delante de todo el mundo. Y, sin embargo, no puede echarle la culpa a ella. Los dos obraron movidos por el mismo impulso, ése fue su error. Los dos buscaron consuelo en el otro, y en el mundo que compartían, tal vez por la novedad que representaba, o por el temor que les causaba que ese mundo estuviera muriendo. Con todo, no deja de preguntarse cómo ha llegado hasta ahí: cómo es que tiene treinta y dos años y ya está casado y divorciado. El tiempo que ha pasado con ella le parece una parte permanente de él que ya no tiene importancia, que ya no tiene vigencia. Como si fuera un nombre que hubiera dejado de usar.

Reconoce la bocina del coche de su madre, lo ve entrar en el aparcamiento de la estación. Sonia es quien conduce, y al verle le saluda con la mano. Ben va a su lado. Es la primera vez que ve a su hermana desde que anunciaron su compromiso. Se le ocurre que les pedirá que paren en una tienda de vinos porque quiere comprar champán. Sonia ya es abogada y trabaja en un bufete del edificio Hancock. Lleva una melena corta y una chaqueta vieja, azul, larga, que Gógol se ponía cuando iba al instituto. Y sin embargo, en su rostro hay una nueva madurez. No le cuesta imaginársela, en pocos años, con dos hijos en el asiento trasero. Le da un abrazo. Durante un momento, se quedan así, de pie, muy juntos, muertos de frío.

—Bienvenido a casa, Gol-Gol —le dice.

Por última vez, montan el árbol de Navidad de plástico de más de dos metros, con sus códigos de colores en la base de cada rama. Gógol sube la caja del sótano. Hace años que las instrucciones desaparecieron, y todos los años tienen que intentar recordar el orden de las piezas; las más grandes abajo, las más pequeñas arriba. Sonia sostiene el tronco y Gógol y Ben van encajándolas. Primero van las naranjas, después las amarillas, luego las rojas y por último las azules. La pieza más alta queda un poco doblada porque toca al techo. Instalan el árbol junto a la ventana y descorren las cortinas para que lo vea la gente que pase por delante, tan emocionados como cuando eran niños. Lo decoran con los adornos que Sonia y Gógol hacían cuando iban a la escuela: velas de papel maché, ojos de Dios hechos con palos de helado, piñas cubiertas de purpurina. Rodean la base con un sari viejo de Ashima. Y arriba ponen lo que han puesto siempre: un pajarito de plástico cubierto de terciopelo azul, con las patas marrones de alambre.

En la repisa de la chimenea clavan los calcetines; el que el año anterior fue para Moushumi ahora es para Ben. Se beben el champán en vasos de plástico y obligan a Ashima a probar un poco, y ponen el casete navideño de Perry Como que a su padre tanto le gustaba. Se meten con Sonia, y le cuentan a Ben que un año se negó a aceptar los regalos de Navidad, porque había hecho un curso sobre hinduismo en la universidad y volvió a casa afirmando que ellos no eran cristianos. A primera hora de la mañana, su madre, fiel a las reglas navideñas que sus hijos le enseñaron cuando eran pequeños, se levantará y llenará los calcetines de vales canjeables por discos, bolsas de caramelos y monedas de chocolate. Gógol todavía recuerda la primera vez que sus padres consintieron en montar el árbol en casa, ante su insistencia, uno de plástico tan pequeño que parecía una lamparilla de mesa, y que instalaron en la repisa de la chimenea. Aun así, su presencia le pareció inmensa. Todo le resultaba tan emocionante. Les suplicó que se lo compraran en la tienda. Recuerda haberlo decorado sin ninguna idea con guirnaldas, espumillón y ristras de luces que a su padre le ponían nervioso. Por las tardes, hasta que él llegaba y las desenchufaba, sumiendo a aquel arbolito en la oscuridad más profunda, Gógol se quedaba sentado, mirándolas, absorto. Recuerda el único regalo envuelto que recibió, un regalo que había escogido él mismo (su madre le había pedido que se quedara junto a las tarjetas de felicitación y no se moviera mientras ella lo pagaba).

—¿Te acuerdas de cuando poníamos aquellas luces intermitentes de colores, que eran tan feas? —le pregunta ahora su madre negando con la cabeza cuando terminan de decorar el árbol—. En aquella época no tenía ni idea.

A las siete y media suena el timbre. Dejan la puerta abierta y los primeros invitados van pasando, y el aire frío se cuela en la casa. La gente habla en bengalí, grita, discute, se interrumpe, y el sonido de sus risas invade las habitaciones abarrotadas. Las croquetas se fríen en aceite muy caliente y se disponen en fuentes decoradas con lechuga y cebolla roja. Sonia las va sirviendo en servilletas de papel. Ben, su futuro marido, es presentado a todos los asistentes.

—Nunca conseguiré memorizar todos esos nombres —le comenta en un momento dado a Gógol.

—No te preocupes, no te hará falta.

Toda esa gente, todos esos tíos y tías postizos con un montón de apellidos diferentes, han visto crecer a Gógol, lo han acompañado el día de su boda, han estado ahí en el funeral de su padre. Promete mantener el contacto con ellos ahora que su madre se va, no olvidarlos. Sonia presume ante sus *mashis,* que van con saris verdes y rojos, de su anillo de compromiso, seis brillantes muy pequeños engarzados en torno a una esmeralda.

—Tendrás que dejarte crecer el pelo para la boda —le dicen.

Uno de los *meshos* lleva puesta una gorra de Santa Claus. Están en el salón, sentados en los sofás, las sillas y el suelo. Los niños pequeños bajan al sótano, y los mayores se meten en las habitaciones de arriba. Ve que juegan con su Monopoly, lo reconoce por el tablero, que está partido por la mitad. El coche de carreras no apareció nunca más porque a Sonia se le cayó en un radiador cuando era pequeña. Gógol no sabe de quién son todos esos niños. La mitad de los invitados son personas con las que su madre ha empezado a relacionarse en los últimos años, gente que fue a su boda pero a la que no reconoce. Todos hablan de lo mucho que les gusta la fiesta que Ashima organiza todas las Nochebuenas, de lo mucho que la han echado de menos estos últimos años, que sin ella las cosas no serán como antes. Gógol cae en la cuenta de que han llegado a depender de ella para mantener unido el grupo, para organizar la celebración, para adaptarla a sus costumbres, para dar a conocer la tradición a los que son nuevos. Porque ésas son unas fiestas que siempre ha sentido como adoptadas, un accidente de las circunstancias, una costumbre que en realidad no debería haber sido. Y eso que él y Sonia fueron los causantes de que sus padres se tomaran la molestia de aprender todas esas cosas. Si llegaron hasta ahí, fue por ellos.

En muchos aspectos, su familia parece una cadena de accidentes imprevistos, no intencionados, en la que uno conduce al otro. El primer eslabón fue el accidente de tren de su padre, que lo inmovilizó durante un tiempo y después lo impulsó a trasladarse lo más lejos posible, a empezar una nueva vida en el otro extremo del mundo. Luego fue la desaparición del nombre que la bisabuela de Gógol escogió para él, perdido en el correo, en algún punto indeterminado entre Calcuta y Cambridge. Aquello, a su vez, condujo al accidente de que él se llamara Gógol, nombre que lo había definido y tur-

bado durante tantos años. Había intentado corregir esa arbitrarie-
dad, ese error. Pero de todos modos no había logrado reinventarse
del todo, despegarse por completo de aquel nombre que no enca-
jaba con él. Su matrimonio también había sido una especie de paso
en falso. Y el peor accidente de todos había sido la manera en que
su padre había desaparecido, como si el trabajo preparatorio para
la muerte lo hubiera hecho ya hacía mucho tiempo, la noche en
que estuvo a punto de matarse, y todo lo que le quedara por hacer
fuera irse un día, discretamente. Sin embargo, todos esos acontecimientos han moldeado a Gógol, le han dado forma, han determinado quién es. Eran cosas para las que era imposible prepararse
pero que uno se pasaba la vida recordando, intentando aceptar, inter-
pretar, asimilar. Las cosas que no deberían haber pasado nunca, las
que parecían equivocadas, fuera de lugar, eran las que perduraban,
las que al final prevalecían.

—Gógol, la cámara —grita su madre rodeada de gente—. Vamos
a hacernos alguna foto esta noche, venga. Quiero recordar estas
Navidades. Dentro de un año, por estas fechas, estaré muy lejos de
aquí.

Gógol sube a buscar la Nikon de su padre, que sigue en el mismo estante superior de su armario. Además de la cámara, ahí casi
no queda nada. No hay ropa colgada de las perchas. Ese vacío le
entristece, pero el peso de la cámara es contundente, inspira confianza. Se la lleva a su cuarto a ponerle una pila nueva y un carrete.
El año anterior, Moushumi y él se instalaron en la habitación de invitados, con su cama de matrimonio, sus toallas y su pastilla de jabón
sin estrenar sobre el tocador, las cosas que su madre siempre preparaba para los que venían de visita. Pero este año, como Sonia ha
venido con Ben, ésa es su habitación, y Gógol vuelve a ocupar la
suya, vuelve a dormir en una cama que nunca compartió ni con
Moushumi ni con nadie.

Esa cama es estrecha y está cubierta con una colcha marrón. Si
estira el brazo, toca el aplique blanco y traslúcido del techo, lleno de
polillas muertas. En las paredes se ven las marcas de la cinta adhesiva transparente con la que pegaba sus pósters. Su escritorio era esa
mesa cuadrada y plegable del rincón. En ella hacía sus deberes, iluminado por un flexo negro lleno de polvo. El suelo está cubierto de

una moqueta fina color azul turquesa, que mide un poco más que el suelo y se dobla un poco por un lado. Los estantes y los cajones ya están casi vacíos. Ya hay varias cosas metidas en cajas: trabajos del instituto, de cuando se llamaba Gógol, un dossier del colegio sobre arquitectura griega y romana, con columnas dóricas, jónicas y corintias calcadas de una enciclopedia. Estuches de lápiz y bolígrafo, discos que oyó un par de veces y arrinconó, ropa que le iba demasiado grande o demasiado pequeña y que nunca ha considerado necesario llevarse a los sucesivos apartamentos, cada vez más llenos, en los que ha vivido a lo largo de estos años. Todos sus viejos libros, que devoraba en la cama, bajo las mantas, iluminado con una linterna, y los obligatorios para la facultad, que él sólo leía a medias y que en algunos casos aún llevan pegada la etiqueta amarilla que los identificaba como de segunda mano. Su madre va a donarlos todos a la biblioteca donde trabaja, para que los vendan en la feria anual que celebran en primavera. Ashima le ha pedido que los revise, que se asegure de que no hay ninguno que le interese conservar. Así que se pone a rebuscar. *La familia Robinson, En el camino, Manifiesto Comunista, Cómo entrar en una de las mejores universidades.*

Y entonces le llama la atención otro libro, que no llegó a leer nunca, que lleva mucho tiempo olvidado. Le falta la sobrecubierta, el título del lomo es prácticamente ilegible. Se trata de un grueso volumen con tapas de tela, polvoriento tras dos décadas en el mismo sitio. Las páginas color marfil son gruesas, algo oscurecidas, sedosas al tacto. El lomo cruje un poco cuando lo abre y pasa la primera página en blanco. *Relatos de Nikolái Gógol.* «Para Gógol Ganguli», reza la dedicatoria escrita con el trazo sereno de su padre en un extremo del papel, con tinta roja. Las letras ascienden gradualmente, con optimismo, en diagonal hacia el borde superior derecho de la página. «Del escritor que te prestó su nombre, de parte de quien te lo puso», se lee debajo. Y junto a la inscripción, cosa que no había visto antes, está la fecha de su cumpleaños y el año, 1982. Su padre se había quedado de pie, apoyado en el marco de la puerta, ahí mismo, a un paso de donde ahora está él sentado. Le dejó solo para que descubriera por sí mismo aquella dedicatoria, y nunca le preguntó a Gógol qué le pareció el libro, nunca volvió a mencionárselo. La letra de su padre le hace recordar los cheques que le extendía mientras estudiaba en la universidad, y años después, para ayudarle a salir adelante, para abrir una cuenta de ahorro, para comprarse su primer traje, o a veces sin motivo alguno. El nombre que tanto había detestado, oculto entre esas páginas, preservado, era lo primero que su padre le había dado.

Los que le dieron y conservaron el nombre de Gógol ya están lejos de él. Uno ha muerto. La otra es viuda y está a punto de marcharse de otra manera, para habitar, como su padre, en un mundo aparte. Le llamará por teléfono una vez a la semana. Aprenderá a enviar correos electrónicos, asegura. Una o dos veces por semana oirá «Gógol» a través del auricular, lo leerá en una pantalla. Y a los que ahora están en casa, a todos esos *mashis* y *meshos* para los que sigue y seguirá siendo Gógol, ahora que su madre se va, ¿cuántas veces los verá? Sin gente que le llame Gógol, no importa cuánto tiempo viva; Gógol Ganguli se desvanecerá para siempre de los labios de sus seres queridos y, por tanto, dejará de existir. Y a pesar de todo, pensar en esa defunción final no le proporciona la menor sensación de victoria, el menor consuelo. Ningún consuelo.

Gógol se pone de pie, cierra la puerta de su dormitorio y el ruido de la fiesta que está en su apogeo en el piso de abajo, el escándalo de los niños que juegan en el recibidor, se amortigua al momento. Se sienta con las piernas cruzadas en la cama. Abre el libro, mira la ilustración de Nikolái Gógol, lee la cronología del autor que figura en la página de la izquierda. Nacido el 20 de marzo de 1809. Muerte del padre, 1825. Primer relato publicado, 1830. Viaje a Roma, 1837. Muerto en 1852, un mes antes de cumplir los cuarenta y tres años. Dentro de diez, Gógol tendrá esa misma edad. Ignora si volverá a casarse algún día, si tendrá algún hijo a quien poner un nombre. Dentro de un mes empezará a trabajar en un estudio más pequeño y firmará sus propios proyectos. Existe la posibilidad de pasar a ser socio más adelante, de que la empresa incorpore su nombre. En ese caso, Nikhil seguirá viviendo, recibiendo el elogio público, a diferencia de Gógol, oculto a propósito, legalmente disminuido, perdido del todo.

Pasa la página y lee el título del primer relato. *El capote.* Dentro de unos momentos, su madre subirá a buscarle. «Gógol —le dirá, abriendo la puerta sin llamar—, ¿dónde está la cámara? ¿Por qué tardas tanto? Éste no es momento de ponerse a leer», le recriminará, tras fijarse un instante en el libro que tiene en las manos, ignorante, como su hijo lo ha sido todo este tiempo, de que su padre habita discreta, silenciosa y pacientemente entre sus páginas. «Hay una fiesta en casa, hay que hablar con los invitados, quedan platos por meter en el horno, alguien tiene que llenar treinta vasos de agua e ir dejándolos en filas en el aparador. Y pensar que no volveremos a estar aquí todos juntos. Ojalá tu padre se hubiera quedado con nosotros un poco más —añadirá, y por un instante se le humedecerán los ojos—. Pero ven, ven a ver a los niños sentados alrededor del árbol.»

Él se disculpará, dejará el libro a un lado, doblará la página que está leyendo. Acompañará a su madre abajo, se unirá a la fiesta, tomará por última vez fotos a la gente que ha compartido la vida con sus padres. En ellas aparecerán comiendo con las manos, con los platos en el regazo. Al final, ante la insistencia de su madre, también él probará un poco de algún plato, sentado en el suelo con las piernas cruzadas, y conversará con los amigos de sus padres sobre su nuevo empleo, sobre Nueva York, sobre su madre, sobre la boda de Sonia y Ben. Después de cenar ayudará a su hermana a limpiar los platos de hojas, huesos de cordero, ramas de canela, a amontonarlos en la encimera y sobre los fogones de la cocina. Verá a su madre hacer lo que hacía su padre cuando esas reuniones se acercaban a su fin: echar unas cucharadas de té Lopchu bien picado en dos teteras. Le verá ofrecer las sobras de la cena a sus amigas, en esta ocasión con cazuelas y todo. A medida que vayan pasando las horas, se mostrará más distraído, impaciente por volver a su habitación, por quedarse solo y ponerse a leer el libro que en otro tiempo desdeñó, que abandonó hasta ahora. Hasta hace sólo unos momentos, estaba destinado a desaparecer de su vida para siempre, pero el azar lo ha salvado, como salvó a su padre del accidente de tren hacía cuarenta años. Se apoya en el cabecero de la cama, se coloca una almohada en la nuca. Volverá a bajar en seguida, se unirá a la fiesta, se reunirá con su familia. Pero por el momento su madre está ocupada, se ríe a carcajadas de una historia que le está contando una amiga, y no se ha percatado de la ausencia de su hijo. Así que empieza a leer.

12/16 ④ 7/16